Elizabeth Strout
Bleib bei mir

Elizabeth Strout

Bleib bei mir

Roman

Aus dem Amerikanischen von
Sabine Roth

Luchterhand

Die Originalausgabe erschien 2006 unter dem Titel
Abide with Me bei Random House, New York.

Verlagsgruppe Random House FSC® N001967
Das für dieses Buch verwendete FSC®-zertifizierte Papier
Munken Premium liefert Arctic Paper Munkedals AB, Schweden.

1. Auflage
Copyright © der Originalausgabe 2006 Elizabeth Strout
Copyright © der deutschsprachigen Ausgabe 2014
Luchterhand Literaturverlag, München,
in der Verlagsgruppe Random House GmbH
Die Veröffentlichung der Übersetzung wurde vereinbart
mit Random House, einem Imprint der
Random House Publishing Group, Random House Inc., New York
Satz: Uhl + Massopust, Aalen
Druck und Einband: GGP Media GmbH, Pößneck
Printed in Germany
ISBN: 978-3-630-87445-6

www.luchterhand-literaturverlag.de
Bitte besuchen Sie auch unseren LiteraturBlog www.transatlantik.de
facebook.com/luchterhandverlag
twitter.com/LuchterhandLit

Dem Andenken meines Vaters
R.G. Strout

ERSTES BUCH

Eins

Ach, Jahre ist das schon her, da lebte ein Pastor mit seiner kleinen Tochter in einer Stadt am Sabbanock River, oben im Norden, wo der Fluss noch schmal ist und die Winter sich damals endlos hinzogen. Der Pastor hieß Tyler Caskey, und eine Weile wurde seine Geschichte flussauf und flussab und hinüber bis an die Küste erzählt, in so vielen Varianten, dass sie ihre ursprüngliche Schlagkraft verlor, und natürlich tat auch das Vergehen der Zeit das seine dazu. Aber ein paar Leute soll es in West Annett noch geben, die sich deutlich an die Ereignisse jener winterlichen letzten Monate des Jahres 1959 erinnern. Und wer nur geduldig genug nachfragt und seine Neugier entsprechend zügelt, der bringt sie wahrscheinlich dazu, ihm ihre Version zu erzählen; wie verlässlich sie ist, steht dann wieder auf einem anderen Blatt.

Unstrittig ist, dass der Reverend Tyler Caskey zu der Zeit zwei Töchter hatte, aber die jüngere, die gerade erst laufen lernte, lebte einige Stunden entfernt bei Tylers Mutter, ein Stück flussabwärts in einer Stadt namens Shirley Falls, wo sich der Fluss weitete und die Straßen breiter waren und die Bebauung dichter, die Häuser größer, ernster zu nehmen als die Zivilisation um West Annett. Da oben konnte – und kann – man Meilen auf gewundenen Nebenstraßen fahren, ohne auf mehr zu stoßen als ein paar vereinzelte Farmhäuser hier und dort, umgeben von hektarweise Feldern und Wald. In einem solchen Farmhaus wohnten der Pfarrer und die kleine Katherine.

Die Farm musste mindestens hundert Jahre alt sein. Aufgebaut und all die Jahrzehnte bewirtschaftet hatte sie Joshua

Locke mit seiner Familie, aber während der großen Depression, als die Farmer keine Saisonarbeiter mehr bezahlen konnten, war sie immer mehr verfallen. Auch die Schmiede der Lockes, die noch aus der Zeit vor dem Ersten Weltkrieg stammte, musste den Betrieb einstellen. Die letzten Jahre hindurch hatte der einzige Erbe allein dort gewohnt, Carl Locke, ein Mann, der sich selten in der Stadt blicken ließ und seinen wenigen Besuchern mit der Flinte in der Hand entgegentrat. Am Ende jedoch vermachte er den ganzen Besitz – Wohnhaus, Scheune und ein paar Morgen Land – den Kongregationalisten, obwohl niemand sich erinnern konnte, dass er die Kirche mehr als zweimal in seinem Leben von innen gesehen hatte.

Nun war West Annett, trotz der Annett Academy mit ihren drei weißen Gebäuden, eine recht kleine Stadt; auch die Geldsäckel der Kirche waren klein. Als der Reverend Smith, West Annetts Pastor seit unvordenklichen Zeiten, endlich doch in Pension ging und sich mit seiner tauben Frau nach South Carolina aufmachte, wo irgendein Neffe für das Wohlergehen der beiden Sorge tragen würde, vergoss der Gemeindekirchenrat ein paar Krokodilstränen zum Abschied, um sich dann händereibend umzudrehen und ein äußerst vorteilhaftes Immobiliengeschäft zu tätigen. Das Pfarrhaus an der Main Street wurde an den örtlichen Zahnarzt verkauft, und der neue Pastor sollte draußen an der Stepping Stone Road in der Farm der Lockes einquartiert werden.

Auch das hatte bei der Entscheidung für Tyler Caskey eine Rolle gespielt: Seine Jugend, seine unbeholfene Liebenswürdigkeit und seine sichtliche Scheu, über Finanzielles zu reden, so die Überlegung der Auswahlkommission, würden ihn schon davon abhalten, sich über sein Exil zwei Meilen vor der Stadt zu beschweren. Die Rechnung war aufgegangen. Der Pastor hatte sich in den sechs Jahren, die er nun schon dort draußen wohnte, über nichts beklagt und außer darum, Wohn- und Esszimmer rosa streichen zu dürfen, die Kirche auch nie um etwas gebeten.

Nicht zuletzt deshalb blieb das Haus innen wie außen ein wenig heruntergekommen. Es behielt sein kaputtes Verandageländer, die schiefen Eingangsstufen. Aber es hatte diese angenehmen Proportionen, wie man sie bei alten Häusern manchmal findet: zwei hohe Stockwerke mit großzügigen Fenstern und anmutig geneigtem Dach. Und wenn man es sich näher besah – mit der Südsonne, die es von der Seite her bekam, und dem nach Norden gelegenen Hauswirtschaftsraum –, merkte man, dass die Menschen, die es vor Jahren gebaut hatten, mit Verstand und Liebe bei der Sache gewesen waren; es besaß eine Symmetrie, die aus sich heraus wirkte und dem Auge wohltat.

Beginnen wir also mit einem Tag Anfang Oktober, den man sich ohne weiteres strahlend schön denken kann, die Äcker um das Haus des Pastors braun und golden, die Bäume auf den Hügeln von einem leuchtenden Gelblich-Rot. Es gab – wie immer – viel Anlass zur Sorge. Die Russen hatten vor zwei Jahren ihre Sputnik-Satelliten in den Weltraum geschickt – einer zog noch immer seine Kreise mit diesem armen toten Hund an Bord – und spionierten uns nun, so hieß es, auch noch von oben aus; auf unserem eigenen Grund und Boden ja sowieso. Nikita Chruschtschow, vierschrötig und bemerkenswert unattraktiv, war zwei Wochen zuvor zu einem Staatsbesuch eingetroffen, ob es den Leuten hier passte oder nicht – und vielen passte es nicht, sie fürchteten, er könnte ermordet werden, bevor er es wieder nach Hause schaffte, und was hätte das für Folgen! Experten, wer immer sie waren und wie immer sie es anstellten, hatten ausgerechnet, dass eine Langstreckenrakete von Moskau nach New York nicht weiter als 7,3 Meilen von ihrem Ziel entfernt niedergehen würde, und auch wenn es beruhigend war, außerhalb dieses Radius zu leben, gab es doch drei Familien in West Annett, die sich im Garten einen Bunker gebaut hatten, man konnte ja schließlich nie wissen …

Dennoch war dies das erste Jahr seit langem, in dem die Anzahl der Kirchenmitglieder landesweit nicht überproportional zum Bevölkerungswachstum gestiegen war, und das musste doch etwas heißen. Möglicherweise hieß es, dass die Menschen nicht überreagierten. Möglicherweise hieß es, dass die Menschen gern glauben wollten – und es offenbar auch glaubten, besonders hier in den nördlichen Ausläufern Neuenglands, wo fast nur Alteingesessene lebten und kaum Kommunisten darunter (gut, bis auf eine Handvoll) –, dass jetzt, nach einem halben Jahrhundert unvorstellbarer menschlicher Gräueltaten, die Welt vielleicht endlich zu Anstand und Sicherheit und Frieden zurückkehren konnte.

Und der heutige Tag – mit dem wir die Geschichte beginnen wollen – war wunderschön mit seinem Sonnenschein, den fernen Baumkronen in ihrem furchtlos flammenden Gelb und Rot. So sehr solch ein Tag auch etwas Beängstigendes haben kann, harsch und scharf wie zersplitterndes Glas, der Himmel so blau, dass er in der Mitte auseinanderzubrechen droht, war dieser Herbsttag doch makellos schön. Ein Tag, an dem man sich den hochgewachsenen Pastor unschwer vorstellen konnte, wie er spazieren ging und dabei dachte: *Ich hebe meine Augen auf zu den Bergen.* Tatsächlich war es in diesem Herbst Reverend Caskeys Gewohnheit, einen Morgenspaziergang die Stepping Stone Road entlang und zurück über den Ringrose Pond zu machen, und an manchen Morgen ging er gleich weiter in die Stadt, zu seinem Büro im Untergeschoss der Kirche, und winkte unterwegs Leuten, die zum Gruß auf die Hupe tippten, oder blieb stehen, um ein paar Worte mit jemandem zu wechseln, der rechts ranfuhr, beugte den schweren Körper zum Fenster hinunter, lächelte, nickte, die Hand auf der Türkante, bis das Fenster hochgekurbelt wurde und er noch einmal kurz winkte.

Aber nicht heute Morgen.

Heute Morgen saß er zu Hause in seinem Arbeitszimmer und trommelte mit einem Stift auf die Schreibtischplatte. Gleich nach dem Frühstück hatte ihn die Schule seiner Tochter angerufen. Die Vorschullehrerin seiner Tochter war eine junge Frau namens Mrs. Ingersoll, und sie hatte den Pastor mit einer bemerkenswert hellen Stimme – ein klein bisschen spitz für seinen Geschmack – für den späten Nachmittag zu einem Gespräch über Katherines Betragen gebeten.

»Gibt es ein Problem?«, hatte der Pastor gefragt. Und in der Pause, die folgte, sagte er: »Ich komme natürlich«, und stand auf, den schwarzen Hörer in der Hand, während er sich im Zimmer umsah, als hätte er etwas verlegt. »Danke für Ihren Anruf«, fügte er hinzu. »Wenn es irgendwelche Probleme gibt, will ich das natürlich wissen.«

Unter seinem Schlüsselbein stellte sich ein kleiner stechender Schmerz ein, und als er die Hand darauflegte, fühlte er sich einen Moment lang absurderweise wie beim Fahneneid. Danach ging er mehrere Minuten vor seinem Schreibtisch auf und ab und klopfte sich mit den Fingern an den Mund. Einen solchen Einstieg in den Tag kann niemand gebrauchen, aber am allerwenigsten Reverend Caskey, der es schwer genug gehabt hatte in letzter Zeit, und während die Leute sich über diesen Umstand durchaus im Klaren waren, war der Mann in Wahrheit viel mehr am Boden, als irgendjemand ahnte.

Das Arbeitszimmer des Pastors in dem alten Farmhaus war das ehemalige Schlafzimmer von Carl Locke. Es war ein großer ebenerdiger Raum mit Blick auf ein nach der Seite hinausgehendes Gärtchen, das einmal sehr hübsch gewesen sein musste. Eine alte Vogeltränke stand noch in der Mitte eines kleinen Rondells aus inzwischen größtenteils zerbrochenen Steinplatten, und Ranken überwucherten ein schief hängendes Spalier, hinter dem ein Stück Wiese und eine alte, gleichsam außer Sicht humpelnde Steinmauer zu sehen waren.

Trotz aller Geschichten, die Tyler Caskey über den griesgrämigen und, wie manche sagten, verdreckten alten Mann gehört hatte, der den Raum vor ihm bewohnt hatte, und trotz der Klagen seiner Frau über den Uringeruch, den sie hier noch Monate nach dem Einzug an warmen Tagen auszumachen meinte, mochte Tyler das Zimmer. Er mochte den Ausblick; er empfand nach all der Zeit sogar eine gewisse Seelenverwandtschaft mit dem alten Mann selbst. Und jetzt dachte Tyler, dass er seinen Morgenspaziergang heute ausfallen lassen würde; er wollte einfach hier sitzen, wo ein anderer vor ihm mit Fragen der Rechtschaffenheit und im Zweifel auch mit seiner Einsamkeit gehadert hatte.

Eine Predigt musste vorbereitet werden. Stets musste eine Predigt vorbereitet werden, und die für den kommenden Sonntag sollte den Titel »Über die Fallstricke der Eitelkeit« tragen. Ein kniffliges Thema, das Fingerspitzengefühl erforderte (was für Beispiele würde er anführen?), zumal er mit seiner Botschaft eine Krise abzuwenden hoffte, die am Gemeindehorizont von West Annett heraufzog, eine Krise wegen der Anschaffung einer neuen Orgel. In einer kleinen Stadt mit nur einer Kirche kann die Frage, ob diese Kirche eine neue Orgel braucht, naturgemäß hohe Wellen schlagen; die Organistin, Doris Austin, war geneigt, jeglichen Einwand als Anschlag auf ihre Person zu sehen – eine Haltung, die all jenen mit einer natürlichen Skepsis gegen jede Art von Veränderung sauer aufstieß. Und in Ermangelung anderer großer Themen stand die Stadt kurz davor, dies zu ihrem Thema zu machen. Reverend Caskey war gegen die Orgel, sagte das aber nicht öffentlich, sondern versuchte nur, mit seinen Predigten Denkanstöße zu geben.

Am letzten Sonntag war Weltkommunionstag gewesen, und der Pastor hatte diesen Aspekt unmittelbar vor der Kollekte betont: Sie waren Christen in Kommunion mit der *Welt*. Traditionsgemäß hatte am Freitag vor dem Weltkommuniontag ein Mittagsgottesdienst für die Damen vom Frauenbund stattgefunden, und bei der Gelegenheit hatte der Pastor bereits über die Fallstricke der Eitelkeit sprechen wollen, um Geist und Sinn dieser Frauen – deren Bemühungen die Kirche einen großen Teil ihrer Mittel verdankte – behutsam von extravaganten Begehrlichkeiten wegzulotsen (Jane Watson wollte eine neue Garnitur Leinentischdecken für den Kirchenkaffee). Aber er war außerstande gewesen, seine Gedanken zu sammeln, und obwohl er sich gern als jemand sah, der seine Zuhörer, bildlich gesprochen, sanft bei ihren weißen, neuenglischen Schlafittchen packte – *Jetzt schön die Ohren aufgesperrt!* –, war ihm seine freitägliche Darbietung zur Enttäuschung geworden; er hatte nur ganz allgemeine Lobesworte gefunden, für selbstlosen Einsatz, gesammelte Spenden.

Ora Kendall, deren tiefe Stimme Tyler immer in drolligem Gegensatz zu ihrem kleinen Gesicht und den wilden schwarzen Locken zu stehen schien, hatte ihn eine Stunde nach dem Gottesdienst angerufen und ihren unausbleiblichen Kommentar abgegeben. »Zwei Sachen, Tyler. Alison stört es, wenn Sie katholische Heilige zitieren.«

»Na ja«, sagte Tyler leichthin, »darum mache ich mir jetzt keine großen Gedanken.«

»Zweitens«, sagte Ora. »Doris will diese neue Orgel noch dringender, als sie sich von Charlie scheiden lassen und Sie heiraten will.«

»Das mit der Orgel, Ora – darüber entscheidet der Gemeindekirchenrat.«

Ora brummte zweifelnd. »Jetzt tun Sie nicht so, Tyler. Wenn Sie irgendwelches Engagement dafür zeigen, würde der Gemeindekirchenrat sofort zustimmen. Sie sind ihr das schuldig, findet sie, weil sie so einzigartig ist.«

»Jeder Mensch ist einzigartig.«

»Genau. Deshalb sind auch Sie der Pastor und nicht ich.«

Heute Morgen versuchte Tyler Caskey sich erneut an ein paar Zeilen zum Thema Eitelkeit. Er hatte sich Stichpunkte zu Prediger 12 gemacht, über die Sinnlosigkeit des Lebens aus der menschlichen Sicht »unter der Sonne«. »Unter der Sonne ist alles eitel und ein Haschen nach Wind«, hatte er geschrieben. Er klopfte mit seinem Stift, statt weiter auszuführen, dass der Blickwinkel der »über der Sonne« sein musste, der das Leben als ein Geschenk aus der Hand Gottes offenbarte. Nein, er saß nur da und sah aus dem Fenster.

Seine blauen, weit geöffneten Augen registrierten weder die Vogeltränke noch die Steinmauer oder sonst irgendetwas; sie starrten ins Leere. Erinnerungsfetzen trieben an den Rändern seines Bewusstseins vorbei – das Plakat, das in seinem Kinderzimmer gehangen hatte: EIN ARTIGER JUNGE GIBT KEINE WIDERWORTE, Picknicktische auf der Wiese der Applebys, wo in einem Erdloch Bohnen für die gesamte Nachbarschaft schmorten, die braunen Vorhänge im Wohnzimmer des Hauses, in dem seine Mutter noch immer wohnte, jetzt mit der Kleinen, Jeannie – und an dieser Stelle blieben seine Gedanken hängen: die besitzergreifende Art, mit der die großen Hände seiner Mutter die zarten Schultern des Kindes durch das Zimmer lenkten.

Der Pastor blickte hinab auf den Stift, den er hielt. »Die beste Lösung in einer schwierigen Situation«, so hatte er es anfangs erklärt, aber jetzt waren keine Erklärungen mehr nötig. Alle wussten, wo das Kind war, und niemand hatte seines Wissens etwas an der Regelung auszusetzen. Und tatsächlich missbilligte sie niemand. Von Vätern wurde damals nicht erwartet, dass sie kleine Kinder allein großzogen, erst recht nicht, wenn so wenig Geld da war; und auch wenn der Frauenbund ihm die Dienste von Mrs. Connie Hatch zur Verfügung stellte, die (für ein paar

Cent) im Haushalt aushalf, sah die Gemeinde ein, dass das Mädchen bis auf weiteres besser bei seiner Großmutter Caskey aufgehoben war – die im Übrigen nie angeboten hatte, auch die kleine Katherine zu sich zu nehmen.

Nein, Katherine war sein …

Kreuz, schoss es ihm durch den Kopf, und er verzog das Gesicht, denn sie war ja nicht das Kreuz, das ihm auferlegt war. Sie war das Geschenk, das Gott ihm gemacht hatte.

Er setzte sich gerade hin, so wie er nachher vielleicht beim Gespräch mit der jungen Lehrerin sitzen würde – ernsthaft lauschend, die Hände um die Knie gelegt. Aber seine Manschetten waren ausgefranst. Wieso sah er das jetzt erst? Er inspizierte sie gründlicher und stellte fest, dass das Hemd ganz einfach alt war, an dem Punkt angelangt, wo seine Frau es ihm weggenommen, die Ärmel auf halbe Länge abgeschnitten und es zu ihrer pinkfarbenen Gymnastikhose angezogen hätte.

»Das befreit mich«, hatte sie immer gesagt. Aber manchmal war sie in diesem Aufzug auch an die Tür gegangen, und als er einmal im Scherz gesagt hatte, dass ihn das seine Stelle kosten könnte, denn wenn Marilyn Dunlop zum Pfarrhaus kam und die Frau des Pastors in einem abgeschnittenen Männerhemd und Gymnastikhose antraf und den anderen dann vielleicht noch in *ausgeschmückter* Form davon berichtete…, war die Antwort seiner Frau gewesen: »Sag mal, Tyler, gibt es eigentlich noch irgendwas, was ich allein entscheiden darf?« Denn es kränkte sie furchtbar, dass die Mauern des alten Farmhauses nicht ihr Eigentum waren, sondern das der Kirche, und sie nicht einmal eine Wand streichen durften ohne Genehmigung – obwohl die natürlich erteilt worden war, zumal der Pastor die Farbe selbst kaufte. »Ich will alles *pink*!«, hatte seine Frau überschwänglich ausgerufen und die Arme in die Luft geworfen, und er hatte ihr später wohlweislich nicht erzählt, dass seine Schwester Belle bei einem Besuch gesagt hatte: »Du liebe Güte,

Tyler – als würdet ihr in einem Bubblegum wohnen!« (Und jetzt eben leuchtete das ganze Wohnzimmer bonbonrosa, die Wände glühten in dem hellen Sonnenlicht in einem rosigen Schein, der sich bis in den Flur zu ergießen schien, so dass er ihn durch die Tür seines Arbeitszimmers sehen konnte.)

Tyler stand auf und ging hinaus auf den Flur, durch das rosa Wohnzimmer. »Mrs. Hatch?«, rief er.

Connie Hatch besorgte gerade den Frühstücksabwasch und drehte sich mit dem Geschirrtuch in den Händen um. Sie war eine große Frau, fast so groß wie er. Es ging das Gerücht, dass sich vor Generationen ein Agawam-Indianer in Connies Stammbaum geschmuggelt hatte, und wenn man ihre Züge eingehender betrachtete, konnte einem das durchaus plausibel erscheinen, denn ihre Backenknochen waren hoch und breit und die Augenbrauen schwarz, nicht allerdings ihre Haare, die von einem sanften Braun waren und so lose zurückgesteckt, dass sie ihr immer wieder ins Gesicht fielen, manchmal bis über das Feuermal an ihrer Nase, das so rot leuchtete wie Himbeermarmelade. Sie hatte grüne Augen, die sehr hübsch waren.

»Was mache ich da am besten?« Er hielt die Handgelenke hoch. Dem Pastor war es ernst mit seiner Frage, seine Augen forschten im Gesicht der Haushälterin. Vielleicht war es das, mehr noch als alles andere, was seine anhaltende Beliebtheit in der Gemeinde ausmachte: diese Momente plötzlicher Ratlosigkeit, fundamentaler Verunsicherung. Gerade angesichts seiner sonstigen Beherrschtheit, der sanften, zerstreuten Ergebenheit, mit der er sein Unglück trug, erlaubten es diese Augenblicke offen eingestandenen Nicht-weiter-Wissens den Menschen – besonders den Frauen, aber keineswegs nur ihnen –, ihren Pastor als jäh und ungeahnt verwundbar zu sehen, was ihn die restliche Zeit nur umso stoischer erscheinen ließ. Heldenhaft fast schon.

»Wegen was?«, fragte die Haushälterin. Sie hielt das Geschirrtuch in beiden Händen und besah sich die Manschetten. »Das Hemd haben Sie aufgetragen, würde ich sagen.« Connies dunkle Brauen mit den wenigen grauen Haaren darin hoben sich in einer Art müder Anteilnahme. »Kommt vor«, sagte sie und trocknete sich die Hände zu Ende.

»Meinen Sie, ich sollte ein neues Hemd kaufen?«

»Auf jeden Fall.« Mit dem Handrücken schob sie eine Haarsträhne zurück, die hinter ihrem Ohr hervorgerutscht war, kramte dann in der Tasche ihres Pullovers und fischte eine Haarklammer heraus. »Liebe Güte. Kaufen Sie zwei.«

Der Pastor, erleichtert über diese klar umrissene Aufgabe, beschloss, nach Hollywell zu fahren und seine Einkäufe dort zu erledigen; zu groß erschien ihm die Gefahr, näher an West Annett einem seiner Gemeindeglieder in die Arme zu laufen, das sich – nach Sonntag – fragen könnte, ob nicht er am Ende selbst über die Fallstricke der Eitelkeit gestolpert war. Er griff sich seine Brieftasche, den Autoschlüssel, den Hut, und indem er die Anfangszeilen eines Lieds aus dem Gesangbuch summte, die ihm in den Kopf gekommen waren, »ich trau auf dich, umgeben von Getreuen«, stieg er die schiefen Verandastufen hinunter.

Ein Eichhörnchen trippelte über die Veranda, ein Windzug ließ einen Zweig gegen einen Fensterladen tippen. Im Haus war es still bis auf das Klappen einer Schranktür, als Connie Hatch die Badehandtücher einräumte und dann dem Wohnzimmerboden mit dem Mopp zu Leibe rückte. Ein paar Worte zu Connie. Die Frau war sechsundvierzig. Sie hatte gedacht, sie würde Kinder haben, aber es waren keine gekommen. Das, im Verein mit gewissen Vorfällen, zu denen es gekommen *war* (Geheimnissen, die sie im Schlaf heimsuchten, oft mit dem quälenden Anblick zweier starrender Augen), hielt sie unter einer unsichtbaren Glocke wachsender Verwirrung gefangen, und wäre jemand in das Wohnzimmer des Pastors getreten und hätte gefragt: »Connie, wie war dein Leben bisher?«, wäre sie um eine Antwort verlegen gewesen. Gut, das würde natürlich nie passieren.

Aber es bereitete ihr Mühe, einen Gedanken im Kopf zu behalten. In ihrem Hirn herrschte ein Geflimmer wie bei einem schlecht eingestellten Fernsehkanal in dem Apparat, den ihr Mann letzten Winter mit nach Hause gebracht hatte. Sie hatte es versäumt, den Pastor zu fragen, ob er rechtzeitig zum Mittagessen zurück sein würde – eher nicht, wenn er bis nach Hollywell fuhr, aber die Ungewissheit, diese Unsicherheit, was *von ihr erwartet* wurde, setzte ihr zu. (Dabei war der Pastor der unproblematischste Dienstherr, den sie je gehabt hatte; bei seiner Frau war das anders gewesen.) Vor Jahren hatte Connie sich in der Schule schwergetan, und kein Feuermal hatte sie so gezeichnet wie dieses Gefühl damals – die rotglühende Angst vor der Note oben auf dem Blatt, vor den rot bekritzelten Rändern, dem Lehrer, der in Großbuchstaben geschrieben hatte: DAS HIRN IST ZUM BENUTZEN DA, CONNIE MARDEN! Connie rammte den Mopp gegen den klobigen hölzernen Fuß der Couch. Wenn der Pastor doch zum Mittagessen zurückkam, würde sie ihm eine Tomatensuppe aus der Dose warm machen und dazu ein paar Salzkräcker buttern, das schmeckte ihm immer. Sie hielt inne, um sich das Haar neuerlich nach hinten zu stecken.

Wusste Connie – wahrscheinlich schon –, dass sie eine jener Frauen war, an der man im Lebensmittelladen vorbeiging und sie sah, ohne sie zu sehen? Aber es war eine Weichheit in ihren Zügen, ein anrührendes Zögern, als hätte sie viele Jahre versucht, fröhlich zu sein, und nun hätte sie es aufgegeben, auch wenn die Spuren einer früheren, eifrigen Herzlichkeit noch erkennbar waren. Ihr Gesicht hatte sich nicht verhärtet, anders als bei so vielen Frauen in der Gegend, Frauen, deren Gesichter schon in mittleren Jahren fast Männergesichter hätten sein können – nicht das von Connie Hatch.

Die Leute sagten auch jetzt noch manchmal: »Aber schöne Augen hat sie, wirklich«, auch wenn das Gespräch danach meist zum Erliegen kam, denn was ließ sich noch mehr über Connie sagen? Sie war seit Jahren mit Adrian Hatch verheiratet, und eine Zeitlang hatte sie in der Internatsschule in der Küche gearbeitet und dann im Bezirksaltenheim, aber dort hatte sie vor zwei Jahren aufgehört, um sich um ihre Schwiegermutter zu kümmern, eine wahrlich aufopferungsvolle Entscheidung, da waren sich alle einig, denn Evelyn Hatch wurde weder gesünder noch kränker und blieb eisern in dem großen alten Haus der Hatchs wohnen, während sich Connie und Adrian mit dem Trailer nebenan begnügen mussten.

Später sollten die Leute versuchen, sich auf alles zu besinnen, was sie über Connie wussten. Nur wenigen fiel dabei ein, wie sehr sie an ihrem Bruder Jerry gehangen hatte, welche Veränderung mit ihr vor sich gegangen war, als er im Koreakrieg umkam. Connie hatte aufgehört, in die Kirche zu gehen. Einige der Damen vom Frauenbund stießen sich daran; Connie war es egal. Was ihr nicht egal war, als sie nun hinaus auf die Hintertreppe trat, um den Mopp auszuklopfen, war Adrians Schweigen gestern Abend, als Evelyn zu ihr gesagt hatte: »Du hast ja nicht mal deinen Köter im Griff, Connie. Stell dir vor, du hättest Kinder gehabt!« Und Adrian hatte einfach bloß in der Trailertür gestanden und sie mit keinem Wort verteidigt.

Connie schüttelte den Mopp so heftig, dass der Aufsatz davonflog und sie die Stufen hinuntersteigen und zwischen Blättern und Kieseln herumstochern musste, während die Sonne grell auf die Scheunenwand schien.

Der Pastor fuhr über Nebenstraßen nach Hollywell, auf der Suche nach Gott und auf der Flucht vor seinen Schäfchen. Er fuhr mit heruntergekurbeltem Fenster, den Ellbogen über der Kante, und reckte ab und zu den Kopf vor, um bessere Sicht auf die fernen Hügel zu haben oder auf eine Wolke, so weiß wie ein dicker Sahneklecks, oder auf eine frisch gestrichene Scheunenwand, deren kräftiges Rot in der Herbstsonne glühte, und dabei dachte er: Früher einmal wäre mir das aufgefallen. Dabei fiel es ihm ja auf. Dieses Gefühl der Widersinnigkeit war eines, das er zu fürchten gelernt hatte, und deshalb fuhr er langsam – deshalb und weil ihn manchmal die grauenhafte Vorstellung plagte, er könnte ein Kind überfahren (obwohl weit und breit kein Mensch zu sehen war), oder er könnte, ohne es zu wollen, gegen einen Baum prallen.

Halt dein Tempo, dachte er.

Und halte Ausschau nach Gott. Der, wenn man die Psalmen ernst nahm, was Tyler tat, in dieser Sekunde aus dem Himmel herniederblickte, auf sämtliche Menschenkinder und sämtliche ihrer Werke. Aber Tylers wahre Sehnsucht war es, von dem GEFÜHL ergriffen zu werden; das Licht zu sehen, das über die schwankenden Zweige einer Trauerweide spielte, die Gräser, die sich im Windhauch zu dem Spalier von Apfelbäumen hinneigten, den Schauer gelber Ginkgoblätter, die mit solch zarter und süßer Selbstverständlichkeit zur Erde herabsanken, und zu wissen, tief und unumstößlich zu wissen: Hier ist Gott.

Aber Tyler misstraute Abkürzungen, und seine Angst vor billiger Gnade saß tief. Er dachte oft an Pasteurs Ausspruch, laut dem der Zufall nur den vorbereiteten Geist begünstigt, und der Moment erhabener Einsicht, auf den er dieser Tage hoffte, sollte das »zufällige« Ergebnis seines disziplinierten Betens sein. Eine Furcht lebte in ihm, eine dunkle Höhle in seinem Innern: die Angst, dass ihn das GEFÜHL vielleicht nie wieder ergreifen würde. Dass diese erhebenden Augenblicke der Transzendenz nichts als das Resultat einer jugendlichen – und möglicherweise unmännlichen – Form der Hysterie gewesen sein könnten, ähnlich jener, die in ihrer Extremform vermutlich die heilige Theresia von Lisieux hervorgebracht hatte, die noch als junges Mädchen gestorben war und deren Unschuld sein Fassungsvermögen himmelweit überstieg. Ja, Tyler war derzeit erdgebunden, und er fügte sich darein. Sonnenlicht spiegelte sich in der Haube seines alten roten Ramblers, während die Reifen über den Asphalt grummelten. Er kam an einer Weide voll Kühen vorbei, an einem Kürbisstand. Auf dem Heimweg sollte er vielleicht einen Kürbis für Katherine kaufen.

Und nun lag vor ihm die Hauptstraße von Hollywell mit ihrem efeuüberwachsenen Postamt und einem freien Parkplatz nur ein paar Schritte vom Herrenbekleidungsgeschäft. Seid dankbar in allen Dingen, und Tyler parkte ein, tastete noch einmal nach seiner Brieftasche, trat hinaus in den Sonnenschein.

Aber…

Oje.

Auf der anderen Straßenseite, an der Ampel – die in diesem Moment auch noch umsprang –, stand Doris Austin, ihren dunklen Zopf zu einem säuberlichen kleinen Korb oben auf dem Kopf geschlungen, in einer Hand ein Päckchen, in der anderen eine braune Handtasche, und warf einen gewissenhaften Blick nach rechts, dann nach links, bevor sie sich anschickte, die Straße zu überqueren, und jede Sekunde würde sie aufschauen und Reverend Caskey bemerken, und, nein, er wollte ihr nicht begegnen. Er flüchtete in eine Apotheke. Eine kleine Glocke bimmelte, als er auf die Gummimatte trat.

Man steigt nie zweimal in denselben Fluss, hatte Heraklit gesagt, und daran musste Tyler nun denken, als er in der Apotheke stand, denn er hatte häufig das Gefühl, als würde um ihn herum Wasser rauschen, und Doris Austin wäre ein Stöckchen, das sich in einem kleinen Strudel um seine Knöchel fing, weil die Frau (die in der Kirche die Orgel spielte und den Chor dirigierte) immer da auftauchte, wo er war, ob auf dem Parkplatz vor der Kirche oder an der Fleischtheke im Lebensmittelladen, und mit leiser, vertraulicher Stimme sagte: »Wie *geht* es Ihnen, Tyler? Kommen Sie einigermaßen zurecht?« Es machte ihn ganz kribbelig.

Trotzdem hatte er letzten Sonntag nach dem Gottesdienst, als Doris im Vorraum ihren Pullover übergezogen hatte, zu ihr gesagt: »Was wäre diese Gemeinde ohne Sie, Doris. Unsere schöne Musik – das hält keiner für selbstverständlich.« Dabei taten die Leute natürlich genau das. Im Zweifel machten sich manche sogar über Doris lustig, wenn sie nach Hause kamen und sich zu ihrem Sonntagsessen hinsetzten, denn kein Abendmahlsgottesdienst verging, ohne dass die Frau ein Solo sang, und jedes Mal war es wieder peinlich – nicht nur anzuhören, sondern auch anzusehen. Ein Chormitglied spielte ein paar Töne auf der Orgel, und Doris stellte sich vorn an der Brüstung in Positur und wiegte den Oberkörper hin und her. Tyler in seinem Talar saß auf seinem Stuhl beim Altar und stützte den Kopf in die Hand, die Augen geschlossen wie zu andächtiger Meditation, während er sich im Grunde nur den Anblick der zappelnden Gemeinde ersparen wollte, der haltlos kichernden halbwüchsigen Mädchen in der letzten Bank.

Aber als er letzten Sonntag Doris' dramatischen Tremoli gelauscht hatte, war es ihm plötzlich erschienen, als bräche sich hier ein verzweifelter innerer Schrei Bahn. Ein kreischender Appell aus tiefster Seele, ein Betteln darum, nicht übergangen zu werden. *Herr, höre meine Stimme, wenn ich rufe; sei mir gnädig und erhöre mich!* Und als er dann im Vorraum auf sie getroffen war, hatte er gesagt: »Unsere schöne Musik – das hält keiner für selbstverständlich.« Aber die wässrige Dankbarkeit in ihrem Blick, während sie sich den Pullover überzog, erschreckte ihn, und er dachte, dass er wohl am besten nicht zu lange verweilte, wenn er sie lobte. Er lobte gern – das war schon immer so gewesen. Wer fürchtete sich denn nicht im tiefsten Innern, so wie

Pascal, vor jenen »Räumen des Nichts... die von mir nichts wissen«? Wer auf Gottes weiter Welt, dachte er, war nicht froh zu hören, dass sein Dasein etwas bedeutete?

Aber es kam noch etwas hinzu. An jedem Abend seiner Kindheit hatte Tylers Vater ihn ermahnt: »Immer rücksichtsvoll sein, Tyler. Immer zuerst an den anderen denken.« (Wer kann die Wirkung solcher Lektionen abschätzen?) Und wenn das irgendwie in seinen Kampf hineinspielte, trotz allem auch an seine eigene Bedeutung zu glauben, so dachte er über diese Verbindung nicht groß nach. Bewusst waren ihm lediglich die schlichten Tatsachen: Während sein Bedürfnis, Lob zu spenden, stärker geworden war, hatte auch sein Wunsch, die Menschen zu meiden, zugenommen. Jetzt stand er da und schielte verstohlen auf die Zahnpastatuben.

»Kann ich Ihnen helfen?« Eine Frau lehnte sich über eine Theke mit Kosmetikprodukten.

»Hmm, gute Frage«, sagte Reverend Caskey. »Tja – was wollte ich hier gleich wieder?«

»Das kenne ich«, sagte die Frau. Ihre Fingernägel waren in einem blassen Perlmuttton lackiert. »Ich habe irgendeinen Gedanken im Kopf, und schwupp, ist er weg.« Sie schnippte mit den Fingern, ein weiches Geräusch.

»Ich weiß genau, was Sie meinen«, sagte Tyler kopfschüttelnd. »Mein Gedächtnis ist das reinste Sieb. Pepto-Bismol! Pepto-Bismol war's.« Er stellte die Flasche auf den Ladentisch.

»Wissen Sie, was mir vor ein paar Tagen passiert ist?« Die Frau berührte ihr Haar mit der Handfläche, beugte sich ganz selbstverständlich vor, um sich in dem Spiegel neben der Kosmetiktheke zu betrachten. »Ich habe in den Kühlschrank geschaut und gedacht: Was suche ich eigentlich? Eine halbe Ewigkeit stand ich da. Und dann kam es mir endlich.«

Der Pastor drehte sich im selben Moment um, in dem Doris Austin durch die Tür trat und die kleine Glocke anschlug.

»Ach, Doris, hallo«, sagte Tyler, gerade als die Frau hinter dem Ladentisch sagte: »Ich hatte das Bügeleisen gesucht. Kann ich Ihnen helfen?«

»Das Bügeleisen.« Bei aller Verwirrung meinte Tyler aus Doris' Blick Scham zu lesen – sie war ihm gefolgt. »Wie geht es Ihnen?«, fragte er. »An diesem strahlenden Tag.« Er wölbte seine große Hand um das Pepto-Bismol. »Sie erzählt mir gerade«, sagte er mit einem Nicken in Richtung der Frau hinter dem Ladentisch, »wie sie in ihrem Kühlschrank stundenlang nach dem Bügeleisen gesucht hat.«

»Stundenlang habe ich nicht gesagt. Kommt noch etwas dazu?«

»Nein, das wäre alles.« Der Pastor zückte seine Brieftasche. »Nicht stundenlang. Natürlich.«

»Sind Sie krank?«, fragte Doris. »Hat dieser ekelhafte Darminfekt Sie erwischt, der gerade umgeht?«

»Nein, nein. Nein, Doris. Mir fehlt nichts. Katherine hatte nur gestern Abend ein bisschen Bauchweh. Nichts Schlimmes.«

»Ich weiß ja nicht, ob Kinder so was nehmen sollten«, sagte Doris, und er machte sich klar, dass sie nur zu helfen versuchte – als nützliches Gemeindeglied.

»Wie alt ist sie denn?«, wollte die Frau hinter dem Ladentisch wissen. Sie gab ihm das Wechselgeld, und ihre Fingernägel streiften seine Handfläche.

»Katherine ist fünf«, sagte der Pastor.

»Arnold, darf eine Fünfjährige schon Pepto-Bismol nehmen?«, rief die Frau.

Der Apotheker an der Rückwand des Ladens sah auf. »Symptome?«

»Ein bisschen Magenweh. Hin und wieder.« Tyler hatte zu schwitzen begonnen.

»Ich könnte mir ja vorstellen, dass sie nicht genug isst«, steuerte Doris bei. »Sie ist so ein winziges kleines Ding.«

»Wie viel wiegt sie?«, fragte der Apotheker.

»Genau weiß ich es nicht«, sagte Tyler. Der Hund seiner Mutter wog einunddreißig Kilo. Alle sahen ihn an.

»Eine kleine Dosis können Sie ihr geben«, sagte der Apotheker. »Aber wenn sie öfter Magenweh hat, müssen Sie mit ihr zum Arzt.«

»Natürlich. Danke.« Reverend Caskey nahm die weiße Papiertüte und ging zur Tür.

Doris folgte ihm nach draußen, ohne etwas gekauft zu haben, was hieß, dass sie ihm tatsächlich gefolgt war. Er hatte eine flüchtige Vision, wie sie mit ins Herrenbekleidungsgeschäft kam und Kommentare zu den Hemden abgab. Auf dem sonnigen Gehsteig sagte sie: »Sie kommen mir auch dünner vor, Tyler.«

»Ach, mir geht's gut.« Er hob die weiße Papiertüte zum Abschiedsgruß. »Kosten Sie dieses wunderbare Wetter aus.« Und er wandte sich in die andere Richtung, zum Kleidergeschäft.

Er kaufte zwei weiße Hemden bei einem Mann, den er im Verdacht hatte, homosexuell zu sein. »*Recht* schönen Dank«, sagte Tyler mit kurzem Lächeln und sah ihm geradewegs in die Augen, als er das Paket entgegennahm, und dann war es geschafft; wieder hinaus auf die Straße, hinein ins Auto, wo die Sonne ihm zu folgen schien wie ein greller Punktscheinwerfer, während er den Wagen über die kurvenreichen Straßen vorsichtig zurück nach Hause lenkte.

Das Geflimmer füllte Connies Kopf vollständig aus, während sie das Mittagessen für den Pastor zubereitete – er hatte doch nicht in Hollywell gegessen. Als sie ihn mit der kleinen Glocke zum Essen rief, kam er in die Küche und sagte: »Mrs. Hatch, darf ich Sie etwas fragen? Finden Sie, Katherine sollte mehr mit anderen Kindern spielen? Soll ich ein paar Kinder hierher einladen?« Er zog einen Stuhl heraus und setzte sich schwerfällig an den Küchentisch, die langen Beine nach der Seite übergeschlagen. »Ich wollte das gern mit Ihnen besprechen, bevor sie heimkommt.« Das Kind wurde morgens von der Mutter eines Jungen, der ein Stück weiter straßenaufwärts wohnte, mit in die Schule genommen und nach dem Mittagessen wieder daheim abgeliefert.

Connie wandte sich ab und spülte den Suppentopf aus. »Schaden könnte es wahrscheinlich nicht«, sagte sie. Aber es machte sie verlegen – begriff er es denn nicht? Die Kinder *wollten nicht* mit dem Mädchen spielen. Connie hatte die Leute das sagen hören, und sie konnte es nachfühlen. »Sie ist sehr still«, sagte Connie. »Ich weiß nicht, was man da tun kann.« Connie war froh, dass es nicht ihre Aufgabe war, die Kleine liebenswerter zu machen. Sie hatte Mitleid mit ihr – wer hatte das nicht? –, aber Katherine zu mögen, dieses abweisende, stumme Kind, fiel nicht leicht.

»Ihre Lehrerin hat heute Morgen angerufen. Ich soll nach der Schule zu einem Gespräch kommen. Ich ziehe mir besser ein anderes Hemd an.« Aber der Pastor blieb sitzen. Er fügte hinzu: »Ich denke, es wird schon werden. Kinder sind zäh, wissen Sie.«

Connie öffnete den Kühlschrank, räumte die Butterdose hinein. Sie wischte sich die Hände am Geschirrtuch ab. »Ach«, sagte sie milde, »Katherine packt das. Man muss ihr eben Zeit lassen.«

Trotzdem. Es war jetzt ein Jahr her, und das Kind, das in der Nachmittagssonne Eicheln aufklaubte und seine neuen roten Schuhe durch den Kies zog (ein Geschenk von Tante Belle, die bei einem Besuch letzte Woche festgestellt hatte, dass das Mädchen jammervoll schlecht ausgestattet war für die weite neue Welt der Vorschule) – ein Jahr war es jetzt her, und das Kind hatte kaum einmal den Mund aufgemacht.

Es war traurig. Gar keine Frage. Aber das Kind konnte einen aufbringen mit seiner Art. Es brachte Connie Hatch auf, die noch nicht vergessen hatte, dass die Kleine sie »Nebeltröte« zu nennen pflegte, damals, als sie noch redete, munter allen etwas vorplapperte, aber am meisten der schillernden, üppigen Frau, die ihre Mutter gewesen war. Der Frau, von der höchstwahrscheinlich auch der Spitzname Nebeltröte stammte, und es war absurd – wo Connie doch so schweigsam war.

Gut, das war das Kind jetzt auch. Und eigen. »Vielleicht ist sie nicht von ihm«, hatte Jane Watson neulich gesagt. »Schau mal genau hin. Keinerlei Ähnlichkeit mit Tyler.«

Allerdings ähnelte die Kleine keinem Elternteil. Noch nicht. Nicht jetzt, während sie durch den Kies der Einfahrt schlurfte, die Faust um ein paar Eicheln geballt. Nichts deutete auf die Größe ihres Vaters oder die Üppigkeit ihrer Mutter hin. Und obwohl sich mit den Jahren Stirn und Mund des Pastors in bestürzender Exaktheit im Gesicht seiner Tochter wiederfinden sollten, hatte das Mädchen jetzt noch etwas fast Tierhaftes, als käme es aus dem Nichts oder wäre ganz allein auf der Welt, lebte in der Wildnis von Wurzeln und Nüssen: magere kleine Gliedmaßen und Haare, so fein, dass sie am Hinterkopf zu einem Dauernest verfilzt waren und vorn strähnig herunterhingen.

In der Schule strich die Lehrerin Katherine das Haar aus dem Gesicht. »Stört dich das nicht, Katie, wenn dir die Haare so in die Augen hängen?« Dann starrte Katherine sie mit dem gleichen leeren Blick an, mit dem sie jetzt auf die Spucke starrte, die sie im Mund gesammelt hatte und die auf der Spitze ihres verschrammten Schuhs gelandet war.

Aber hier war der Schuh ihres Vaters, riesig und schwarz in dem knirschenden Kies, und hier war sein Gesicht, dicht vor ihrem. »Wie war's heute in der Schule?« Er hatte sich vor sie hingekauert und teilte den Pony, der ihr über die Augen fiel.

Sie wandte das Gesicht ab.

»War heute was Besonderes in der Schule?«

Katherine warf ihrem Vater einen raschen Blick zu und sah dann wieder fort, an seinem abgewinkelten Bein vorbei zum Scheunentor, vor dem die Schwalben hin und her flitzten. Denn es *war* etwas gewesen in der Schule, etwas ganz und gar Unglaubliches. Eins von den Mädchen in der Klasse hatte zu ihrem rosa Kleid blaue Schuhe angehabt und ein anderes zu ihrem blauen Kleid rosa Schuhe. Katherine hatte ihnen den ganzen Tag folgen müssen, völlig gebannt von einem solchen Aufeinandertreffen vertauschter Farben.

»Mrs. Ingersoll«, hatte das eine Mädchen gesagt, »Katie soll damit aufhören. Sie soll weggehen.«

»Lieb sein«, sagte Mrs. Ingersoll. Sie legte Katherine die Hand auf die Schulter und steuerte sie ein Stück fort, so dass Katherine den Hals verrenken musste, um richtig sehen zu können.

Sie lief zu ihnen zurück, sie wollte ihnen sagen, wenn sie einfach nur Schuhe tauschten, dann wäre alles gut. Aber die Mädchen befahlen ihr abzuhauen. Sie warfen ihre langen Haare nach hinten und sagten Heulsuse zu ihr, dabei heulte sie gar nicht. Sie lief zu Mrs. Ingersoll – und schrie.

»Katie«, sagte Mrs. Ingersoll müde und bückte sich, um einem Jungen die Nase zu putzen, »nicht schon wieder. Bitte.«

Und jetzt kauerte ihr Vater vor ihr und fragte sie, ob in der Schule etwas Besonderes passiert sei, und das Besondere – die Unfasslichkeit dieser schönen, über Kreuz geratenen Kleider und Schuhe – erhob sich vor ihr wie ein Berg, und ihre Worte waren kleine Ameisen, die ihn nicht emporklettern konnten, nicht einmal ein Schrei konnte ihn emporklettern. Sie lehnte sich an den Arm ihres Vaters.

»Mrs. Ingersoll hat angerufen und mir erzählt, dass du nicht mit den anderen Kindern spielst.« Er sagte es sanft und umfasste mit seiner großen Hand ihren Ellenbogen.

Katherine bewegte die Zunge. Spucke sammelte sich als warme Pfütze in ihrer Backentasche.

»Gibt es irgendein Kind in deiner Klasse, das du am liebsten magst?«, fragte ihr Vater.

Katherine antwortete nicht.

»Würdest du nach der Schule gern mal mit zu Martha Watson gehen? Oder sie zu uns mitbringen? Ich könnte ihre Mutter anrufen und fragen.«

Katherine schüttelte den Kopf, heftig.

Ein jäher Windstoß ließ um sie beide dürres Laub stieben. Der Pastor blickte auf, sah hinüber zu dem Ahornbaum neben der Scheune. »So was«, sagte er. »Der Wipfel ist schon ganz kahl.«

Aber Katherine starrte auf den Schuh ihres Vaters. Ein Batzen Spucke lief langsam an der Seite des Schuhs herunter, der so groß und so schwarz war, dass er von einem Riesen hätte sein können.

»Ich muss noch mal kurz weg«, sagte ihr Vater und richtete sich auf. »Mrs. Hatch wird auf dich aufpassen.«

Immer zuerst an den anderen denken.

Im strengen Sinne dachte Tyler vielleicht nicht zuerst an Mrs. Ingersoll, als er nun wieder in seinem roten Rambler saß und die schmale, baumgesäumte Straße entlangfuhr, aber er überlegte doch gewohnheitsmäßig, wie ihr in diesem Moment zumute sein mochte. Hatte sie Angst vor dem anstehenden Gespräch? Möglich. Schließlich waren sie und ihr Mann reine Feiertagschristen und besuchten den Gottesdienst nur an Weihnachten und Ostern, was freilich die geringste von Tylers Sorgen war. Er hatte einen niedrigeren Prozentsatz an Feiertagschristen als viele Gemeinden, und er war (Gott behüte) nie gegen sie zu Felde gezogen, wie man das von anderen Pfarrern hörte. In jedem Fall, nahm Tyler sich vor, als er aus dem Auto stieg und den Parkplatz überquerte, würde er alles in seinen Kräften Stehende tun, um der jungen Frau die Befangenheit zu nehmen.

Mrs. Ingersoll saß an ihrem Pult. »Kommen Sie herein«, sagte sie und erhob sich. Sie trug ein rotes Strickkleid mit Flusen darauf.

Tyler streckte die Hand aus. »Guten Tag.« Ihre Hand schien ihm verblüffend klein – als würde sie ihm statt ihrer eigenen die Hand eines Schulkinds hinhalten. »Schön, Sie zu sehen, Mrs. Ingersoll.«

»Danke, dass Sie gekommen sind«, erwiderte sie.

Sie nahmen auf kleinen Holzstühlen Platz, und von Beginn an war etwas an der Art der Frau, so ein wissendes Abwarten, das Tyler beunruhigend fand. Als sie mit ihrer hohen, klaren Stimme sagte: »Vielleicht erzählen Sie mir einfach mal, wie Katherine zu Hause so ist«, sah sie Tyler mit so stetem Blick an, dass er wegschauen musste. Das Klassenzimmer mit seiner Korkwand voll leuchtend bunter Buchstaben, seinem Geruch nach Malfarben war für ihn von einer Spannung erfüllt, die ihn überraschte, als hätte er als Vorschulkind schrecklich gelitten und wüsste es nur nicht mehr.

»Schläft sie gut? Weint sie viel? Erzählt sie Ihnen, was sie erlebt hat?«

»Hmm«, sagte der Pastor, »mal überlegen.« Mrs. Ingersoll sah auf ihren Ärmel hinab, zupfte eine graue Fluse ab und richtete den Blick erneut auf Tyler, der sagte: »Also, was sie erlebt hat, darüber redet sie eher nicht, muss ich sagen. Aber ich frage sie.«

Er hatte gedacht, dazu würde sie vielleicht nicken, aber es kam nichts, also fügte er hinzu: »Ich versuche, nicht zu sehr in sie zu dringen – ich ermutige sie eher, mir aus eigenem Antrieb etwas zu erzählen, verstehen Sie?«

»Können Sie mir ein Beispiel geben?«, sagte Mrs. Ingersoll. »Von der Art Unterhaltung, die Sie beide führen?«

Er meinte, hinter ihrer abwartenden Art etwas Hartes, Apodiktisches zu spüren. Er sagte: »Ich frage, was sie in der Schule gemacht hat. Mit wem sie in der Pause gespielt hat. Wen von den Kindern in der Klasse sie besonders mag.«

»Und was sagt sie dann?«

»Nicht gerade viel, leider.«

»Wir haben ein Problem, Mr. Caskey.«

Der stechende Schmerz unter seinem Schlüsselbein meldete sich. »Na«, sagte er liebenswürdig, »dann schauen wir, dass wir es lösen können.«

»So einfach ist das leider nicht«, sagte die Frau. »Kinder sind keine Mathematikaufgaben, die sich mit einer richtigen Antwort lösen lassen.«

Mit grüblerischer Gebärde rieb er über die wehe Stelle.

»Katherine will ständig meine Aufmerksamkeit, und wenn sie sie einmal nicht bekommt, fängt sie zu schreien an und hört erst wieder auf, wenn sie völlig erschöpft ist.« Mrs. Ingersoll setzte sich ein bisschen schräg, strich mit der Hand über ihren Schoß. »Sie spielt mit niemandem, niemand spielt mit ihr. Und es ist schon etwas erschreckend, dass sie noch nicht einen einzigen Buchstaben kennt.« Mrs. Ingersoll nickte in Richtung der Korkwand. »Sie zeigt auch keinerlei Ehrgeiz, sie zu lernen. Letzte Woche hat sie eine schwarze Malkreide genommen und damit die Seiten in einem Bilderbuch beschmiert.«

»Sie schreit?«

»Sie klingen erstaunt.«

»Ich bin erstaunt«, sagte Tyler.

»Wollen Sie damit sagen, dass sie zu Hause keine Schreianfälle hat?«

»Sie hat zu Hause keine Schreianfälle. Das will ich damit sagen, ganz richtig.«

Mrs. Ingersoll legte den Kopf schräg – eine übertrieben überraschte Pose, fand Tyler. »Hmm, das ist interessant. Hier schreit sie. Und Sie müssen verstehen, ich habe noch andere Kinder, um die ich mich kümmern muss.«

Tyler blinzelte. Der Schmerz unter seinem Schlüsselbein schien sein Sehvermögen zu beeinträchtigen.

»Sie sehen, Reverend Caskey, wir müssen etwas unternehmen.«

Der Pastor straffte die Schultern, verschränkte die Arme.

»Wer badet Katherine?«, fragte Mrs. Ingersoll.

»Wie bitte?«

»Baden«, sagte die Frau. »Von wem wird Katherine gebadet?«

Der Pastor furchte die Stirn. »Von der Haushälterin normalerweise.«

»Mag sie sie?« Mrs. Ingersoll zog ein dünnes Kettchen unter dem Halsausschnitt ihres roten Kleides hervor und fuhr mit dem Finger daran entlang.

Er sagte: »Na ja. Bei Katherine kann man sich da manchmal nicht ganz sicher sein.«

»Ich meinte, ob die Haushälterin Katherine mag.«

Er sah, dass an dem Kettchen ein kleines silbernes Kreuz baumelte. »Oh. Natürlich. Connie Hatch ist eine Seele von Mensch. Grundanständig. Eine grundanständige Person.«

»Reverend Caskey, ich frage Sie das, weil Katherine manchmal keinen – nun ja, keinen ganz gepflegten Eindruck macht.«

Eine lange Zeit schwieg der Pastor. Er drückte sich den Daumen unters Kinn und lehnte sich zurück. »Ich kümmere mich darum«, sagte er schließlich. Sein Hinterkopf fühlte sich sehr warm an.

Mrs. Ingersoll sagte: »Ich habe mehrere Gespräche mit dem Rektor geführt, und wir sind beide der Meinung, dass es eine gute Idee sein könnte, Katie testen zu lassen, wenn es nicht besser mit ihr wird. Ich bin mir nicht sicher, ob Sie das wissen, aber Rhonda Skillings – Sie kennen sie, oder?«

Tyler nickte.

»Rhonda promoviert in Psychologie, über Traumata bei Kindern. Ein hochinteressantes Thema – es gibt jetzt Studien über Kinder, die im Krieg aus ihrer Heimat vertrieben wurden. Rhonda schreibt an ihrer Doktorarbeit, und sie ist beratend für uns tätig. Ehrenamtlich. Sie hat ein Sprechzimmer im Erdgeschoss, und wenn ein Kind – nun ja, Sie wissen schon – in der Klasse nicht so ganz zurechtkommt, profitieren alle Seiten davon, wenn Rhonda sich ein wenig um besagtes Kind kümmert.«

»Ich fürchte, ich kann nicht ganz folgen«, sagte Tyler. »Ich fürchte, ich weiß nicht, was Sie meinen.«

»Ich habe gesagt, dass wir ein Problem haben, Mr. Caskey.«

»Ja. So weit habe ich Sie verstanden.«

»Und dass ich meinen Aufgaben nicht gerecht werden kann, wenn sie während des Unterrichts Schreianfälle bekommt.«

»Ja.«

»Und dass wir glücklicherweise Rhonda Skillings haben, die an den Tagen, an denen Katherine Anpassungsschwierigkeiten hat, mit ihr arbeiten kann.«

Der Pastor betrachtete die Wandtafel, er betrachtete die kleinen Tische und Stühle, das kleine Waschbecken in der Ecke. Als er wieder zu Mrs. Ingersoll hinsah, war es, als sähe er sie durch eine Glasscheibe – die roten Schultern ihres Kleids, das braune Haar, das sich an ihrem Schlüsselbein ringelte. Er fragte: »Warum haben Sie mir nicht eher Bescheid gesagt?«

Die Frau hörte auf, mit ihrer Halskette zu spielen. »Wir hatten gehofft, das Problem würde sich von allein lösen. Stattdessen hat es sich verschlimmert.«

Der Pastor stellte seine langen Beine gerade, setzte sich auf dem lächerlichen Stühlchen zurecht, schlug sie andersherum übereinander. »Katherine ist kein heimatvertriebenes Flüchtlingskind«, sagte er. »Und sie ist auch kein Versuchskarnickel.«

»Aber sie ist ein Störfaktor im Unterricht.« Mrs. Ingersolls

Stimme bekam etwas Schrilles. »Sie fragen, warum wir Sie nicht früher verständigt haben, und ganz ehrlich, Mr. Caskey, es hat uns gewundert, dass Sie nie nachgefragt haben. Andere Eltern fragen ständig, wie ihr Kind den Übergang zur Vorschule meistert. Und natürlich ist Katherines Situation...«

Für Tyler folgte das Gespräch keiner Logik mehr; er wusste nur, dass etwas schiefgelaufen war und dass er am Pranger stand. Aber er konnte den Hergang nicht rekonstruieren. Er sah die bunten Farben der Buchstaben an der Korkwand, den Korb mit Wachsmalstiften auf einem Tisch, Mrs. Ingersolls rotes Kleid, an dessen Ärmel ein langes braunes Haar klebte.

»Bitte«, hörte er sie sagen. »Wir nehmen tiefen Anteil an Ihrem Verlust. Wirklich. Aber – ja – ich bin etwas erstaunt, dass *Sie* erstaunt sind, zu hören, dass es ein Problem gibt.«

Fast hätte er gesagt: Ich bin ein bisschen durch den Wind dieser Tage, aber dann dachte er: Wenn ich durch den Wind bin, dann geht das niemanden etwas an. Und so ließ er den Blick nur durchs Zimmer wandern und überlegte, ob Rhonda Skillings bereits eingeschaltet war.

»Wir verstehen ja, wenn Sie vielleicht nicht so recht wahrhaben wollen, dass nicht alles glattläuft. Das ist nichts Ungewöhnliches.« Mrs. Ingersoll artikulierte überdeutlich, als wäre er ein Fünfjähriger mit Wachsmalstift in der Hand. »Ich kann mir gut vorstellen, dass es leichter ist, zu glauben, mit Katherine wäre alles in Ordnung. Aber das ist es nicht. Sie hat Probleme.«

Wieder blinzelte er. Die junge Frau, stellte er fest, beobachtete ihn mit hochgezogenen Augenbrauen, als würde sie auf etwas warten. Er stand auf und trat ans Fenster. Draußen ging es auf den Abend zu; in wenigen Wochen würde es um diese Zeit schon dunkel sein. Ein roter Sonnenuntergang lagerte über dem Horizont, gleich über den Bäumen hinter dem Pausenhof mit seinem grauen, stillen Schaukelgerüst.

»Noch ist sie nicht aus der Klasse geschickt worden«, sagte

Mrs. Ingersoll hinter ihm. »Wir wollten nur, dass Sie Bescheid wissen. Vor ein paar Tagen hat sie ein sehr hübsches Bild gemalt.« Er hörte ihren Stuhl über den Boden scharren, hörte das geschäftige Klacken ihrer flachen Pumps, als sie durchs Zimmer ging. Er drehte sich um und wartete, während sie ein großes Blatt auseinanderrollte. »Aber« – Mrs. Ingersoll streckte es ihm hin – »wie Sie sehen, hat sie alles schwarz übermalt.«

Tyler sagte leise: »Das lassen Sie schön bleiben.«

»Was?«

»Sie schicken Katherine nicht aus der Klasse, damit sie dreimal die Woche psychoanalysiert wird. Niemand schreibt eine Fallstudie über mein Kind.«

Auf dem Korridor klapperte der Putzeimer des Hausmeisters.

Mrs. Ingersoll rollte das Bild wieder ein und tippte auf den Klebestreifen, der es zusammenhielt. Mit gedämpfter Stimme und niedergeschlagenen Augen sagte sie: »Niemand hat vor, Katherine zu psychoanalysieren. Aber darüber, ob wir beschließen, sie für ein paar Stunden die Woche aus dem Klassenzimmer zu entfernen oder nicht, haben nicht Sie zu entscheiden. Das hier ist eine staatliche Schule, Mr. Caskey. Wenn die Schule der Meinung ist, dass Ihre Tochter Hilfe braucht, werden wir alles in unserer Macht Stehende tun, um ihr diese Hilfe zukommen zu lassen.«

Er hatte keine Ahnung, ob das der Wahrheit entsprach.

»Wir halten Sie auf dem Laufenden, Mr. Caskey.«

»Danke«, sagte er. Er ging zu ihr und schüttelte ihre Kinderhand.

Je tiefer die Sonne über den Städten am Fluss sank, desto dunkler wurde das Blau des Himmels. Ganz oben am Zenit war es so tief und so satt, dass man mit in den Nacken gelegtem Kopf hätte stehen bleiben und staunen wollen, nur war dies keine

Tageszeit, zu der die Menschen den Blick nach oben richteten. Sie drückten das Kinn auf die Brust, wenn sie um diese Tageszeit Büros oder Läden verließen und über Parkplätze eilten, sie rafften die Mäntel um sich, als brächte die hereinbrechende Dunkelheit eine Art inneres Schrumpfen mit sich.

Und das war ein Jammer, denn es war ein beeindruckendes Farbenspiel, das sich dort oben am Himmel entfaltete, es veränderte sich selbst in der kurzen Zeit, die es dauerte, die Autotür zu öffnen, sich hinters Steuer zu setzen, die Tür zuzuschlagen. Bis der Motor ansprang, war das Blau womöglich noch tiefer geworden, noch dunkler. Welch Jammer auch für Tyler Caskey, denn unter anderen Umständen hätte er vielleicht einen raschen Blick für den Himmel übrig gehabt, und dann hätte er gedacht: *Ja, die Himmel erzählen die Ehre Gottes, und die Feste verkündigt seiner Hände Werk.*

Stattdessen fuhr der Mann langsam, eine Hand erhoben gegen das letzte Gleißen der Sonne, die massiv und strahlend überm Horizont hing und zu nichts anderem gut schien als dazu, ihn zu blenden. Langsam fuhr er vorbei an den Feldern und Farmen und Kürbisständen. Als er auf die Stepping Stone Road bog, als unter seinen Rädern der Schotter der Einfahrt knirschte, meinte er wieder die letzten Worte seiner Frau zu hören, damals vor über einem Jahr. »Tyler«, hatte sie gesagt, »du bist so ein Feigling, weißt du das?«

Da stand das Farmhaus, weiß und schmucklos bis auf die roten Fensterläden. In der anbrechenden Dämmerung glaubte Tyler aus seinen schlichten Umrissen eine stumme Abbitte zu lesen, mühselig und beladen, so kam es ihm vor, beschwert von der stillen Würde seiner hundert Jahre. Aber es war nur ein Haus. Nur Ziegel und Balken und ein kaputtes Verandageländer. Als er neben der Scheune parkte, spürte er wieder den hartnäckigen Schmerz unterm Schlüsselbein – wie ein kleines Nagetier erschien er ihm nach all den Monaten, ein Nagetier, das in ihm lebte, mit winzigen, nadelspitzen Krallen. Tyler nahm seinen Filzhut vom Beifahrersitz und stieg müde aus.

Er trat durch die Hintertür und hörte nichts, deshalb ging er durch die leere Küche weiter ins Wohnzimmer. Connie Hatch kam die Treppe heruntergeeilt. »Sie ist eingeschlafen«, sagte Connie. »Ich wusste nicht, ob ich sie lassen soll, falls Sie sie...«

»Ist schon gut, Mrs. Hatch.« Der Pastor stand im Mantel da, die breiten Schultern leicht hochgezogen. Er ließ die Autoschlüssel auf den Couchtisch fallen.

»Wie ist es gelaufen?«

Der Pastor antwortete nicht. Aber als er dem Blick seiner Haushälterin begegnete, erlebte er einen jener raren Momente unverhofften Erkennens, wenn sich einem, für einen Sekundenbruchteil nur, in einem Aufblitzen echter Übereinstimmung die Seele eines anderen Menschen offenbart. So ging es dem Pastor an diesem Herbstabend, in seinem Wohnzimmer, dessen Rosa nun trübe und stumpf wirkte. *Was für eine traurige Welt*, schienen die Augen der Haushälterin zu sagen. *Und es geht mir nahe.*

Und die Augen des Pastors sagten: *Eine traurige Welt, ja. Mir geht es auch nahe.*

Zwei

Mary Ingersoll hatte eigens das rote Wollkleid gewählt, weil es ihre Figur hervorhob, deshalb ärgerte es sie, als sie am Abend vor dem Gespräch feststellte, dass ihr Mann trotz aller Ermahnungen wieder einmal ein Tempo in seiner Hemdtasche vergessen hatte, so dass nun die schmierigen kleinen Zellstoffzwirbel nicht nur überall in der Waschmaschine steckten, sondern auch ihr rotes Kleid davon übersät war. In der Vergangenheit hatte Mary Tyler Caskey eigentlich recht attraktiv gefunden, und obwohl sie allen erzählte, wie sehr ihr vor dem Gespräch mit ihm graute, hatte sie sich in Wahrheit darauf gefreut und vor dem Spiegel Gesichtsausdrücke geprobt, gütige, kompetente, geduldige. Sie hatte extra die Kette mit dem kleinen Silberkreuz umgelegt, damit er sehen konnte, dass sie religiös war; sie hatte sogar erwogen, sich dafür zu entschuldigen, dass sie nicht öfter zur Kirche kam. »Ich bin einfach so *erledigt* von meiner Woche«, würde sie sagen, und er würde sagen, das verstehe er gut – Fälle wie seine kleine Tochter bedeuteten schließlich harte Arbeit.

Und dann diese Enttäuschung! Der Pastor, so kam es ihr vor, nahm sie irgendwie gar nicht wahr. Die halbe Zeit schien er überhaupt nicht zuzuhören. Er war müde – das sah sie an seinen Augen –, aber seine plötzliche Kälte gegen Ende verletzte sie. Sie lief weinend zum Schulleiter, Mr. Waterbury. »Ich habe ihm keinerlei Grund gegeben«, erklärte sie ihm, während er lauschte, die dunklen Brauen zusammengeschoben.

»Nein, sicher nicht«, stimmte er zu.

Am Abend erzählte sie es ihrem Mann schon in etwas aufgebauschter Form – »Er hat richtig höhnisch gelächelt. Er hat sich mit mir ein kindisches Blickeduell geliefert!« –, und vor dem Schlafengehen rief sie Rhonda Skillings und zwei Freundinnen an und übertrieb bei ihnen noch ein bisschen mehr, und als sie sich ins Bett legte, schlief sie friedlich. Ihr Vorteil war: Sie war von anteilnehmenden Zuhörern umgeben.

Dieses Glück hatte Tyler nicht, und er lag den Großteil der Nacht wach auf der Couch in seinem Arbeitszimmer. Er spürte etwas Hartes und Dunkles in seinem Innern, wie einen kleinen Stein, und ein Gefühl sagte ihm: *Das gehört mir*, auch wenn er keinen Namen dafür wusste; es formten sich keine Worte, da war nur dieser Besitzanspruch, ein angenehmes Auftrumpfen, und dann war es fort, und nichts mehr hatte in ihm Platz als das Bild Katherines, wie sie allein auf dem Pausenhof stand. Er setzte sich auf, sah durch das dunkle Arbeitszimmer, öffnete die Hände, schloss sie wieder. Er hörte die spitze Stimme der Lehrerin – »Niemand spielt mit ihr« –, und eine Erinnerung fiel ihn an: seine Schwester Belle auf dem Pausenhof in Shirley Falls, allein. Er, zwei Jahre jünger, sah sie und drehte sich weg, zurück zu der Gruppe von Freunden, die ihm bis zum Schulabschluss erhalten bleiben sollten, während Belle, einen Ausdruck gespielter Gleichgültigkeit auf dem Gesicht, den anderen Mädchen eine Weile beim Himmel-und-Hölle-Spielen zuschaute und dann weiterschlenderte. Es tat Tyler weh, daran zu denken. »Da bist du aus anderem Holz geschnitzt«, hatte seine Mutter zu ihm gesagt, als er Klassensprecher wurde, Kapitän des Footballteams.

Mit schweren Gliedern legte er sich wieder hin, und Nachtsorgen aller Art stürmten auf ihn ein. Seine Predigt war nicht fertiggeworden; in ein paar Wochen war Stewardship-Sonntag, dann liefen die Spendenzusagen ein, das Jahresbudget wurde ausgearbeitet und im Januar zur Abstimmung vorgelegt, und Doris Austin (die mit Rhonda Skillings befreundet war) sollte besser früher als später davon abgehalten werden, die Mitglieder des Gemeindekirchenrats zu bearbeiten, damit sie den Ausgaben für eine neue Orgel zustimmten. Erst als er sich den gütigen Ausdruck in Connie Hatchs grünen Augen ins Gedächtnis zurückrief, gelang es ihm schließlich einzudösen. Aber schon bald wachte er wieder auf und sah die bleichen Vierecke der Fenster Kontur annehmen. *Es ist umsonst, dass ihr früh aufsteht und esset euer Brot mit Sorgen.*

Als er neuerlich wach wurde, stand Katherine neben seinem Gesicht und betrachtete ihn. »Mäuslein«, sagte er. »Morgen.« Er streckte den Arm aus und zog sie an sich. Sie hatte ins Bett gemacht, ihr Schlafanzugoberteil war hinten ganz nass. Tyler setzte sich ungeschickt auf. »Ab in die Badewanne mit Katherine Estelle«, sagte er. »Aber erst mal...« Er rieb sich das Gesicht. »Diese Schreianfälle in der Schule«, sagte er dann und beugte sich vor, die Ellenbogen auf den Knien. »Das muss aufhören.« Das Kind drehte sich weg. »Das geht nicht, Katherine. Es ist ungezogen, und es macht die Lehrerin wahnsinnig. Schau mich an.«

Sie kehrte ihm ein glühend rotes Gesicht zu. »Das war's schon«, sagte er. »Auf geht's.«

Der nasse Schlafanzug wurde in eine Ecke geworfen, das Kind in die Wanne gehoben, die alt und tief war und Löwenfüße mit langen Krallen daran hatte. Sie war so tief, dass Katherine kaum über den Rand schauen konnte, wenn sie darin saß. Vor ihr schwamm eine Schüssel zum Haareausspülen, schaukelnd von dem Strahl aus dem Hahn. Ihr Vater drehte das Wasser ab, als es gerade mal ihre Beine bedeckte. Wenn die Nebeltröte sie badete, ließ sie so viel Wasser einlaufen, dass es Katherine bis unter die Achseln reichte und sie dieses schwindlige Gefühl im Kopf bekam. »Katherine?«, sagte ihr Vater. »Hast du mich gehört?«

Sie nickte, schaudernd.

»Du sagst einfach ganz freundlich: ›Hallo – darf ich bitte mitspielen?‹«

Sie kniff die Augen fest zu und nickte wieder. »Na dann«, sagte er. »Jetzt zweimal ausspülen, dann haben wir's geschafft.« Sie ließ die Augen beide Male zu, und er hob sie aus der Wanne und packte sie in ein Handtuch, und sie stand da und bibberte. »Sag mal, Kitty-Kat, *magst* du Mrs. Ingersoll?« Die Stimme ihres Vaters konnte auf verschiedene Arten weit weg klingen, aber diesen Ton liebte sie über alles – so müde, dass er sie in die Welt der Großen mit einschloss. Sie zuckte die Schultern. Er blieb einen Moment vor ihr knien und sah ihr ins Gesicht.

»Tja«, sagte er mit einem Seufzer. Er schaute umher, hob den nassen Schlafanzug auf. »So umwerfend fand ich sie jetzt auch nicht.«

Der Himmel war von einem scharfen, klaren Blau, das Morgenlicht blitzte auf den Kotflügeln der entgegenkommenden Autos, spielte im üppig leuchtenden Laub der hohen Ahornbäume, die diesen Teil der Main Street säumten. Undenkbar, dass der Mensch fähig oder willens sein sollte, diese Welt zu zerstören. In vier Jahren dürfe es keinerlei Atomwaffen mehr geben, hatte Chruschtschow gesagt, und doch wollte er keine Abrüstungsinspektionen zulassen. Wie war das alles zu begreifen? Zu einer anderen Zeit hätte Tyler, der eins seiner neuen weißen Hemden trug und mit einer zusammengerollten Wolldecke unterm Arm auf die Kirche zuging, vielleicht den russischen Staatschef und auch Mrs. Ingersoll in seine Gebete eingeschlossen – *Wir gingen alle in die Irre wie Schafe.* Oder er hätte einfach nur Dank gesagt für die Schönheit der Welt. Aber Tylers Gedanken waren bei Connie Hatch. Dieser Blick zwischen ihnen – er wollte ihn nicht überbewerten, aber er kam nicht über die Wirkung hinweg, die die Begegnung auf ihn gehabt hatte; es war, als hätte er eine Ewigkeit keinem anderen Menschen mehr in die Augen geschaut. Mit langen Schritten näherte er sich der Kirche, und der Wind blies in kleinen, wirbelnden Stößen, alles hatte Biss wie ein Apfel, Blätter tanzten über den Boden hier in West Annett.

Die Kirche lag ein Stück von der Straße zurückgesetzt, in dem stumpfen Winkel zwischen Main Street und Pottle's Lane. Sie war 1796 erbaut und schien ganz von selbst vor dem grasigen kleinen Hügel emporzuwachsen; fast konnte man sie sich mit ihrem eigenen Wurzelgeflecht in der Erde vorstellen, so weit verzweigt und robust wie das der Kiefern und Zedern neben ihr. Einige Jahre zuvor war ein Anbau errichtet worden, in einer seitlich gelegenen leichten Senke, so dass der Gemeindesaal und die Sonntagsschule nun in einem Gebäude untergebracht waren, das von der Straße aus kaum zu sehen war. Das Büro des Pfarrers aber blieb im Untergeschoss der Kirche selbst, und dorthin war Tyler unterwegs.

Erst trat er jedoch kurz in den Kirchenraum; die Stille und Schlichtheit der weiß getünchten Säulen, die leichte Kellerkühle des Raums hatten etwas Wohltuendes für ihn – ein winziger Schauer der Ehrfurcht durchrieselte ihn jedes Mal. Er verstaute die Decke unter einer der hinteren Bänke. Vor seiner Zeit war die Kirche nachts abgeschlossen gewesen. Das war während der Depression eingeführt worden, nachdem immer wieder einmal ein schlafender Landstreicher in der Kirche entdeckt worden war. Aber Tyler, der sich sonst möglichst nicht in die Verwaltungsangelegenheiten einmischte, hatte gleich beim Amtsantritt verfügt, dass die Kirche zu allen Zeiten offen zu sein hatte. »*Sanctuarium*, so heißt der Altarraum auf Lateinisch«, hatte er seiner Gemeinde erklärt,»was so viel bedeutet wie heilige Stätte, Zufluchtsstätte, und früher«, fuhr er mit dem für ihn typischen Eifer fort,»war es sogar so, dass ein flüchtiger Verbrecher in der Kirche nicht festgenommen werden durfte, weil sich die Unantastbarkeit auf ihn übertrug.« Von da an blieb die Kirche von West

Annett also offen, und falls ein schlafender Landstreicher entdeckt würde, so Tyler, sollte er mit Essen und allem Nötigen versorgt werden, bis er weiterzog. »Wenn jemand erwischt wird, wie er einen Altarleuchter stiehlt, dann soll er den zweiten dazubekommen. Das ist das Wesen christlicher Nächstenliebe.«

Niemand widersprach ihm in dieser Sache. Und niemand hielt es für nötig, ihm zu verraten, dass die Damen vom Frauenbund die silbernen Kerzenleuchter kurz nach seinem Verdikt durch versilberte ersetzt und die Originale der Obhut Jane Watsons anvertraut hatten, die sie für die Weihnachts- und Ostergottesdienste diskret zurückbrachte. Hätte Tyler von den Kerzenleuchtern gewusst, hätte er nichts dazu gesagt. Seine Sorge galt Walter Wilcox, der nach dem Tod seiner Frau an mehreren Morgen schlafend in der Kirche gefunden worden war – verwirrt, wenn man ihn weckte, manchmal weinend wie ein Kind. Tyler hatte ihn eingeladen, im Farmhaus zu schlafen, wenn er es zu Hause nicht aushielt. (Tylers Frau hatte gesagt: »Willst du hier eine *Pension* betreiben, Tyler? Weil ich damit nämlich offen gestanden ein Problem hätte.«) Walter hatte keinen Gebrauch von dem Angebot gemacht, aber Tyler dachte noch manchmal daran, und er hatte auch gestern Nacht wieder daran gedacht, als er wachlag. Die Nächte wurden schon kalt. Und so deponierte er jetzt die Decke unter der Bank. Sie sollte dort bereitliegen, auch wenn seit Walter seines Wissens niemand mehr in der Kirche geschlafen hatte.

Dann ging er hinunter ins Untergeschoss, zu den Fallstricken der Eitelkeit. Tyler hoffte, die Predigt fertigzuschreiben und sie auswendig zu lernen, wie es der wunderbare Dietrich Bonhoeffer forderte und wie auch Reverend Caskey es bis vor einem Jahr stets gehalten hatte. Er setzte sich an den Schreibtisch, zupfte an seinen steifen weißen Manschetten. Eitelkeit behinderte das innere Wachstum. Ein Gotteshaus brauchte keinen äußerlichen Prunk. Eine geziemende Form, aber keinen

Pomp. Es war eine Stätte, wo die Menschen Gott anbeten sollten, nicht sich selbst – Tyler Caskey spitzte die Lippen, blinzelte. Vielleicht sollte er die Sache mit der Orgel ja doch direkt ansprechen.

Er kreuzte die Arme, bettete den Kopf darauf. In einem Anfall abgrundtiefer Schläfrigkeit stellte er sich Mrs. Ingersolls zufriedenen Blick vor, wenn sie sah, dass ihre Worte schon Früchte getragen hatten; Besuche in Rhonda Skillings' Sprechzimmer würden nicht mehr vonnöten sein. Eitelkeit war nicht zu verwechseln mit Reinlichkeit. Das sollte er in seiner Predigt vielleicht klarstellen; beim Predigen galt es, immer den kleinsten gemeinsamen Nenner im Blick zu behalten, also wohl Irma Rand – eine liebe Frau, dumm wie Bohnenstroh, aber das Zeugnis des Herrn ist gewiss und macht die Unverständigen weise, und das hebräische Wort für Weisheit, so dachte er, gewiegt von der köstlichen Welle seiner Schläfrigkeit, bedeutete »tauglich fürs Leben«. Diese Juden, immer so praktisch...

Tyler hob den Kopf. Oben war die Außentür aufgegangen; er hörte sie in den Angeln quietschen, und er stand auf, steckte den Kopf hinaus in den engen Flur. Auf der Treppe stand Doris Austin, die Handtasche mit beiden Händen an ihren langen grauen Mantel gedrückt, den Kopf etwas gesenkt, so dass der kleine Korb ihres gerollten Zopfs vornüberzukippen schien, als sie die Stufen herunterkam.

»Guten Morgen, Doris«, sagte der Pastor. »Wollten Sie zu mir?«

Sie antwortete nicht.

Tyler sagte: »Kommen Sie doch herein.« Aber dann passierte etwas Seltsames: Als er zur Seite trat, hatte er sekundenlang, wie aus dem Nichts, die Vorstellung – er glaubte es selber kaum –, ihr eine leichte Ohrfeige zu geben, mitten in ihr unterwürfiges Gesicht.

Sie setzte sich, und statt auf dem Stuhl ihr gegenüber Platz zu nehmen, wie er es ohne weiteres gekonnt hätte, setzte er sich hinter seinen Schreibtisch. Sie sagte: »Als wir uns in Hollywell begegnet sind, hatte ich eigentlich gehofft, ich könnte mit Ihnen über eine Sache sprechen, die mich quält.«

»Das tut mir leid, Doris«, sagte er. »Ich hatte den Kopf voll.«

Doris sagte: »Das ist ja ganz natürlich, dass Sie abgelenkt sind, wenn mit Ihrem Kind etwas nicht stimmt.«

»Wie, etwas nicht stimmt?«, sagte er. Redete denn die ganze Stadt schon über sein Kind?

»Diese Bauchschmerzen«, sagte Doris. »Da wünscht man sich fast, es *wäre* ein Darminfekt. Dann weiß man wenigstens, woran man ist.«

Tyler nickte – richtig, das Pepto-Bismol. »Erzählen Sie mir, was Sie quält.« Er versuchte es freundlich zu sagen, aber er war unendlich müde.

»Ich bin so bedrückt.«

»Ach, das tut mir leid, Doris.« Eine Pause, dann fragte er: »Und was bedrückt Sie – wissen Sie das?«

»Alles«, antwortete sie.

»Verstehe. Ach je«, sagte Tyler und tippte sich mit den Fingerspitzen an die Lippen. »Das tut mir leid.«

»Auf der ganzen Welt«, fügte sie hinzu. Und ohne jede Vorwarnung – nur ihre Augen röteten sich etwas – brach sie in Tränen aus.

Er wandte den Blick ab. »Doris. Wissen Sie ...« Er dachte: *Einer trage des andern Last, so werdet ihr das Gesetz Christi erfüllen.* Er wusste nicht, was er sagen sollte. Er fühlte sich ausgelaugt von Müdigkeit; wie oft war er in den vergangenen Monaten an dem Autohaus in Hollywell vorbeigefahren und hatte Neid auf die Verkäufer dort verspürt, deren Verantwortung für die Seelen ihrer Mitmenschen so viel weniger unmittelbar oder direkt war. (»Wo liegt da die Berufung?«, meinte er seine Mutter fragen zu hören.)

»Charles bedrückt mich«, sagte Doris.

»Ich verstehe«, sagte Tyler. »Hm.« Das verkomplizierte die Sachlage. Charlie Austin war Vorsitzender im Gemeindekirchenrat, ein Mann von solcher Reserviertheit, dass es in Tylers Augen an schlechtes Benehmen grenzte; und Tyler hielt sich von ihm möglichst fern.

»Er ist die ganze Zeit zornig und gereizt mit mir.«

Tyler legte die Hände in den Schoß und verschränkte sie fest. »Doris«, sagte er, »schwierige Phasen gehören zur Ehe. Zu den meisten jedenfalls.«

Sie gab keine Antwort.

»Vielleicht haben Sie Lust, einmal die Autobiographie der heiligen Theresia von Lisieux zu lesen«, sagte er. »Darin lese ich nachts manchmal, und auf den ersten Blick wirkt es vom Ton her vielleicht eine Spur hysterisch – und natürlich ist es sehr katholisch –, aber sie schreibt über eine Nonne, die sie zur Weißglut bringt, einfach durch die Art, wie sie mit den Perlen ihres Rosenkranzes klickt...«

»Er schlägt mich.« Ihr Kinn bebte.

»Er schlägt Sie?«

Ihr Kinn hatte kleine Höcker – wie Kartoffelstampf, schoss es ihm durch den Kopf.

»Oh«, sagte er. Er setzte sich anders hin. »Wirklich?«

»Ich denke mir so was nicht aus«, sagte Doris, Entrüstung in der Stimme.

»Natürlich nicht.« Der erschreckende Impuls war bei ihm selbst noch so frisch, dass er an ihrer Aussage kaum zweifeln konnte. Man wusste nicht, was in den Häusern der Menschen vor sich ging. Sein Professor George Atwood hatte ihm das im Predigerseminar gesagt: Man wusste es nie.

»Oft?«

Doris' Nasenspitze war rot angelaufen. »Kommt es darauf denn an?«

»Aber sind Sie in Gefahr? Oder die Kinder?«

»Halten Sie mich für eine Mutter, die es zulässt, dass ihre Kinder in Gefahr sind?«

Tyler zupfte ein Taschentuch aus der Schachtel auf seinem Tisch und beugte sich damit vor. »Keine Sekunde lang, Doris. Aber das ist eine sehr ernste Sache. Wäre Charlie denn bereit, zur Beratung zu gehen?«

»Charlie würde mich umbringen, wenn er wüsste, dass ich gekommen bin.«

Tyler sah hinüber zu seinem sich biegenden Bücherregal, zu dem Papierwust auf dem Schreibtisch, dann wieder zu Doris. Zwei rosa Flecken brannten auf ihren Wangen.

»Nicht buchstäblich natürlich.« Sie sagte es in einem Ton solchen Abscheus, dass Tyler in seinem Stuhl zurückwich. »Er gerät so furchtbar in Wut. Aus heiterem Himmel. Gestern hat der Wind die Tür zugeschlagen, und er fing an rumzubrüllen.«

Tyler klopfte sich mit den Fingern an den Mund. Er dachte daran, was Bonhoeffer geschrieben hatte: dass nicht die Liebe die Ehe trägt, sondern die Ehe die Liebe. Tyler hätte das gern zitiert, aber Doris' Schluchzen war zu großer Lautstärke angeschwollen. Tyler konnte sich nicht erinnern, solche Geräusche schon einmal von einem seiner Gemeindeglieder gehört zu haben: Schluchzer, die sich gleichsam übereinanderzutürmen schienen. Er drückte sich noch tiefer in seinen Stuhl.

»Es ist so furchtbar«, heulte Doris, »so leben zu müssen wie ich.«

»Ja, das glaube ich«, sagte Tyler. »Jetzt hören Sie mir zu.« Er hielt die Hand hoch, und allmählich ebbten die Schluchzer ab, bis auf ein vereinzeltes Aufkeuchen dann und wann. »Ich kenne einen Pastor in Brockmorton«, sagte Tyler, »der Eheberatungen durchführt, und wenn Charlie zum Mitmachen bereit wäre, könnte ich ihn anrufen. Ich würde mich ja gern selber anbieten«, fügte er hinzu, unwahrheitsgemäß, »aber Sie sind sicher besser mit jemand Außenstehendem beraten. Sie müssen Charlie fragen«, sagte Tyler. »Das müssen Sie als Allererstes herausfinden.«

»Ich glaube, es ist hoffnungslos.«

»Doris«, sagte er. »Sammeln wir uns ein bisschen. Denken wir daran, was Reinhold Niebuhr gesagt hat: ›Das Eheleben kann dank Gottes Gnade immer wieder von neuem über sich selbst hinauswachsen.‹«

»Das Eheleben.« Doris beugte sich vor. Ihr Mantel war aufgegangen; die geknöpfte weiße Bluse spannte über der Brust. »In unserem Eheleben gibt er mir das Gefühl, nichts wert zu sein. In unserem Intimleben. Er gibt mir das Gefühl, unzulänglich zu sein.«

Tyler betrachtete sie mit ernstem Blick, damit sie nicht merkte, wie sehr es ihm widerstrebte, solche Dinge zu hören.

»Er hat mir diese Broschüre zu lesen gegeben. So eine Art Handbuch. Als er zu dieser Konferenz in Boston gefahren ist.«

Tyler wartete. Sie putzte sich die Nase.

Und dann begann das schwarze Telefon zu klingeln. Sie schauten beide hin. Tyler ließ es zweimal läuten, ehe er sagte: »Wenn Sie mich kurz entschuldigen.« Er sah, dass Doris die Lippen zusammenpresste und mit einer heftigen Bewegung ihre Handschuhe überzog, und hielt einen Finger hoch. »Nein, nein, Doris, gehen Sie nicht. Hier Tyler Caskey.«

Aber Doris musste doch gehen. Und auch er musste gehen. Katherine hatte sich in der Schule übergeben.

Aber die kleine Jeannie Caskey war einfach nur goldig. Da wackelte sie am Samstagvormittag durchs Zimmer, eine Hand im Mund, fröhlich glucksend mit ihren niedlichen blonden Ringellöckchen, um dann mit dem Spuckehändchen nach jedem Bein oder Hund oder Gesicht zu greifen, dessen sie habhaft werden konnte. Ihre Großmutter saß immerzu mit dem Taschentuch bereit, um die Hand abzutrocknen, aber das störte die Kleine kein bisschen; sie wartete einfach, blickte heiter von einem zum anderen, und sobald die Hand freigegeben wurde, schob sie sie entweder zurück in den Mund oder patschte damit nach dem nächsten Objekt der Begierde. Jetzt stand sie neben ihrem Vater auf der Couch und drosch ihm mit wachsender Begeisterung auf den Kopf, bis Tyler mittenhinein in die Ausführungen seiner Mutter über die mangelnde Sauberkeit in seinem Haus zu seiner jüngeren Tochter sagen musste: »Vorsicht. Nicht so wild.«

»Brav sein, Jeanne«, mahnte die Großmutter sie müde, in einem Ton milder Autorität. Margaret Caskeys Sprechweise war langsam und von einer schleppenden neuenglischen Bedächtigkeit. »Tyler«, sagte sie, »putzt sie eigentlich je die Fenster? Wofür genau wird sie bezahlt?«

All dieser grelle Sonnenschein war schuld. Tyler fühlte sich bloßgestellt, wie er hier auf der Wohnzimmercouch saß und seine Mutter die Arbeit der Frau tadeln hörte, die ihm einen Moment des Trostes hatte zuteilwerden lassen. Vage nickte er in Richtung des Fensters, auf das seine Mutter zeigte. Kurz zuvor hatte sie ein Tempo aus ihrer Handtasche gezogen, sich auf einen der Esszimmerstühle gestellt und nach einer Spinnwebe geschlagen, die sie dort oben entdeckt hatte. »Mutter«, hatte er gesagt, »sei vorsichtig.« Sie war nicht mehr jung. So ein Knöchel war schneller gebrochen, als man dachte.

»Es deprimiert mich, Tyler. Deine Lebensweise.« Ihre gesenkte Stimme, dieses ganz eigene Schräglegen des Kopfes, die Art, wie ihre langen Finger an dem marineblauen Kleid mit den großen weißen Punkten zupften – all das ließ eine uralte Furcht in Tyler aufsteigen. Vielleicht empfand Mrs. Caskeys betagte schwarze Labradorhündin Minnie ja etwas Ähnliches; sie hatte schlafend neben Tyler auf der Couch gelegen, aber jetzt öffnete sie die Augen, winselte kurz und sprang auf den Boden.

Ihre Krallen klackten über die Dielenbretter, als Tyler sagte: »Mach dir um mich keine Gedanken, Mutter.«

Jeannie patschte dem Hund aufs Hinterteil und plumpste dann ihrem Vater auf den Schoß. Durchs Hosenbein spürte er ihre nasse Windel. »Katherine«, rief er, »komm und hilf mir, deine Schwester zu wickeln«, und Katherine kam herbei und ließ sich klaglos von Jeannie am Pony reißen; nicht einmal den Kopf bog sie weg.

»Ich mach das schon«, sagte seine Mutter und nahm die Kleine. »Du musst schließlich deine Predigt vorbereiten.«

Tyler nickte und stand auf, obwohl die Predigt in Wirklichkeit schon »vorbereitet« war. Er gab der Sekretärin den Predigttitel immer bereits am Freitag durch, damit sie die Ablaufzettel hektographieren konnte; er mochte sie nicht am Samstagvormittag behelligen. Der Titel lautete nun doch nicht »Über die Fallstricke der Eitelkeit«. Katherines Magenverstimmung, der Besuch von Doris, das Gespräch mit Mrs. Ingersoll – all das hatte seinen Tribut von Tyler gefordert; die Predigt über die Eitelkeit war darüber auf der Strecke geblieben. Stattdessen würde er eine alte Predigt über die Prophezeiungen Jesajas halten, die noch aus seinen Ausbildungstagen stammte, auch wenn er sich, während er im Vorbeigehen Minnies Kopf tätschelte, eingestehen musste, dass ihm nichts von dem damals Geschriebenen mit irgendetwas Gegenwärtigem zu tun zu haben schien.

Tyler setzte sich an seinen Schreibtisch und sah um sich. Sein Blick fiel auf Bonhoeffers *Widerstand und Ergebung* auf dem Tisch drüben. Er konnte ganze Passagen auswendig, so oft hatte er darin gelesen. Er starrte aus dem Fenster, auf die Vogeltränke, den Efeu, und stellte sich ein Haus in Berlin vor, leidenschaftliche Debatten über theologische Fragen, die sein, Tylers, Begriffsvermögen bei weitem überstiegen; er stellte sich eine deutsche Radioübertragung vor, Bonhoeffers feste Stimme, die erklärte, dass der Mensch dem Bösen durch *verantwortliche Tat* entgegentreten müsse, und dann wurde die Radioübertragung von den deutschen Behörden mitten im Satz abgeschnitten; oh, welch hitzige Diskussionen darauf gefolgt sein mussten! Er sah Bonhoeffer, den jungen blonden Pastor, in ernstem Gespräch mit seinem Freund Bischof Bell durch die engen Gassen des englischen Chichester schreiten; sah ihn nach New York reisen, dann eines der letzten Schiffe zurück nach Deutschland besteigen; er stellte sich die grünen Rasenflächen von Finkenwalde vor (Tyler hatte keine Ahnung, ob es in Finkenwalde Rasenflächen gab), wo Bonhoeffer einer Gemeinde von Christen verkündete, die Sünde des Menschen sei die Flucht aus der Verantwortung. Tyler stellte sich das Wehrmachtsgefängnis in Tegel vor, das Scheppern eiserner Tore, den Hall schwerer Stiefel… Der ungeheure Radius von Bonhoeffers Wirken, die vielfältigen Schauplätze seiner Unerschrockenheit und seines Leidens ließen Tyler seine eigene Verzweiflung als ein verbogenes Ding empfinden, ähnlich einem Nagel, der durch ein knorriges Brett geschlagen wurde. Alles, was Dietrich Bonhoeffer hatte erdulden müssen, leuchtete und schimmerte vor Reinheit.

Tylers Liebe zu diesem Märtyrer fühlte sich so persönlich an, dass es ihn manchmal richtiggehend erstaunte, dass sie einander nie begegnet waren, dass Bonhoeffer von Tylers Existenz nichts geahnt hatte. Wir wären Freunde gewesen, dachte Tyler. Aber Dietrich Bonhoeffer war 1906 in Breslau geboren, einundzwanzig Jahre bevor Tyler Caskey als schrumplige rote Frühgeburt in Shirley Falls, Maine, das Licht der Welt erblickt hatte. Und als Tyler, dessen Verdauung Margaret Caskey unzählige schlaflose Nächte bereitet hatte, seine Milch noch von der Spitze eines Grillpinsels saugte, hatte Dietrich Bonhoeffer schon an der Berliner Universität promoviert, mit einer Dissertation über die »Gemeinschaft der Heiligen«.

»Ui, ein ganz Gescheiter«, sagte die spätere Lauren Caskey

bei ihrem zweiten Rendezvous lachend, nachdem ihr dieser Sachverhalt passioniert vorgetragen worden war.

Ja, Bonhoeffer war gescheit. Und aus »besseren Kreisen«. Tyler, der als guter Amerikaner von solchen Klassifizierungen nichts hielt, führte die Tatsache Lauren gegenüber dennoch an, als Beweis dafür, dass der Mann viel zu verlieren gehabt hatte. Und er hatte es drangegeben. Nicht nur prangerte Bonhoeffer das stillschweigende Mitläufertum seiner Kirche an und leitete das – später von den Nazis geschlossene – Predigerseminar der Oppositionsbewegung Bekennende Kirche, der Mann kehrte (und das war der Teil der Geschichte, den Tyler Caskey mit vor Ergriffenheit heiserer Stimme referierte, weit über den Tisch gebeugt), er kehrte, nachdem er 1939 bereits ein paar Monate in den Vereinigten Staaten verbracht hatte, *freiwillig nach Deutschland zurück*, obwohl er mit seinem Tod rechnen musste. Andere rechneten damit. Karl Barth, Paul Tillich. Sie begaben sich nicht zurück in die Hände von Hitlers Schergen, und sie beschworen auch ihn, es nicht zu tun.

»Und warum ist er dann zurück?«, fragte die zukünftige Mrs. Caskey.

»Weil er dachte, er würde bei den Deutschen nach dem Krieg keine Glaubwürdigkeit mehr besitzen, wenn er in der Zeit der Not nicht bei ihnen war.«

»Ganz schön edel von ihm«, sagte die zukünftige Mrs. Caskey und lehnte sich zurück, und wenn Tyler auch nur eine Spur von Zynismus in der Bemerkung entdeckt hätte, so dachte er später, dann hätte er sie nicht geheiratet. Aber er hatte keinen Zynismus entdecken können, und auch jetzt, als er in seinem Arbeitszimmer saß und an diesen Moment zurückdachte, entdeckte er keinen darin. *Ganz schön edel von ihm.* Sie hatte auf den Salzstreuer hinabgeblickt, den sie zwischen den Fingern beider Hände drehte, und dann ihre runden, dunklen Augen zu Tyler gehoben.

Und in diesem kindlichen Ton, in dem sie manchmal sprach, hatte sie gesagt: »Ich weiß nicht, ob ich auch zurückgegangen wäre«, und er war gerührt gewesen von ihrer Aufrichtigkeit.

»Es war sein Beruf – seine Berufung.« Er hatte ihr von Bonhoeffers Verlobter erzählt, Maria von Wedemeyer, die ihn im Gefängnis besucht hatte. Sie war erst neunzehn, und sie besuchte ihn im Tegeler Gefängnis; es musste sehr unheimlich für sie gewesen sein. Bonhoeffer schrieb Gedichte, die er ihr und seinem besten Freund Eberhard Bethge schickte. *Leben, was hast du mir angetan? Warum kamst du? Warum vergingst du?*

Lauren beugte sich vor. »Schreiben Sie auch Gedichte?«, fragte sie.

O nein, nein. Nein, beeilte er sich zu versichern, und er meinte, ein Quäntchen Anspannung um ihre Augen weichen zu sehen. Es sei eine Sache, sagte er, wenn ein großer Märtyrer in einem Nazi-Gefängnis Gedichte schrieb, aber er, Tyler Caskey, der einfach ein ganz normaler Durchschnittsmensch aus Shirley Falls, Maine, war, schreibe keine Gedichte. Hoffentlich einmal starke, gehaltvolle Predigten, aber Gedichte – nein.

Und jetzt saß Reverend Caskey an seinem Schreibtisch, die Fingerspitzen an den Lippen, und dachte, was wäre gewesen, rein theoretisch nur – was wäre gewesen, wenn er vor einem Jahr mit Bonhoeffer hier in diesem Zimmer hätte zusammensitzen dürfen? Wenn er Bonhoeffers Hände umfasst und gesagt hätte: »Bitte, hör mir zu. Ich ...«

Aber er hätte es nicht gesagt.

Tyler wandte langsam den Kopf, starrte hinaus auf die Vogeltränke. Flüchtig sah er das Schlafzimmer vor sich, das er in jenen letzten Wochen mit seiner Frau geteilt hatte – das schöne Augustlicht, das durch den Raum schnitt wie eine Klinge, der Ruf des Kardinals durchs offene Fenster. Wie hatte Bonhoeffer aus dem Gefängnis geschrieben: »Der Mann ist immer ein Ganzer und entzieht der Gegenwart nichts.«

Tyler kehrte sich wieder dem Schreibtisch zu. Bonhoeffer hatte zum Widerstandskreis gegen Hitler gehört. Er hatte der Gefängnishaft ins Auge geblickt, seinem eigenen Tod, und er hatte sich dieser Gegenwart gestellt; niemand konnte behaupten, dass er kein ganzer Mann war. »Aber gehört es nicht zum Wesen des Mannes im Unterschied zum Unfertigen, dass das Schwergewicht seines Lebens immer dort ist, wo er sich gerade befindet?«, hatte Bonhoeffer in seiner Zelle geschrieben. Tylers Finger tippten an seinem Mund herum; in seinem Kopf jagten sich Bildfragmente.

»Kinder, lasst euren Vater in Frieden!« Vor seiner Tür rumpelte und kicherte es, Hundepfoten tappten über die Dielen, dann wieder Ruhe.

Im Namen Gottes, er würde seinen Aufgaben nachkommen. (Was blieb ihm anderes übrig?) Er würde beten, dass das Schwergewicht seines Lebens da war, wo er sich befand. Und er befand sich in West Annett. Seine Aufgabe war es, mit straffen Schultern und erhobenem Haupt vorm Altar zu stehen und seiner Gemeinde begreiflich zu machen, dass Christsein kein Hobby war. Ein Christ zu sein war eine ernste Angelegenheit. Ein Christ zu sein hieß, sich bei jedem Schritt des Weges zu fragen: Wie diene ich der Liebe am besten? Seine Aufgabe war es, ihr Anführer zu sein, ihr Lehrer, ihr Vorbild. Eine kleine Gemeinde, das ja. Keine kleine Aufgabe.

Tyler rückte seinen Stuhl näher an den Schreibtisch, sah seine Aufzeichnungen durch. Es war Weltflüchtlingsjahr. Im Nahen Osten waren eine Million Araber dem Verhungern nahe, und Tausende von Menschen in Osteuropa lebten noch immer in Durchgangslagern. Der Church World Service erhielt von den Vereinigten Staaten kein Milchpulver mehr, weil das Landwirtschaftsministerium verfügt hatte, dass Milchpulver kein Überschussprodukt mehr war. Das beschäftigte Tyler besonders. Das Share-Our-Surplus-Programm war stärker auf Hilfe angewiesen denn je. SOS, schrieb Tyler auf einen Zettel, während er aus dem Nebenzimmer seine Mutter hörte, die Katherine ermahnte, sich die Haare aus dem Gesicht zu streichen.

Die Bewohner von West Annett waren vom ersten Moment an fasziniert gewesen von Tyler Caskey. Sie hatten sich so an den alten Reverend Smith gewöhnt gehabt, dessen wässrige Augen voll Gleichgültigkeit auf seine Gemeinde geblickt hatten und auf dessen runzligem Gesicht sich über Jahre kein echtes Lächeln mehr gezeigt hatte, dass ihnen Tyler Caskeys Ankunft den Atem verschlug, so als wäre ein riesiger, kraftstrotzender Bär im Fluss dahergeschwommen und ans Ufer geklettert. Er war ein großer Mann, hochgewachsen und grobknochig, und wenn man ihm die Hand gab, fühlte sich das tatsächlich ein bisschen an, als schüttelte man eine Bärenpranke. Seine Stimme, passend zum Rest, war tief und sonor, und es hätte leicht ein Eindruck von Übermächtigkeit entstehen können, wäre nicht sein sanfter Gesichtsausdruck gewesen, seine Art, die blassen Wimpern zusammenzuzwicken, wenn er den Kopf vor- und ein Stückchen hinabbeugte, um der Person, mit der er gerade sprach, besser in die Augen sehen zu können. Anders gesagt: Dass jemand, der von seiner Statur und seiner Ausstrahlung her nur allzu leicht alle um ihn an die Wand hätte drücken können, sich so sehr zurückzunehmen versuchte, dass er, ob er nun beim Kirchenkaffee durch den Gemeindesaal ging, nach allen Seiten grüßend und Hände schüttelnd, oder gemeinsam mit den Eltern eines vom Traktor gefallenen Kindes in einem Krankenhauskorridor wartete, so leise und behutsam sprach wie nur möglich, wie um die Kraft, die er auf der Kanzel offenbarte, im Alltag mit allen Mitteln zu zügeln – dass er das tat, darin lag etwas Rührendes.

Wobei nicht jeder den Mann mochte. Charlie Austin fand insgeheim, dass er sich »zu vertraulich« gab, dass das Sanfte, Werbende, das dieser ungeschlachte Mensch ausstrahlte, nicht ganz echt war. Und vielleicht dachten auch noch ein paar andere so, aber die Frauen in der Gemeinde – und die meisten Männer – mochten kaum den Blick von ihm wenden, auf ganz andere Weise gefesselt von ihm als von seiner Frau, obwohl die schon ein Geschöpf von einiger Schönheit war. Sicher, am Ende war Lauren Caskey das Stadtgespräch schlechthin gewesen, aber über sie geredet hatte man von ihrem ersten Auftritt an, bei dem Abendessen mit dem Gemeindekirchenrat samt Gattinnen.

Kaum ein Fremder, der zwischen den baumbestandenen Hängen hindurch auf die karge Main Street zufährt, macht sich klar, dass ein Städtchen wie West Annett genauso wenig ohne seine gesellschaftliche Hierarchie auskommt wie Gefängnisse, High-School-Klassen oder Etagenhäuser in Beacon Hill. In West Annett legte man großen Wert auf die Abkunft, und es war nicht die Abkunft von den Müden, den Armen, den geknechteten Massen – jenen Menschen, die an New Yorks großer Pforte so demonstrativ willkommen geheißen wurden. Nein, mit den müden Massen ließ sich in West Annett kein Lorbeer einheimsen. An dieser Küste mochte man aus vielerlei Gründen gelandet sein, aber Müdigkeit gehörte nicht dazu. Man konnte mit den Puritanern ins Land gekommen sein oder als englischer Teehändler mit Ambitionen auf Grundbesitz und ein neues Leben. Man konnte ein armer Schotte gewesen sein, der seine sieben Jahre Fronarbeit ableisten musste. Oder man war auf der *Mayflower* angekommen wie die Vorväter von Bertha Babcock, in deren guter Stube ein über einen halben Meter langes Modell dieses glorreichen Schiffes stand.

Als die Auswahlkommission beschloss, Tyler Caskey zu einem Gottesdienst einzuladen – ihn sozusagen vorsprechen zu lassen, wobei dieser Ausdruck nicht fiel –, wurden er und seine junge Frau am Abend vor der Predigt zu einem Essen mit den Mitgliedern des Gemeindekirchenrats und ihren Ehefrauen gebeten. Private Zusammenkünfte von diesem Ausmaß waren in West Annett selten, und so wurde das Haus von Auggie und Sylvia Dean für den Anlass auserkoren.

Auggie Dean »hatte Geld«, was im Prinzip nur hieß, dass seine Familie etwas mehr Geld besaß als die meisten Menschen in West Annett – die jedoch allesamt nicht viel hatten und Geld auch nicht mit Respektabilität gleichsetzten. Aber nicht lange vor der Ankunft der Caskeys war die alte Küche der Deans herausgerissen und durch eine neue ersetzt worden, und nun stand die erste Spülmaschine der Stadt neben einem wunderbaren Markenkühlschrank mit ausschwenkbaren Fächern, die an diesem Frühlingsabend eifrig aus- und eingeschwenkt wurden, als die Frauen die mitgebrachten Speisen verstauten und Sylvia Komplimente darüber machten, wie echt das Marmorimitat der Arbeitsfläche aussah.

»Ist das putzig hier«, sagte Lauren und spähte durch das Autofenster hinaus. Es war Ende April, und in der Nacht war frischer Frühlingsschnee gefallen, so dass am späten Nachmittag, als Tyler und seine Frau in der Stadt eintrafen, die dunklen Äste und einige Dächer noch weiß überzuckert waren und Schneeränder die Stufen vor der kleinen weißen Kirche säumten. »Wirklich goldig«, sagte Lauren und sah nach rechts und nach links, während sie die Hauptstraße entlangfuhren. »Deine erste Kirche, Tyler.«

»Wenn sie mich wollen.« Er hielt am Straßenrand, um noch einmal einen Blick auf die Wegbeschreibung zu werfen, die er erhalten hatte.

»Natürlich wollen sie dich. Die Frage ist, ob sie mich wollen.« Lauren drehte den Rückspiegel zu sich her und zog ihre vollen Lippen mit Lippenstift nach. »Liebling«, sagte sie und ließ ihre blaue Handtasche zuschnappen, »können wir schauen, dass wir schnell ankommen? Ich muss ziemlich dringend.«

An der Main Street von West Annett lagen ein kleines Lebensmittelgeschäft, eine Arztpraxis, die Kongregationalistenkirche, das Pfarrhaus, ein winziges weißes Postamt und gegenüber dem Friedhof eine alte Grange Hall. Ein Stück weiter gabelte sich die Hauptstraße; die Upper Main Street führte zu den drei weißen Gebäuden der Annett Academy, der Internatsschule, die auch Externe aus dem Ort und umliegenden Städten ohne eigene High School aufnahm, wand sich dann durch ein Waldstück und folgte einer Steinmauer bis zum Ringrose Pond, und dort, nicht weitab von der Straße, stand das große weiße Haus von Auggie und Sylvia Dean mit seinen gerafften weißen Gardinen in jedem Fenster.

Mit wachsender Gespanntheit hatten die Frauen die Deckel von ihren Auflaufformen genommen, Papierservietten verteilt und Gabeln und Löffel auf dem Samsonite-Klapptisch aufgefächert, der mit einer weißen Tischdecke versehen neben dem Esstisch aufgestellt worden war, gleich in der Fensterbucht. »Da sind sie, da sind sie«, riefen alle durcheinander, als Tyler und Lauren zu Fuß den Plattenweg heraufkamen – ihren Wagen hatten sie vermutlich vorn an der Straße geparkt, denn die Einfahrt stand schon voller Autos.

Lauren Caskey war anders als erwartet. Wie immer die Leute sie sich vorgestellt hatten – so nicht. Ihr Mann überragte sie natürlich (er überragte eigentlich jeden), aber dennoch wirkte, als sie durch die Tür trat, erst einmal alles an ihr »groß«: ihre Augen waren groß, ihr Mund war groß, ihre Wangen waren groß und rund. Und wenn auch ihre Schuhe – wunderhübsch, gar keine Frage, aber mit *Riemen* an der Ferse, und das, wo draußen noch Schnee lag! – weniger groß waren, als es ihre restliche Gestalt zu erfordern schien, waren die Waden in den Nylonstrümpfen umso ansehnlicher. Da stand sie, eine Topfpflanze in beiden Händen, ein blaues Lederhandtäschchen überm Handgelenk. Ihr Ausdruck ließ sich schwer deuten, darüber war man sich später einig. Diese glubschenden braunen Augen, das volle, von rotblonden Haaren umrahmte Gesicht.

Die Pflanze wurde von Sylvia Dean entgegengenommen – sie würde sie gleich dort ins Wohnzimmerfenster stellen; sehr hübsch, aber doch nicht nötig, wirklich. Auggie half Mrs. Caskey aus dem Mantel, und da zeigte sich, dass sie in der Hoffnung war, noch nicht sehr weit, aber man sah es. Als sie sich vorbeugte und sagte: »Puh, dürfte ich gleich mal zur Toilette? Es war eine lange Fahrt«, versicherte ihr ein Chor von Frauenstimmen: Aber selbstverständlich, gleich neben der Küche, nein, sie soll lieber nach oben gehen, ja, hier, ich zeig's Ihnen, wir wissen doch alle noch, wie das ist...

Für die wenigen Minuten ihrer Abwesenheit wandte sich die Aufmerksamkeit Tyler zu, der bemerkenswert ungezwungen schien. Sein offenes Gesicht und der Druck seiner großen Hand (nicht zu fest, aber alles andere als kraftlos – genau wie es das Buch *Die Pastorengattin*, das Lauren von ihrer Schwiegermutter bekommen hatte, vorschrieb) hinterließen den besten Eindruck. »Schönen guten Abend, Charles«, sagte er nickend. »Guten Abend, Auggie. Schön, Sie wiederzusehen. Schön, Sie alle kennenzulernen.« Und so ging er von einem zum anderen, den Kopf vorgeneigt, um den Leuten mit seinem blauäugigen, blinzelnden Blick in die Augen zu schauen. »Das ist ja ein richtig fürstliches Mahl – unglaublich!« Sein Lächeln umfasste die Traube von Frauen, die noch zwischen Küche und Wohnzimmer hin- und hergingen.

»Ginger-Ale, wenn Sie welches dahaben«, antwortete er Irma Rand. »Danke, ganz wunderbar. Ja, ich könnte mir schon vorstellen, dass sie auch ein Glas möchte, aber warten wir doch einfach und fragen sie selbst.«

Auch das wurde hinterher kommentiert: dass der Pastor seine Frau für sich sprechen ließ – und das tat sie, sie wollte lieber Cranberrysaft, und ihre Lippen waren so dick geschminkt, dass sie sofort einen Abdruck auf dem Glas hinterließen. Am Ende des Abends jedoch war von Mrs. Caskeys Lippenrot kaum etwas übrig, und ihr Gesicht wirkte blass in dem großen Lehnsessel in der Ecke, den Sylvia Dean ihr zugewiesen hatte. »Oh, nein – Sie ruhen sich aus«, befahl Sylvia, als Lauren sich aus dem Stuhl hochstemmen wollte.

»Aber das geht doch nicht, dass ich mich von Ihnen allen bedienen lasse und nicht beim Abwasch helfe«, rief die junge Frau, und Alison Chase war es, die anordnete: »Dann stellen Sie sich hier an die Spüle und trocknen ab.« Also stand Lauren Caskey in der Küche, rieb Gabeln trocken und fragte die Frauen über ihre Kinder und im Einzelfall auch über ihren Beruf aus, denn Marilyn Dunlop unterrichtete Kunst an der Annett Academy, und Doris Austin spielte in der Kirche die Orgel und dirigierte mit einer Hand und Kopfnicken den Chor.

»Ich kann nicht singen«, sagte Lauren.

»Da wären Sie nicht die Einzige in West Annett.« Ora Kendall, deren dunkles lockiges Haar in alle Richtungen wegstand, fasste Lauren durch ihre riesige schwarze Brille ins Auge, ehe sie mit Handfeger und Kehrschaufel weiter ins Wohnzimmer ging. Es hatte Scherben gegeben. Der alte Mr. Wilcox hatte einen Schritt rückwärts gemacht und ein Glas vom Tisch gestoßen und es nicht einmal gemerkt.

»Viele Leute glauben, sie könnten nicht singen«, sagte Doris, »dabei kann es jeder lernen.«

Schweißtröpfchen waren an Laurens Haaransatz erschienen.

»Wir haben unseren eigenen Geschichtsverein«, sagte Bertha Babcock. »Vielleicht haben Sie ja Lust beizutreten. Manche Leute hier sind schon seit zwölf Generationen im Land. Die frühen Siedler waren ein zähes Völkchen.«

»Und in der Grange Hall gibt es Square-Dance-Abende«, sagte Rhonda Skillings. »Alvin ist ein großartiger Ausrufer. Der Club kann froh sein, ihn zu haben.«

»Was macht Ihnen denn Spaß, Lauren?«, fragte Alison Chase.

»Ich gehe gern shoppen«, sagte Lauren. »Ich finde den Geruch in den Kaufhäusern so himmlisch.«

Alison warf Sylvia Dean einen Blick zu und reichte Lauren einen Teller zum Trocknen. Sie deutete mit dem Kopf auf Laurens Bauch. »Na, bald haben Sie ja eh ausreichend zu tun. Haben Sie irgendwelche Hobbys? Irma und ich haben vor einer Weile angefangen, Vögel zu zeichnen, und es macht uns sehr viel Freude.«

»Puh. Ich glaube, ich muss mich noch mal hinsetzen«, sagte Lauren.

»Kommen Sie«, sagte Ora Kendall, und sie führte die Frau zu dem Lehnsessel im Wohnzimmer zurück, wo sie blieb, bis es Zeit zum Abschiednehmen war.

Die Caskeys hatten das Übernachtungsangebot der Deans ausgeschlagen, angeblich, weil sie bei Freunden in Bangor schlafen und dann in der Früh für Tylers Gottesdienst zurückkommen wollten. In Wahrheit übernachteten die Caskeys in einem Motel ein Stück außerhalb, und als sie den alten Packard bestiegen, den Laurens Vater ihnen geschenkt hatte, gab es im Haus der Deans viel zu bereden. »Ein sehr umgänglicher Bursche«, sagte jemand über Tyler, und andere stimmten ihm bei, während Charlie Austin schwieg. Das Urteil über Lauren fiel verhalten positiv aus. Es war etwas an ihr, das den Frauen nicht so recht gefallen hatte, aber keine wollte diejenige sein, die es ausprach. Es war nicht nur ihre Bemerkung über das Shoppen und die Kaufhäuser. Es hatte mit ihrem Aussehen zu tun. (»Was passiert, wenn die Lust erst mal abklingt?«, murmelte Ora Kendall Alison zu.) Lauren Caskey schien zu sehr auf ihr Äußeres bedacht, mehr, als sich für eine Pfarrersfrau schickte, und hätte Tyler nicht am nächsten Morgen eine so mitreißende Predigt gehalten – vielleicht wäre ihm die Stelle doch nicht angeboten worden. Für viel Gesprächsstoff sorgten an diesem Abend auf jeden Fall Lauren Caskeys Schuhe. Der Fersenriemen war schlicht verfehlt um die Jahreszeit. Hübsch waren sie, mit diesen winzigen Zöpfchen über der Zehenpartie, aber war es nicht seltsam, dass eine Frau in ihren Umständen auf so hohen Absätzen herumlief? Was, wenn sie stürzte und – gut, das war ihre Sache, ihre und Tylers, und er machte nun wirklich einen sympathischen Eindruck.

»Das lief doch recht gut«, sagte Tyler, als sie über die Nebenstraßen zurückfuhren. »Nette Leute.« Es war eben erst dunkel geworden. Sie waren um halb fünf bestellt gewesen, da in West Annett früh zu Abend gegessen wurde, selbst samstags. Das Essen hatte um halb sechs begonnen, und um acht saßen die Caskeys schon wieder im Auto.

»Es war seltsam«, sagte Lauren.

Tyler wollte sichergehen, dass er sich auf diesen kleinen Straßen nicht verfuhr, und spähte angestrengt nach möglichen Abzweigungen aus. »Waren sie nicht freundlich zu dir?« Er griff nach ihrer Hand.

Lauren gähnte laut. »Wer war die mit dem grauenvollen orangen Lippenstift? Sie zeichnet Vögel. Was soll das heißen, jemand zeichnet Vögel?«

»Das mit dem Lippenstift ist mir nicht aufgefallen«, sagte Tyler.

»Die Männer waren nett«, sagte Lauren. »Nett, aber wortkarg. Aber deine Predigt wird prima bei ihnen ankommen. Und die Frauen mögen dich. Sie werden ihren Männern sagen, dass sie für dich stimmen sollen.«

»Die ganze Gemeinde wählt.«

»Wer war dieser Rothaarige mit dem rosa Gesicht? Seine Frau ist die Organistin, glaube ich.«

»Charles Austin.«

»Er tut mir leid, Tyler. Tief drinnen ist er ein Wolf.«

»Ein Wolf?« Besonders wölfisch war ihm Charles Austin nicht erschienen.

»Er ist ein Wolf in rosa Haut. Glaub mir, Tyler. Er tut so fromm, aber er ist ein Schürzenjäger. Und ich sag dir noch was«, hatte Lauren an diesem Abend im Auto gesagt. »Diese Jane Watson. Nimm dich vor ihr in acht.« Sie rutschte dicht an ihn heran, schmiegte den Kopf an seine Schulter. »Ich schlaf ein bisschen.«

Aber im Motelzimmer ließ sie sich auf die Bettkante sinken und weinte. Tyler setzte sich neben sie und schlang seine mächtigen Arme um sie. »Mensch, Lauren«, sagte er, »das war ein Sprung vom Zehn-Meter-Brett, und du hast ihn fabelhaft hingekriegt.« Ganze Ströme schwarzer Farbe schienen sich über ihre runden Wangen zu ergießen. Er zog sein Taschentuch hervor und rieb ihr damit im Gesicht herum.

»Wie du mit diesen ganzen Leuten geredet hast«, sagte Lauren. »Du bist richtig gut in so was.«

»Mir ist nur wichtig, dass ich dir ein guter Ehemann bin.«

Oh, sie waren glücklich in dieser Nacht. Sie wurden früh wach, und auch da waren sie glücklich, ihre Atemzüge, die sich vermischten, der Schweiß unter seinen Achseln, alles Teil ihrer Liebe.

Und am Vormittag war die Kirche bis auf den letzten Platz besetzt, und Sonnenlicht flutete zu den Fenstern herein, als die Gemeinde sich erhob und alle fünf Strophen des Eingangslieds sang.

Es tagt, die Schatten fliehn, ich geh zu dir.
Im Leben und im Tod, Herr, bleib bei mir.

Die Orgel verstummte, die Leute legten ihre Gesangbücher auf die hölzerne Ablage und zupften unauffällig ihre Pullover zurecht, strichen sich den Rock oder das Hosenbein glatt, bevor sie sich setzten. Das Schweigen, das folgte, war erwartungsfroh, voller Hoffnung. Tyler trat vor den Altar, und er fühlte eine nicht zu bändigende Freude in sich aufwallen. »Gott ist barmherzig«, verkündigte er den Menschen von West Annett, seine Stimme tönend vor Gewissheit. »Gott schuldet uns nichts. Wir schulden ihm alles.«

Drei

Wenn auch Zweifel bezüglich Lauren Caskey blieben – und nicht zu knapp –, gab es umso weniger Zweifel an ihrem Mann, der zu den letzten Klängen des Orgelvorspiels seinen Platz im Altarraum einnahm, eine große schwarzgewandete Gestalt, die gänzlich in sich zu ruhen schien und die etwas Kraftvolles, Offenes ausstrahlte. In jenen ersten Jahren fühlten sich die Gemeindeglieder, sobald sie in den Bänken saßen, von Wärme umfangen, und Wärme war in West Annett etwas, das nicht eben auf Bäumen wuchs. Kein Wunder – das Landesinnere hier oben, mit seinen kurzen heißen Sommern und den langen dunklen Wintern, hatte über Generationen hinweg einen Lebensstil geprägt, bei dem sich alles ums schiere Durchhalten drehte. Einem Kind, das in der vereisten Einfahrt ausrutschte und sich das Kinn an der Autotür anschlug, wurde aller Voraussicht nach befohlen, die Zähne zusammenzubeißen, auch wenn einer dieser Zähne, wie in Toby Dunlops Fall, glatt die Unterlippe durchschnitten hatte und auf der anderen Seite herausstand. Deswegen zum Arzt gehen? Wozu? »Das überlebst du schon«, bekam Toby gesagt, und das tat er – mit einer kleinen weißen Narbe, die er niemandem zeigte außer seiner ersten Freundin. Die Männer waren wortkarg? Nun, ihre Väter waren es auch gewesen. Die hiesigen Mahlzeiten konnten Auswärtigen etwas arg schlicht und fade erscheinen? Die Frauen kochten eben, was gerade vorrätig war: Huhn, Kartoffeln, Dosenmais. Und dass die Kinder kein Novocain bekamen, wenn der Zahnarzt bei ihnen bohren musste, hatte nichts mit Hartherzigkeit zu tun, sondern mit der Überzeugung, dass das Leben ein Kampf war, der den Charakter bildete.

Und ein Kampf war es ja auch. Hier oben in West Annett musste den ganzen Winter lang dickes Eis von den Türstufen und Windschutzscheiben gekratzt werden, Schneeketten mussten angelegt werden, damit die Autos im Schneckentempo über tief verschneite Straßen zum Lebensmittelladen kriechen konnten. In vielen Häusern wurden nur ein oder zwei Räume beheizt, Heizkessel gaben den Geist auf, und die Scheite für die Holzöfen wollten aus der Scheune hereingetragen oder aus dem Keller heraufgeschleppt sein. Die wenigsten Häuser lagen so, dass man bequem zu Fuß von einem zum anderen gelangte, und die Isolation lastete auf den alten Leuten, den Müttern mit kleinen Kindern – eigentlich auf allen. In die Kirche ging man weniger aus Pflichtgefühl als deshalb, weil es einem Gelegenheit gab, einmal aus dem Haus zu kommen, sich ordentlich anzuziehen, ein wenig Klatsch und Tratsch aufzuschnappen. Während der endlosen Amtszeit von Reverend Smith hatte man sich daran gewöhnt, die Predigten zähneknirschend über sich ergehen zu lassen, und manche Männer waren nicht einmal dazu bereit. Damals geschah es nicht selten, dass die Männer den Sonntagvormittag, nachdem sie Frau und Kinder vor der Kirche abgesetzt hatten, daheim verbrachten.

Bei Tyler Caskey kam niemand auf solche Ideen. Dass er seine Predigten nicht ablas, dass er offenbar nicht einmal Notizen benutzte, gab den Menschen die Möglichkeit, sein offenes Gesicht zu beobachten, während er zu ihnen sprach; ein Leuchten schien über seine Züge zu gehen. »Lasst uns alle Gott preisen«, sagte er, und man sah ihm an, dass er es ganz genau so meinte. »Lasst uns unsere Mütter und Väter und Kinder preisen. Lasst uns die verschneiten Bäume an den Hängen preisen und die steinernen Mauern, die starke Männer für uns erbaut haben, die Meisen, die dem Winter trotzen, und die Rotdrosseln, die mit dem Frühling zurückkehren. Lasst uns Dank sagen. Lasst uns anbeten Christus, den Herrn.«

Auf den Gedanken, dass er ein Risiko einging, wenn er in seinen Gemeindegliedern so viel Gefühl aufkommen ließ – die Besucherzahlen schossen in die Höhe, alle suchten sie seine ernsthafte Wärme –, auf den Gedanken, dass all dies eine Gefahr für ihn bergen könnte, kam Tyler nicht. Als er unter der Woche einmal zu George Atwood im Predigerseminar in Brockmorton fuhr und davon schwärmte, wie sehr ihn seine Arbeit erfüllte, hörte sein alter Professor zu und sagte nur: »Da muss ich an eine Bemerkung denken, die Hirohito zu einem seiner Berater machte: ›Die Früchte des Erfolgs taumeln uns zu schnell in den Mund.‹« Auf der Heimfahrt dachte Tyler bei sich, dass der Mann vielleicht eine Spur bitter geworden war, weil er alt war und sein Enthusiasmus versiegt.

Das fiel ihm jetzt wieder ein, als er am Sonntagmorgen sein neues Hemd zuknöpfte. Über Nacht war eine Sturmfront herangezogen, und die klaren Oktobertage mit ihrem glitzernden Sonnenschein waren strömendem Regen gewichen. Durch das Fenster seines Arbeitszimmers sah Tyler die Tropfen mit solcher Wucht auf die Steinplatten pladdern, dass sie abprallten, nasse kleine Sprengsätze.

Er schob seine Predigt in eine Mappe und ging den Flur entlang in die Küche.

Margaret Caskey, die eine Kartoffel mit der Gemüsebürste bearbeitete, sagte, sie würde heute auf den Kirchgang verzichten, um stattdessen die Kleine zu hüten und sich um das Essen zu kümmern, aber Katherine Estelle solle ihre Gummistiefel anziehen und in die Sonntagsschule gehen. »Nicht dass du dir die neuen Schuhe von Tante Belle endgültig ruinierst – so, wie du sie in der kurzen Zeit schon verkratzt hast.«

Katherine wusste, dass die Großmutter sie nicht mochte. Als sie nun neben ihrem Vater auf dem Beifahrersitz saß, die Füße in den roten Gummistiefeln vor sich ausgestreckt, während die

Scheibenwischer hin und her witschten, fragte sie sich, ob ihr Vater es auch wusste. Sie drehte den Kopf und betrachtete ihn.

»Was ist, Süße?«, sagte er. »Musst du wieder spucken?« Er hatte das Kind am Donnerstag bei der Schulschwester abgeholt – ohne Mrs. Ingersoll über den Weg zu laufen –, und seitdem war nichts mehr vorgefallen. Am Freitag hatte er sie zu Hause gelassen, wo sie bei ihm im Arbeitszimmer still mit ihren Buntstiften gemalt hatte, während er las. Später war er mit ihr im Auto herumgefahren und erst zurückgekommen, als es schon dunkel war und sie eingeschlafen, ihr schmaler Hals zur Seite gebeugt.

Jetzt ließ sie ihre roten Stiefel nach vorn schwingen, einmal. Ihre Wangen wurden warm bei der Erinnerung an Martha Watsons gellende Stimme: »Katie Caskey hat gekotzt, und es stinkt!« Die Kinder hatten sich die Nase zugehalten.

»Katherine?« Ihr Vater wölbte seine riesige Hand um ihr Knie und drückte es ein bisschen. Sie musste lachen, so ein schönes Gefühl war das, ein Kribbeln wie von einem goldenen Zauberstab tief drinnen in ihrem Knie. Und als er einige Sekunden später seine große warme Hand wegzog, fühlte ihr Knie sich so verlassen, wie es zuvor froh gewesen war.

»Bei dem Regen werden wohl nicht viele kommen«, sagte ihr Vater zu der triefenden Windschutzscheibe.

Aber sie waren so zahlreich erschienen wie immer. Alison Chase im Sonntagsschulraum hatte alle Hände voll zu tun, überall hüpften und sprangen Kinder, bunt angezogene kleine Vögelchen. Mrs. Chase sagte: »Guten Morgen, Katherine«, und ihr oranger Lippenstift verzog sich zu einem Lächeln, aber mehr sagte Mrs. Chase nicht zu ihr, und so behielt Katherine den ganzen Vormittag ihre Gummistiefel an, und ihre Füße fühlten sich feucht und zu warm an.

Das Orange von Mrs. Chases Lippenstift war so scheußlich, dass Katherine gar nicht in ihre Richtung schauen mochte, und als Mrs. Chase die Kinder in den Gemeindesaal führte, drückte Katherine sich ganz auf die Seite hinüber, während alle »Welch ein Freund ist unser Jesus« sangen und Mrs. Chase dazu Klavier spielte. Für das Vaterunser mussten sie die Köpfe senken und die Augen schließen, aber Katherine schloss ihre Augen nicht. Sie starrte auf ihre roten Gummistiefel hinunter, und mitten hinein in das Gebet sagte sie leise und bestimmt: »Ich hasse Gott.«

Drüben im Kirchenraum schüttelten die Frauen die Tropfen von ihren durchsichtigen Plastikhauben und knöpften sich die Mäntel auf, rückten sie ein wenig über den Schultern zurecht, ohne sie jedoch auszuziehen, denn von den Frauen wurde erwartet, dass sie die Mäntel in der Kirche anließen; von den Männern nicht. Die Männer entledigten sich ihrer Mäntel entweder schon im Vorraum oder im Gang vor den Bänken und falteten sie zu Vierecken (recht feuchten heute), die sie neben sich auf das dunkelrote Sitzpolster legten oder unter die Bank schoben. Als das Orgelvorspiel beendet war, ließ sich hier und da ein Magenknurren vernehmen, ein Schlüsselbund klirrte zu Boden, und die Leute setzten sich zurecht, die erwartungsvollen Gesichter Reverend Caskey zugekehrt, der zur Kanzel schritt. Selbst jetzt, über ein Jahr später, wagte noch niemand, sich in die dritte Bank zu setzen.
Was war die Frau hübsch gewesen.
Was war sie hübsch gewesen mit diesem schimmernden Haar über dem Pelzkragen ihres beigefarbenen Wollmantels, wenn sie neben ihrem Mann auf den Kirchenstufen gestanden hatte, ihre Wangen glühend in der Wintersonne. Selbst wenn sich ein Teil dieser Schönheit geschickt aufgelegtem Make-up und teuren, gutsitzenden Kleidern verdankte. Lauren Caskey, so hieß es, musste eine Menge Zeit vor ihrem Spiegel verbringen, denn anderswo verbrachte sie sie definitiv nicht. Das war eine Tatsache – überall da, wo man eine Pastorengattin guten Ge-

wissens erwarten durfte, glänzte sie durch Abwesenheit. Frauenbund, Bibelkreis, Seniorennachmittag – nirgends ließ sie sich blicken. Gut, sie war natürlich auch mit der Kleinen beschäftigt, nicht nur (hochgezogene Augenbrauen) mit ihrem Haar. Dessen Farbe reifer, sonnenbeglänzter Äpfel direkt aus einer Flasche kam und dessen Wurzeln, laut Aussage von Leuten, die es wissen mussten, monatlicher Aufmerksamkeit und spezieller Pflege bedurften.

Doch falls Lauren Caskey sich der zwiespältigen Reaktionen auf sie bewusst war, merkte man ihr davon nichts an, wenn sie Sonntag für Sonntag in der dritten Bank saß und alle Umsitzenden freundlich anstrahlte. Eines Tages saß an ihrer Seite dann die winzige, flachsblonde Katherine Estelle und spielte mit einer Stoffpuppe und einer angeschmuddelten kleinen Decke. Manchmal schnalzte sie mit der Zunge oder sang ihr Puppenkind in den Schlaf, dann konnten die Gottesdienstbesucher in der Reihe dahinter beobachten, wie Mrs. Caskey dem Kind auf den Arm tippte, den Finger an die Lippen legte, und dann sahen Mutter und Kind sich achselzuckend an und kniffen mit einem kleinen Lächeln die Augen zusammen, als hätten sie ein Geheimnis miteinander, worauf das Kind wieder ruhig war. Es war etwas an ihnen – es ließ sich nicht recht benennen, aber sie hatten etwas Irritierendes, diese Mutter und ihre Tochter. Die Mutter nahm nicht genug Anteil, das war das eine. So viel Lauren Caskey nach dem Gottesdienst auch strahlte und lächelte und allen im Vorraum die Hand schüttelte, empfand man an ihr doch eine gewisse Gleichgültigkeit, als läge ihr nichts daran, zu ihren Nachbarn nach Hause eingeladen zu werden, zu erfahren, wie die Leute lebten, hier in ihrer kleinen Stadt.

Aber dann wurde Mrs. Caskey erneut schwanger, und ihr Mann nahm die Hand nicht mehr von ihrem Ellenbogen, wenn sie durch die Stadt gingen. Oft sah man sie mit Katherine in der Kinderabteilung der Schulbibliothek sitzen. Mrs. White, die Bibliothekarin, berichtete, dass die Mutter sehr lieb zu dem kleinen Mädchen war und ihm auf der breiten Bank unterm Fenster vorlas und es das Ohr an ihren kugeligen Bauch drücken ließ. Eines Tages allerdings bekam Mrs. White mit, wie die Mutter mit dem Kind flüsterte und dazu etwas auf ein Blatt Papier zeichnete, und das Kind flüsterte ganz laut zurück: »In die *Fahrgina*?«

Daran dachte Mrs. White, als sie sich an diesem regnerischen Oktobersonntag in ihrer Bank zurücklehnte, und einen Augenblick lang gestattete sie sich die Überlegung, ob den Pastor nicht auch schon vor der Tragödie – wenigstens dann und wann – das Gefühl beschlichen hatte, sich da mehr eingehandelt zu haben, als er verkraften konnte.

Und Tyler dort oben, in seinem schwarzen Talar – spürte er die Gegenwart Gottes? Nein, er spürte die Gegenwart von Rhonda Skillings, die – mit ihren Perlohrringen, der weißen Rüschenbluse – neben ihrem Mann hinten an ihrem üblichen Platz saß. Tyler hätte schwören können, dass sie bereits auf Katherine angesetzt worden war und nun wie eine gut geputzte Katze nur darauf wartete, sich auf das Kind zu stürzen. Sie habe im College der Phi-Beta-Kappa-Vereinigung angehört, hatte Rhonda ihm einmal erzählt.

Aber als er zur Kanzel ging, fühlte er sich getröstet durch das vertraute Knarzen des Dielenbretts unter dem Teppich und durch die vertrauten Worte, die er las. *Die auf den Herrn harren, kriegen neue Kraft ... dass sie laufen und nicht matt werden, dass sie wandeln und nicht müde werden.* Er roch den vertrauten Geruch der Hitze, die von den Heizkörpern aufstieg, hörte hier und da ein Knie gegen die Rückwand einer Bankreihe wetzen, hörte unterdrücktes Hüsteln und Husten. In einer der Seitenbänke schnitt jemand sich mit einem Knipser die Nägel, und das winzige Klickgeräusch verschaffte Tyler eine seltsame Genugtuung. Als er die Hand auf die Bibel legte (*Und es wird dort eine Bahn sein, die der heilige Weg heißen wird*), überwältigte ihn die Erinnerung daran, mit welchem Glück – welch unbändigem Glück – ihn all dies in der Vergangenheit erfüllt hatte: Er, Reverend Tyler Caskey, gab diesen Menschen das volle Maß der Güte Gottes zu kosten!

Weit, weit weg – so weit, als hauste es in einer winzigen Hütte an einem fernen Horizont – war das Wort Scheitern. So weit, dass es sich nicht ausmachen ließ, und es gab ja auch keinen Grund hinzuschauen: Mrs. White lächelte zu ihm empor, den Kopf andächtig zur Seite gelegt. »Der Friede zwischen den Nationen«, sagte Tyler langsam, »muss sich auf das solide Fundament der Liebe zwischen den Menschen gründen.« Er fügte hinzu: »So lehrt es Mahatma Gandhi.« Er trat einen Schritt von der Kanzel zurück und wäre fast über eine Schale mit tiefvioletten Chrysanthemen gestolpert. Als er sich für die Kollekte hinsetzte, notierte er an den Rand seiner Predigt die Buchstaben OK. Die Damen vom Frauenbund wechselten sich mit dem Schmücken ab, und diesen Monat hatte Ora Kendall eine Überfülle von Chrysanthemen gebracht. Schon letzten Sonntag hatte er sich OK notiert, damit er Ora Kendall darauf ansprach, aber dann hatte er es doch vergessen.

Während er auf seinem Stuhl beim Altar saß – den »Thron« hatten sie ihn im Predigerseminar scherzhaft genannt – und die Kirchendiener mit dem Klingelbeutel von Reihe zu Reihe gingen, schien ihm Charlie Austin, der im Gang stand und sich gegens Hosenbein klopfte, während er wartete, dass der Klingelbeutel zu ihm zurückkam, noch rosiger im Gesicht als sonst. DA schrieb Tyler unter OK, auch wenn es schwerlich einer Erinnerung bedurfte, damit er an den Anruf bei Doris dachte – ihr Besuch in seinem Büro lastete auf ihm wie ein regenfeuchter Umhang. Er hatte sie schon am Freitag zu erreichen versucht, als er sicher sein konnte, dass Charlie und die Kinder in der Schule waren, aber sie hatte nicht abgehoben. Er würde es morgen Vormittag wieder probieren. Er erhob sich zum Gloria, sich wie von fern des Regens bewusst, der an die Fenster schlug, des tiefgrauen Himmels hinter den Scheiben. *Ehre sei dem Vater und dem Sohn und dem Heiligen Geist.*

»Die Predigt für den heutigen Sonntag«, sagte Tyler, »handelt von der Treue Gottes.« Er räusperte sich. »Wie sie uns überliefert wird durch Jesaja in seinen Prophezeiungen der Verdammnis und des Trostes.« Er war froh, dass seine Mutter zu Hause geblieben war. Er las seine Predigten ungern ab, wobei er diese mit Gefühl las, wie er fand. Dennoch schien ihm schon sehr bald, dass er die Aufmerksamkeit seiner Zuhörer verlor; selbst bei der Stelle, wo Jesaja während der Herrschaft König Manasses in zwei Teile gesägt wird, konnte er nicht das leiseste Aufflackern von Interesse entdecken. Als er den Kopf hob, um in die Runde zu schauen, saß Charlie Austin in einer Haltung da, die empörend respektlos war – halb abgewandt, den Körper praktisch dem Gang zugedreht, Ellenbogen auf der Rückenlehne, den Blick mit solch entrückter Konzentration aus dem Fenster gerichtet, dass für niemanden ein Zweifel bestehen konnte, dass er weder an Jesaja noch an Manasse oder Tyler Caskey dachte, sondern eher daran, wen er wohl anrufen konnte, um seine Dachrinne gerichtet zu bekommen.

Tyler las weiter, verhaspelte sich, setzte neu an, und als er das nächste Mal aufsah, schaute Carol Meadows, wohl eine der gütigsten Seelen der Gemeinde, verstohlen auf ihre Uhr.

Und der Friede Gottes, welcher höher ist als alle Vernunft...

Im Vorraum, zu den Klängen des Orgelnachspiels, drückte er die Hände, die ihm dargeboten wurden, fester als sonst. Er sah Rhonda Skillings geradewegs ins Auge und lächelte herzlich. »Guten Tag, Rhonda.« Und hier war Charlie Austin, dessen Gesicht Tyler eine Maske rosahäutiger Verachtung schien und der nur nickte auf Tylers: »Charlie. Schön, Sie zu sehen.«

Als Nächste kam Ora Kendall, und Tyler nahm ihre Hand und sagte dazu: »Ora. Sie haben so herrliche Blumen gebracht. Vielen, vielen Dank. Sie sind wirklich wunderschön. Vielen, vielen Dank.«

Der Regen peitschte das Autofenster mit einer Gewalt, als wäre er mit Nägeln gespickt, aber im Innern des Wagens, wo Charlie Austin saß und eine Lucky Strike rauchte, machte er ein anderes Geräusch; mit einem kleinen, stetigen *Pling-pling* landeten die Tropfen auf dem Sitz, von wo sie auf sein Bein zurollten und den Stoff seiner Hose feucht machten. Auch die Spitze seiner Zigarette, die er in Richtung des schmalen Fensterspalts hielt, wurde feucht. Er warf sie durch den Spalt, kurbelte das Fenster hoch und sah auf den Zeitungshaufen auf dem Beifahrersitz. Jetzt, wo er diesem weißen, braun ausgeschlagenen Sarg von einer Kirche entronnen war, erlöst von dem Anblick Tyler Caskeys, der vor dem Altar herumstolperte wie ein übergroßes, linkisches Fohlen, senkte sich die Depression über Charlie wie eine schwere Decke, und er fühlte sich geborgen darunter; er begrüßte die Dumpfheit, sie verschaffte ihm eine Atempause.

Er hatte die Zeitungen der letzten Woche dabei, um sie durchzublättern, wie er das manchmal machte, wenn er den Kirchenkaffee hier im Auto aussaß. Er äugte nun hinein, misstrauisch, denn der Zustand der Welt machte ihm Angst. Da war Eisenhower, eigentlich ein kluger Mann, der dieser Tage nur Mist baute und es nicht mal schaffte, die Stahlarbeiter zurück in die Fabriken zu scheuchen, während Chruschtschow angereist kam und die UNO zusammenstauchte, und Amerika, zu jung, um den Unterschied zu begreifen, fuhr mit seinen großen neuen Autos auf direktem Weg in die Hölle... Das Land war naiv, so erschien es Charlie, unterwandert von Spionen. Nicht, dass er eine Lösung gewusst hätte. Er hatte keine Ahnung, nicht einmal eine Meinung, spürte nur die Gefahr, die ihren Schraubstockgriff stetig verstärkte, und er dachte, wie komisch – wie seltsam – es doch war, dass man, selbst wenn man sich (wie er im Prinzip die allermeiste Zeit) um sein Leben keinen Pfifferling scherte, trotzdem Todesangst haben konnte.

Er steckte sich noch eine Zigarette an, kurbelte die Scheibe ein Stückchen herunter, grüßte zu Alvin Merrick hinüber, der durch den Regen zu seinem eigenen Wagen eilte – durch das nasse, graue Gekrissel von Fenster und Rauch tauschten sie ein Grinsen, zwei Männer, die ihre private Kaffeestunde lieber im Auto abhielten. Aber das reichte schon aus, um das Gefühl der Dumpfheit zu vertreiben; in Charlie regte sich jetzt das Verlangen, ganze Blöcke von Verlangen nahmen Aufstellung in ihm. Die Frau in Boston, mit der sich für ihn weniger ihr Name verband als ihre glänzend schwarze Haarmähne, schien den Wagen vollständig mit ihrer Gegenwart zu füllen, und mit einer Vehemenz, die er als Schmerz wahrnahm, so als würde die Innenseite seines Brustkorbs mit einem gezackten Grapefruitlöffel ausgeschabt, begann seine Hand zu zittern, und er sog heftiger an seiner Zigarette und deckte sich eine der Zeitungen über den Schoß.

»Herr im Himmel«, murmelte er, dabei glaubte er nicht an Gott – glaubte auch nicht *nicht* an ihn –, wollte nur, dass alles dies endete, aufhörte, vorbei war; und er schloss die Augen, dachte an ihren Hintern, wie eine Birne, deren lockender Spalt sich ihnen gezeigt hatte, als sie sich in dem Hotelzimmer vorbeugte, mit dem Finger den elastischen Stoff des Höschens herunterzog ... Sie hatten Poker gespielt, er, noch ein anderer Mann und sie; er hätte nie gedacht, dass sie Ernst machen würden, aber das hatten sie. Er hätte sie hassen müssen für die Art, wie sie ihre Macht auskostete, wenn sie nicht so unleugbar scharf auf sie gewesen wäre – scharf vor allem auf *ihn* –, so dass er bei den Lauten, die sie ausstieß, erstmals begriff, was das hieß:

eine Frau *besitzen*. Er hatte sie besessen, und nun, bei Gott, war er besessen von ihr.

Mit lautem metallischem Scheppern wurde die hintere Tür aufgerissen, hastiges Rappeln und Zappeln, als jemand einstieg – Charlie erschrak so, dass er laut rief:»Mann!«

»'tschuldige, Dad.« Der Junge, sein älterer Sohn, saß jetzt auf dem Platz hinter ihm.»Hast du geschlafen? 'tschuldige, Dad.«

Charlie antwortete nicht. Manchmal machte der Junge das – kam während des Kirchenkaffees zu ihm ins Auto, wo er seine Fingerknöchel knacken ließ und die Füße auf der steinchenknirschenden Bodenmatte hin und her schob, seine Anwesenheit hinter Charlie wie Spinnenfäden, die sich ihm um den Kopf wanden.

»Entschuldigung«, sagte der Junge leise noch einmal.

»Ich hab nicht geschlafen. Möchtest du was von der Zeitung?« Charlie hob die Zeitungen auf dem Beifahrersitz hoch, was der Junge offenbar als Einladung verstand, denn er hievte sich über die Lehne nach vorn, und jetzt steckte sein langer, magerer Körper fest – er war zu groß für solche Manöver, sein dunkles Hosenbein streifte an Charlies Gesicht entlang, der lange schwarze Schuh erwischte fast seine Wange.»Menschenskind«, sagte Charlie, packte das Knäuel unbeholfener Gliedmaßen und zog es über die Lehne. Der Junge lachte nervös auf, als wäre er noch ein kleines Kind und nicht dieses arme, murksige Zwischending, dieses jammervolle Bündel von Hemmungen und Komplexen, die sein dreizehnjähriges Ich ausmachten.

Schließlich saß er vorn, seine Sonntagsjacke an den Ärmeln zu kurz und völlig verdreht, die feuerroten Haare vom Regen dunkel gesträhnt, und ein paar Tropfen rannen vor seinen großen blassen Ohren herab. Er hatte noch nicht die Pickel seiner älteren Schwester, aber auf seine Art, dachte Charlie, war der Junge eines der reizlosesten Kinder, die er je gesehen hatte, diese große Nase mit dem komischen Knubbel am Ende, und ein Kinn, das – da half kein Beschönigen – das Kinn eines schwächlichen Mannes sein würde, und wenn das Gesicht noch länger wurde, dann würde fast überhaupt kein Kinn mehr zu entdecken sein. Ganz sicher wusste Charlie es nicht, aber er glaubte, dass der Junge nur wenig Freunde hatte. Vielleicht hatte er auch gar keine.

»Dad, was meinst du zu dem Dodger-Stadion in Los Angeles, sag?«

»Was ist damit?«

»Toll, oder? Da passen fünfundfünfzigtausend Leute rein. Es soll zwölf Millionen Dollar kosten, Dad.«

Charlie nickte, sah auf die Zeitung in seiner Hand. Väter unterhielten sich mit ihren Söhnen über Sport. Er las die Worte vor ihm. Sechshundertfünfzig Millionen Dollar für die Stadterneuerung. Wie würde sich das auf das Rotlichtviertel in Boston auswirken? Und was wollten sie überhaupt erneuern? Dieses Land war nicht alt genug für Erneuerungen.

»Hey, Dad. Da steht, dass die National Hockey League den Torwarten jetzt Gesichtsmasken verpassen will. Da denken die echt drüber nach, schau.« Der Junge hielt Charlie ein Foto vor die Augen: Jacques Plante bei einem Trainingsspiel mit einer Art Drahtkorb vor dem Gesicht. Charlie starrte auf das Bild. Wahrscheinlich konnte man dem Mann keinen Vorwurf machen, dass er nicht noch mehr Zähne riskieren mochte, wenn die Pucks mit Tempo hundert angesegelt kamen. Aber er sah kaum mehr wie ein Mensch aus mit dieser Polsterung plus dem Korb vorm Gesicht. Er sah irr aus, fand Charlie. Wir werden alle irr, dachte er. Selbst im Sport. Angst und Bosheit, wo man nur hinschaute. Eine irrationale Furcht schoss in ihm hoch; er musste an die vielen kriminellen Jugendlichen überall im Land denken – hier auf der Seite drei stand es, in Brooklyn hatte ein Schulleiter Selbstmord begangen, weil die Kriminalitätsrate an seiner Schule so hoch war. Die Leute dachten immer, so was gäbe es nur in Großstädten, aber es arbeitete sich schon flussaufwärts. Erst letzte Woche hatte Charlie ein paar Rowdys an der Bushaltestelle in Hollywell herumlungern sehen, nicht viel älter als sein eigener Sohn, dessen eifriges, reizloses Gesicht den Vater beobachtete, auf Antwort von ihm wartete – Kinder wollten Antworten von ihren Vätern.

»Gute Idee«, sagte Charlie. »Das Spiel wird zwar nicht mehr dasselbe sein, aber was soll's.«

Der Junge nickte, schaute wieder hinunter auf die Zeitung, die er genauso gefaltet hielt wie die Zeitung auf Charlies Schoß. Allein die Tatsache, dass er sich überhaupt fortgepflanzt hatte, erschien Charlie als ein Fehler fast schon biblischen Zuschnitts. Dass diese Fortpflanzung die Gestalt solch segelohriger, blasshäutiger Unschuld annehmen sollte, löste einen stechenden Schmerz in seinem ohnehin labilen Magen aus. Seit Jahren unterrichtete er jetzt schon an der Annett Academy, und er hatte die Bandbreite an Unbeholfenheiten, mit der seine Schüler aufwarteten, immer hinter einem Schutzschild der Gleichgültigkeit hervor betrachtet; sie alle hatten den Vorteil, nicht *seine* Kinder zu sein. Er schloss die Augen, und ein Bild kam ihm in den Sinn. Er sah sich hinter seinen Sohn treten, einen Arm um seinen mageren Körper schlingen, seine Wange an die des Jungen drücken und leise sagen: »Du bist ein guter Junge, und du wirst geliebt. Und zu deinem eigenen Wohl wünschte ich, du wärst nie geboren.«

Auf dem Herd warteten drei Ofenkartoffeln, die Schale eingefallen und dunkel. »Danke, Mutter«, sagte Tyler.

»Ich lege gern Hand an«, sagte seine Mutter. »Wenn es niemanden mehr gibt, dem ich helfen kann, bin ich nur noch ein nutzloses altes Weib.«

Vor dem Esszimmerfenster trommelte der Regen auf das Verandadach. Jeannie langte nach der Butterdose, während Tyler noch das Tischgebet sprach. Ihre Großmutter öffnete ein Auge und schob die Butterdose weiter in die Tischmitte. Katherine aß ein paar Bissen von ihrer Kartoffel und rührte das Hühnchen nicht an. Ihre Großmutter sagte: »In manchen Teilen der Welt sitzen Kinder und weinen. Sie haben solchen Hunger, dass sie nur noch weinen können, und dann werden sie sogar dazu zu schwach. Manche Kinder sind so hungrig, dass sie schon Dreck zu essen versucht haben.«

»Lass sie, Mutter«, sagte Tyler. »Sie hatte eine kleine Magenverstimmung.«

Als sie nach dem Essen im Wohnzimmer saßen und zusahen, wie die Mädchen draußen im Flur der geduldigen Minnie eine Puppenhaube um den Kopf banden, erwähnte Tyler seiner Mutter gegenüber weder sein Gespräch mit Mrs. Ingersoll noch die neue Orgel oder den Besuch von Doris. Er hörte den Reminiszenzen seiner Mutter zu. »Ich hatte Makrele gemacht an dem Abend. Mit Bratkartoffeln. Er hat gesagt: ›Danke, Megs‹, und sich in seinen Sessel gesetzt. Seine letzten Worte, Tyler. ›Danke.‹«

Tyler beobachtete seine Töchter und fragte sich, wie es kam, dass die Menschen dieselben Geschichten wieder und wieder erzählten, überlegte flüchtig, ob er es auch so machte. Er glaubte nicht.

»Dein Vater war ein guter Mann.«

»Das war er, allerdings«, sagte Tyler.

»›Immer Rücksicht nehmen‹, hat er immer gesagt. ›Immer zuerst an den anderen denken.‹ Weißt du noch, wie er das immer zu dir gesagt hat?«

»Jeden Abend«, nickte Tyler. »Und dann bist du die Treppe raufgekommen und hast mit mir gebetet.« Sein Vater hatte nach einem Jahre zurückliegenden Schlittenunfall nur schlecht Treppen steigen können – er selbst hatte sich sogar als Krüppel bezeichnet.

»Sag«, sagte seine Mutter, »erinnerst du dich an die Frau von Saul Feiffer?«

»Natürlich. Ilse. Saul hat sie kennengelernt, als sie die Konzentrationslager befreit haben. Sie war noch ein halbes Kind.«

»Genau. Siebzehn war sie, als er sie mitgebracht hat. Sie gehörten zu dieser kleinen Synagoge außerhalb von Arrington.«

»Ja, ich weiß.«

»Tja, die Frau hat sich umgebracht.«

»Wer?«

»Ilse.«

Tyler schloss die Augen.

»Eine furchtbare Sache«, sagte seine Mutter. »Stell dir das vor. Da überlebst du das Konzentrationslager, nur um später Selbstmord zu begehen. Sie hatten ein schönes Haus und alles. Saul hat es extra bauen lassen. Und sie haben sich so gefreut, als ihr kleiner Junge zur Welt kam. Offenbar war es bei Ilses Gesundheitszustand fraglich, ob das überhaupt klappen würde – die Unterernährung, weißt du. Und Hunde hat sie gehasst, daran erinnere ich mich. Richtiggehend gehasst.«

Tyler öffnete die Augen wieder. »Mutter ...«

»Ach, die hören mich nicht. Sie sind nebenan. Aber eine schreckliche Geschichte, findest du nicht?«

»Doch«, sagte Tyler.

»Vielleicht gilt es bei den Juden ja nicht als Sünde.«

Tyler stand auf. »Was machen die Mädchen denn?«

»Weißt du das, Tyler? Ob es bei den Juden als Sünde gilt?«

»Meines Wissens«, sagte Tyler, »sind sie der gleichen Auffassung wie wir. Dass es nicht an uns ist, unsere Seelen auszulöschen.«

»Umso bitterer, wenn man an den kleinen Jungen denkt, und Saul schien mir immer ein grundanständiger Mann zu sein. Ich wünschte, deine Schwester hätte einen besseren Mann geheiratet. Keinen Juden natürlich. Das wäre auch keine Lösung.«

»Tom ist ein sehr netter Mensch«, sagte Tyler. Aus dem Flur hörte er die Mädchen lachen und setzte sich wieder auf die Couch. Er sah seine Mutter nicht an.

»Er ist Busfahrer, Tyler.«

»Busfahrer ist ein ehrenwerter Beruf.«

»Deine Schwester ist unglücklich, und ich kann nichts daran ändern.«

»Ich glaube, Belle ist ganz zufrieden.«

»So, glaubst du das? Hm. Ich suche jetzt meine Sachen zusammen.« Sie rief in den Flur hinaus: »Katherine, gib deiner Schwester einen Abschiedskuss.«

Katherine liebte ihre Schwester. Jeder, der Augen im Kopf hatte, konnte das sehen. Sie umarmte Jeannie zwar selten von sich aus, aber sie stellte sich immer ganz nah zu ihr und wartete darauf, dass die kleinen Hände nach ihr patschten. Dann lächelte sie und tätschelte Jeannie ebenfalls, und einmal, als Jeannie auf dem Wohnzimmerboden gestolpert war und weinte, weil sie sich den Kopf gestoßen hatte, versuchte Katherine ihr Schwesterchen mit ihren eigenen kleinen Armen hochzuheben und flüsterte: »Schscht. Schscht.« Aber was bemerkten die Menschen schon?

Margaret Caskey hatte bemerkt, dass das Arbeitszimmer ihres Sohnes, in das sie während seiner Abwesenheit einen diskreten Blick geworfen hatte, müffelte wie das Zimmer eines Schuljungen; sie hatte ihn im Verdacht, dort drin auf der Couch zu schlafen anstatt in seinem Schlafzimmer, und sie fand den Gedanken abstoßend. Sie wandte sich Tyler zu und sagte: »So Gott will, sehen wir uns dann nächste Woche wieder.«

»Der Regen lässt langsam nach.« Tyler sah aus dem Fenster. »Das ist gut. Ich hab's nicht gern, wenn du bei dem Wetter fährst.«

»Tyler, hör zu. Sara Appleby kennt da dieses Mädchen. Sie hat ihr Studium abgebrochen, um ihre Mutter zu pflegen, die offenbar vor kurzem verstorben ist, und sie – es passt wirklich sehr gut, Tyler, sie wohnt in Hollywell. Sie ist ein ganz reizender Mensch, sagt Sara, und du könntest sie ja mal anrufen.«

»Jeannie«, rief Tyler, als die Mädchen hinter dem Hund herstürzten, der durch den Gang ins Wohnzimmer lief. »Nicht so wild mit dem Wauwau.«

»Minnie mag es, wenn sie im Mittelpunkt steht«, sagte die Großmutter der Kleinen, den Blick auf Katherine gerichtet. »Auf *dem* Gebiet irgendwelche Fortschritte? Ich kann jedenfalls keine feststellen.«

»Das wird so langsam, glaube ich.« Er winkte mit den Fingern zu Katherine hinüber, die zu ihnen hersah, als wüsste sie, dass es um sie ging, ihre Augen funkelnd hinter dem Vorhang aus Haaren.

»Wie heißt diese Bekannte von Sara?«, fragte er dann.

»Susan Bradford. Versuch's wenigstens, Tyler.« Seine Mutter schaute sich im Wohnzimmer um. »Es wird langsam ungesund. Du kannst nicht so weitermachen.«

Er umarmte die zappelnde Jeannie, stand dann in der Haustür, die Hand auf Katherines Scheitel, und sah seine Mutter auf die Straße einbiegen. Der Regen hatte aufgehört, aber die Düsterkeit und die Feuchtigkeit blieben, und die Stille im Haus war groß.

Am Abend rief Ora Kendall an, und er freute sich, ihre tiefe, unaufgeregte Stimme zu hören. »Ora«, sagte er, »wie schön, Ihre Stimme zu hören.«

»Fred Chase findet, Sie sehen langsam richtig wie ein Katholik aus.«

»Hm, also«, sagte Tyler, »das ist Unsinn.«

»Natürlich ist das Unsinn. Er mag es nicht, wie Sie beim Beten die Arme heben, und um ehrlich zu sein, Tyler, es ist mir piepegal, was Sie mit Ihren Armen machen, aber ich habe noch nie einen Pastor so beten sehen. Seit wann machen Sie das? Fred sagt, es sieht aus wie bei einem katholischen Priester. Skogie sagt, er kommt sich vor wie bei einem Erweckungsgottesdienst in den Südstaaten, wo alle Händchen halten.«

»Ich bitte Sie, Ora. Wie viele Erweckungsgottesdienste in den Südstaaten habe ich in letzter Zeit mitgemacht?«

»Zwingen Sie die Leute zum Händchenhalten, Tyler, und Sie sind raus, bevor Sie bis drei zählen können.«

»Kein Händchenhalten, Ora. Versprochen.« Er sah hinunter zu Katherine, die still auf dem Boden saß und malte. »Das wollte ich Ihnen die ganze Zeit sagen – Ihre Chrysanthemen diesen Monat sind eine absolute Pracht.«

»Sie haben es mir schon gesagt«, erwiderte Ora. »Gute Nacht.«

Charlie Austin war der einzige Mensch in der Stadt, der wusste, dass die Polizei gegen Connie Hatch ermittelte. Das hatte Charlie von seinem Cousin erfahren, der kein Streifenbeamter war, sondern im Präsidium in Augusta arbeitete und der Charlie so einiges im Vertrauen erzählte. Er hatte es gestern Abend erwähnt. Offenbar waren aus dem Bezirksaltenheim Geld und verschiedene Wertsachen verschwunden, als Connie dort gearbeitet hatte, vor nunmehr über zwei Jahren. Connie war eine von drei Frauen, gegen die ermittelt wurde, und Charlie durfte es niemandem weitersagen.

Ein bisschen juckte es Charlie heute Morgen trotzdem, Doris, die sich mit einer Dose gefrorenem Orangensaft abmühte, zu fragen: »Sag mal, Doris, glaubst du, Connie Hatch stiehlt bei Tyler?« Aber letztlich war es ihm ziemlich egal, zumal er sich nicht vorstellen konnte, dass es bei Tyler irgendetwas zu stehlen gab, und so saß er nur am Tisch, fuhr sich mit der Hand, die noch nach der Duschseife roch, übers Gesicht und sah Doris zu, die heute besonders schlechter Laune sein musste; sie drosch mit dem Stiel eines Holzlöffels regelrecht auf den gefrorenen Saft ein.

Jetzt unterbrach sie sich, um ihren Bademantel zurechtzuziehen. »Ich hasse den Winter«, sagte sie. »Ich hasse die Dunkelheit, und ich hasse schon den Gedanken an den endlosen Schnee.«

Charlie liebte Schnee. Aber er sagte nichts.

»Da ist es die reine Strafe, unterwegs zu sein«, sagte seine Frau. »Ich krieg das Zeug nicht rechtzeitig aufgetaut.« Sie warf einen Blick zur Wanduhr hinüber.

»Macht nichts«, sagte Charlie. »Einen Morgen ohne Orangensaft überleben wir – oder, Kinder?«

»Klar«, sagte sein jüngerer Sohn in beinahe übermütigem Ton.

»Mom«, sagte Lisa, »lass doch. Setz dich hin. Dein Toast ist schon ganz kalt.«

»Ach, macht euch um mich keine Gedanken«, sagte Doris, die jetzt mit der Rückseite des Löffels an der gefrorenen Masse herumpresste.

Charles sah ihr zu und wandte dann das Gesicht ab, weil er ihr nicht zusehen mochte. Sie hätte eine Fremde sein können, und doch war ihre körperliche Gegenwart ihm so vertraut wie der Anblick seiner eigenen Hand, die er auf dem Tisch ausgespreizt hatte und anstarrte. Die Frau in Boston hatte gesagt, an den Händen eines Mannes lasse sich ablesen, wie groß sein Schwanz war, aber in seinem Fall, hatte sie gesagt, stimme das nicht. Seine Hände seien nur mittelgroß, aber sein bestes Stück sei enorm. »Enorm« hätte er es nicht unbedingt genannt, aber er wusste aus den Umkleideräumen im College und aus seiner Militärzeit, dass er mehr zu bieten hatte als die meisten. Doris wusste das nicht. Sie hatte nie einen anderen Mann gesehen.

»Charlie, warte«, sagte Doris mit einem Blick in seine Richtung. »Gleich müsstest du ihn trinken können. Ich weiß doch, dass du in der Früh deinen Orangensaft magst.«

»Nein, lass nur«, sagte er. »Ich hab dir doch gesagt, es geht auch ohne.«

Er wollte sie nicht dominieren. Er wollte nicht, dass sie Angst vor ihm hatte. Er wollte überhaupt nichts – nur seine Kinder gesund wissen und wieder in dem Hotelbett in Boston liegen, wo die Frau eine so schockierend freizügige und schmutzige Sprache gebraucht hatte, so erregt worden war durch seine Erregung, dass sie Laute von sich gab, wie er sie keiner Frau je zugetraut hatte.

»Dad?«

Er schaute zu Lisa hin.

»Ich hab dich was gefragt.«

»Hab ich nicht mitgekriegt.«

»Ich hab dich gefragt, ob du von der Operation Blue Skies gehört hast.« Lisa sagte es mit einer Art überheblicher Befangenheit; sie versuchte ihre Kenntnisse vorzuführen.

Doris sagte: »Was ist das, Operation Blue Skies?«

»Ich rede mit Dad«, sagte Lisa.

Er hätte sagen sollen: »Lisa, sei höflich zu deiner Mutter.« Aber irgendetwas roch komisch. Die Jungs aßen ihren Porridge, die Köpfe fast in den Schüsseln. Der Porridge musste angebrannt sein. Er sah zum Herd hinüber, runzelte die Stirn.

»Nein«, sagte er. »Oder warte, vielleicht doch. Ist das diese Regierungskampagne zur biologischen Kriegsführung?«

»Ich werde dich fesseln«, hatte die Frau gesagt. »Weil du ein böser, böser Mann bist.« Erst hatte sie dazu seine Krawatte genommen – dunkelblau mit roten Streifen, ein Geburtstagsgeschenk seiner Söhne, besorgt von Doris; es war offensichtlich gewesen, als er das Ding ausgepackt und sich bedankt hatte, dass sie es zum ersten Mal sahen –, aber die Frau hatte noch andere Fesseln in ihrer Tasche.

»Hast du von der Mahnwache gehört?«, fragte Lisa.

»Nein«, sagte Charlie. »Was für eine Mahnwache?« Dabei

schob er schon seinen Stuhl zurück und stand auf. »Fahren wir, Kinder«, sagte er. »Esst auf.«

»Ihr habt doch noch Zeit, Charlie. Lisa redet mit dir.«

Also zwang er sich, seine Tochter anzuschauen, aber sie kam ihm so untypisch hitzig vor, so selbstgerecht. Es machte ihm Angst. Jeden Tag, so erklärte sie ihm, versammelte sich eine Gruppe von Demonstranten vor dem Tor von Fort Detrick in Maryland. Sie wollten erreichen, dass die Forschungen zur bakteriologischen Kriegsführung eingestellt würden. Was er davon halte?

»Wer?«, fragte Charlie.

»Du«, sagte Lisa.

»Wovon?«

Lisa begann zu weinen. Ihr rosa Gesicht mit seinem Band kleiner roter Pickel oben am Haaransatz überzog sich mit Flecken. »Dad«, sagte sie, »du hörst überhaupt nicht zu.«

»Warum hörst du nicht zu?«, fragte Doris.

Charlie setzte sich wieder hin. »So ein böser Junge bist du«, hatte die Frau gesagt. »Dich muss man hart anfassen.« Während ihre Hand an ihm hinunterglitt. »Ich will dich betteln hören.«

Ihm war schlecht. »Ich höre zu«, sagte er. »Du hast gesagt, dass die Leute jeden Tag eine Mahnwache halten, damit die Regierung ihre Forschungsarbeiten zur bakteriologischen Kriegsführung einstellt. Siehst du? Ich habe jedes Wort gehört.«

Lisas Lippen zitterten. »Ich wollte einfach wissen, was du davon hältst.«

Er sah durch die Küche. Doris goss Orangensaft in Gläser. Die Jungen saßen mit gesenkten Köpfen da.

»Ich weiß es nicht.«

»Na ja, ich *dachte* bloß« – Lisa verdrehte die nassen Augen –, »wo du doch im Krieg warst, hättest du, na ja, vielleicht eine *Meinung*.«

Ihm fiel keine Antwort ein. Er konnte sich nicht erinnern, jemals von einem seiner Kinder darauf angesprochen worden zu sein, dass er im Krieg gewesen war.

»Ich sage dir, was ich denke«, sagte Doris und stellte den Orangensaft auf den Tisch. »Ich denke, es schadet nie, sich verteidigen zu können, und wenn wir uns mit bakterieller Kriegsführung auskennen, fangen die Russen vielleicht keinen Atomkrieg an.«

»Warum bauen wir eigentlich keinen Bunker?«, fragte der Jüngere ganz ernst. »Die Clarks bauen auch einen. Und die Meadows haben schon einen. Sie haben zwei Feldbetten und Konservenbüchsen...«

»Wir brauchen keinen Bunker.« Charlie streckte die Hand aus, wie um die Worte des Jungen abzuwehren. Er wollte lieber bei einer Atomexplosion schmelzen, als mit seiner Frau irgendwo unter der Erde verschanzt zu sein. Wenn er nicht in einem Zimmer mit der Frau in Boston verschanzt sein konnte, durfte von ihm aus auch die Welt untergehen.

»Ich glaube, deine Mutter hat recht«, sagte er zu Lisa. »Du kannst Gift drauf nehmen, dass die Russen ihre eigenen Experimente mit biologischer Kriegsführung durchführen. Ich glaube, deine Mutter hat recht.«

»Ich nicht«, sagte Lisa. »Und die Leute sollten auch keine Bunker bauen, du Doofie«, wandte sie sich an ihren Bruder. »Dann denken die Russen und wir doch bloß, Atombomben abwerfen ist kein Problem. *Doofkopf.*«

»Holt eure Jacken«, sagte Charlie. »Wir müssen los.«

Connie saß neben Adrian in seinem neuen roten Pick-up, dessen Kühlerhaube durch die Windschutzscheibe zu ihnen hereinglänzte. Wo die Straße sich verengte, tippten Zweigspitzen gegen das Beifahrerfenster. Der Himmel war blass an diesem Morgen, und die Blätter, die noch an den Bäumen hingen, wirkten schwerer, ernster, schrien ihre Schönheit nicht so heraus wie an den Tagen mit Sonne und blauem Himmel.

»Ich muss die Tulpenzwiebeln für deine Mutter eingraben«, sagte Connie, »bevor der Boden zu hart wird.« Sie erhielt keine Antwort, und sie hatte auch keine erwartet. Vor der Kurve schaltete Adrian herunter, die große Hand um den Hebel gewölbt, der so lang und schmal wirkte wie ein Golfschläger. Ihr Blick streifte sein unbewegtes Profil, das kräftige Kinn, die rotgeäderten Backen, die leichten Tränensäcke unter seinen Augen, die mit den Jahren ausgeprägter geworden waren. Sie sah wieder aus dem Fenster. Der Himmel war diesig, aber nicht flach, er überspannte Felder, Bäume und Steinmauern in weitem Umkreis. Ein großer Glasdeckel, eine Tortenglocke, dachte Connie, schien über die Welt von West Annett gestülpt, aber darunter befand sich keine Torte, nur ein Hohlraum. Als der Pick-up auf die Stepping Stone Road bog, ging ihr Oberkörper ein bisschen mit.

In seinem Arbeitszimmer sah Tyler zu, wie ein Kleiber auf dem Rand der Vogeltränke entlanghüpfte und mit einer raschen schwirrenden Bewegung einen Flügel eintunkte. Eine dicke Meise gesellte sich zu ihm, ließ ein paar Tropfen sprühen und saß dann still wie ein Stein. Tyler kam es vor, als hätte er schon seit geraumer Zeit keine Vögel mehr beobachtet, ja, ein bisschen war es, als beobachtete er sie auch jetzt nicht, sondern erinnerte sich nur an sie. *Gab es nicht eine Zeit, da, fröhlich und ohne Bekümmernis, du glücklich warst mit den Glücklichen?* Ein Kierkegaard-Band lag offen auf seinem Schoß. Er klappte ihn langsam zu, sah hinter der Vogeltränke die Hügel mit ihrem letzten Laub, tiefrot mit vereinzelten Flecken von Gelb, und, näher, das Pergamentweiß der verdorrten Maisstengel im Feld der Langleys. Er wandte sich wieder seinem Schreibtisch zu.

Der Pastor hatte es sich zur Gewohnheit gemacht, die erste

Stunde seines Tages, nachdem Katherine für die Schule abgeholt worden war, in Besinnung und Gebet zu verbringen – *Herr, frühe wollest du meine Stimme hören* –, und das beinhaltete Fürbitten für seine Gemeinde. *Denn er wird die Armen erretten ... die da tappen dahin im Finstern.* Aber am heutigen Morgen funkte ihm eine Erinnerung dazwischen: Kurz nach Antritt seiner Stelle hatte er seiner Gemeinde gesagt, jeder, der sich gern intensiver mit der Praxis des Betens befassen wolle, sei herzlich zum Gespräch eingeladen. Rhonda Skillings hatte ihn beim Wort genommen; in einem Pullunder mit Schottenkaros hatte sie bei ihm im Büro gesessen, weit vorgelehnt auf ihrem Stuhl. Sie hatten sich über das meditative Bibellesen im vierten Jahrhundert unterhalten, die *lectio divina*, und er hatte Augustinus, Tillich und Niebuhr zitiert – und natürlich auch Bonhoeffer. Er hatte sie gefragt, ob sie vielleicht Lust hätte, einen Gebetskreis zu gründen, worauf sie lächelte und sagte, eher nicht. Sie erwähnte, dass sie im College der Phi-Beta-Kappa-Vereinigung angehört hatte. Sie kam kein zweites Mal.

Tyler runzelte die Stirn, als er nun daran dachte, und er starrte auf seinen Schreibtisch, legte ein paar Blätter ordentlich hin. Er musste Doris Austin anrufen, vormittags, wenn Charlie in der Arbeit war. Aber dann hörte er die schweren Reifen eines Pick-ups auf dem Kies der Einfahrt, und er stand auf, um seine Haushälterin zu begrüßen.

Sie hängte gerade ihre lange Wolljacke in den Dielenschrank. »Guten Morgen, Mrs. Hatch«, sagte er. Ganz unerwartet überkam ihn echte Scheu.

Aber sie sah genauso aus wie immer, eine große, nicht mehr junge Frau, deren grüne Augen ihm mit müder Freundlichkeit entgegenschauten. »Guten Morgen«, sagte sie. »Angenehmes Wetter draußen. Bedeckt. Aber angenehm.«

Wie ein ruhig angeschlagenes mittleres C, das zwischen ihnen in der Luft hing. »Ja, ein schöner Tag nach diesem Regen.« Er trat einen Schritt zurück, um sie vorbeizulassen. *In deren Geist kein Trug ist*, dachte er.

»Ich schalte die Waschmaschine ein«, sagte Connie. »Und dann fang ich im oberen Bad an.«

»Danke«, sagte Tyler.

Wieder an seinem Schreibtisch, hörte er im oberen Stock Wasser laufen, hörte das gelegentliche Aufsetzen des Plastikeimers, hörte ihre Schritte, als sie zwischen dem Wäscheschrank und dem Bad hin und her ging. Drüben im Hauswirtschaftsraum beendete die Waschmaschine ihr Schwappen und Schwenken und schaltete mit einem lauten Wimmerton in den Schleudergang. Er nahm sich erneut seine Predigt vor, Über die Fallstricke der Eitelkeit, und zitierte aus Tolstois *Kurzer Darlegung des Evangelium*: »Der lebendige Tempel, das ist die ganze Welt der Menschen, so sie einander lieben.« Dann wusste er nicht weiter. Eine Unruhe – vertraut und ermüdend – drückte ihm auf die Augen. Er tippte sich an den Mund. *Lass nicht dein Herz sündigen im Gram.* Er wählte die Nummer der Austins; niemand hob ab.

Als er Connie die Treppe herunterkommen hörte, ging er in die Küche. »Mrs. Hatch«, sagte er, »trinken Sie eine Tasse Kaffee mit mir?«

»Ich drehe die hier nur noch rasch durch die Wringmaschine.«

Er lehnte sich an die Tür des Hauswirtschaftsraums, während sie die Kleidungsstücke zwischen die alten beigen Rollen mit dem Zuber darunter schob. Katherines Schlafanzugoberteil kam platt heraus. Connie warf es in den Wäschekorb.

»Sagen Sie, Mrs. Hatch« – Tyler klapperte mit den Münzen in seiner Hosentasche –, »wie haben Sie das Alphabet gelernt?«

»Weiß ich nicht mehr.« Ihre Hände machten sich wieder in der Trommel zu schaffen. »Keine Ahnung.«

»Nein – ich auch nicht.« Er sah zu, wie sein neues weißes

Hemd zwischen den Rollen verschwand, und fügte müßig hinzu: »Bonhoeffer sagt, unsere Fähigkeit zu vergessen ist eine Gabe.«

»Dann muss ich enorm begabt sein.« Sie drehte sich zu ihm um, mit einem Lächeln, das ihr Gesicht ganz jugendlich machte, aber zugleich schien es auch eine Traurigkeit in ihren Augen zu betonen, und wieder war er überrumpelt von der Wirkung, die ihr Blick auf ihn hatte; er musste wegschauen.

»Ich frage bloß, weil Katherines Lehrerin es bedenklich findet, dass sie das Alphabet noch nicht kann«, sagte er.

»Ach, das lernt sie schon noch«, sagte Connie. Sie schraubte den Schlauch vom Hahn ab. »Eine Analphabetin wird sie schon nicht bleiben.«

Tyler wich gegen den Türrahmen zurück, damit sie vorbeikam. »Wahrscheinlich haben Sie recht«, sagte er und folgte ihr in die Küche, wo er sich an den Küchentisch setzte, die Beine nach der Seite ausgestreckt. Er schaute zu, wie sie den Kaffee einschenkte, eine Schachtel Doughnuts herausholte. »Mrs. Hatch«, sagte er, »erzählen Sie mir von sich. Kommen Sie hier aus der Gegend? Vielleicht haben Sie es schon mal erwähnt – Entschuldigung.«

»Aus einer kleinen Stadt, die Edding heißt. Flussaufwärts ist das.« Connie nahm Platz und trank einen bedächtigen Schluck Kaffee.

»Ach ja. Ich hab den Namen auf den Entfernungstafeln gesehen.«

Connie konnte sich nicht erinnern, dass jemals jemand sie aufgefordert hatte, von sich zu erzählen. Sie wusste nicht, was sie erzählen sollte. In ihrer Vorstellung war sie ein blasser Bleistiftstrich auf einem Blatt Papier, auf dem alle anderen mit Tinte eingezeichnet waren und manche – wie der Pastor – mit dickem Filzstift.

»Haben Sie Geschwister?«

»Eine ältere Schwester, Becky. Sie lebt noch mal ein Stück weiter im Norden.«

»Sehen Sie sich oft?«

»Nein. Becky hatte so ihre Probleme.«

Tyler nickte. Für ein paar Sekunden brach die Morgensonne durch den weißlichen Hochnebel und ließ die Chromkante des Tisches aufblitzen.

»Und einen kleinen Bruder hatte ich, Jerry. Zwölf Jahre jünger als ich, deshalb war er fast mehr wie mein Sohn.« Sie sah Tyler an, ihre grünen Augen geweitet, als hätte ein Schmerz sie überrascht.

»Wie schön für ihn«, sagte der Pastor. »So ein großer Altersunterschied kann etwas sehr Schönes sein, finde ich immer.«

»Ich hatte ihn sehr lieb, doch. Das stimmt schon. Meine Mutter hatte schon vorher genug, wissen Sie. Genug von Kindern und von Hunden. ›Verschont mich mit Kindern und Hunden‹, das war ihr Spruch. Bei allem und jedem ist sie ausgerastet. Wir mussten einen richtigen Bogen um sie machen. Deshalb hab ich mich um Jerry gekümmert.«

»Da hatte er großes Glück, Sie zu haben.«

»Er ist in Korea gefallen. Nächste Woche werden es neun Jahre.«

»Ach, Connie.«

Ihren Namen so ausgesprochen zu hören! Sie senkte den Kopf und trank ihren Kaffee.

»Ach, das tut mir so leid, Connie.« Tyler schüttelte den Kopf. Nach einer Weile sagte er: »Mann, was hat MacArthur für einen Murks aus der Sache gemacht. So eine Arroganz, alle diese Jungen unausgebildet da rüberzuschicken.« Er drehte seinen Kaffeebecher langsam in den Händen.

»Ausgebildet war er. Er war schon vorher zur Army gegangen, wissen Sie. Er wollte gegen die Deutschen kämpfen. Aber stattdessen wurde er für einen Schreibtischposten eingeteilt und kam nie an die Front.« Connie musste einen Moment warten; in ihren Augen stach es. »Er kam sich wie der letzte Feigling vor, hat er gesagt. Und als der nächste verdammte Krieg kam...« Sie schüttelte den Kopf und sah, dass der Pastor sie mitfühlend betrachtete. »Das ist das, was mich so rasend macht«, sagte sie. »Er hätte nicht nach Korea gemusst. Er ist nur gegangen, damit man ihn nicht für einen Feigling hält.«

»Ach, das ist ja furchtbar.« Der Pastor verzog das Gesicht.

»Ich war gerade dabei, ihm ein Paket zu packen«, sagte Connie. »Ich hatte ihm rote Handschuhe gestrickt und Karamell gemacht, und ich hab gerade das Paket gepackt, als Adrian mitten am Tag nach Hause zurückkam – und da wusste ich es im Prinzip schon. Ich wusste es einfach.«

Tyler nickte.

»Adrian musste die Kiste für mich wegtun, ich hab den Anblick nicht ausgehalten.«

»Ja, natürlich«, sagte Tyler.

Connie wischte sich mit einer Serviette über den Mund. »Es kommt mir immer noch nicht ganz wirklich vor«, sagte sie, Konsterniertheit im Blick.

Tyler sah sie an. Nach einer Weile legte er die Hand ans Kinn. »Ein komisches Gefühl, nicht wahr?«, sagte er schließlich.

»Es war kalt da drüben, wissen Sie«, sagte Connie. »Dreißig Grad unter null. Sie mussten auf ihre Gewehre pissen, damit sie überhaupt funktionieren.«

»Grauenhaft«, sagte Tyler, bestürzt über das Wort »pissen«. Er wiegte grüblerisch den Kopf. »Eine grauenhafte Sache. Es tut mir so leid.«

»Vor ein paar Jahren hab ich einen Mann im Togus Hospital besucht, Jerrys ehemaligen Offizier. Ich dachte, wenn ich mit ihm reden kann – wie es für sie war, solche Sachen eben –, fühlt es sich vielleicht wirklicher an.« Connie schüttelte den Kopf, schob ihren Becher weg. »Aber, verflixt und zugenäht...«

»Was denn, Connie?«

»Ach, der saß nur da in seinem Rollstuhl und hat gezittert und Kette geraucht. Sie mussten den Rollstuhl ganz an die Wand schieben, weil er solche Angst hatte, jemand könnte sich von hinten an ihn anschleichen. Saß einfach bloß da und hat gezittert.« Connies Finger trommelten auf der Tischplatte. »Man konnte kaum glauben, dass er mal ein Offizier war. Wenigstens das ist Jerry erspart geblieben.«

»Ja«, sagte Tyler. »Wenigstens leidet er nicht.«

»Genau.« Connies Stimme hob sich, als sie mit plötzlicher Vehemenz sagte: »Und das ist der *Punkt*, richtig? Das ist genau der Punkt.«

»Der Punkt? Wie, der Punkt, Connie?« Eine sekundenlange Beklommenheit regte sich in ihm.

Ihre Augen waren nass. Sie sah Tyler an. »Dass ein Leben wie das von diesem Mann kein Leben mehr ist. Einfach kein Leben. Schlimmer als Totsein, wenn Sie mich fragen. Nicht mal sprechen kann er. Die Schwester sagte, einmal hätten sie ihn in gefrorene Laken gewickelt. Sie dachten, vielleicht holt der Schock ihn raus. Aber es hat nichts genützt. So was ist doch kein Leben. Da ist man doch besser tot, glauben Sie nicht?«

»Wenn man es so sieht, vielleicht schon, ja. Aber vielleicht finden sie ja doch noch einen Weg, ihm zu helfen.«

»Ihm kann niemand helfen«, sagte Connie. »Waren Sie im Krieg?«

»Nur ganz am Schluss. Als eigentlich schon alles vorbei war.«

»Ah ja.« Connie nickte. Ihre Stimme hatte wieder ihren normalen Ton angenommen. »Waren Sie irgendwo in Übersee?«

Tyler lehnte sich zurück und erzählte ihr von seinem Jahr als Marinesoldat in Guam, wo er an Aufräumarbeiten beteiligt gewesen war; der Krieg war gerade zu Ende gegangen. Er erzählte ihr vom Tod seines Vaters, der gestorben war, als er schon im Zug von San Francisco nach Hause saß. »Allerdings verstand ich damals noch nicht« – Tyler machte die Augen schmal und studierte seine Fingernägel –, »dass das nicht nur der Tod meines Vaters, sondern auch der Tod meiner Kindheit war, der Tod unserer Familie, wie ich sie gekannt hatte. So wie bei dem Flugzeug von Glenn Miller, das damals über dem Ärmelkanal verschollen ist, wissen Sie noch? Nicht nur der Tod eines Bandleaders, verstehen Sie, sondern der Tod einer Band.« Er sah aus dem Fenster. »Solche Kreise zieht der Tod. Wenn das irgendeinen Sinn ergibt.«

»Also«, sagte Connie und klopfte mit ihrem Löffel einmal laut auf den Tisch, »wenn ich ehrlich sein soll, ergibt das alles keinen Sinn. Nicht für mich. Darf ich Sie was fragen?« Der Pastor drehte sich ihr zu und zog die Brauen hoch. »Wenn – ja, wenn die Leute so sterben – hilft es da, dass man Pastor ist?«

Er betrachtete sie einen Augenblick lang. »Ich würde sagen, nein.«

Sie nickte, starrte hinunter auf ihren Löffel, und er meinte, Verwirrung und Angst über ihr Gesicht zucken zu sehen – ein Moment der Nacktheit.

»Was ist denn, Connie?«

Sie sagte: »Ich hatte nur gerade eine Idee. Buchstabensuppe. Das hab ich im Lebensmittelladen gesehen. Vielleicht würde Katherine so was gefallen. Wenn sie ihren Namen in ihrem Suppenteller buchstabieren kann.«

»Ach«, sagte der Pastor, »das ist ja ein guter Einfall.«

»Ich muss nachher eh noch mal los und ein paar Sachen für Evelyn besorgen. Ich wollte es eigentlich schon am Wochenende machen, aber da hat das Auto gestreikt.«

»Oh, Autos können eine Pest sein«, sagte Tyler. »Mein Vater hatte ein Auto, das keinen Regen vertrug. Kaum fielen die ersten Tropfen, sprang die Karre nicht mehr an.« Eine schwache Zärtlichkeit stieg bei der Erinnerung in ihm auf.

»Autos sind eine Pest, das stimmt«, sagte Connie. »Ach,

schauen Sie. Den habe ich hinten im Wäscheschrank gefunden. Er muss Katherine gehören.« Und sie nahm einen kleinen Goldring aus der Tasche an ihrem Pullover und hielt ihn zwischen den Fingern. Er hatte einen winzigen roten Stein.

Tyler betrachtete ihn gründlich. »Kommt mir nicht bekannt vor. Sind Sie sicher, dass es nicht Ihrer ist?«

»Guter Gott, nein. Wieso sollte ich einen Kinderring haben? Vielleicht liegt er ja schon seit hundert Jahren da. Dann geben Sie ihn Katherine eben einfach so.«

»Gut, ja, vielen Dank.« Er nahm den Ring und drehte ihn zwischen den Fingern. »Sagen Sie, Mrs. Hatch, was ich gedacht habe – ich habe mich gefragt, ob Sie nicht vielleicht ganztags auf die Kinder aufpassen könnten. Wenn ich Jeannie auch herholen würde. Ich hätte gern beide Mädchen beieinander.«

Zu seiner Verblüffung errötete sie.

»Nur so ein Gedanke«, sagte er leichthin. »Es wird sowieso dauern, bis ich die Einzelheiten ausklamüsert habe.«

»Doch, das würde ich sehr gerne. Wirklich.«

»Gut, behalten wir es im Hinterkopf.« Er steckte den Ring in die Tasche. »Danke für die Idee mit der Buchstabensuppe – und danke fürs Besorgen. Ich würde es ganz sicher vergessen. Mein Gedächtnis ist das reinste Sieb.«

»Meins auch.« Connie nickte, und ihr Lächeln dabei war so warm und so unvermittelt, dass Tyler einen Moment glaubte, aus ihrem Gesicht eine jüngere Ausgabe ihrer selbst hervortreten zu sehen. Sie stand auf, stellte die Kaffeebecher in die Spüle, ging in den Hauswirtschaftsraum.

Tyler hörte den Plastikkorb mit der Wäsche über den Boden scharren.

Er hatte eine Sommerfrischlerin geheiratet. Und das – nahezu jeder hätte das bestätigen können – war fast nie eine gute Idee. Er hatte eine Sommerfrischlerin aus Massachusetts geheiratet, und damit waren die Komplikationen vorprogrammiert. Wäre Lauren aus New Hampshire gewesen oder besser noch aus Vermont, hätte es vermutlich nichts ausgemacht. Aber Massachusetts, das bedeutete so eine gewisse Protzigkeit, in den meisten Fällen Geld, in einigen auch Cocktails, und die Leute aus Massachusetts waren die rücksichtslosesten Autofahrer der Welt.

Doch was bleibt einem Mann übrig, wenn die Liebe ihr Recht fordert?

Als Tyler während der Ausbildung zu seinen Übungspredigten ausgesandt worden war, hatte es ihn anfangs entsetzt, vor welch elend kleinen Häuflein er in einigen der abgelegenen, isolierten Gemeinden Gottesdienst halten musste. Beim allerersten Mal hatten sechs Leute vor ihm gesessen – einer davon unverkennbar der Dorftrottel, wie man damals noch ganz unbefangen sagte. Aber Tyler hatte sich daran gewöhnt, sogar daran, dass ein solcher Mensch oft mitten im Gottesdienst einfach aufstand und ging. Er verstand es, wenn jemand nicht stillsitzen konnte, denn eine gewisse Rastlosigkeit steckte auch in ihm.

Dort hatte er zu predigen gelernt, in diesen kleinen weißen Kirchen, von denen manche bis zu hundert Meilen vom Predigerseminar in Brockmorton entfernt lagen. Befreit vom Korsett der Homiletikvorlesung, befreit von dem Zwang, vor dem strengen Professor bestehen zu müssen, vor den Kommilitonen, deren Urteil, so spürte er, es zuweilen an christlicher Barmherzigkeit fehlen ließ, hatte Tyler seine Stimme gefunden – indem er zu den kleinen Gemeinden sprach, indem er manchmal von der Kanzel wegtrat, um sich direkt vor sie hinzustellen und ihnen die schlichten Verse des Propheten Daniel zu zitieren: *Fürchte dich nicht, du von Gott Geliebter! Friede sei mit dir! Sei getrost! Sei getrost!*

Und weil so lobende Rückmeldungen in Brockmorton eintrafen, war Tyler in ein Küstenstädtchen entsandt worden, das zu klein war, um ganzjährig eine volle Pastorenstelle zu besetzen, aber dessen Gemeinde im Monat Juli anschwoll wie eine Meereswoge, weil im Juli die Sommergäste aus anderen Städten kamen, teils sogar aus anderen Bundesstaaten.

Man stelle es sich vor: ein Tag Anfang Juli, so warm, dass die Kirchentür offen steht, und auch die Fenster stehen offen, so dass die süße, warme Morgenluft ins Innere der kleinen, zweihundert Jahre alten Dorfkirche strömt. Neben der Kirche ist ein Rosengarten, in dem noch ein paar letzte Teerosen blühen, und an diesem Sonntag haben die Prachtlilien am Spalier ihre Blüten geöffnet, und auch weiße Madonnenlilien stehen da, und die klare warme Luft trägt ihren Duft in die Kirche hinein. Alle Bänke sind besetzt, hauptsächlich mit Leuten aus der Auburn Colony oder Besuchern aus Massachusetts oder Connecticut, die einen Teil ihres Sommers hier verbringen. Und unter ihnen befindet sich heute, in einem blauen Kleid und blauem Hut, die schöne Lauren Slatin, eine Sommerfrischlerin an der Seite ihres Vaters, der breitschultrig und ernst dasitzt. Aber die schöne Lauren hat nichts von der Strenge ihres Vaters, sie ist ganz Farbe, ganz Licht, ein Licht scheint auf ihrem Antlitz, aus ihren Augen, als sie zu dem jungen Reverend Caskey aufblickt – und welch eine Predigt er hält! Nie hat er solche Kraft in sich gefühlt, seine Augen leuchten, seine Wangen brennen. Beim Segensspruch sind sie schon rettungslos verliebt.

War das Gottes Wille? O ja. Sie wurden emporgehoben in die wundersamen Arme Gottes, denn Gott ist die Liebe, und Tyler liebte so sehr, dass ihn fast schwindelte, als er ein paar Tage später zum Cottage der Slatins kam und Lauren in einem blauen Baumwollkleid schon auf dem Rasen wartete. Und als es Herbst wurde und die Briefe in seinem Postfach vor dem Gemeinschaftsraum in Brockmorton einzutreffen begannen, riss er sie gleich an Ort und Stelle auf, das Herz überquellend von Liebe beim Anblick der großen, schlaufigen Schrift, deren Schlampigkeit ihn mit Staunen und Rührung erfüllte. Und dann die seltenen, wunderbaren Ferngespräche, die er abends an George Atwoods Privatapparat führte (immer darauf bedacht, George gleich nach den Kosten zu fragen, so dass dieser das Thema nicht selbst anschneiden musste), dieses köstliche Warten in der Stille des Arbeitszimmers, bis ein Prickeln durch die Leitung ging: »Hallo?« Oh, es war Gottes Werk. Liebe ist immer Gottes Werk.

»Ein echter Mainer Junge?«, hatte Mrs. Slatin gesagt und ihn mit ihren hübschen braunen Augen angelächelt.

»Ein Country Club?«, hatte Margaret Caskey gesagt. »Sie gehören einem Country Club an? Tyler«, sagte sie mit ruhiger Stimme, »reiche Leute sind wie Neger. Nichts einzuwenden gegen sie. Gar keine Frage. Aber ich habe immer gesagt und werde es auch immer sagen, lass sie ihr Leben leben, und ich lebe meins.«

Ja, dachte er nun, während er aus dem Küchenfenster starrte, da hatten sich bei ihrer Trauung wohl beide Seiten, diesseits wie jenseits des Kirchenganges, als Opfer einer Mesalliance gefühlt.

Einige Damen vom Frauenbund saßen im Wohnzimmer von Jane Watsons blitzsauberem Haus beim Kaffee. Treffen dieser Art gaben den Frauen etwas, worauf sie sich freuen konnten, zumal jetzt, wo die Tage kürzer und dunkler wurden und die Ödnis des Bettenüberziehens oder Badezimmerputzens alles noch düsterer färbte. Die Kaffeekränzchen boten Gelegenheit, einen neuen Pullover oder ein gut geputztes Haus vorzuführen, Rezepte auszutauschen und die neuesten Ereignisse zu besprechen, zu denen seit gestern das schockierende Benehmen von Katherine Caskey gehörte. Bertha Babcock, die herrische pensionierte Lehrerin, deren missbilligende Gegenwart einem den Klatsch manchmal ziemlich verleiden konnte, war heute zum Glück nicht da, und der Fall Katherine konnte in aller Gründlichkeit durchgesprochen werden. Dass Tyler Mary Ingersoll zum Weinen gebracht haben sollte, schien einigermaßen bemerkenswert, auch wenn Doris Austin, einen Blaubeermuffin in der Hand, sagte: »Was soll daran denn bitte schön bemerkenswert sein?« Dass das Kind während des Vaterunsers gesagt hatte: »Ich hasse Gott«, war ebenfalls bemerkenswert, und Jane Watson, die ihre Zigarette in einem Sackaschenbecher mit Schottenmuster ausdrückte, meinte, Tyler müsse davon erfahren.

Keine wollte diejenige sein, die es ihm sagte.

Aber Katherine hatte keine Reue gezeigt – Kaffeelöffel klimperten gegen Untertassen –, und wenn Kinder keine Reue zeigten, konnte das auf eine Verhaltensstörung hindeuten. Erst neulich war ein Artikel darüber in der *Newsweek* erschienen. Ob es übrigens nicht völlig irre sei, dass manche Leute ein Vermögen dafür ausgaben, fünf Tage die Woche auf einer Couch zu liegen und wahllos zu äußern, was ihnen gerade in den Kopf kam? Besonders in New York, wo sich die jüdischen Psychoanalytiker dumm und dämlich verdienten.

»Ich fände das himmlisch«, seufzte Alison Chase. »Jeden Tag meine Füße hochlegen und mir meine Probleme von der Seele reden.«

»Glaub das bloß nicht«, sagte Jane. »Die interessieren sich nicht für deine richtigen Probleme, nur für irgendwelchen Kram aus deiner Kindheit. Und am Schluss will der Analytiker dir ja doch nur einreden, dass du als Kind mit deiner Mutter schlafen wolltest.«

»Mit meiner Mutter?«

»Bei den Frauen wird's wohl der Vater sein. Sex, Sex, Sex, was anderes gibt es für die nicht.«

Aber, schob Irma Rand ein – deren Wangen sich bei Janes Kommentar verfärbt hatten –, war es nicht furchtbar unhöflich von Mrs. Chruschtschow, diese Seifen abzulehnen, die sie ihr in dem Hotel hatten mitgeben wollen? Überhaupt schrieben sie ja schreckliche Dinge über sie in dieser kalifornischen Zeitung – verglichen ihr Kleid mit einem Schonbezug für eine alte Couch! »Wenn es doch stimmt«, sagte jemand. Ja, war man sich einig, Schönheiten waren die Chruschtschows alle beide nicht. Sie war eine einfache Bäuerin, wisst ihr. Hat auf dem Feld gearbeitet vor der bolschewistischen Revolution, ehe sie hingegangen ist und ihn geheiratet hat. Da muss sie vielleicht schon aus Prinzip hässlich sein.

Jane Watson, inzwischen etwas angesäuert, weil niemand ihre Blaubeermuffins lobte, sagte, sie sollten endlich entscheiden, ob Tyler von dem Vorfall erfahren sollte oder nicht, weil sie nämlich nicht den ganzen Tag Zeit habe. »Ora soll es ihm sagen«, schlug jemand vor, weil Ora bekanntlich vor nichts zurückschreckte. Nein, Ora war nicht dabei gewesen, sie kannte die genauen Umstände nicht – Alison musste es ihm sagen, schließlich war es in ihrer Stunde passiert.

»Wissen sollte er es jedenfalls«, erklärte Doris und nahm sich den zweiten Blaubeermuffin. »Ich würde es wissen wollen, wenn mein Kind so etwas sagt, aber ich sage es ihm nicht. Mir geht Tyler offen gestanden zur Zeit ein bisschen auf die Nerven. Ich war bei ihm, um mit ihm über die neue Orgel zu reden, und er hat mir die Werke von irgend so einer katholischen Heiligen empfohlen.«

Jane Watson berührte ihren roten Ohrstecker und sah Alison Chase an.

Aber warum genau war Mary Ingersoll in Tränen aufgelöst gewesen? Das wurde neuerlich erörtert, und man kam überein: Rhonda Skillings, von der Jane es wusste, war keine Lügnerin (so unerträglich sie sonst sein mochte – man konnte meinen, sie wäre der erste Mensch auf der Welt, der seinen Doktor machte). Und Rhonda hatte gesagt, Mary Ingersoll habe gesagt, Tyler sei schrecklich grob zu ihr gewesen.

Tyler war nie grob.

Nun, irgendetwas *war* vorgefallen. Und das kleine Mädchen

hatte sich auf jeden Fall danebenbenommen. Traurig. Dass ein Kind so etwas in der Sonntagsschule sagte. Alison Chase zog ihren Pullover glatt. »Also gut«, sagte sie. Sie zeigte der Reihe nach auf die Frauen rund um den Tisch. »Eins, zwei, drei, vier, fünf, sechs, sieben«, zählte sie. »Eine alte Frau kocht Rüben. Eine alte Frau kocht Speck, und – DU – bist – weg.«

Jane blieb übrig.

Vier

Eins ist klar: Eine Tragödie, wie sie der schönen Frau des Pastors widerfuhr, musste einen so kleinen Ort zwangsläufig in ihren Bann schlagen. Kaum war das zweite Kind der Caskeys geboren – und was war das für ein niedliches kleines Ding, rosenwangig und drall; sie hätte von der Decke der Sixtinischen Kapelle herabgefallen sein können, sagte Marilyn Dunlop, die an der Annett Academy Kunst unterrichtete und schon in Italien gewesen war, was zu sehr vielen Italien-Vergleichen führte –, kaum war die goldige Jeannie Caskey geboren, kam das Gerücht auf, Lauren Caskey habe einen Nervenzusammenbruch. Etwas sehr Merkwürdiges ereignete sich: Lauren Caskey war mit den Kindern nach Hollywell gefahren und wusste plötzlich nicht mehr, wo sie war. Von einem Münzfernsprecher am Busbahnhof rief sie ihren Mann in seinem Büro im Untergeschoss der Kirche an, und weil Skogie Gowen, der sich aus seiner Anwaltskanzlei zurückgezogen hatte und gelegentlich beim Pastor auf einen kleinen Schwatz übers Fischen vorbeischaute, zu der Zeit gerade bei Tyler saß, sprach sich herum, dass der aufgeschreckte Pastor seiner Frau hatte befehlen müssen, die Namen von den Schildern ringsum abzulesen, die Endstationen der Busse, bis sich zeigte, dass sie ganz einfach im Busbahnhof in Hollywell war. Und dann, nachdem er sie beschworen hatte, sich nicht von der Stelle zu rühren, war er mit Skogie hingefahren, um sie zu holen.

Sie stand draußen auf dem Gehsteig, blass und mit einem verwirrten Ausdruck im Gesicht, aber mehr noch sah sie »hinüber« aus. Eine andere Beschreibung fiel Skogie hinterher nicht ein. Der Pastor sei völlig verstört gewesen, sagte er, als er seine Frau ins Auto gepackt und sich vergewissert hatte, dass den Kindern nichts fehlte. Als Skogie abends noch einmal anrief, dankte ihm der Pastor mit gepresster Stimme und sagte, Lauren sei einfach erschöpft.

»Ja, man vergisst immer, wie schwer so was sein kann«, meinte Skogie begütigend, »hormonelle Umstellungen nach der Geburt et cetera.« Er war verlegen, und Tyler Caskey, der nur sagte: »Ja, das stimmt, noch mal danke«, schien ihm auch verlegen zu sein.

Man grub alte Geschichten von postnatalen Zusammenbrüchen aus. Sharon Merrimen hatte sich nach ihrem vierten Kind im November ins Bett verkrochen, um erst im März wieder aufzustehen. Betsy Bumpus waren nach der Geburt ihrer Zwillinge ein geschlagenes Jahr die Tränen über die Wangen geströmt, so lange, bis sie richtiggehend dehydriert war. So etwas war immer schlimm für den Ehemann, aber was sollte man machen? Wenigstens hatte niemand seine Kinder in der Badewanne ertränkt, wie das auch schon vorgekommen sein soll.

Lauren Caskey ertränkte ihre Kinder nicht. Sie badete sie auch nicht. Was mit ihr geschah, hatte nichts mit den Kindern zu tun. Sie war in Boston und wurde operiert. Die Worte »in Hanover zur Therapie« wurden während dieses Frühlings in gedämpftem Ton weitergesagt, am Telefon, im Lebensmittelladen, in den Gärten, wo die Frauen inmitten ihrer Hyazinthenpracht standen und den Kopf schüttelten. Vereinzelt fiel das Wort »Perücke«.

Das Wort »Krebs« fiel nicht. Es war die Zeit, in der dieses Wort noch schaudernd mit einem sicheren Todesurteil gleichgesetzt wurde. Auch wenn das *Life*-Magazin – just um die Zeit von Lauren Caskeys Erkrankung – einen großen Artikel zu dem Thema herausbrachte, in dem von neuer Hoffnung für die armen Opfer die Rede war, veranlassten die ganzseitigen

Fotos einer Frau, die unter eine Bestrahlungsmaschine geschoben wurde, doch einige, rasch weiterzublättern, denn die Frau auf den Bildern schien in der Blüte ihrer Jahre zu stehen, und das war fesselnd und gruselig zugleich und für manche beängstigender als die Vorstellung eines Atomkriegs, weil die Bedrohung von der Natur selbst ausging und es jeden treffen konnte.

Nicht lange, und Frauen in West Annett, die seit Jahren nicht mehr geweint hatten, standen schluchzend in der Küche. Dass Lauren Caskey sich für etwas Besseres gehalten hatte, war vergessen oder vergeben. Ihr Schicksal ermöglichte ein Schwelgen in Gefühl, wie es sich lange Zeit keiner mehr gegönnt hatte. Das arme, arme Ding, sagten die Leute – wie furchtbar. Kam denn die Familie, um zu helfen? Niemand wusste es. Jane Watson, die der Nachbarschaftshilfe angehörte, war einmal zum Farmhaus hinausgefahren und hatte sich erboten, der Kranken in den langen und bestimmt schweren Tagen, die bevorstanden, vorzulesen, wenn sie Ablenkung brauchte. Reverend Caskey schien darüber erstaunt und sagte, das würde nicht nötig sein – Lauren würde ja wieder gesund.

Connie Hatch, die zu diesem Zeitpunkt zwei Vormittage die Woche bei den Caskeys aushalf, wurde immer öfter zu Hause angerufen. Aber sie war nicht sehr mitteilsam, sondern sagte nur, dass Mrs. Caskeys Familie und die Mutter und Schwester des Reverends alle da seien und mit anpackten. Am ergiebigsten war der Abend, als Jane Watson bei den Hatchs anrief und einen angetrunkenen Adrian an den Apparat bekam, der sagte: »Die ist richtig krank, die Lady. Die stirbt, keine Frage – und stinksauer deswegen ist sie auch.«

Wobei das noch nicht alles war. Der Pastor hatte Connie nahegelegt, doch Urlaub zu nehmen, jetzt, wo die Familie da sei, daher wusste auch sie nicht, dass Laurens Eltern und Schwester die junge Frau nach Massachusetts mitnehmen wollten, wo sie angemessen versorgt werden konnte. »*Wo es wenigstens flie-*

ßend Wasser gibt!«, hatte die Schwester eines Abends draußen im Flur gezischt, worauf sich Belle vor den Wasserhahn in der Küche stellte und laut rief: »Oh, seht! Da kommt Wasser aus dem Hahn! Bald können wir das Plumpsklo abschaffen!«

Aber der Pastor sagte, nein, Lauren werde nirgendwo hingebracht. Das Farmhaus sei ihr Zuhause. Er sagte dies ungemein höflich, aber letzten Endes hatte es den Abbruch der Beziehungen zwischen ihm und der Schwiegerfamilie zur Folge. Er sagte es deshalb, weil er es nicht ertrug – oder schlicht nicht begriff –, dass sie so sicher mit ihrem Tod rechneten (»Nur ein Wunder kann sie jetzt noch retten«, erklärte sein Schwiegervater), und auch, weil zwischen ihm und ihnen eine unausgesprochene Bitterkeit stand, die mit den Jahren stärker geworden war und die ihren Ursprung in Gelddingen hatte.

Jeden Abend und jeden Morgen betete Tyler. »Dein Wille geschehe«, schloss er jedes Mal. Ein Wunder schien ihm nicht vonnöten, auch glaubte er gar nicht daran – das Leben als solches war ihm Wunder genug. Nein, Tyler glaubte an die Macht des Gebets, denn das Beten fühlte sich für ihn stark und richtig an, so wie sich ein Schwimmer, der jahrelang trainiert hat, sicher fühlt in dem Wasser, das ihn trägt. Tyler liebte Gott sehr, und das musste Gott ja wohl wissen. Tyler liebte Lauren, und auch das wusste Gott.

Aber nachdem die Schwiegerfamilie abgereist war – sie hatten wenigstens Katherine den Sommer über nach Massachusetts mitnehmen wollen, doch auch das lehnte er ab – und er auf sich gestellt war (und auf seine Mutter und Belle), begann seine Frau, ausfällig gegen ihn zu werden. Fürchterliche Dinge wurden gesagt.

»Das ist die Krankheit, nicht sie«, hatte Tyler seiner Mutter eines Morgens in der Küche zugemurmelt, als klar war, dass sie mitgehört hatte.

Margaret Caskey sagte nichts. Sie arbeitete ohne Pause, trocknete das Geschirr ab, wickelte das Baby, ging wieder nach oben, um Laurens Kopfkissen frisch zu beziehen.

Als am selben Tag Jane Watson auf seiner Veranda erschien – im Sommerkleid, eine Strohtasche in der Hand, die weißumrandete Sonnenbrille ins Haar geschoben –, empfand er ihren blühenden Anblick als geradezu obszön. Er bat sie nicht herein. »Ich würde Sie hereinbitten«, sagte er, »aber Lauren schläft gerade.«

»Natürlich«, sagte Jane. »Ich wollte einfach nur meine Hilfe anbieten.«

»Das ist sehr freundlich von Ihnen.«

»Es geht uns allen furchtbar nahe«, sagte die Frau. Ihr Kleid hatte ein Muster aus großen roten Blumen.

»Ja.« Der Pastor sah an ihr vorbei. Es war ein wunderschöner Tag. Ihm war, als hätte er die Welt noch nie so schön gesehen. Die Birken entlang der Einfahrt glichen frisch gestrichenen Laternenpfählen, nur dass sie statt Lampen liebliche grüne Blätterarme trugen.

»Tyler, was ich Ihnen sagen wollte – als der Mann von meiner Schwester im Sterben lag, hat sich Vorlesen bewährt. Es hat die Zeit leichter vergehen lassen.«

»Lauren stirbt nicht.« Er sagte es in verwundertem Ton, als wäre er ernsthaft überrascht über die Unterstellung.

»Ich dachte...«

»Sie ist krank«, sagte Tyler. »Aber durch die Kraft von Gottes Liebe wird sie wieder gesund werden.«

»Oh... Ja, dann... Die Ärzte sehen eine Chance?«

»O ja. Sie haben schon Fälle einer Heilung erlebt.«

»Das wäre ja großartig«, sagte Jane. »Warten Sie kurz, Tyler. Ich habe einen Auflauf im Auto.«

Er trat hinaus auf die Veranda und zog die Fliegentür hinter sich zu, während sie in ihren Pumps über den Kies ging. Ihr fülliges Hinterteil, als sie sich ins Auto beugte, ihre Energie und

Vitalität hatten für ihn etwas Beleidigendes. Sie kam die schiefen Stufen herauf, in den Händen eine Auflaufform, die mit glänzender Alufolie abgedeckt war, und er dachte, dass sie aus einem fernen Land zu kommen schien, dass dieses Farmhaus jetzt ein Schiff irgendwo draußen auf dem Meer war; er war an Deck beordert worden, und die Sonne stach ihm in die Augen. Sie würde wieder in ihr Boot steigen, das blitzende blaue Oldsmobile, und zurückkehren zum Kontinent der Freien und Gesunden, um dort von ihrem Besuch zu berichten, enttäuscht vielleicht, dass es zu keiner »Sichtung« gekommen war.

Er dankte ihr und ging wieder ins Haus. Unter der Folie kamen Nudeln in irgendeiner Sahnesoße zum Vorschein, und als er das Zeug in den Mülleimer kratzte, hörte er seine Mutter hinter sich. »Du darfst nicht bitter werden, Tyler.«

»Wer will so was essen.« Aber es machte ihm etwas aus – dabei ertappt zu werden, wie er Essen wegwarf.

Drei Tage ruhte Lauren allem Anschein nach friedlich. Ihre braunen Augen schienen von innen zu leuchten; sie glänzten wie dunkle Zedernstückchen, auf die Sonnenlicht fällt. Und die Sonne schien ja auch, eine scharfe, schöne Augustsonne füllte an den Nachmittagen den Raum. Tyler befeuchtete Laurens Gesicht, tupfte mit einem Waschlappen den Haaransatz entlang bis hinter die Ohren. Behutsam wusch er seine Frau, behutsam fuhr er mit dem Lappen zwischen ihre Zehen. Einmal sagte sie leise: »Schau, die Luftballons«, und schlief dann ein.

Ein Kardinal rief in der Fichte vor dem Fenster, ein rotes, schwirrendes Aufblitzen. Tyler zupfte das Kissen hinter dem Kopf seiner Frau zurecht, setzte sich dann auf den Stuhl an ihrem Bett, seine großen Hände im Schoß. Tief drin spürte er etwas, aufkommende Schluchzer; er schob das Kinn vor und ignorierte sie mit Bedacht. Gott war im Zimmer. Die Luft war nicht einfach nur Luft, die Gegenwart Gottes umgab ihn – so deutlich fühlbar, wie man das Wasser um sich spürte, wenn man in einem See schwamm. Noch jedes Mal in seinem Leben, schien es Tyler, hatte das GEFÜHL diese Form angenommen. Das GEFÜHL war groß und ruhig und wunderbar. Während seine Frau dalag und schlief und er seine Tränen vor sich verleugnete, betete Tyler, stumme Gebete des Dankes und der Lobpreisung.

Am nächsten Tag setzte Lauren sich auf und sprach. »Ich scheiß auf deinen Gott!« Belle sagte, es sei Zeit, die Kinder wegzubringen.

Katherines Kleider wurden in einen kleinen Koffer gepackt, der Lauren gehörte. Seine Ecken waren mit braunem Leder verstärkt, und unter dem Ledergriff war eine Metallschließe. In der Vergangenheit hatte dieser Koffer die feinen, teuren Kleider seiner Verlobten enthalten, wenn sie ihn besuchen kam, und ihn jetzt in der Küche stehen zu sehen, mit der kleinen Katherine daneben, die ihre Strickpuppe an sich drückte – dieser Anblick von Koffer und Kind gab Tyler plötzlich den Rest.

»Ich muss mal«, sagte Katherine.

»Dann geh«, sagte Belle. »Wir warten solange.«

Aber Tyler folgte dem Kind in das Bad neben der Küche und half Katherine, sich die kleine Kordhose herunterzuziehen und sich auf den Sitz zu setzen.

»Es ist schon bisschen was gekommen.« Katherine zeigte auf einen feuchten Fleck an ihrer roten Unterhose, die zwischen ihren kleinen Knien spannte.

»Das trocknet wieder«, sagte Tyler.

»Daddy«, flüsterte das Kind. »Bei Tante Belle riecht es so komisch. Ich will da nicht hin.«

»Es ist ja nicht für lange. Du musst ihr doch helfen, sich um das Baby zu kümmern.«

»Tante Belle sagt, ich soll das Baby nicht anfassen.«

»Belle hat zur Zeit viel um die Ohren. Hilf, Jeannie in den Schlaf zu singen, wenn sie quengelig wird. Das kannst du.«

In der Einfahrt kniete er sich neben sie. »Daddy hat dich sehr lieb.«

»Ich will zu Mommy«, sagte Katherine. Oh, sie versuchte, nicht zu weinen, aber ihr Kinn zitterte.

»Mommy ist krank.«

»Aber sie weiß doch nicht, wo ich bin«, jammerte das Kind, weinend jetzt.

Er holte sein Taschentuch heraus. »Schnäuzen.« Sie gehorchte. »Katherine«, flüsterte er, »du musst damit aufhören.«

»Ich will zu Mommy.«

»Katherine«, flüsterte er.

Die Kleine bog den Kopf zurück, starrte ihn an. Furcht huschte in kleinen Wellen über ihr Gesicht.

»Mommy möchte, dass du jetzt schön brav mit Belle mitfährst.«

»Tyler«, sagte Belle mit warnendem Unterton, und Tyler stand auf und sah sie durchdringend an.

»Belle«, sagte er mit fester Stimme.

Er musste Katherines Arme von seinem Bein wegbiegen, musste sie hochheben, um sie ins Auto zu bekommen.

Es hatte Befürchtungen gegeben, dass der Pastor nach dem Tod seiner Frau aus der Stadt fortgehen könnte. Aber er ging nicht fort. Er nahm Urlaub und kehrte dann mit Katherine zurück; seine Mutter würde Jeannie bis auf weiteres zu sich nehmen, sagte er, und sie an den Wochenenden zu ihm bringen. Er stürzte sich in die Arbeit, suchte sich Aufgaben, die ihn durch den ganzen Bundesstaat führten: die Vereinigung junger Christen in Neuengland, die Charta der Ostküsten-Sprengel, die Projektgruppe des Gouverneurs zur Bekämpfung der Armut. So viel, wie er unterwegs war, fand sich kaum Zeit für ein längeres Gespräch mit irgendjemandem. Aber die Gemeinde verstand das. Und sie verstand auch, dass er seine Predigten nun ablas, wenn er groß und breitschultrig auf der Kanzel stand und mit seiner tiefen Stimme die Macht von Gottes ewiger Liebe und die Gnade Jesu Christi verkündete. Beim Kirchenkaffee ging er durch den Gemeindesaal, lächelnd, nickend, Hände schüttelnd wie früher. Der einzige Hinweis auf die Tragödie, die hinter ihm lag, waren der etwas gedämpftere Ton und der ratlose Ausdruck, der mittendrin über sein Gesicht kommen konnte.

Als es in diesem ersten Jahr November wurde, erinnerten sich die Leute wieder: Wie der Mann Schlittschuh laufen konnte! Er bewegte sich wie umschlossen von den Armen Gottes. Es war, als hätte er nichts unter den Füßen, ja, fast schien er überhaupt keine Füße zu haben. Man sah nur die hohe Gestalt im langen Mantel über den gefrorenen See fliegen. Wenn er zwischen den spielenden Kindern, den händchenhaltenden Paaren dahinglitt, neigte sich sein Körper bald in die eine Richtung, bald in die andere, die Knöchel mühelos eng beisammen, die Füße lässig voreinandergesetzt, so dass es aussah, als schlendere er, und doch war er schnell wie der Wind; oh, es war faszinierend, ihm zuzuschauen.

Oft sah man den Pastor spätnachmittags auf dem Eis, oder man sah ihn in der hereinbrechenden Dämmerung nach Hause gehen, die Schlittschuhe über der Schulter. Manchmal sah man ihn auch stehen und in den Himmel starren, wie überwältigt von dem Anblick der nackten Bäume vor dem letzten gelben Winterlicht. Der alten Bertha Babcock, die einmal mit dem Auto anhielt, um ihn mitzunehmen, sagte er zu ihrem Befremden: »Wirkt es nicht, als wären gleich hinterm Horizont, direkt dort, Bertha, außer Reichweite, jenseits der grauen Dächer und der dunklen blattlosen Bäume, ungeheure Aktivitäten im Gange?« Und indem er die Hände vors Gesicht hob: »Sind wir denn alle dazu verdammt, für immer fern der Gnade Gottes zu leben?«

Vielleicht hatte sie sich verhört.

Als dieser Winter endete, in einen späten Frühling überging, begann der Pastor müde auszusehen; seine Augen bekamen etwas Hohles, Tuberkulöses, und er magerte ab. Als es Sommer wurde, erschien er manchmal nicht zum Kirchenkaffee, und wenn er kam, verteilte er seine Komplimente mit einer Stimme, die eine Spur zu laut war: »Pete«, sagte er, »ein toller Diavortrag war das vorgestern. Der Missionsausschuss kann froh sein, Sie zu haben.« Aber im Lauf des Sommers wirkte er zunehmend wie ein großer Traktor mit einem Schuljungen am Steuer, dem immer wieder der Gang herausrutscht. Als Skogie Gowen berichtete, der Pastor habe erwähnt, dass es ihn reizen würde, einmal in die Südstaaten zu fahren und sich mit den dortigen Pfarrern für die Farbigen einzusetzen, fühlten sich manche ein wenig verraten. Aber *wir* sind seine Gemeinde, dachten sie. Mehr hörte man über diese Pläne jedenfalls nicht, und wieder wurde es Herbst, und Katherine, die mittlerweile unleugbar ein bisschen verwahrlost aussah, wurde eingeschult. Trotzdem, ein leises Unbehagen griff um sich. Die Leute wollten ihren Pastor zurückhaben.

Doris Austin wollte ihn zurückhaben; sie liebte ihn.

Und sie wollte eine neue Orgel. Das war nicht unbillig. Die Orgel in der Kirche stand seit vierundzwanzig Jahren dort und gab jeden Ton, den Doris spielte, mit kurzer Verzögerung von sich, so dass die Gemeinde bei den Gesangbuchliedern oft durcheinandergeriet, weil die einen um einen Takt zu früh einsetzten und die anderen um einen zu spät. Doris ging oft unter der Woche in die Kirche, um zu spielen, und jedes Mal hoffte sie, dem Pastor zu begegnen, wie es schon manchmal geschehen war. Mit welchem Glück es sie erfüllte, den Mann beim Gebet zu wissen, während sie von der Empore die Musik des begnadeten Johann Sebastian Bach dazulieferte!

Als sie jetzt von Jane Watson kam, wo die Nachricht von

Katherine Caskeys Gotteslästerung sie mit heimlicher Genugtuung erfüllt hatte (»Ich hasse Gott« – welche Ungeheuerlichkeit war das aus dem Munde einer Pastorentochter; und Tyler hatte sie letzte Woche gedemütigt, sie einfach da sitzen lassen, während sie heulte wie ein Kleinkind, und nicht mal angerufen hatte er sie seitdem!), nahm Doris den Umweg über die Kirche. Das Auto des Pastors stand nicht da, aber manchmal ging er zu Fuß in die Stadt. Verstohlen wie eine Einbrecherin schlich sie die Treppe hinunter, aber die Tür zu seinem Büro war verschlossen. Seine Abwesenheit erschien ihr wie ein Affront.

Im Kirchenraum setzte sie sich in eine der hinteren Bänke, die Hände im Schoß gefaltet, die Fußknöchel unter die Bank gezogen. Wenn sie allein hier betete, fühlte sich die Stille, die sich vor ihr ausbreitete, zuweilen wie eine pulsierende Gegenwart an. Manchmal war das ein regelrechtes Glücksgefühl, aber meist wurde sie bald unruhig, aufgewühlt, und das Gefühl fiel in sich zusammen, zerplatzte wie eine Seifenblase, auf deren zarter Oberfläche die Schatten und Lichter ihrer Gedanken widergeschienen hatten, und dann ärgerte sie sich und wenn es einmal so weit war, kehrte die Gelöstheit nicht mehr zurück.

Heute wurde sie schamrot bei der plötzlichen Vorstellung, dass das nicht anders war als im Bett mit Charlie. Beten gleich Sex? Sie versagte in beidem, denn selbst jetzt sah sie ja hinunter auf diesen Teppich und dachte, wie ordentlich Bruce Gilgore ihn jede Woche saugte und wie gut er diese hohen Fenster putzte, und warum dachte sie so etwas? Aber genau das passierte ihr mit Charlie. Sein Kopf bewegte sich über ihren Brüsten auf und ab, und sie tätschelte ihm den Rücken und dachte dabei, dass sie die Hausaufgaben bei einem der Kinder nicht kontrolliert hatte oder ob die Waschmaschine wohl so repariert worden war, dass sie auch hielt.

Sie nahm ihre Handtasche und ging. Auf den Kirchenstufen fiel ihr wieder ein, wie sie vor Tyler geweint hatte, ihm erzählt hatte, dass Charlie tätlich gegen sie geworden war, und er rief sie nicht einmal an! Neue Tränen stiegen ihr in die Augen. »Sie können mich mal«, sagte sie.

Tyler saß mit der Bibel auf dem Schoß in seinem Arbeitszimmer und starrte aus dem Fenster. Im Geist sah er Dietrich Bonhoeffers junge Verlobte, ein Mädchen mit zurückgestecktem dunklem Haar und einem ernsten, klugen Gesicht, furchtlos das Gefängnis betreten, um ihn zu besuchen. Maria von Wedemeyer hatte die Briefe zwischen Bonhoeffer und ihr nach seinem Tod nicht veröffentlicht, und das berührte Tyler – dass ihre Liebe für sie eine private Herzenssache bleiben sollte. Angeblich hatte sie bei ihrem letzten Besuch im Gefängnis, als die Wachen das Ende der Besuchszeit verkündeten und sie schon zur Tür führten, plötzlich kehrtgemacht, »Dietrich!« gerufen, sich an den Wachen vorbeigedrängt und die Arme um ihn geworfen.

Tyler drehte sich wieder zum Schreibtisch um. Tiefes Mitleid mit der jungen Frau erfasste ihn, und er griff nach der Bibel und las Zophars Antwort an Hiob: *Wenn aber du dein Herz auf ihn richtest und deine Hände zu ihm ausbreitest ... dann würdest du alle Mühsal vergessen ... und du dürftest dich trösten, dass Hoffnung da ist.*

Das Telefon klingelte.

»Tyler, hier ist Jane.«

Nebenan stellte Connie den Staubsauger an. Tyler stand auf. »Jane. Guten Tag.«

»Wie geht's Ihnen, Tyler?«

»Gut. Alles bestens.«

»Das ist recht. Ähm. Hören Sie. Alison war hier, und es scheint, dass es einen kleinen Zwischenfall mit Katherine gegeben hat. Alison hat sich geniert, es Ihnen gegenüber anzusprechen, aber gestern beim Vaterunser hat Katherine gesagt: ›Ich hasse Gott.‹«

Tyler setzte sich wieder hin, stützte die Ellenbogen auf den Tisch.

»Tyler?«

»Ja, Jane.«

»Wir dachten, wenn es unser Kind wäre, würden wir so etwas wissen wollen. Deshalb hat Alison mich gebeten, Sie anzurufen.«

»Tut mir leid«, sagte Tyler, »aber wie soll ich das verstehen?« Sein Hinterkopf fühlte sich warm an. Er hörte Jane seufzen, oder vielleicht hatte sie sich eine Zigarette angezündet und stieß den Rauch aus.

»Ich denke«, sagte Jane, »Sie sollten es so verstehen, dass Katherine Wut empfindet.«

»Beim Vaterunser?«, fragte Tyler. »Wo im Vaterunser?«

»Wo? Keine Ahnung. Meinen Sie, an welcher Stelle im Vaterunser?« Eine Pause. »Wir haben darüber beraten, ob wir es Ihnen sagen sollen, und vielleicht war es keine gute Idee. Aber als Alison den Kindern erklärt hat, dass so etwas Gottes Gefühle verletzt, schien das Katherine – na ja, es schien ihr egal.«

»Und warum erzählt Alison mir das nicht selbst?«

»Weil sie verlegen war, Tyler.«

»Verstehe.«

»Ich persönlich war ja eigentlich dagegen.«

»Wogegen?«

»Es Ihnen zu sagen.«

»Aber jetzt sagen Sie es mir.«

»Machen Sie's mir doch nicht so schwer, Tyler! Alison und Irma und Doris waren alle der Meinung, dass Sie es erfahren sollten, aber niemand wollte es Ihnen sagen – wir wissen ja, dass bei ihr in der Schule nicht alles glattläuft, und so richtig gern spricht natürlich keiner so etwas an –, also habe ich mich breitschlagen lassen und es übernommen. Wenn Martha so etwas gesagt hätte, würde ich das wissen wollen. Ich würde ihr den

Mund mit Seife auswaschen, aber wie Sie Katherine anfassen, ist natürlich allein Ihre Sache.«

»Wie meinen Sie das – dass ich es so verstehen muss, dass Katherine Wut empfindet?«

»Tyler, Sie...«

Im Wohnzimmer verstummte der Staubsauger; der Rüssel polterte auf den Boden. Er stellte sich Jane Watsons Wohnzimmer vor – voll mit Frauen, die herumsaßen und gescheit über sein Kind daherredeten. Eine große dunkle Faust schien sich um ihn zu ballen.

»Tyler?«

»Ja.«

»Sie drängen mich hier in eine etwas undankbare Rolle.«

»Das Kind hat seine Mutter verloren, Jane.«

»Das wissen wir. Grundgütiger!«

»Wenn Sie es zu Ende denken, hat das Kind seine halbe Familie verloren. Schließlich ist Jeannie auch nicht hier.«

»Wir dachten einfach, Sie wüssten vielleicht gern Bescheid, mehr nicht. Grundgütiger!«, sagte Jane noch einmal.

»Gut. Ich weiß Ihre Besorgnis zu schätzen. Ich werde mich darum kümmern. Vielen Dank.«

Er rieb sich das Gesicht mit beiden Händen, trat dann an die Tür seines Arbeitszimmers. Connie war dabei, die Sofakissen auf den Lehnsessel zu türmen.

»Ach je«, sagte Tyler. Sein Mund war trocken. »Der Hund haart immer so, tut mir leid.«

»Gar kein Problem«, sagte Connie. »Ich hab daheim selber einen Hund. Einen riesengroßen Schäferhund. Hundehaare so dick wie Kiefernnadeln.« Sie sah zu ihm herüber, und in all seiner Anspannung empfand er in ihrem Ausdruck eine Unschuld, etwas Eifriges, das ihn rührte. *Er hilft den Elenden herrlich.*

»Sagen Sie, Connie – ich müsste für eine Weile weg. Ich

dachte ... könnten Sie vielleicht ganz kurz auf Katherine aufpassen, falls ich nicht rechtzeitig zurück bin?«

»Ja, sicher.«

Er öffnete schon den Garderobenschrank, holte seinen Mantel heraus. »Und danke«, setzte er hinzu, »für das alles«, und er schwenkte die Hand Richtung Wohnzimmer.

»Ich mach nur meine Arbeit«, sagte Connie.

Das verunglückte Telefonat zwischen ihm und Jane als Fiasko zu werten, wäre wohl übertrieben gewesen, aber einen Missklang in dem kleinen West Annett stellte es doch dar, das spürte auch Tyler. Sein Instinkt gebot ihm zu fliehen (immer in Bewegung bleiben!), während Janes Instinkt ihr gebot, so viele Freundinnen zu verständigen wie nur möglich, ehe Kinder und Ehemänner heimkamen und der dringend benötigte Trost weiblicher Kameradschaft unterging in dem Wirrwarr und Lärm fremder Bedürfnisse.

Connie Hatch dagegen, an der diese Kleinstadt-Querelen ebenso vorbeigingen wie das Problem mit der Taktverschiebung der alten Orgel, fühlte sich nach dem Aufbruch des Pastors wie in Sonnenschein eingesponnen, trotz des milchigen Himmels draußen vor dem Fenster, der Hochnebelschicht, die sich nicht auflöste. Sie fuhr mit dem Staubsaugerrüssel die Sofaritzen entlang, und ihr war frei und leicht zumute wie sonst selten. Wie nett vom Pastor, sich für die Hundehaare zu entschuldigen, und dass er sie ganztags die Kinder hüten lassen wollte ...! Der Pastor hatte oft so etwas Ratloses im Blick, das gefiel Connie – sie war selber ratlos. Das Leben kam ihr manchmal wie ein Dame-Spiel vor, bei dem eine große Hand von hoch oben herabgelangt und Jerry zerbrochen und Becky auf den Rücken geworfen hatte wie einen Käfer, während sie, Connie, einfach zur Seite geschoben worden war. Und wer wusste, warum? Vielleicht wusste der Pastor es ja. Sie hatte sich lange genug nach dem Warum gefragt, und sie dachte, dass es wahrscheinlich schlicht keinen Grund gab. Auch wenn sie nie hatte vergessen können, wie ihre Schwiegermutter vor Jahren das erste Mal zu ihr gesagt hatte: »Weißt du, Connie, ich denke ja immer, wenn eine Frau keine Kinder bekommt, dann hat das einen Grund.«

»Wie meinst du das?« Connie waren die Tränen in die Augen geschossen.

»Im Radio hieß es«, hatte Evelyn gesagt, »wenn eine Frau eine Fehlgeburt hat, dann ist der Fötus missgebildet. Die Natur weiß schon, wem sie Kinder gibt und wem nicht.«

»Ich verstehe nicht, was du damit sagen willst.«

»Ach komm, Connie. Ein bisschen überspannt bist du nun mal, das weißt du doch selbst.«

Connie hatte sich auf einen Stuhl setzen müssen.

Jetzt bückte sie sich, um den Staubsauger auszustecken, und räumte ihn zurück in den Schrank. Gut, sie mochte Katherine nicht. Aber das konnte sich ändern. Ein Bild formte sich in ihrem Kopf: Katherine, die sich in der Schule das Knie aufgeschlagen hatte und damit schüchtern zu Connie kam. Und Connie würde sagen: »Oh, ein kleines Aua. Da tun wir ein schönes Pflaster drauf, dann wird es gleich besser.« Und Jeannie jammerte vielleicht auch nach einem Pflaster, wenn sie sah, dass Katherine eins bekam, und Connie sagte zu Katherine: »Geben wir Jeannie auch eins, ja?«, und beide Mädchen klatschten in die Hände. Im Geist redete Connie mit Jerry, als sie nun nach dem Bohnerwachs suchte. Ich kümmere mich ab jetzt um die beiden Mädels vom Pastor, sagte sie.

Aber der Gedanke an Jerry machte sie so traurig, dass ihr, als sie auf allen vieren den Boden wachste, die Tränen herunterliefen und sie sich in die Hocke aufrichten und die Augen wischen musste. *Und immer dieser Gestank nach Scheiße, Con. Die Menschen scheißen eben. Weißt du noch, wenn Ma uns zur Strafe ins*

Plumpsklo rausgeschickt hat? Und ich so Angst vor den Spinnen hatte? Wieso stinkt Menschenscheiße eigentlich schlimmer als Tierscheiße? Das ist ein Drecksloch hier, Connie.

Connie drückte Wachs aus der Tube, verrieb es mit dem Lappen. Nach Jerrys Tod war Connie Nacht für Nacht mit einer dunklen Schwere in der Brust aufgewacht, die sich schlimmer anfühlte als alles, was sie je gekannt hatte. Es ist vorbei, dachte sie dann. Er hat keine Angst mehr. Aber sie war nie wieder dieselbe geworden wie vorher. Das hatte sie sich mit der Zeit klargemacht. Da gehst du durchs Leben und bist einfach Connie. Und dann plötzlich bist du es nicht mehr; als wäre ein Stengel abgeknickt. Danach bist du nichts mehr. Niemand weiß das, aber du bist ein reines Nichts auf der ganzen weiten Welt.

Weißt du noch, wie wir immer Schlitten gefahren sind, Connie? Wenn's zu steil wurde, hast du mich hinter dich genommen, damit der Baum dich zuerst erwischt. Es ist kalt hier, Con. Ich habe Angst.

»Scheiße«, sagte Connie. Sie hatte immer wieder dieselbe Stelle gebohnert, die nun mit einer dicken Spiegelschicht bedeckt war. »Verflixte Drecksscheiße«, sagte sie. Aber der Pastor würde es voraussichtlich gar nicht bemerken, und wenn, wäre es ihm egal. Sie stand auf, verwahrte das Wachs wieder und begann den Esszimmertisch abzustauben. Wieder sah sie Katherine vor sich, wie sie ihr schüchtern ihr aufgeschlagenes Knie zeigte, sah sich selbst dastehen, die kleine Jeannie auf der Hüfte. Wenn die Caskey-Mädchen groß waren, so malte Connie sich aus, dann würden sie sagen: »Wir hatten eine Haushälterin, als wir klein waren. Sie hat uns mehr oder weniger das Leben gerettet. Dad wäre verloren gewesen ohne sie. Sie war eine richtige Lebensretterin für uns. Connie Hatch, so hieß sie, und sie war die gütigste Frau von der Welt.« Das würden sie ihren Zimmergenossinnen im College erzählen, ihren Freunden, den Schwiegereltern.

Connie nahm sich die Esszimmerstühle vor. Sämtliche Fotos

von Lauren Caskey, das hatte Connie entdeckt, als sie sich einmal ein bisschen umgeschaut hatte, waren auf den Dachboden verbannt worden, in einem Pappkarton, in dem auch die Uhr der Frau und ihr Ehering lagen. »Findest du das nicht seltsam, Adrian, dass er überhaupt keine Bilder von ihr dagelassen hat?«, hatte Connie gefragt, ohne mit einer Antwort zu rechnen. Aber nach langem Schweigen hatte Adrian gesagt: »Nein.« Connie rückte einen Stuhl wieder an den Tisch, machte sich an den nächsten. Lauren Caskey hatte Connie nicht gemocht, das war deutlich zu merken gewesen. Dabei gehörte Lauren zu diesen schlampigen, unachtsamen Frauen, die hier einen rosa Pullover einfach auf den Boden fallen ließen, dort einen hochhackigen Schuh in die Ecke kickten; sie hatte Connies Hilfe bitter nötig gehabt. Trotzdem hatte Connie nie ein freundliches Wort von ihr gehört, oder überhaupt ein Wort, wenn sie darüber nachdachte.

Aber dann so krank zu werden! Grauenhaft. Connie ließ das Staubtuch sinken und setzte sich auf den Stuhl vor ihr. Es wollte ihr einfach nicht in den Kopf, wie so etwas geschehen konnte: Körper, die zum Gefängnis wurden, und der Mensch steckte darin fest. Schreiend oder auch nicht schreiend, aber mit einem Blick, der ein einziger Appell zu sein schien: Tu etwas! Connie war froh gewesen, als Tylers Mutter sie wegschickte – wer wollte so was mit ansehen? Sie ganz bestimmt nicht. Aber vielleicht sah ja Tyler im Leiden einen Wert. Die Leute meinten, Leiden mache einen stärker, aber Connie hielt das für Unfug. Stärker für was? Für den Tod? Falls es irgendein Leben nach dem Tod gab, sollte einem das Leiden dann einen Platz im Expresszug in den Himmel sichern?

Die Vorstellung, es könnte ein Jenseits geben, machte Connie eine Heidenangst. Sie tat sich schon mit dem Diesseits schwer genug. Wie, wenn der Tod ein großer Müllsack war, in den der Körper wanderte, aber der Geist blieb einfach übrig, hing mit all seinen Gedanken im Nichts? Das war Connies Begriff von der Hölle. (Nicht, dass sie Jerry nicht gern wiedergesehen oder zumindest mit ihrer Seele seiner zugezwinkert hätte in irgendeinem Totenreich. Aber mit so viel Glück rechnete sie nicht – im Zweifel würde sie in einem anderen Zimmer festsitzen. Was natürlich auch Unsinn war; es gab keine Zimmer im Himmel oder in der Hölle; es gab Himmel und Hölle nicht.)

Aber das hier gab es – dieses warme Gefühl im Haus des Pastors.

Connie betrachtete die rosafarbenen Wände und trommelte mit den Fingern auf der Tischplatte. Oben auf dem Dachboden, erinnerte sie sich, lagerten zu allem anderen auch reihenweise Frauenkleider, ungetragen, noch mit dem Preisschild daran. Irgendwann würde sie Tyler anbieten, ihm damit zu helfen; es war nicht gut für ihn, wenn die Sachen da oben blieben. Er würde auf ihr Urteil in diesen Fragen vertrauen, wie neulich, als er sie wegen seiner ausgefransten Manschetten gefragt hatte.

Zu Mittag aß Connie etwas kalten Hackbraten, den sie sich von zu Hause mitgebracht hatte, und schlug auf den Boden der Ketchupflasche, bis etwas herauskam. Im Geist plante sie die Mahlzeiten des Pastors. Sie stand auf und schaute nach, ob im Gefrierschrank noch Erbsen waren. Keine Erbsen; sie setzte sie auf die Einkaufsliste. In so etwas war sie gut. Als sie vorhin die Wäsche gemacht hatte, hatte der Pastor gesagt: »Sie sind enorm wichtig für dieses Haus, wissen Sie.«

Connie, die früher für ihr Leben gern zum Square-Dance gegangen war, empfand, während sie nun dastand und die Küchenschränke des Pastors durchforstete, fast etwas von der alten Anmut und Leichtfüßigkeit, so als könnte ihre gesamte Beziehung zur Welt sich zu einer sorglosen Tanzfigur fügen.

Neben der Turnhalle gab es seit kurzem ein Münztelefon. Charlie Austin hatte eine Freistunde, und nun fütterte er den

Einwurfschlitz mit Vierteldollarmünzen. Nach dem zweiten Klingeln hob sie ab.

»Ich bin's.« Er sah sich um. Ein paar Mädchen in ihren blauen Gymnastikanzügen waren aus den Umkleideräumen drüben auf der anderen Seite gekommen.

»Hallo, ich«, sagte sie lachend.

»Ich habe drei Minuten«, sagte Charlie. »So lange reichen meine Münzen. Ich wollte nur hallo sagen.«

Sie lachte wieder. »Hallo und sonst nichts?«

»Ich kann nicht richtig reden. Ich bin an dem Telefon neben der Turnhalle, und die Mädchen haben gleich Stunde.« Ein erster Basketball prallte schon gegen das Brett.

»Sind sie sexy? Die Mädchen?«

»Nein«, sagte er. Zu seinem Entsetzen sah er, dass eins davon seine Tochter war. Er drehte sich zur Wand.

»Wir könnten uns noch ein Mädchen dazuholen, Charlie. Würde dir das nicht gefallen – ich mit einem Mädchen? Du kannst vielleicht nicht reden, aber ich schon.«

»Klingt gut.« Seine Stimme war heiser.

»Weißt du, was ich mir heute früh vorgestellt habe?«

»Sag's mir«, krächzte er.

»Wie du mich von hinten nimmst. Vor dem Spiegel. So dass ich dich dabei beobachten kann. Soll ich weiterreden?«

»Ja«, sagte er. Er schloss die Augen.

»Ich behalte den Rock an, und du schiebst ihn einfach nur hoch. Ich habe meine Strapse an, aber kein Höschen. Charlie«, sagte sie leise, »du machst mich so geil.«

Er konnte nicht glauben, dass eine Frau solche Sachen sagte. Die Hose wurde ihm eng, während er dastand. Er hörte die Trillerpfeife der Turnlehrerin. »Du fehlst mir«, flüsterte er.

»Du mir auch.«

»Was sollen wir tun?«, fragte er.

»Ficken, sooft wir können, oder? Denk dran, du gehörst mir.«

»Nur dir«, sagte er. Er legte auf und ging zurück ins Lehrerzimmer, ohne noch einmal in Richtung der Mädchen zu schauen. Er hatte keine Ahnung, ob Lisa ihn gesehen hatte oder nicht. Wahrscheinlich schon, dachte er. Du bist ein böser, böser Mann.

Das Predigerseminar in Brockmorton lag auf einem Hügel, alte, von hohen Ulmen umstandene Steinbauten, die gemessen über der Stadt aufragten. Nur die neue Bibliothek fiel aus dem Rahmen; sie stand etwas abseits, klobig und kantig, und ihr Anblick deprimierte Tyler und gab ihm das Gefühl, älter zu sein, als er war, denn ein Gebäude im alten Stil wäre ihm lieber gewesen. Er begriff, dass das »modern« war, und es missfiel ihm. Invasoren von einem anderen Stern bauten so, dachte er.

Aber der vertraute Geruch der Blake Hall versetzte ihm einen tiefen, nostalgischen Stich – irritierend, wie unverändert alles schien: die große Wanduhr an der Stirnseite der Halle, die Porträts der ehemaligen Präsidenten, die unbewegt auf Tyler herabblickten, allesamt weißhaarig und ehrwürdig, ihr Teint rosiger, als er es im wirklichen Leben gewesen sein mochte.

George Atwoods Tür stand offen. George, der am Fenster saß, sah von seinem Buch auf, als Tyler auf die Schwelle trat. Seine Augen waren im ersten Moment verborgen von den Lichtreflexen der goldgerahmten Brille, aber als er sich erhob, klang seine Stimme aufrichtig (wenn auch maßvoll) erfreut. »Tyler Caskey. Was für eine schöne Überraschung. Was führt Sie her? Setzen Sie sich, setzen Sie sich.«

»Ich hatte hier in der Nähe zu tun.« Tyler machte eine vage Handbewegung. »In Edding. Ich dachte, ich schaue mal, ob Sie da sind.«

George Atwood nickte; seine alten Augen nahmen Tyler durch die Brillengläser ins Visier. Eine trockene Reinlichkeit umgab seine Person, so absolut, als müssten seine Hemden und selbst die Unterhemden am Ende des Tages so sauber sein wie in der Früh beim Anziehen. Er ließ sich in einem Armstuhl nieder, in dessen hohe schwarze Lehne das Wappen von Brockmorton eingraviert war, und schlug die langen, mageren Beine übereinander.

Das Predigerseminar Brockmorton war vor zwei Jahrhunderten gegründet worden, und es unterschied sich von anderen Predigerseminaren insofern, als es auf die Ausbildung von Männern – und in einzelnen Fällen auch Frauen – spezialisiert war, die vorher andere Berufe ausgeübt hatten. Ein Metzger etwa oder auch ein Elektriker, der sich in mittleren Jahren dazu entschied, Geistlicher zu werden, erhielt hier sein Rüstzeug und wurde dann in eine der kleinen Gemeinden entsandt, von denen es im nördlichen Neuengland so viele gab.

Aber Tyler war direkt von der Universität gekommen und war der Jüngste seines Jahrgangs. Und anfangs der Einsamste. Die Umgänglichkeit, die seit der Kindheit seine natürliche Gabe darstellte – und die nur bei der Navy einen flüchtigen, aber umso heftigeren Dämpfer erlitten hatte –, kam ihm in seiner ersten Zeit im Seminar fast abhanden. Die älteren Männer, die sich zwischen Büchern, Kindern und Ehefrauen aufteilen mussten, waren wenig mitteilsam, und einige behandelten Tyler als Rivalen, hielten ihn womöglich für einen Blender. George Atwood, Professor für systematische Theologie, hatte ihn unter seine Fittiche genommen. »Er war wie ein Vater für mich«, pflegte Tyler zu sagen, und in der Tat brachte er die beiden Männer, ohne sich dessen bewusst zu sein, manchmal regelrecht durcheinander; Sehnsucht regte sich in ihm, wenn er George Atwood, der hinkte (wenn auch nicht so stark wie seinerzeit Tylers Vater) und der eine goldgeränderte Brille nicht unähnlich der seines Vaters trug, über den baumbestandenen Rasen hinweg erspähte oder ihn langsam den Kirchengang entlang zu seiner Bank humpeln sah.

George hatte Tyler und Lauren getraut, und er hatte Lauren beerdigt.

»Wie schlägt Katherine sich?«, fragte der Mann jetzt.

»Ganz gut«, sagte Tyler, und seine Finger klopften gegen die Armlehne. »Ein bisschen schwer tut sie sich wohl. Mit der Umstellung. Sie ist ja in der Vorschule. Ich hatte vor ein paar Tagen ein Gespräch mit ihrer Lehrerin. Anscheinend weint Katherine öfters.«

Nach ein paar Sekunden sagte George: »Mit so etwas muss man wahrscheinlich rechnen.«

Tyler nickte.

»Sie sprechen ihre Gebete mit ihr?«

»Ja, sicher. Jeden Abend.«

»Und Sie schließen ihre Mutter in die Gebete mit ein?« George Atwood untersuchte einen der lederbezogenen Knöpfe an der langen Strickjacke, die er trug. Als Tyler nicht antwortete, sah er auf.

»Nein«, sagte Tyler.

»Wie kommt das?«

»Ich weiß nicht.« Das Stechen unterhalb seines Schlüsselbeins begann wieder. »Irgendwie haben wir da unser festes Ritual, und das schon seit ewiger Zeit, und, ja – nein.«

»Es wäre vielleicht eine gute Idee.«

»Ja.« Tyler nickte. Er blinzelte aus dem Fenster und machte sich bewusst, dass er auf die Eckmauer der Kirche blickte, in der er getraut worden war. »Ich musste neulich daran denken«, sagte er, aus einem Bedürfnis, abzulenken von der (wie er jetzt merkte) haarsträubenden Enthüllung, dass er Lauren aus den Gebeten ihrer Tochter ausgeschlossen hatte, »dass die heilige Theresia genau in Katherines Alter war, als ihre Mutter starb.«

»Himmel noch mal, Tyler. Sie lesen doch nicht etwa immer noch die katholischen Heiligen?«

Tyler sah ihn an, lächelte. »Ab und zu.«

»Ja, ich weiß. Sie haben einen Hang zum großen Gefühl. Seien Sie vorsichtig. So etwas kann einem im Handumdrehen den Rausschmiss eintragen. Ich hab es schon erlebt.«

Tyler lächelte wieder, mit dem halben Mund nur. »Ich habe nicht vor, mich irgendwo rausschmeißen zu lassen.«

»Nein. Davon gehe ich aus.« George stellte die Beine nebeneinander, drückte seine Knie in den grauen Hosen zusammen, setzte sich schräg. »Und Sie kommen zurecht, Tyler?«

Tyler nickte, sah wieder zum Fenster hinaus. »Aber ich kann nicht auswendig predigen, und das belastet mich. Nimmt mir die Freude am Vortragen. Das war immer das, was ich daran so geliebt habe. Zu wissen, dass ich ihre volle Aufmerksamkeit habe, dass sie nach Hause gehen und über das nachdenken, was sie gehört haben, verstehen Sie – dass es nicht nur irgendwelche Abstraktionen sind, die ich da...« Zu spät fiel ihm ein, dass Georges Predigten erbarmungslos öde waren, abgelesen, als trüge jedes Wort exakt das gleiche Gewicht, eine tödlich monotone Angelegenheit. Ob George sich dessen bewusst war? Was wusste man überhaupt über sich selbst? Tyler beugte sich vor, stützte die Ellenbogen auf die Knie. (Was wusste man über seine Kinder? Wenn er an die stille, fügsame Katherine daheim dachte und sich dann vorstellte, dass sie in der Schule Schreianfälle bekam, in der Sonntagsschule »Ich hasse Gott« sagte, dann schien ihm die Diskrepanz – zwischen der Katherine, die er kannte, und der, die andere wahrnahmen – ähnlich verstörend, als bräche das Kind, sowie es das Haus verließ, durchs Eis in dunkle Wassertiefen, wo er es kaum mehr sehen konnte.)

Der Himmel über der Kirche war tiefgrau. Tyler rieb sich das Gesicht, lehnte sich zurück und sah, dass George ihn beobachtete. »Sie kriegen schon wieder Boden unter die Füße«, sagte der Mann zu ihm. Und fügte dann nachdenklich hinzu: »Sie haben immer Ihre Zuhörerschaft gebraucht, Tyler.« George stellte die Beine gerade, stemmte seinen mageren Körper ein klein bisschen aus dem schwarzen Lehnstuhl, bevor er sich wieder zurücksinken ließ. »Das Dumme ist«, sagte George und räusperte sich, »einem Mann, der ein Publikum braucht, wird sein Publikum nie ausreichen. Es kann sogar dahin kommen, dass er sein Publikum hasst. Es ist eine Falle, verstehen Sie?«

Tyler nickte langsam, um es aussehen zu lassen, als sänne er darüber nach, und lauschte in den anschwellenden Schmerz unter seinem Schlüsselbein hinein. »Ja.« Er stieß einen Seufzer aus. »Bald haben wir Stewardship-Sonntag, und da würde ich meine Sache gern gut machen. Die Organistin will eine neue Orgel, und falls es in der Frage zu Diskussionen kommt, möchte ich ungern Partei ergreifen.«

»Überlassen Sie solche Entscheidungen dem Gemeindekirchenrat.«

»Ja, natürlich.«

»Bis jetzt lief es bei Ihnen ja immer recht gut mit den Spendenzusagen.«

»Ja. Die sollten kein Problem sein.«

Die beiden Männer schwiegen; auf dem Gang fiel eine Tür zu. George sagte: »Denken Sie an Jeremia: ›Es ist ein köstlich Ding einem Manne, dass er das Joch in seiner Jugend trage.‹«

»Ich bin nicht in meiner Jugend«, sagte Tyler.

George hielt nur die blasse, knotige Hand hoch. Einen Augenblick später fragte er: »Und der Kleinen geht es gut?«

»Ja, ihr geht's gut. Sie ist nach wie vor bei meiner Mutter.«

»›Den Abend lang währet das Weinen, aber des Morgens ist Freude‹, Tyler.« George hievte sein knochiges Gesäß ein Stück hoch und zog aus der Hosentasche ein weißes Taschentuch. Er putzte sich fast geräuschlos die Nase. »Die Trauer ist etwas Heiliges. Geben Sie auch richtig auf sich acht? Mir scheint, Sie haben ein bisschen abgenommen.«

»Da ist noch genug dran.« Tyler klopfte sich auf den Bauch. Wie merkwürdig, dass George von Freude sprach. Wann, so fragte er sich, hatte George Atwood das letzte Mal Freude verspürt? Aber die Freude war genau das, was Tyler abging. Freude – er war immer voller Freude gewesen, dachte er. Selbst als die Ehe ihre Sorgen mit sich gebracht hatte. Und Freude war das Wort, das C.S. Lewis gebrauchte, um sein Verlangen nach Gott zu beschreiben. Es war das, was das GEFÜHL ausmachte, begriff Tyler. Aber wie sollte er jemals wieder Freude empfinden können? Es kam ihm so vor, als wäre mit jener einen schnellen Entscheidung an Laurens letztem Tag ein Scheunentor auf ihn niedergestürzt, und in der Dunkelheit darunter sah er keinen Weg ins Freie mehr. »Sagen Sie, George...« Tyler beugte sich vor, die Ellenbogen auf den Knien.

Aber in dem Moment schaute George zur Tür und sagte: »Philip, kommen Sie herein. Wollten Sie zu mir?« Auf der Schwelle stand ein junger Mann mit ehrfürchtig hängenden Schultern.

Tyler schüttelte Philip die Hand, und dann streckte er George die Hand hin. »Tja«, sagte er, »für mich wird es langsam auch Zeit...«

»Also dann, Tyler.« Der alte Mann begleitete ihn nicht einmal bis zu seiner Bürotür.

Draußen an der kalten Luft bemühte er sich, mit der ungeheuren Enttäuschung zurande zu kommen, die der Besuch bei George in ihm ausgelöst hatte. Er saß im Auto und sah auf das Seminargelände, auf die dicken grauen Stämme der Ulmen. *Bleib bei mir, Herr, der Abend bricht herein...* Seltsam zu denken, dass das jahrelang sein Lieblingslied gewesen war, denn was hatte er bis vor kurzem von der Trauer, dem verzweifelten Flehen dieser Zeilen begriffen? *Es kommt die Nacht, die Finsternis fällt ein.* Tyler ließ den Motor an und fuhr den Hügel hinab, vorbei an der Kirche, in der er geheiratet hatte. *Wer hilft mir sonst, wenn ich den Halt verlier... Herr, bleib bei mir.*

Die Bäume am Fluss wirkten wie Menschen, die man beim

Auskleiden überrascht hat. Etliche Blätter hingen noch an den Zweigen, aber es waren genügend abgefallen, so dass man durch das Geäst ungehindert auf die Stämme und in den Himmel blicken konnte; der Eindruck kommender Nacktheit war stärker als jeder andere. Tyler kurbelte das Fenster herunter, um die Luft hereinströmen zu lassen, und der scharfe Herbstgeruch brachte ihm eine Jugenderinnerung zurück – auf dem Footballfeld, unmittelbar vor dem Anpfiff. Er hatte dagestanden und gedacht: Ich bin groß, und ich werde große Dinge vollbringen.

Katherine saß auf dem Rücksitz von Mrs. Carlsons Wagen und schaute aus dem Fenster, ein ganz kleines Lächeln auf dem Gesicht, und Mrs. Carlson, die es im Rückspiegel bemerkte, dachte, das Kind hätte vielleicht den Kürbisstand am Straßenrand gesehen und freute sich auf den Kürbis, den es versprochen bekommen hatte.

»Schnitzt ihr euch eine Kürbislaterne zu Halloween?«, fragte Mrs. Carlson, aber Katherine antwortete nicht, sondern lächelte nur zum Fenster hinaus. Im Geist sah sie ihr Haus, die Veranda mit ihrem eingedrückten Geländer, die schiefen Stufen, die sie eine nach der anderen hinaufkletterte, und drinnen, die Arme weit geöffnet, wartete ihre Mutter. »Kitty-Kat, du hast mir gefehlt!«, würde ihre Mutter ausrufen, und dann würden sie zusammen auf dem Bett hüpfen.

Das malte sich Katherine sehr oft aus. Dass es bis jetzt noch nicht eingetreten war, entmutigte sie nicht. Sie sah es vor sich, wann immer sie in einem Auto nach Hause fuhr. Das Bild beschützte sie, so dass auch der seltsame Carlson-Junge mit seinem spöttischen »Vielen Dank, Mrs. Carlson!«, als sie schweigend aus dem Auto ausstieg, und Mrs. Carlsons »Nicht, Bob. Auf Wiedersehen, Katherine« –, dass all das gar nichts mit ihr zu tun hatte.

Und jetzt stieg sie die Stufen hinauf, drehte den Türknauf,

der lose saß und klapperte. Und da stand die Nebeltröte, ihre großen roten Hände direkt vor Katherines Nase. »Na, Mäuslein«, sagte sie.

Katherine ließ ihre Brotbüchse aus rotem Plastik auf den Boden fallen und rannte die Treppe hoch in ihr Zimmer. *Mäuslein?* Ihr wurde ganz schlecht vor Widerwillen. Panisch sah sie sich um, flüchtete dann unters Bett, wo es dunkel und sicher war und gleich vor ihrem Gesicht eine staubige Socke lag. Sie hörte die Frau die Treppe hinaufkommen, hörte sie auf der Schwelle zögern. »Komm da raus, Katherine«, sagte die Frau. Katherine kniff die Augen fest zu und hielt den Atem an.

Die Wolken sanken herab und nahmen die Farbe von verzinktem Eisenblech an, dann quollen sie auf und sanken noch tiefer, so dass all die Bäume grau und reglos dastanden und die ganze Welt am Fluss einem übelgesinnten Himmel ausgeliefert schien. Alison Chase, die Sonntagsschulleiterin, backte in ihrer unordentlichen Küche einen Apfelkuchen für Tyler, und nachdem sie ihre Lippen mit dem orangefarbenen Lippenstift nachgezogen hatte, fuhr sie zum Farmhaus und gab ihren Kuchen bei Connie Hatch ab.

»Tyler hasst Äpfel«, informierte Ora Kendall sie hinterher am Telefon.

»Niemand hasst Äpfel.«

»Tyler schon. Er sagt, seit Laurens Tod wird ihm schlecht davon. Als sie gestorben ist, fing gerade die Apfelsaison an. Und Rührei kann er auch nicht essen, sagt er. Nach dem Trockenei bei der Marine.«

Alison rief Jane Watson an, die beim Zwiebelschneiden war, ein Stück Brot zwischen den Zähnen, damit ihr die Augen nicht so tränten. »Ich hab's gerade vor ein paar Minuten bei dir probiert«, sagte Jane aus dem Mundwinkel. »Rhonda und Marilyn hab ich schon von meinem furchtbaren Gespräch mit

Tyler erzählt. Ich hatte das Gefühl, er wahrt nur mit Mühe und Not die Form und würde am liebsten die Leitung durchschneiden. Wozu bäckst du ihm einen Kuchen?«

»Weil er mir irgendwie leidtut.«

»Tyler hasst Äpfel. Er wird ihn Connie Hatch geben.«

»Mein Leben langweilt mich zu Tode«, sagte Alison. »Es langweilt mich so, dass ich brechen könnte.«

»Das geht vorbei«, tröstete Jane sie. »Nächste Woche trifft sich der Geschichtsverein bei Bertha. Da kannst du einen Apfelkuchen mitbringen.«

»Ist dir nie sterbenslangweilig?«

»Ich habe viel zu viel zu tun, Alison.«

»Ich kriege nicht mal mehr das Haus geputzt.«

»Mach die Betten«, riet ihr Jane und nahm endlich das Brot aus dem Mund. »Mach einfach die Betten, dann geht's dir gleich besser. Und kauf dir einen Hüfthalter. Ich hab mir einen neuen Hüfthalter bei Sears bestellt. In der Werbung hieß es: ›Warum Hüttenkäse essen, wenn Sie fünf Pfund in nur fünf Sekunden abnehmen können?‹«

»Warum die Betten machen, wenn sich doch alle bloß gleich wieder reinlegen? Das hab ich noch nie verstanden. Apropos, unter Raymonds Bett hab ich gestern eine Zeitschrift gefunden. Eine mit Mädchen drin.«

»Oh. Hm. Tja, er kommt jetzt wohl in das Alter. Sag Fred, er soll mit ihm reden. Oder frag Rhonda Skillings. Die ist neuerdings Expertin für so was, ist dir das aufgefallen? Freud dies, Freud das. Alles, was mit Sex zu tun hat – sie redet drüber.«

»Die Frau in der Zeitschrift sah aus wie Lauren Caskey.«

»Alison! Wie kannst du so etwas Furchtbares sagen!«

»Danke«, sagte Alison. »Vielen herzlichen Dank.«

An diesem Abend stand Tyler da und sah seiner Tochter zu, die wie besessen in ihrem Kinderzimmer herumlief. Sie rannte zur

Tür, rannte zum Bett, kletterte hinauf, sprang auf und ab. Sie warf wild den Kopf hin und her, sank dann als winziges Häuflein in sich zusammen und versteckte das Gesicht im Kopfkissen.

»Katherine. Hör auf damit. Sofort.«

Das Kind setzte sich auf.

»Jemand hat es gesagt«, sagte Tyler. »Es ist eine schlimme Sache, so etwas zu sagen.«

Das Mädchen schüttelte wieder den Kopf, und dann begann es, ihn gegen die Wand zu schlagen.

»*Schluss jetzt!*« Die Schärfe in seiner Stimme ließ sie mit großen Augen aufschauen, ehe sie sich flink wie ein Eichhörnchen auf dem Kissen zusammenrollte.

»Leg dich unter die Decke, und dann beten wir.«

Beim Heimfahren an diesem Nachmittag hatte Tyler sehr stark empfunden, dass das Predigerseminar jetzt anderen gehörte – dabei war es ihm als Student doch so vorgekommen, als wäre es einzig und allein für ihn gemacht. »Ich bin nicht mehr in meiner Jugend«, hatte er zu George gesagt, und tatsächlich hatte die Blake Hall, als er zum Ausgang ging, wie geschrumpft gewirkt, all der Imposanz beraubt, mit der Tylers jüngeres Ich sie ausgestattet hatte. Auf dem Weg zu seinem Wagen hatte er gedacht, das Seminar sei im Grunde nicht mehr als ein paar alte graue Gebäude auf einem Hügel. Als sich die Wolkendecke dann immer tiefer auf die schmale Straße herabsenkte, bis er in einem Tunnel dahinzufahren schien, hörte er im Geist ganz deutlich das satte Klatschen, mit dem der Football auf dem Feld hinter seiner alten High School in seinen Händen landete, und ihm war, als wäre er auf direktem Weg aus der Kindheit in dieses Auto katapultiert worden, in dem er jetzt, als Witwer und Vater, heimfuhr – er fühlte sich wie vor den Kopf geschlagen.

Und zu Hause war es wieder Connie Hatch (dieser ruhige, wissende Glanz ihrer grünen Augen), die ihm sein Gleichgewicht zurückgab. Sie zeigte ihm den Apfelkuchen auf der Anrichte, den Alison Chase für ihn abgegeben hatte. »Nehmen Sie ihn mit«, sagte Tyler. »Ich hasse den Geruch von Äpfeln.«

»Gerüche können's in sich haben, ich weiß.« Connie nickte unbeeindruckt und schob den Kuchen in eine braune Plastiktüte. »Als ich im Heim gearbeitet hab, musste ich mich abends beim Nachhausekommen immer gleich als Erstes umziehen und die Kleider nach nebenan tun. Aber ich hatte trotzdem das Gefühl, irgendwelche kleinen Teilchen von dort würden mir noch in der Nase hängen.«

»Das kann ich mir vorstellen«, sagte Tyler, der an eine alte Frau denken musste, die Witwe Dorothy, die von ihrer Tochter wenige Monate nach Tylers Ankunft in der Stadt ins Bezirksaltenheim abgeschoben worden war. »Ich weiß nicht, wie Sie es aushalten konnten, da zu arbeiten.«

»Ich hab's nicht ausgehalten«, sagte Connie. »Katherine ist oben und malt.«

»Danke«, sagte Tyler. Dann: »Bleiben Sie noch kurz auf eine Tasse Tee?«

Und so blieb sie, die starken Hände mit den roten Fingerspitzen um eine dampfende Tasse gewölbt, und lauschte mit schräg gelegtem Kopf, während er von Brockmorton sprach, darüber, dass seine Zeit dort ihm hundert Jahre zurückzuliegen schien.

»Zeit«, sagte Connie. »Zeit ist was Komisches. Da bin ich auch noch nicht dahintergekommen.«

Als sie ging, nahm sie nicht nur den Apfelkuchen mit, sondern auch den Schutzwall, den ihre Gegenwart zwischen ihm und den Stimmen von Jane Watson und Mary Ingersoll errichtet hatte; diese Stimmen spreizten sich nun, als er an Katherines Bett saß, in ihm aus wie gerollter Stacheldraht. Das Kind sprach sein Vaterunser im allerfolgsamsten Ton.

Denn Katherine ... wenn sie den Kopf nur oft genug schüttelte, würde es wahr sein: Sie hatte nie gesagt, dass sie Gott hasste. Dicht neben der mickrigen Tatsache, *dass* sie es gesagt hatte, stand die viel größere Tatsache, dass sie es *nicht* gesagt hatte. Und wichtig war jetzt ohnehin nur, dass ihr Vater sie wieder ansah statt durch sie durch; dass er ihr mit seiner großen Hand über den Kopf strich; dass die Falten zwischen seinen Augenbrauen verschwanden. Aber sie verschwanden nicht – sie blieben das ganze Gebet über da, und es fiel kein weiteres Wort für Katherine ab, wie sonst manchmal, wenn er etwa nebenher sagte: »Walter Wilcox ist heute in der Kirche eingeschlafen und von seinem eigenen Schnarchen aufgewacht.«

Nein, heute Abend stand ihr Vater auf, immer noch mit diesen Furchen in der dicken Haut über seiner Nase, und als er das Licht ausknipste, drehte er sich noch einmal um und sagte den Spruch, den sie schon kannte: »Denk dran, Katherine. Immer rücksichtsvoll sein. Immer zuerst an den anderen denken.«

Sie lag da und überlegte, wer dieser andere wohl war. Jesus wahrscheinlich. Sie war froh, dass es nicht Connie Hatch sein konnte, denn die war kein Mann, weshalb man an sie auch nicht zuerst denken musste. Katherine machte ganz fest die Augen zu, um schneller einzuschlafen. Sie mochte Connie nicht. Nicht mal anschauen mochte sie sie.

»Doris, geh ins Bett«, sagte Charlie Austin. Es kam ihm vor, als würden sie schon seit hundert Jahren vor dem Fernseher sitzen. Er hatte diese grauenhafte neue Serie mit anschauen müssen, *Twilight Zone*, über eine »fünfte Dimension jenseits der menschlichen Erfahrung«. Umringt von seinen Kindern hatte er dagesessen, sein älterer Sohn neben ihm auf der Sofalehne lümmelnd und Kartoffelchips mampfend, und das Knurpsen hatte Charlie schier wahnsinnig gemacht.

»Ist das nicht klasse, Dad?«, sagte der Junge und stieß seinen Vater ans Bein.

»Warum setzt du dich nicht auf einen Stuhl?«, sagte Charlie.

»Hier ist's gemütlicher. Super Film, oder, Dad? Wow, schau dir das an!« Auf dem Bildschirm wuchs eine Hand aus dem Boden; Charlie lief es eiskalt über den Rücken bei dem Anblick.

Endlich gingen die Kinder ins Bett, und jetzt sahen sie eine Folge von *Die Unbestechlichen*, und Charlie hätte daran vielleicht sogar seinen Spaß gehabt – er mochte den Typen, der Eliot Ness spielte –, wenn er allein gewesen wäre, und als er einen Blick auf das Profil seiner Frau warf, schien ihm, dass sie gar nicht die Handlung verfolgte, sondern nur den Bildschirm fixierte, ihr Gesicht erstarrt in einem Ausdruck ängstlichen Wartens. »Geh ins Bett«, sagte er.

»Mach dir keine Sorgen wegen mir. Ich bleibe mit dir auf.« Aber sie blickte starr geradeaus dabei.

»Ich bin noch nicht müde«, sagte er. »Ich bin zu angespannt. Geh einfach ins Bett.«

Sie sah ihn an. »Vielleicht kann ich dir ja beim Entspannen helfen«, sagte sie und legte ihm die Hand auf den Schenkel.

Er lehnte den Kopf zurück, schloss die Augen.

»Ich könnte es doch versuchen«, sagte sie. Sie bewegte die Hand, und sein Glied, eingepackt in Hose und Unterhose, regte sich. Charakterloses Teil – ohne Scham, nur seinem eigenen törichten Verlangen folgend. Vielleicht wenn er die Augen zubehielt, an die Frau in Boston dachte, ihren Strumpfhalter, die Strapse, ihren durchgedrückten Spann, als sie sich auf der Bettkante hatte nach hinten kippen lassen … »Na, Onkel Doktor?«, hatte sie gesagt. Ihre Hände an seinen Ohren.

Er öffnete die Augen. »Doris«, sagte er, und er nahm ihre Hand und schob sie weg, »bitte geh ins Bett.«

Über ihr Gesicht liefen Tränen, als sie aufstand, die Häkeldecke zusammenfaltete, sie ordentlich über die Sofalehne legte. Sie schüttelte die Kissen auf, und die Tränen tropften an ihrer Nase herunter.

»Verdammt«, sagte er leise. »Putz dir die Nase und geh ins Bett.«

Seine Grausamkeit ließ sie in geräuschvolle Schluchzer ausbrechen, und er sagte: »Sei *still*, Himmelherrgott – willst du, dass die Kinder aufwachen«, und ein Klumpen bildete sich in seinem Magen.

Exhibitionismus, hatte die Frau in Boston gesagt und die Hand ausgestreckt, um den Vorhang in ihrem Hotelzimmer zurückzuziehen, das hat man mir schon öfter vorgeworfen – und sie hatte sich ihm zugewandt, lachend.

Ihm erschien seine Frau auf ihre Art nicht weniger exhibitionistisch. Schau nur, wie unglücklich ich bin, sagten ihre Tränen. Und er wollte sie anschreien: Was interessiert mich dein Unglück? Dein Unglück kotzt mich an!

Sie war schon halb die Treppe hinaufgestiegen, als er hörte, wie sie umkehrte und wieder herunterkam. Sie ging bis zum Sofa, stellte sich vor ihn hin.

»Du solltest wissen«, sagte sie mit bebender Stimme, »dass ich bei Tyler Caskey war und ihm erzählt habe, dass du mich geschlagen hast.«

Er sah zu ihr auf. Sagte halblaut: »Bist du wahnsinnig?«

»Du fragst mich, ob ich wahnsinnig bin? Sehr komisch, Charlie. Das fragst du mich?«

Er senkte den Blick, schüttelte den Kopf. »Blödsinn«, sagte er. »Ich glaub's dir nicht. Das erfindest du.«

»Tu ich nicht. Er hat gesagt, wir sollen uns von einem anderen Pastor helfen lassen, ihm ist es zu blöd.«

»Jetzt weiß ich, dass du es nur erfunden hast.« Charlie machte eine wegwerfende Handbewegung. »Tyler würde nie sagen, dass ihm etwas zu blöd ist. Obwohl er bestimmt genau das denken würde, wenn du es ihm erzählt hättest.«

»Ich habe es ihm erzählt, und genau das hat er gedacht, auch wenn er es nicht so gesagt hat. Er hat gesagt, wir könnten auch zu ihm kommen, wenn dir das recht wäre. Aber es wäre dir wahrscheinlich nicht recht.«

Allmählich wurde ihm klar, dass sie die Wahrheit sagte, und seine Kehle fühlte sich wie zugeschnürt an, als er mit belegter Stimme erwiderte: »Doris. Du meine Güte. Du bist auf *mich* losgegangen. Hast du ihm das auch erzählt – dass du auf *mich* losgegangen bist? Nein, hast du nicht. Hast du ihm erzählt, was für ein Gesicht du aufsetzt? Er würde dir auch eine reinhauen wollen, wenn er sehen könnte, wie du die Unterlippe vorschiebst und damit vor meiner Nase rumwackelst.« Er stand auf. »Geh ins Bett.« Und als sie die Treppe hinaufstieg, rief er ihr hinterher: »Vielleicht liefert dein mitfühlender Pastor dir ja eine prachtvolle neue Orgel zum Lohn für deine Leiden.« Charlie schaltete den Fernseher aus und saß im Dunkeln da. Doch er bekam Angst vor der Dunkelheit, sein Herz pochte laut. Er trat ans Fenster, aber nur ein paar Zentimeter dahinter begann schon die schwarze Nacht, und er fürchtete sich. Er schaltete den Fernseher wieder an.

Fünf

Der erste Schnee kam noch im Oktober. Er begann nach Mittag zu fallen, leicht wie Löwenzahnsamen, die hoch vom Himmel herabschwebten. Sie brauchten lange, um den Boden zu erreichen, so spärlich und schwerelos trieben sie dahin. Aber es war eine ruhige Stetigkeit in ihnen, und spätnachmittags wurden die höhergelegenen Flächen schon weiß. Kurz vor Einbruch der Dunkelheit riss der Himmel auf, die Temperatur sank, und ein eisiger Wind fegte durch die Städte am Fluss, so dass der Neuschnee aufstiebte wie von einem energischen Besen gepeitscht. Am Morgen lag er da, wo der Sturm ihn hingeblasen hatte, in langen, schmalen Bögen über ein Feld geweht oder vermischt mit trockenem Laub am Fuß eines Baums. Viel war es nicht, aber der Boden war gefroren und das Geäst kahl. Der Himmel leuchtete in hellem Grau; es sollte wärmer werden, und dann waren weitere Schneefälle angekündigt.

»Was machst du mit Katherine, wenn sie schneefrei hat?«, fragte Tylers Schwester ihn am Telefon.

»Ach, sie kann hier bei mir bleiben«, antwortete Tyler. »Oder Connie kann auf sie aufpassen. Connie ist eine große Hilfe.«

»Ich habe mit Mutter gesprochen«, sagte Belle, »und sie findet dein Haus deprimierend. Das zweite Jahr nach einem Todesfall ist immer schlimmer als das erste, weißt du. Du musst wieder heiraten. Mutter treibt mich in den Wahnsinn. Ich sag's dir, Tyler, wenn du diese Susan Bradford nicht anrufst, mach ich's.«

»Ja«, sagte Tyler. »Ich hatte viel um die Ohren.« Dann, vorsichtig: »Belle, ich hab mir überlegt ... ich würde gern einen Weg finden, die Mädchen wieder zusammenzubringen. Wenn ich jemanden einstellen würde, der ganztags auf sie aufpasst, könnte Jeannie bei mir leben.«

»Tyler«, sagte Belle. »Hast du vergessen? Du hast kein Geld. Und ich offen gestanden auch nicht. Ganz abgesehen davon, dass du Mutter ihre gesamte Daseinsberechtigung rauben würdest, wenn du ihr die Kleine jetzt wegnimmst.«

»Also, Belle, das glaube ich ja nun nicht.«

»Nicht? Du kannst froh sein, dass das Farmhaus sie deprimiert, sonst würde sie ruck, zuck bei dir einziehen. Ruf Susan Bradford an. Fahr rüber nach Hollywell und geh mit ihr essen. Das würde Mutter glücklich machen, soweit überhaupt etwas sie glücklich machen kann. Versuch eine Frau zu heiraten, die sie mag, die nett zu ihr ist, die sich im Alter ein bisschen um sie kümmert. Denn da passe ich, das sag ich dir jetzt schon.«

»Ich bitte dich, Belle. Lass uns rücksichtsvoll sein. Lass uns zuerst an den anderen denken.«

Schweigen. Er dachte schon, sie wäre vom Telefon weggegangen. »Belle?«

»Ich hab dich schon gehört. Weißt du, warum Dad ständig diesen Mist von dem anderen gesagt hat, an den man zuerst denken soll? Vom Rücksichtnehmen?«

»Weil er ein gütiger und...«

»Weil er feige war. Weil er sich nicht getraut hat, eine eigene Meinung zu haben. Die einzige Meinung, die in unserem Haus jemals gezählt hat, war Mutters. Was er eigentlich gemeint hat, war: Immer zuerst an Margaret Caskey denken, denn sonst gnade dir Gott.«

»Belle, du...«

»Ist doch wahr. Und mir tut es herzlich leid, was du alles durchgemacht hast, Tyler, aber du bist, mit Verlaub gesagt, ein Idiot. Wenn du immer zuerst an den anderen denkst, musst du dich nicht mit dem auseinandersetzen, was du selbst empfindest. Oder denkst.«

Tyler drehte sich in seinem Stuhl um und beobachtete eine Meise, die auf dem Rand der Vogeltränke landete und ganz kurz mit einem Flügel flatterte. »Wie hast du das gemeint – dass das zweite Jahr schlimmer ist?«

»Weil das erste wie in einem Nebel vorbeigeht. Und dann kommen erst die Erinnerungen. Ruf diese verflixte Susan Bradford an, Tyler, bevor Mutter uns alle die Wände hochtreibt.«

»Ja«, sagte Tyler. »Grüß Tom und die Kinder von mir.«

Er legte auf und lehnte sich in seinem Stuhl zurück. Tatsache war, dass Tyler noch viel weniger Geld hatte, als Belle – oder sonst irgendjemand – ahnte. Der Mann war verschuldet. Seine Aversion gegen alles, was mit dem Thema Geld zusammenhing, mochte vielleicht eine Spur stärker sein als bei den meisten, aber in Anbetracht seines Hintergrundes war sie nicht weiter ungewöhnlich. Viele Menschen, ganz besonders Protestanten, deren Vorfahren von den Puritanern abstammten und seit vielen, vielen Jahren im Norden Neuenglands lebten, sahen Geld als etwas Anstößiges, das in einen Mantel schamhafter Heimlichtuerei gehüllt werden musste. Je weniger man ausgab, desto besser. Je weniger man darüber sprach – noch besser. Es war ein bisschen wie mit dem Essen: dazu da, einen zu erhalten, aber nicht unbedingt dazu, genossen zu werden. Das wäre Völlerei gewesen.

Auf jeden Fall war die traurige Wahrheit, dass Laurens Maßlosigkeit Tyler in die Verschuldung getrieben hatte. Ihre Einkaufswut hatte seine bescheidenen Ersparnisse in bestürzendem Tempo dezimiert, und es standen immer noch Arztrechnungen offen, die die Versicherung nicht übernahm. Die Hauptschuldigen allerdings waren die Modegeschäfte rund um Hollywell, die ihr Kleider auf Pump verkauft hatten, vermutlich, weil sie die Frau des Pastors war. Ihr Vater hatte ihr ab und zu Geld geschickt, und gelegentlich hatte sie damit bezahlt. Doch nach ihrem Tod entdeckte Tyler, auf dem Dachboden versteckt,

Kleider, Schuhe, Armbänder, Handtaschen, manche davon noch mit Preisschild versehen. Sie zurückzubringen wäre ihm nicht in den Sinn gekommen – er ertrug es nicht einmal, an sie zu denken. Aber die Läden schickten trotzdem ihre Rechnungen. Er hatte ein Darlehen aufgenommen, aber bei seinem derzeitigen mageren Gehalt würde es ein Jahr dauern, wenn nicht länger, bis er wenigstens wieder bei null angelangt war. Die Hoffnung, dass der Gemeindekirchenrat im Zuge der anstehenden Haushaltsplanungen eine Gehaltserhöhung für ihn beschließen würde, hatte sich nicht erfüllt, zumindest war bisher nicht die Rede davon gewesen, und es selbst anzusprechen brachte er nicht über sich. Immerhin dachte er, er könnte vielleicht um etwas mehr Geld für Connie bitten, damit er seine Töchter wieder beide bei sich haben konnte.

Unruhig ist unser Herz, bis es ruht in dir. Tyler stand auf und rieb die brennende Stelle unter dem Schlüsselbein. »Sind wir mal wieder wehleidig?«, hatte seine Mutter gesagt, wenn er als kleiner Junge unglücklich über etwas war. »Wo bleibt deine Würde?«, hatte sie gefragt. »Einen Schwächling mag keiner.«

Bonhoeffer, dachte Tyler und begann auf und ab zu gehen, hätte dem zugestimmt. Bonhoeffer war angewidert gewesen von seinen Mithäftlingen, die sich bei den Luftangriffen die Hosen vollmachten – Männern, die »bei der geringsten Belastungsprobe zusammenklappen. Hier stehen 17/18-Jährige an viel gefährdeteren Stellen während der Alarme und benehmen sich tadellos und diese... winseln herum«, hatte Bonhoeffer seinem Freund Bethge geschrieben. »Wirklich ein Brechmittel!«

Tyler rieb sich die Schulter. Wenn Bonhoeffer ein Jahr in einer Gefängniszelle verbringen konnte, um am Ende nackt in den Wald hinausgetrieben und gehängt zu werden, dann würde er, Tyler Caskey, ja wohl seine Schulden zurückzahlen, sich um seine Kinder kümmern und seine Arbeit tun können. Er setzte sich wieder an den Schreibtisch und sah die Worte, die er für eine neue Predigt geschrieben hatte: »Gott ist an unserer Seite, wenn« – er nahm einen Bleistift und beugte sich vor, um den Satz zu vollenden – »wir unser Leben an jedem Tag, der vergeht, so aufrecht leben, wie es in unserer Macht steht.« Tyler starrte die Worte lange an, dann stand er auf und ging hinaus in den Flur.

Kein Vergleich zu einer deutschen Gefängniszelle, aber die Stille setzte ihm zu, und er dachte bei sich, dass es doch nichts Leereres gab als ein leeres Haus im Herbst. Draußen schwankten die Eichenäste, in ihren Rillen und Runzeln saß Schnee. Er sah braune Ackerfurchen, er hörte ein Auto auf der Straße vorbeifahren. Er dachte: *Ein Tag vor dem Herrn ist wie tausend Jahre und tausend Jahre wie ein Tag.* Die Räume in dem alten Farmhaus kamen ihm alle vernarbt vor, als hätte ein Schwert darin gewütet, dabei standen die Möbel doch ruhig und heil an ihren Plätzen: der Esstisch mit den hochlehnigen Holzstühlen, die Couch im Wohnzimmer, die Lampe im Eck. In diesem Raum hatte er seiner Frau gegenüber einmal erwähnt, wie schön er es finde, dass Kierkegaards Name »Kirchhof« bedeutete. Lauren hatte ihre großen Augen verdreht und gesagt: »Das ist so typisch für dich, Tyler. ›Friedhof‹, das bedeutet der Name!« Er runzelte die Stirn bei der Erinnerung. Sie hatten sich darüber richtiggehend gezankt. Was *war* denn ein Kirchhof letzten Endes?, hatte er argumentiert. Ein Friedhof, ja, aber was tat es, wenn jemand das Wort »Kirchhof« schöner fand? Warum musste sie auf »Friedhof« bestehen? Und was meinte sie mit ihrem »Das ist so typisch für dich, Tyler«? Als würde man gezwickt, dachte er jetzt. Immer wieder mal so ein kleines unerwartetes Zwicken in seiner Ehe. »Reverend Bloß-keine-Wellen-Schlagen« hatte sie ihn einmal genannt. Er wusste nicht mehr, weswegen.

Die Küchentür knallte.

»Guter Gott«, sagte Connie, als Tyler in die Diele herauskam.

»Der Wind hat sie mir glatt aus der Hand gerissen. Es ist ziemlich stürmisch geworden da draußen.«

»Connie Hatch«, sagte Tyler, »was für eine Freude, Sie zu sehen.«

In dem Klassenzimmer im obersten Stock der Internatsschule stand Charlie Austin vor seiner Oberklasse Latein. Toby Dunlop hatte seine Hausaufgaben nicht gemacht; brummig saß er da, nachdem Charlie ihm das Geständnis aus der Nase gezogen hatte. Die anderen Schüler fläzten in ihren Bänken, nur ein paar sahen überhaupt in Charlies Richtung. Aber als sein Schweigen andauerte, wurden sie unruhig, das Rascheln von Blättern und Heften verstummte, die Mädchen hörten auf, sich die Kniestrümpfe höherzuziehen. Er hatte mit ihnen eine Horaz-Ode übersetzt – »Was dem sehnenden Gram Mäßigung oder Scheu um dies teuere Haupt? Singe, Melpomene, sing uns Trauergesang...« –, und das Desinteresse seiner Schüler erfüllte Charlie mit dem Drang, zum Fenster zu gehen und die Faust durch die Scheibe zu rammen. Sie hatten ihn so oft gerührt mit ihrer kindlichen Unwissenheit, diesem höflichen, respektvollen Eifer, es ihm recht zu machen. Wie gerne – zeitweise hatte er sich kaum etwas heftiger gewünscht – hätte er ihnen die Schönheit dieser Sprache vermittelt, die Poesie eines Jahrhunderte zurückliegenden Zeitalters, in der sie ihre eigenen aufkeimenden Sehnsüchte widergespiegelt fänden.

Dass von ihnen so gar nichts kam an diesem winterlichen Herbsttag, dass sie nicht einmal (denn Toby Dunlop war ja nicht der Einzige) ihren Text vorbereitet hatten, erweckte in ihm Visionen der Gewalt – ein in die Luft fliegendes Munitionsdepot, Scherben, die in alle Richtungen spritzten. »Ihr könnt gehen«, sagte er und spürte eine winzige Genugtuung angesichts der stummen Ungläubigkeit, die sich auf seine Worte hin breitmachte. »Ich mein's ernst«, sagte er und wedelte mit dem Arm. »Schaut, dass ihr rauskommt. Ich kann euch nicht unterrichten, wenn ihr nicht mitmacht. Also raus mit euch. Geht nach Hause, geht in euren Autos rumsitzen, geht, wohin ihr wollt. Aber diese Stunde ist zu Ende.« Er nahm seine Bücher und verließ den Raum.

In der Bibliothek ging er zum Lexikon und schlug das Wort »Nervenzusammenbruch« nach: »Psychischer Ausnahmezustand aufgrund körperlicher, seelischer oder geistiger Überbeanspruchung, der zu behandlungsbedürftigem nervlichem Versagen führt.« Charlie betrachtete diese Worte lange Zeit, er nahm das Lexikon mit zum Fenstersitz. Mrs. White hinter ihrem Tisch lächelte ihm zu.

»Behandlungsbedürftig.« Das vereinfachte die Sache, denn eine Behandlung kam für ihn nicht in Frage. Bei einem seiner Kameraden hatten sie es in Togus mit Elektroschocks versucht; sie hatten ihm einen Gummiriemen in den Mund gesteckt, einen Schalter umgelegt, der Mann hatte sich von oben bis unten vollgeschissen, und jetzt saß er den ganzen Tag in einem Stuhl. Charlie besuchte ihn schon lange nicht mehr. Nein, eine Behandlung würde es für ihn nicht geben.

Charlie sinnierte über die anderen Wörter. »Psychischer Ausnahmezustand.« Die ganze Welt befand sich im psychischen Ausnahmezustand. Die Gefahr ging von dem Wort »versagen« aus, es klang so endgültig. Pedantisch schlug er auch das nach. »1) scheitern 2) plötzlich aufhören zu funktionieren.« Wieder sah er den Rollstuhl vor sich, sah sich selbst mit auf die Brust hängendem Kopf darinsitzen. Gruslige Vorstellung. Ein psychischer Ausnahmezustand, der ihn zum Scheitern brachte. Was im Klartext schlicht und ergreifend bedeutete, dachte Charlie, indem er das Lexikon zuklappte und es zurück zu seinem Fach trug, dass man eben weitermachte. Er nickte in Mrs. Whites Richtung.

Die Sonne ging um diese Jahreszeit schnell unter; vielleicht eine Minute lag sie auf dem Horizont auf, ehe sie sank wie ein riesiger Stein. Charlie stieg in sein Auto und fuhr nach Hause. Beim Anblick der erleuchteten Fenster war ihm plötzlich zum Weinen zumute; sollte er je fortgehen, dachte er, dann würde ihn dieses Bild hier, das kleine graue Haus mit seinen weißen Fensterläden, die Wacholderbüsche daneben, die Blautanne bei der Veranda, bis an sein Lebensende verfolgen.

»Doris«, rief er, als er durch die Tür kam. »Doris?«

Sein älterer Sohn schaute fern. Charlie ging an ihm vorbei, die Treppe hinauf. Doris stand im Schlafzimmer. »Für wie dumm hältst du mich?«, sagte sie. Ihre Lippen waren grau, und jäh fühlte er sich wie von einem Wasserguss getroffen; die Knie wurden ihm weich. Doris riss den Bettüberwurf zurück, die Decke, und deutete. »Denkst du, ich höre dich nicht in der Nacht? Denkst du, ich kriege nicht mit, was du da machst – direkt neben mir? Erst dachte ich, es muss dir im Schlaf passiert sein; für seine Träume kann niemand was, dachte ich. Aber dann hab ich jeden Morgen geschaut, und jeden Morgen neue Flecken, und ich bin wachgeblieben und hab mich schlafend gestellt, und ich hab dich gehört. Heute Nacht hab ich dich gehört, Charlie, und dann ganz früh heute Morgen! Bist du pervers, oder was? Antworte gefälligst, Charlie!«

»Doris, nicht so laut.«

»Ich weiß haargenau, dass du dabei nicht an mich denkst. An wen denkst du, Charlie?«

»Doris.« Er stand im Mantel da, die Mappe in der Hand.

Sie trat dicht an ihn heran. »Ich kann dir keine runterhauen«, zischte sie, »weil die Kinder unten sind, aber am liebsten würde ich dich ohrfeigen, bis du nicht mehr aus den Augen schauen kannst.« Sie folgte ihm, als er einen Schritt von ihr weg machte, und schubste ihn mit aller Kraft.

»Großer Gott«, murmelte er und duckte sich. »Mein Gott, Doris. Hör auf, bitte.«

Es war nicht Tylers Art, Leute zu bekehren, und dass Connie seit so vielen Jahren keinen Gottesdienst mehr besucht hatte, war nichts, worauf er sie jemals angesprochen hätte. Es überraschte ihn, als sie eines Morgens fragte: »Warum sagt Jesus eigentlich, wir sollen unsere Feinde lieben?« Sie hatte gerade zwei Stücke von dem Quarkstreuselkuchen abgeschnitten, der auf einem Blech zwischen ihnen auf dem Küchentisch stand. Sie schleckte das Messer ab und sah ihn an.

Eisblumen wuchsen aus den Fensterecken, und der Wind pfiff, so dass es trotz des Sturmfensters kalt hereinzog. Connie legte das Messer weg und schob sich die Bündchen ihres Wollpullovers über die Handgelenke.

»Weil unsere Freunde lieben leicht ist.«

Connie nahm einen großen Bissen von ihrem Kuchen, stippte die braunen Zuckerkrümel auf dem Teller mit dem Finger auf. »Für mich nicht«, sagte sie. »Für mich war es schwer, meine Freundinnen zu lieben. Und jetzt sind nicht mehr viele übrig.«

Er sah sie an.

»Ich war eifersüchtig auf sie«, sagte sie und leckte sich den braunen Zucker vom Finger. »Sie haben Kinder, sie haben Häuser. Ein paar haben sogar Schwiegermütter, mit denen sie sich verstehen.«

Tyler nickte.

»Als ich ein Kind war«, fuhr Connie fort, »kannte ich eine Frau, die ungeheuer fett war. Eines Tages hat sie zu mir gesagt: ›In mir wohnt ein schlankes, schönes Mädchen.‹« Connie biss wieder in ihren Kuchen. »Und dann ist sie gestorben«, fügte sie hinzu und wischte sich die Krümel von den Händen.

Tyler stellte vorsichtig seinen Becher ab. »Und in Ihnen wohnt eine Mutter?«

»Genau«, sagte Connie. »Wie bei der dicken Frau. Und dann werde ich sterben.« Sie schüttelte den Kopf. »Ich hab mir diese

Kinder so oft ausgemalt, Mr. Caskey, dass ich manchmal fast dachte, es gibt sie wirklich. Jane und Jerry, so heißen sie. Nette Kinder. Wohlerzogen.«

»Jane war schon immer ein Lieblingsname von mir«, sagte Tyler.

»Hmm.« Connie tupfte sich mit der Serviette die Nase. »Tja, ich habe in einer Traumwelt gelebt.«

Der Pastor sah aus dem Fenster. »Ich glaube, das geht sehr vielen so.«

»Manchmal weiß ich nicht mal sicher, was wahr ist und was nicht. Was ich getan habe und was ich nicht getan habe. Der Mensch ist schon komisch, nicht?«

»Das stimmt.«

»Fast so, als müssten wir uns Dinge ausdenken, um durchhalten zu können. So tun, als hätten wir dies oder das gemacht oder nicht gemacht.«

Er erwiderte ihren Blick; ihre nassen Augen schienen zu zwinkern, als sie ihn anlächelte.

»Mit was für Träumen halten Sie sich über Wasser?«

Tyler schob seinen Teller mit dem Kuchen weg, räusperte sich. »Ach, ein bisschen träume ich manchmal davon, für eine Weile in den Süden zu gehen. Die Pfarrer dort setzen sich sehr für die Neger ein. Sie veranstalten Sit-ins an den Tresen von Imbisslokalen.«

»Ich weiß. Ich hab Bilder davon gesehen. Aber diese Leute werden manchmal verprügelt. Manche von den Pfarrern kommen ins Gefängnis. Wollen Sie das? Guter Gott. Ich würde lieber sterben als ins Gefängnis gehen.«

»Ich kann mir auch Schöneres vorstellen«, gab Tyler zu. »Aber es ist eine enorm gute Sache.«

Connie nickte, starrte in ihren Kaffeebecher. »Also, mir würden Sie fehlen.«

Wes das Herz voll ist, des geht der Mund über. »Ja«, sagte Tyler.

»Große Sorgen müssen Sie sich nicht machen. Ich kann gar nicht weg hier. Ich habe niemanden, der auf die Kinder aufpassen könnte, und…« Er zog die Brauen hoch. »Die Wahrheit ist, Connie, ich habe Schulden. Ich muss die nächste Zeit schön brav hierbleiben, und wenn die Kirche mir ein paar Dollar mehr gibt, kann ich Sie ganztags einstellen. Falls Sie noch interessiert sind.«

»Doch, auf jeden Fall.«

Als sie den Badezimmerboden wischte, fühlte sich Connie, als hätte ihr jemand einen Tesastreifen von den Augen abgezogen. Alles sah plötzlich so klar und frisch aus, jede Fliese, die sie blankscheuerte, besaß ihre ganz eigene Schönheit. Mit einem kleinen Handbesen fegte sie die Fußleisten im oberen Flur ab. Das Licht über dem Treppenabsatz warf einen freundlichen Schein über den abgetretenen Läufer, tauchte die Tapete mit ihren schmalen blauen Streifen in ein anheimelndes Buttergelb. Und doch war es seltsam. Denn trotz des Leichtigkeitsgefühls, das Connie dieser Tage im Haus des Pastors spürte, schien allerhand Dunkles emporzudrängen, als wäre die Freundschaft des Mannes wie die Sonne, die auf einen verschneiten Acker fällt und unter dem Schnee tief im Boden vergrabene Dinge wachkitzelt. Längst verwundene Kindheitsschrecken, Enttäuschungen aus den Jahren ihrer Ehe, jüngere Ängste und Wirrnisse, all das wartete unter der Oberfläche, und während sie nun Katherines Bett überzog, wünschte Connie, sie könnte diese aus der Dunkelheit aufschießenden Triebe einfach ausreißen. Sie dachte an diesen Bonhoeffer, der gesagt hatte, das Vergessen sei eine Gabe. Sie warf das Kissen aufs Bett zurück und nickte dazu, plusterte es dann auf und versetzte ihm einen kleinen Puff.

Tyler saß derweil an seinem Schreibtisch, dankbar für den Klang ihrer Schritte auf der Treppe, für das Schleifen des Besens, das leise Poltern des Putzeimers, während er eine Liste all derer machte, die es am Sonntag in die Fürbitten einzuschließen galt:

- alle Betroffenen des Stahlarbeiterstreiks
- Neger in den Südstaaten, die tagtäglichem Hass begegnen und dennoch den Mut haben, den Kampf um ihre Würde fortzusetzen
- die Familie des dieser Tage verstorbenen Friedensnobelpreisträgers George Marshall

Tyler trommelte mit seinem Stift. Bertha Babcock hatte letzte Woche nach der Kirche gesagt: »Könnten Sie nicht auch mal für Bob Hope beten? Der ist auf dem linken Auge erblindet«, und Tyler hatte gesagt: »Natürlich.« Aber er mochte Bob Hope nicht auf seine Liste setzen, und er legte den Stift weg.

Das Telefon klingelte. »Kurzer Frontbericht«, sagte Ora Kendall. »Beim Frauenbund, dieser Schlangengrube, tobt ein Kampf, dagegen ist die Revolution auf Kuba gar nichts.«

»Ach je«, sagte Tyler.

»Irma Rand ist der Meinung, wir brauchen eine von diesen hölzernen Werbetafeln vor der Kirche. Ich finde, es würde wie ein Kino aussehen. Was meinen Sie?«

»Hmm, Ora, ich denke, das müssen andere entscheiden.«

»Beziehen Sie Stellung, Mann. Es ist Ihre Kirche.«

»Streng genommen gehört die Kirche der Gemeinde, Ora.«

»Dann wundern Sie sich nicht, wenn Sie nächstens ein Schild sehen, auf dem steht: HIER KRIEGEN SIE EINEN HEISSEN DRAHT ZU GOTT. Und Doris ist wütend auf Sie, weil Sie wieder nichts über die Orgel gesagt haben.«

Nachdem er aufgelegt hatte, schrieb er Bob Hope auf die Liste, und dann bimmelte die kleine Glocke, und er ging zum Mittagessen in die Küche. Er wollte Connie fragen, wie der Stahlarbeiterstreik jemals beendet werden sollte, wenn die Gemeinde einer winzigen Stadt es nicht schaffte, sich über eine Anschlagtafel zu einigen. Er wollte Connie sagen, dass Doris Austin ebenso sehr von einer neuen Orgel träumte, wie Connie von Kindern träumte. Er wollte Connie erzählen, dass der Frauenbund über Katherine tratschte. Er wollte Connie alles sagen! Aber ein Pastor muss vorsichtig sein. Also sagte Tyler, als er nach seinem überbackenen Käsetoast griff: »Werden Sie Thanksgiving mit Ihrer Schwester feiern?«

»Nein.« Connie schüttelte den Kopf. Ihre Schwester, erzählte sie ihm, während sie von ihrem Käsetoast abbiss, war im Krieg zu ihrem Onkel Ardell geschickt worden, der weiter oben im Norden eine Kartoffelfarm hatte. Auf der Farm arbeiteten deutsche Gefangene, und Becky wurde von einem von ihnen schwanger. Sie stahl ihrem Onkel Geld und folgte dem Mann nach Kriegsende zurück nach Deutschland, aber es stellte sich heraus, dass er verheiratet war. Connie stützte beide Ellenbogen auf den Tisch und sah Tyler an. »Ein böser, böser Schlamassel. Adrian will nichts mit ihr zu tun haben, wegen dem Deutschen wohl.«

»Was ist aus dem Kind geworden?«, fragte Tyler.

»Sie hat es verloren.« Connie trank einen großen Schluck Tomatensuppe aus einer Tasse. »Oder was heißt verloren – wegmachen lassen. Von irgend so einer Frau halt. Und danach ist sie fast verblutet. Aber eben nur fast. Sie lebt immer noch da oben, gleich über der Bar.«

Tyler strich sich die Serviette über den Knien glatt. Connie beobachtete ihn wachsam, leicht über den Tisch gebeugt. »Sehen Sie es jetzt?«, fragte sie.

»Was soll ich sehen?«

»Ich komme aus einer Familie von Sündern.«

»Ach, Connie«, sagte er. »Das tun wir doch alle.«

Auf dem Pausenhof passte Mary Ingersoll auf, dass keines der Kinder Schnee aß, aber in Gedanken war sie bei ihrer Hochzeit vor drei Jahren. Eine Winterhochzeit in New Hampshire; in der Kirche hatten Kerzen gebrannt, und sie hatte einen kleinen weißen Pelzmuff gehabt, in den sie auf dem Weg zum Empfang die Hände gesteckt hatte. Nie zuvor hatte sie sich so hübsch gefühlt, und vielleicht, dachte sie, während sie den Blick über den Pausenhof wandern ließ, würde sie sich nie wieder so hübsch fühlen.

Mit ihren Überschuhen, dem braunen Wollmantel und dem Schal um den Kopf fühlte sie sich matronig. Das war das Wort, das ihr einfiel, und es war keines, das ihr gefiel. Wie es kam, wusste sie nicht, aber ihr war, als hätte die lange Straße ihres Lebens, die vor ihr lag, diese lange, offene Straße, auf der alle möglichen wunderbaren Dinge geschehen konnten (denn sie war jung, und bis sie starb, würde es noch *ewig* dauern), eine Kurve gemacht und so vieles wäre nun bereits entschieden. Diese köstliche Frage – wen werde ich einmal heiraten? – war beantwortet. Dieser köstliche Wunsch – ich will Lehrerin werden! – hatte sich erfüllt. Ihre Kinder waren noch ungeboren – das immerhin blieb ihr –, aber manchmal, wie etwa heute Vormittag, durchzuckte sie ein Gefühl unwiederbringlichen Verlusts, und selbst als der Schulleiter, Mr. Waterbury, ihr gutgelaunt zuwinkte, sehnte sie sich im tiefsten Innern danach, sich wie ein Kind im Schoß eines Erwachsenen verkriechen zu können.

Katherine Caskey wurde umgerempelt. Ein paar Jungen spielten Fangen, und einer stieß gegen sie – ein Versehen, aber Katherine, dieses kleine, dünne Dingelchen, stürzte zu Boden und schlug sich den Kopf an der Eisenstrebe der Schaukel an. Mary lief zu ihr. »Katie«, rief sie, »hast du dir was getan?« Sie hob das kleine Mädchen hoch, dessen Schluchzen laut und unverstellt war. »Lass mich deinen Kopf sehen, Schätzchen.« Mary strich ihr das Haar zurück, froh über ihr Weinen, denn bei einem Sturz auf den Kopf war das ein gutes Zeichen. »Nichts passiert, glaube ich«, sagte sie, »aber schauen wir, ob du eine Beule bekommst.« Sie stellte das Kind sanft auf den Boden zurück und tastete nach der Stelle. »So ein Schrecken, nicht wahr?«

Katherine nickte, immer noch weinend. Verschwommen sah sie eine blaue Jacke, die von Martha Watson, die laut, als gehörte der Pausenhof ihr, krähte: »Teddybär, Teddybär, dreh dich um! Teddybär, Teddybär, mach dich krumm!« Katherine drängte sich dichter an ihre Lehrerin.

Und auf Mary Ingersoll stürmte eine Vielfalt an Gefühlen ein, nicht zuletzt ein süßer Stich der Erleichterung: Sie war doch keine Matrone auf einer Straße ohne Wiederkehr. *Darum war sie Lehrerin geworden: um sich um Kinder wie dieses kleine Mädchen zu kümmern!* Die frühere Bockigkeit des Kindes machte den Sieg umso größer; Liebe stieg in Mary empor. »Schnäuz dich«, sagte sie und holte ein Papiertaschentuch aus ihrer Tasche, und Katherine schnäuzte sich. »Ja, da kommt die Beule.« Mary befühlte Katherines Kopfhaut. »Wie viele Finger siehst du?«

Katherine sah hin. Sie streckte drei Finger in die Höhe.

»Braves Mädchen«, sagte Mrs. Ingersoll, pädagogisch, mütterlich. »So ein Schrecken, wenn man so umgerannt wird!« Sie zog das Kind erneut an sich.

Aber plötzlich musste Katherine daran denken, was ihr Vater gesagt hatte: »So umwerfend fand ich sie auch nicht.« Sie machte sich steif, hörte zu weinen auf.

»Katie?«

Das Mädchen drehte sich weg.

»Katherine?« Mrs. Ingersoll berührte die kleine Schulter und zuckte zusammen, als Katherine sich losriss. Es verletzte sie richtig. Und als Katherine, im Wegrennen jetzt, zurückschaute und ihrer Lehrerin die Zunge herausstreckte, schoss in Mrs. Ingersoll Wut auf. »Katie Caskey, das ist eine Frechheit!«, schrie sie.

Katherine lief einfach weiter.

Tyler fuhr schweigend nach Hause, das Kind neben sich. Immer wieder hörte er Mrs. Ingersolls Stimme, hoch, wie Glasscherben. Er sah ihr Gesicht vor sich, vorhin auf dem Korridor vor dem Zimmer der Schulschwester: verschlossen, ohne auch nur eine Spur von Wärme.

»Aber ist mit Katherine alles in Ordnung?«, hatte er sie gefragt.

»Eine Gehirnerschütterung kann man wohl ausschließen. Aber alles in Ordnung? Ich habe Ihnen schon einmal gesagt, dass mit ihr nicht alles in Ordnung ist. Es gibt gewisse allgemein anerkannte Regeln für das menschliche Miteinander«, hatte die junge Frau gesagt und ihn mit kühlem Blick betrachtet. »Und Leuten die Zunge herauszustrecken gehört nicht dazu.«

»Hat Katherine sich bei Ihnen entschuldigt?«

»Leider nein.«

»Einen Moment bitte.« Und er hatte Katherine ein Stück den Gang entlanggezogen und ihr heftig ins Ohr gezischt: »Du entschuldigst dich bei Mrs. Ingersoll, oder ich versohle dir den Hintern, wenn wir heimkommen!«

Katherine starrte ihn an, die blassen Lippen halb geöffnet. Zurück ging es zu Mrs. Ingersoll. Mit gesenktem Blick brachte das Kind ein kaum hörbares »'tschuldigung« hervor.

Als er mit ihr über den Parkplatz ging, stellte er sich vor, wie er Mary Ingersoll darauf hinwies, dass es *nebenbei bemerkt* wenig Sinn habe, nur an Weihnachten und zu Ostern in die Kirche zu kommen. Der Sinn des Kirchgangs sei es, die christlichen Verhaltensregeln der Liebe und des Verständnisses zu lernen. Der Sinn des Kirchgangs sei es, offen zu werden für die Nöte eines kleinen Mädchens, das die Mutter verloren hatte. Wahrscheinlich, so dachte er, eilte Mary Ingersoll schon weiter zu Rhonda Skillings, um ihr alles brühwarm zu erzählen. Es widerte ihn an.

Durch das nackte Geäst der Bäume schien der Horizont ein bleiches, wässriges Gelb auszuströmen, das an dem grauen

Himmel emporkroch. Ein Eichhörnchen flitzte über die Straße.

»Warum hast du Mrs. Ingersoll die Zunge rausgestreckt?«

Das Kind rührte sich nicht, sagte nichts.

»Antworte mir.«

Katherine flüsterte etwas.

»Ich hab's nicht verstanden.«

Eine winzige Stimme, kein Blick in seine Richtung. »Weiß nicht.« Sie hatte ihre roten Gummistiefel vor sich ausgestreckt und starrte auf ihren Schoß.

»Katherine. Meinst du, du musst spucken?«

Kopfschütteln.

»Müde?«

Kopfschütteln.

Er langte hinüber und legte die Hand auf ihr Knie; sie drehte den Kopf zum Fenster. »Kitty-Kat«, sagte er. Aber weiter sagte er nichts. Als er in die Einfahrt einbog, brannte im Wohnzimmer und in der Küche Licht. Er folgte Katherine ins Haus und sah, dass sie sich in die Hose gemacht hatte. »Geh schon mal rauf, Mäuslein«, sagte er. »Dann wird gebadet.«

Connie, die den Tisch polierte, schaute auf. Der Raum roch nach Zitrone. Tyler blieb stehen, begegnete ihrem Blick und zögerte. Dann ging er weiter, und während er sich den Mantel aufknöpfte, musste er an den Vers aus dem Matthäus-Evangelium denken: *Ich bin gefangen gewesen, und ihr seid zu mir gekommen.*

Es schneite die ganze Nacht, sanft manchmal, dann wieder sehr stark. Erst gegen Morgen ließen die Schneefälle nach, und in der Früh war alles weiß, ein so ungebrochenes, gleißendes Weiß in der Sonne, dass man den Blick abwenden musste. Die Fichtenäste bogen sich unter ihrer Last, und die Straßen waren schmale Rinnen, gerade so breit wie der Schneepflug. Mrs. Carlsons Auto kroch langsam die Einfahrt herauf.

Katherine schob ihre Haferflocken weg und rutschte vom Stuhl. »Wunderbar ist das da draußen«, sagte ihr Vater, als er ihr die Tür aufstieß. Er hatte sich nicht vor sie hingekauert, um ihren Mantel zu schließen, und die Winterkälte pfiff herein, während es in ihren Augen wirbelte und stach von dem Schneeglitzern – sie fühlte sich gepackt wie ein Windrädchen, und es machte ihr Angst.

Sie griff nach der Hand ihres Vaters, bekam aber nur den Plastikhenkel ihrer Brotbüchse zu fassen, während hoch über ihr die Stimme ihres Vaters dröhnte: »Das erinnert mich an die Tage, wenn ich als Kind schneefrei hatte und den ganzen Tag Schneeburgen gebaut habe.« Er redete wahrscheinlich mit Mrs. Carlson.

Ihr Vater als ein Kind, das Schneeburgen baute – das gehörte in eine Welt weit außerhalb ihrer eigenen, die jetzt nur den Geruch von Mrs. Carlsons Auto enthielt, in das sie gleich würde einsteigen müssen, den knirschenden Sand im Fußraum der Rückbank und das sommersprossige Gesicht des Carlson-Jungen, der ihr blöde durchs Fenster entgegenglotzte, immer mit diesen eklig verkrusteten Wimpern.

Ihr Vater stieg nicht die Treppe hinunter. Sie blieb neben ihm stehen, und die kalte Luft fauchte durch ihr Kleid, durch das Loch am Knie ihrer Strumpfhose. »Katherine? Versprichst du mir das?« Er hatte sie gefragt, ob sie heute ein braves Mädchen sein würde, und die Frage brachte die Erinnerung an das Unfassliche zurück, das er gestern zu ihr gesagt hatte. Ihr Vater hatte das Wort »Hintern« benutzt. Den Hintern wollte er ihr versohlen. Eine Beschämung, die so tief war, dass keine andere Scham in Katherines kurzem Leben an sie heranreichte, trieb ihr die Farbe ins Gesicht, als sie dort auf der Veranda stand.

Sie nickte.

Zusammen stiegen sie die Stufen hinunter, und sie kletterte ins Auto.

Tyler ging ins Arbeitszimmer, um zu beten und sich zu sammeln. Es war Freitag, und Connie würde bald hier sein. Er las in der *Theologia deutsch*: *Fühlt sich ein Mensch aber wahrhaft schlecht und wertlos und verworfen, ist seine Erniedrigung so tief, dass er einzig noch glauben mag, alle Kreatur im Himmel und auf Erden stünde auf gegen ihn.* Tyler sah auf die Uhr – vielleicht hatte ja Connies Wagen bei dem Schnee wieder gestreikt. *Weshalb er es nicht wagen wird, irgendeinen Trost zu begehren noch Erlösung.* Aber es war ungewöhnlich, dass sie nicht anrief. Er griff zum Telefonhörer und hörte den Wählton. *Darum, tritt heute einer ein in eine solche Hölle, vermag nichts und niemand ihm Trost zu spenden.*

Als er etwas später doch anrief, hob niemand ab.

Sie erschien den ganzen Tag nicht.

Am Samstagabend, als die Kinder ins Bett gebracht waren und draußen vor den Fenstern einzelne leichte Flocken fielen, saß Tyler mit seiner Mutter im Wohnzimmer. Margaret Caskey sagte nichts. Sie beugte den schmalen Oberkörper nach vorn und stellte die Tasse mit dem Tee, den Tyler ihr gemacht hatte, auf ihrer Untertasse auf dem Couchtisch ab. Dann nahm sie ein Taschentuch und tupfte sich damit die Lippen.

»Mutter«, sagte Tyler schließlich, »fehlt dir etwas?«

»Ganz ehrlich«, sagte sie langsam, die Augenbrauen hochgeschoben, »ich kann mich nicht erinnern, jemals etwas so Absurdes gehört zu haben.«

»Was ist daran absurd?«

Sie starrte lange in eine Ecke der Zimmerdecke, als hinge da ein seltsames Spinnennetz, das nur sie sehen konnte. Legte dann den Kopf zurück und musterte die Decke über sich, bevor sie ihren Sohn ansah. »Ich staune über dich, Tyler. Da denkt man, man kennt einen Menschen, aber man kennt ihn nicht. Wahrscheinlich kennt man nie irgendjemanden richtig.«

Das Brennen unter seinem Schlüsselbein begann wieder. Er

rieb mit dem Daumen darüber. »Sag doch«, meinte er verbindlich, »was ist an der Idee so absurd?«

»Ach, grundgütiger Himmel, Tyler. Die Frau hat die Bildung einer Zwölfjährigen. Sie hat selbst keine Kinder, sie ist mit einem Trinker verheiratet. Ich mag mir gar nicht vorstellen, wie es dort zugeht. Sie ist wunderlich, Tyler. Woher kommt sie überhaupt? Und du willst ihr deine Kinder anvertrauen?«

Jetzt war es Tyler, der schwieg. Enttäuschung breitete sich in ihm aus.

»Hast du mit ihr denn schon darüber geredet?«

Tyler nickte.

»Meine Güte, Tyler.« In Margaret Caskeys Augen glitzerte es. »Gut, du wirst ihr ganz einfach sagen müssen, dass nichts daraus wird.«

»Ich finde, dass die Kinder zusammengehören.«

»Und sie werden zusammen sein, sobald du eine akzeptable Ehefrau findest.«

Das Wort »akzeptabel« war wie ein kleiner Stein, der nach ihm geschleudert wurde; er lehnte sich im Schaukelstuhl zurück. Sein Herz schlug sehr schnell.

»Du hast viel durchmachen müssen«, räumte seine Mutter ein. »Aber die Kraft wächst mit der Last, die der Rücken zu tragen hat, und du brauchst etwas mehr Rückgrat.«

»Wo«, fragte Tyler, »lasse ich denn Rückgrat vermissen?«

»Du hast abgenommen. Du bist kräftig gebaut, und kräftig gebaute Männer brauchen Fleisch auf den Knochen, sonst sehen sie elend aus, und du wirkst die ganze Zeit über müde. Und ich merke doch, wie du dich unter der Woche, wenn ich nicht hier bin, gehenlässt – auf dieser Couch schlafen, alles, was recht ist!« Mrs. Caskeys Stimme bebte, und sie machte eine scharfe, ruckartige Kopfbewegung in Richtung Arbeitszimmer. »Du lebst kaum mehr wie ein zivilisierter Mensch. Und Katherine«, fügte sie hinzu, »so mürrisch und abweisend...«

»Ihre Mutter ist tot.«

»Wie vulgär du redest, Tyler. Ich weiß sehr gut, dass ihre Mutter verstorben ist. Und das ist furchtbar. Ganz furchtbar. Aber diese Dinge geschehen nach Gottes Ratschluss. Was ich dir klarzumachen versuche, Tyler – du kommst mit nur einem Kind im Haus mit Ach und Krach über die Runden, und jetzt sagst du mir, du willst zwei? Bist du nicht dankbar dafür, dass Jeannie froh und glücklich ist? Und das ist sie. Ich sorge sehr gut für sie.«

»Das weiß ich.«

»Da habe ich ehrlich gesagt meine Zweifel, Tyler. Connie soll sie tagsüber hüten, sagst du – aber du machst dir keine Vorstellung, kein Mann tut das, wie viel Arbeit ein Kleinkind vierundzwanzig Stunden am Tag macht.« Wieder drückte sie sich das Taschentuch an den Mund, und Tyler sah, dass ihre Hand zitterte. »Du hast mir einen richtigen Schock versetzt.«

»Ja. Das sehe ich. Und das ist das Letzte, was ich wollte.« Aber er brachte die Worte nur mit Mühe heraus. Sein Mund war sehr trocken. »Reden wir ein andermal weiter«, sagte er.

»Ich versuche zu helfen«, sagte seine Mutter. »Ich versuche, meinen bescheidenen Beitrag zu leisten.«

»Ja«, sagte Tyler. »Und ich bin dir sehr dankbar. Wir sind alle dankbar.«

Und du begehrst für dich große Dinge? Begehre sie nicht.

Tyler hatte kaum geschlafen, und als er nun vor seiner Gemeinde stand, fühlten sich seine Lider wie mit Sand verklebt an. Seine Predigt, eine Abwandlung der nie vollendeten Fallstricke der Eitelkeit, trug den Titel: Sinnsuche in der modernen Zeit. »Paul Tillich«, begann Tyler und räusperte sich, »sagt, dass die Angst vor Leere und Sinnlosigkeit charakteristisch für den heutigen Menschen ist. Und wie könnte es anders sein«, fragte Tyler, »wo doch die moderne Kultur uns erlaubt, uns selbst anzubeten? Wie sollten wir da keine Angst vor der Sinnleere haben? Im Zeitalter der Wissenschaften, der Natur- wie der Sozialwissenschaft, glauben wir das Rätsel unseres Seins selbst lösen zu können, statt unsere Entdeckungen als weiteren Beweis für die Unerforschlichkeit Gottes zu feiern. Wie sollten wir keine Angst haben, wenn wir hören, dass die Liebe lediglich ein eigennütziger Mechanismus der Natur ist? Wenn wir hören, dass die Übel der Welt sich aus unterdrückten Kindheitserinnerungen erklären? Aber der Sohn Davids, Salomo, einer der weisesten Könige des Altertums, der nichts von Chruschtschow oder Atom- oder Wasserstoffbomben wusste oder von Galilei (der sich seinen Glauben bis zum Ende bewahrt hat) – dieser Mann, der weder über Physik noch Biologie, noch Psychologie Bescheid wusste, stellt im Prediger haargenau die gleichen Fragen, die uns heute umtreiben. Und er kommt zu dem Schluss, dass ohne die Fähigkeit, das Leben als ein Geschenk von Gottes Hand zu sehen, alles eitel und ein Haschen nach Wind ist.«

Da Tyler wusste, dass seine Mutter hinten rechts saß, schaute er stattdessen lieber nach links und sah ein neues Gesicht – eine Frau in der letzten Bank, die mit der flachen Hand ihren Hinterkopf berührte.

Tyler straffte die Schultern, las weiter. »Als ein Untergangsprophet Ralph Waldo Emerson das Ende der Welt voraussagte, erwiderte Emerson: ›Macht nichts, wir kommen auch ohne sie zurecht.‹« Bertha Babcock, die gute alte Lehrerinnenseele, stieß ein Geräusch aus, eine Art schwaches Schnauben, das er als unterdrücktes Auflachen deutete, aber als er einen Blick riskierte, sah er nur ernste, ausdruckslose Gesichter. Also weiter. Er hörte seine Stimme lauter werden. Als er erneut aufschaute, meinte er Drähte im Kiefer zu spüren, und als er Charlie Austin sah, der ihn mit kalter Verachtung beobachtete, und Rhonda Skillings, die hinüber zum Fenster blinzelte, legte er eine etwas zu lange Pause ein und sagte dann: »Christen heutzutage haben mit einer unerträglichen Sentimentalität zu kämpfen. Die Fähigkeit zu lieben erscheint als eine simple Möglichkeit. Aber wer von uns wagt schon auszusprechen, dass wir einander zwar lieben sollten, aber *Welten entfernt sind davon?*«

Er trat von der Kanzel weg und sagte: »Lasst uns beten.« Unmittelbar bevor er den Kopf neigte, wurde ihm klar, dass das neue Gesicht in der letzten Bank der Frau aus der Apotheke in Hollywell gehörte.

»Katherine«, sagte Alison Chase in der Sonntagsschule, »jetzt bist du dran mit Augenverbinden.« Die Frau hielt einen Schal in der Hand und kam auf Katherine zu. Katherine wich zurück. »Jetzt reiß dich zusammen«, sagte Mrs. Chase.

Schlimm, aber in Alison steckte heute ein kleiner Stachel der Gehässigkeit. Als der Pastor Katherine vorbeigebracht hatte, auf dem Arm die zappelnde Jeannie (die gleich auf der anderen Seite des Flurs abgeliefert werden würde, wo die Austin-Tochter auf die ganz Kleinen aufpasste), hatte er gesagt: »Alison. Hallo. Noch mal ganz herzlichen Dank übrigens für den Apfelkuchen« – um dann über die Schulter hinzuzufügen: »Er war ganz köstlich.« Und das hatte Alison einfach wütend gemacht. Bedanken konnte er sich ja, aber warum musste er lügen dabei?

Katherine Caskey war vielleicht nicht Alisons Lieblingskind, aber bisher hatte sie Alison immer ein bisschen leidgetan. Heute nicht. Heute empfand sie schlicht Abneigung gegen das Mädchen, das jedes Mal, wenn es Alisons Blick begegnete, den Kopf wegdrehte. »Katherine, schau das Plakat an, das wir gerade gelesen haben«, sagte Alison. Alison hatte es am Abend vorher gebastelt. DENN DAS IST DIE LIEBE ZU GOTT, DASS WIR SEINE GEBOTE HALTEN. 1. BRIEF DES JOHANNES. Zu der Übung gehörte, dass die Kinder mit verbundenen Augen herumgeführt wurden, damit sie eine Lektion in Glauben und Gehorsam lernten.

»Was sind das für Leute?«, fragte Martha Watson und zeigte auf ein neues Bild an der Wand.

»Das«, sagte Mrs. Chase, »sind Christen, die darauf warten, den Löwen zum Fraß vorgeworfen zu werden. Wenn man in den alten Zeiten Christ war, trachteten die Römer einem nach dem Leben.« Die Kinder im Zimmer hörten auf zu lärmen. »Sie sperrten die Christen in Käfige, und ein Wärter kam und fragte jeden im Käfig: ›Bist du ein Christ?‹ Und die Leute beteten um die Kraft, unseren Herrn nicht zu verleugnen. Wenn der Tapfere oder die Tapfere, denn nicht mal alte Damen blieben verschont, darauf sagte: ›Ja, ich bin ein Christ, ich glaube an Jesus Christus‹, wurden sie in eine Arena gebracht, so groß wie ein Footballfeld, und von den Löwen gefressen. Und die Zuschauer klatschten dazu.«

Ein paar der Kinder ließen sich auf ihre kleinen Stühle plumpsen. Ein Junge brüllte wie ein Löwe. Martha Watson sagte: »Benimm dich, Timmy.«

»Komm her, Katherine«, sagte Mrs. Chase und näherte sich Katherine, den Schal in der Hand. Katherine schlug wild mit den Armen und brach in Tränen aus.

Niemand konnte ahnen, was das Predigen Tyler abverlangte. Sie waren keine Pastoren – woher hätten sie es wissen sollen? An vielen Sonntagen fühlte er sich krank, krank von einer ganz eigenen, abgrundtiefen Erschöpfung. Dann wieder war er aufgekratzt, manisch fast, als wäre ein innerer Thermostat hochgedreht, und dann halfen nur lange, schnelle Fußmärsche oder, wenn es Sommer war, viele Meilen Fahrradfahren. Aber oft – und ganz besonders dieser Tage – fühlte er sich einfach nur erledigt. So ging es ihm jetzt, als er den unteren Parkplatz überquerte, während seine Mutter die Mädchen von der Sonntagsschule abholte. Seine Gliedmaßen schienen ihm wie mit nassem Sand gefüllt; er würde den Kirchenkaffee ausfallen lassen.

Neben seinem Wagen stand die Frau aus der Apotheke. Sie trug einen marineblauen Mantel, und sie lächelte, wie Tyler fand, bemerkenswert ungezwungen. Er gab ihr die Hand. »Wir kennen uns schon, glaube ich.«

Ihre Züge waren unauffälliger, als er sie in Erinnerung hatte, nett, normal. Auch ihre Augen waren kleiner als in seiner Erinnerung. »Susan Bradford«, sagte sie. »Also hoffentlich finden Sie das jetzt nicht zu dreist von mir, aber ich glaube, wir kennen beide Sara Appleby.«

»Stimmt, ja, und nein, machen Sie sich da keine Sorgen.«

»Geht es Ihrer kleinen Tochter wieder gut?«, fragte die Frau. »Sie hatte Bauchschmerzen, aber das ist jetzt natürlich schon ein paar Wochen her.«

»Ja, ihr geht's gut. Alles in Ordnung.« Sein Blick verweilte einen Moment lang bei ihr, wanderte dann langsam den Parkplatz ab, den Horizont, die Bäume, den blauen Himmel. In einem parkenden Auto ein Stück entfernt bewegte sich etwas, und er erkannte Charlie Austin, der die Zeitung las. Tyler wandte seine müden Augen wieder Susan Bradford zu. »Hätten Sie vielleicht Lust, zum Essen mit zu uns zu kommen?«

Sie fuhr in ihrem Wagen hinterher, während Margaret Caskey sich umdrehte und zu den Mädchen auf der Rückbank sagte: »Heute müsst ihr ganz, ganz brav sein. Wir haben einen Gast. Katherine. Hast du gehört?«

»Mutter...«

»Tyler.« Ihre Stimme war streng, ihr Blick vielsagend. »Ich bin nur froh, dass ich heute Morgen noch aufgeräumt habe. Ich konnte einfach nicht schlafen. Und wie gut, dass wir das Schinkensteak haben.«

Im Rückspiegel sah er, wie Susan Bradford den Blinker setzte, als sie hinter ihm auf die Stepping Stone Road abbog; eine vorsichtige Fahrerin offenbar – blinkte, obwohl kein anderes Auto in Sicht war. Das machte er auch immer, blinkte, selbst wenn er die Straße für sich hatte. Wie Lauren das auf die Nerven gegangen war.

»Himmelherrgott, fahr doch einfach«, hatte sie jedes Mal gesagt.

»Wir sind nicht in Massachusetts«, hatte er dann geantwortet. Die Welt in diesem blassen Mittagslicht, das durch die größtenteils nackten Zweige spülte, schien ihm angefüllt mit unsichtbaren Strömungen – Gedankenfetzen, die er nicht recht zu fassen bekam. Wieder schaute er in den Rückspiegel. Katherine starrte auf ihre Hände hinab, dann sah sie zum Fenster hinaus, und in ihren Augen, halb verdeckt von den Haarsträhnen, die ihr ins Gesicht fielen, meinte er, eine tiefe, grüblerische Härte zu entdecken. »Alles in Ordnung bei dir hinten, Kitty-Kat?«

Sie nickte, den Blick aus dem Fenster gerichtet.

Während seine Frau und Tochter den Tisch deckten, studierte Charlie die Tapete über der Wandvertäfelung. Blassblau auf weißem Grund. Ihm war, als sähe er das Muster zum ersten Mal. Weinranken? Eine mit Weinranken umwickelte Trompete? Er hustete.

»Ich hab dich das jetzt schon zweimal gefragt«, sagte Doris. »Brütest du eine Erkältung aus?«

»Ich brüte keine Erkältung aus«, sagte er.

»Wenn du eine Erkältung bekommst, solltest du nächste Woche nicht nach Boston fahren. Ich verstehe immer noch nicht, wozu diese Veranstaltung gut sein soll. Soll dieser komische Sprach- und Literaturunterrichtsbeirat von Massachusetts doch beschließen, was er will.« Doris stellte einen Teller mit Brotscheiben auf den Tisch.

»Herrgott noch mal, Doris. Ich bekomme keine Erkältung. Und ich erklär dir nicht zum hundertsten Mal den Sinn von dieser verdammten Tagung.« Charlie setzte sich an den Tisch, in dessen Mitte schon der dampfende Schmorbraten stand. Er bekam seinen Atem nicht in den Griff und hüstelte wieder. Er kannte dieses schwammige Gefühl in der Luftröhre. Gleich würde er ausrasten, bös ausrasten, sein Hirn würde sich mit zerhackten Bildern füllen, kleinwüchsige philippinische Soldaten, die die erschossenen Pferde in sich hineinschlangen, brennender Urwald, pechschwarzer Rauch aus den Munitionsdepots, all das Grauen ein Wirrwarr in seinem Hinterkopf, während er seinen älteren Sohn anstarrte, der sich ein Stück Brot genommen hatte und verstohlen davon abbiss, den Kopf geduckt, seine knubbelige Nasenspitze gerötet. Ein solcher Widerwille packte Charlie bei dem Anblick, dass er am liebsten den Schmorbraten vom Tisch gefegt und dem armen Jungen eine gescheuert hätte. Er zitterte regelrecht, so stark musste er den Drang niederkämpfen, und als der Junge erschreckt zu ihm aufsah, überkam ihn die Verzweiflung.

»Dein angebeteter Caskey hat sich heute echt zum Affen gemacht«, sagte er zu Doris. Seine Stimme war heiser vor Abscheu, so sehr verlangte es ihn danach, seinen Sohn anzubrüllen. »Mitten in dieser Lahmarschpredigt, die er sich da geleistet hat, schlägt er plötzlich einen Ton an, als ob wir ihm alle zum Hals raushängen – ist dir das aufgefallen?«

»Er ist nicht mein angebeteter Caskey.« Doris stellte eine Schüssel mit Karottengemüse auf den Tisch.

»Ich dachte, du liebst Reverend Caskey, Mom.« Lisa fühlte sich hübsch heute; mit nach hinten gebogenem Oberkörper ließ sie ihren jüngeren Bruder vorbei, ihre Brüste zwei kleine Trichter unter ihrem weißen Pulli.

»Ich liebe Reverend Caskey nicht.«

»Echt nicht?«

Doris antwortete nicht. Ihr Mund war zu einem schmalen Strich zusammengepresst.

»Sie liebt ihn nicht?« Lisa sah Charlie an. Er zuckte die Achseln.

»Seine Tochter hat jedenfalls geheult heute«, sagte Lisa, während sie die Papierservietten zu Dreiecken faltete. »Nicht Jeannie, die ist süß. Aber Katie hat Mrs. Chase angespuckt, und eine von den Müttern sagt, Martha Watson hätte solche Angst vor Katie, dass sie gar nicht mehr in die Sonntagsschule will.«

»Lisa, du solltest nicht jeden Klatsch weitererzählen.«

»Doch, Mom, es stimmt. Und den Schal von Mrs. Chase hat Katie auch zerrissen.«

»Ach je«, sagte Doris. »Traurig ist das.«

»Sehr traurig«, sagte Charlie. »Eins sag ich dir, Doris. Wenn du tot wärst, würden mir diese Kinder nicht rumlaufen und Leute anspucken.«

»Charlie, hör auf damit.« Doris setzte sich an den Tisch.

»Nein, ich höre nicht auf. Ich hab dir das gleich am Anfang gesagt, als alle noch hin und weg von ihm waren – Tyler Caskey ist nicht der Mann, für den ihr ihn haltet.« Er sah, dass seine Kinder ihn mit einer gewissen Unruhe im Blick beobachteten. »Lisa, gib deinen Teller her.« Charlie kannte sich mit seinen eigenen Gefühlen nicht mehr aus – im Moment wünschte er vor allen Dingen ein Bündnis mit Doris. Das Wissen, dass er nächste Woche die Frau in Boston treffen würde, das Wissen, dass Doris in Tylers Augen möglicherweise eine arme misshandelte Hausfrau war, gab ihr und dem Schmorbraten, der vor ihr dampfte, etwas Bemitleidenswertes, Rührendes; es drängte ihn, sie zu beschützen.

»Tylers Problem«, sagte er, als er Lisa einen Teller mit Schmorbraten und gedünsteten Karotten reichte, »ist, dass er ein großer Frosch in einer großen Pfütze sein möchte, aber nicht mehr sein kann als ein großer Frosch in einer kleinen Pfütze.«

»Ich würde West Annett ja nun nicht gerade als Pfütze bezeichnen«, sagte Doris.

»Ist es auch nicht. Es ist nicht klein genug. Genau darum geht es. Er bräuchte eine Gemeinde von maximal drei Leuten, die dasitzen und ihn anhimmeln. Kommt und lasst uns Caskey ehren. Und es ist ihm scheißegal, ob du eine Orgel kriegst, auf der du spielen kannst«, setzte Charlie hinzu. »Und für seine Kinder sorgen kann er auch nicht.«

»Oh, Charlie, du urteilst sehr hart.«

»Ach«, sagte Charlie, legte eine Scheibe Schmorbraten auf einen Teller und gab ihn seiner Frau, »er ist einfach ein Mensch wie du und ich. Der nicht so bedeutend ist, wie er meint.«

Das erfüllte offenbar den Zweck – ihn einen Menschen wie du und ich zu nennen –, denn so hatte Doris Tyler bisher nie gesehen. Sie schien es sich ein wenig durch den Kopf gehen zu lassen und nickte dann leicht. »Ein Jammer, wirklich. Ganz egal, wie die Umstände sind, wenn ein Kind herumläuft und heult und schlägt, ist das kein gutes Zeichen.«

»Und Martha Watson war nicht mal die Einzige, ein anderes Mädchen hat auch gesagt, sie fürchtet sich vor Katherine.« Lisa warf das Haar zurück.

»Ganz schön dämlich«, sagte ihr älterer Bruder. »Wie kann man sich vor einem Kind fürchten, das nicht mal sechs Pfund wiegt?«

»Aber locker.« Lisa schnitt ihm ein Gesicht. »Wenn du selber bloß sechs Pfund wiegst, kann sie ganz schön unheimlich sein. Und du musst grade reden. Bis vor ein paar Jahren hast du schon gewimmert, wenn Toby Dunlop den Pausenhof auch nur betreten hat!«

»Schluss jetzt«, befahl Charlie. Aber sie beendeten ihr Mahl wie eine Familie, und Charlies Hüsteln hatte aufgehört.

Er hatte einen Essensgast eingeladen, nichts weiter, sagte sich Tyler, aber es kam ihm dennoch vor, als würden sie beide für eine Rolle vorspielen. Susan Bradford war auf jeden Fall dafür gekleidet – mit ihrem dunkelblauen Rollkragenpullover und dem dunkelblauen Faltenrock über ihren ausladenden

Hüften. Sie trug eine Perlenkette und eine Uhr mit einem schmalen schwarzen Lederarmband. Höflich bot sie Margaret Caskey ihre Hilfe in der Küche an, was diese ebenso höflich ablehnte.

»Ich hoffe, Sie haben nichts gegen Kartoffelbrei aus der Packung«, sagte Tylers Mutter.

»Den mach ich mir daheim auch immer. Und ich liebe Schinken mit Ananas. Lassen Sie mich wenigstens beim Tischdecken helfen.« Sie gab Jeannie die Löffel, damit sie sie ins Esszimmer trug, und als Jeannie mit dem Besteck gegen das Tischbein haute, schaute Susan Tyler an und lachte.

Er sagte: »Katherine malt wunderschöne Bilder.«

Susan sagte: »Oh, die würde ich mir schrecklich gerne ansehen«, aber Katherine schüttelte den Kopf, einmal nur, und wandte sich ab. »Dann seh ich mir deine Bilder eben ein andermal an«, sagte Susan.

Als sie alle saßen und Tyler gerade das Tischgebet sprechen wollte, klingelte in seinem Arbeitszimmer das Telefon. »Entschuldigt mich einen Moment«, sagte er.

»Tyler. Wir essen. Das kann warten.« Seine Mutter warf ihm einen raschen, warnenden Blick zu.

»Entschuldigt mich einen Moment«, wiederholte er und stand auf, legte mit einem Lächeln für Susan die Serviette neben seinen Teller.

Er hörte seine Mutter sagen: »Er ist schon sehr pflichtbewusst.«

Es war Adrian, der anrief: Connie sei verschwunden. Ob Tyler irgendeine Ahnung habe, wo sie sein könnte? Tyler hielt den Hörer fest, starrte auf seinen Schreibtisch. »Haben Sie denn schon die Polizei verständigt?«, fragte er schließlich.

Zwecklos, erwiderte Adrian. Die Polizei sei es ja gerade, die nach ihr suchte.

ZWEITES BUCH

Sechs

Laurens Elternhaus war ein zweistöckiges Backsteinhaus in einem Vorort südlich von Boston, wo die Häuser durchweg groß waren und die Rasenflächen aussahen wie gebürstet und gekämmt. Über Tylers Herz legte sich ein Schatten, als er zum ersten Mal in der Diele stand und die prunkvollen Möbel sah, die Perserteppiche, die hohen Fenster mit ihren langen, blassgrünen Vorhängen, die dunkel spiegelnde Fläche des riesigen Dielentischs. Aber Lauren, die die breite Treppe heruntergeeilt kam und ihm die drallen Arme um den Hals warf, war wie ein Sonnenschwall. »Endlich bist du da!«, rief sie, und Mrs. Slatin trat einen Schritt zur Seite, als Lauren ihn auf den Mund küsste. »Ich liebe dich!«, sagte Lauren.

»Lass ihn doch erst mal den Mantel ausziehen«, sagte ihre Mutter. »Möchten Sie einen Drink nach der langen Fahrt, Tyler? Einen Martini vielleicht?« Es war ein Uhr mittags. Tyler nippte an einer Cola, auf einem rosenfarbenen Sofa sitzend, und beantwortete höflich Mrs. Slatins Fragen nach seinem Studium, seinem Jahr bei der Marine, seiner Schwester. »Und der Mann Ihrer Schwester, was macht der?«, erkundigte sich die Frau, eine Hand an ihrer Perlenkette, und beugte sich eifrig vor, ein bisschen, als spräche sie mit einem Kind.

»Tom ist Busfahrer«, sagte Tyler.

»Ach, wirklich?«

Lauren hatte sich die Schuhe abgestreift und saß mit untergeschlagenen Beinen neben Tyler. »Als ich in der Grundschule war, haben wir mal einen Busausflug gemacht«, sagte sie. »Weißt du noch, Mommy? Und ich habe gespuckt.«

»Du hast ständig gespuckt«, sagte ihre Mutter. »Du warst immer ein leicht erregbares Kind. Lecker, die Pistazien, nicht wahr, Tyler? Ich dachte, zum Lunch fahren wir dann nach Boston rein.«

Laurens Schwester, eine große, sehr schlanke junge Frau, kam auch mit. Sie sagte hallo zu Tyler, aber mehr auch nicht, saß nur auf dem Beifahrersitz neben ihrer Mutter und sah aus dem Fenster. Lauren auf dem Rücksitz hielt Tylers Hand. Mrs. Slatins Parfum roch wie Insektenspray vermischt mit Babypuder, fand er – aber er verstand natürlich auch nichts von Parfums. Sie aßen im Restaurant eines großen Kaufhauses, und mit Ausnahme der Ober war Tyler der einzige Mann dort. Er war noch nie in einem solchen Lokal gewesen.

»Lauren hat erzählt, dass Ihr Vater Buchhalter war. Ihre Mutter muss eine sehr tapfere Frau sein – sich so früh schon als Witwe allein durchschlagen zu müssen.«

»Tyler hat sich um sie gekümmert«, sagte Lauren.

»Wir haben uns gegenseitig umeinander gekümmert«, sagte Tyler. Er klappte die schwere Speisekarte zu. »Wie alle Familien«, fügte er hinzu. Er bestellte ein Clubsandwich mit Truthahn, und der Ober servierte es ihm unter einer Silberglocke. Die Frauen aßen Obstsalat, wobei sich Lauren von Tylers Teller Stücke von seinem Sandwich stibitzte.

»Du hast keine Manieren«, rügte die Schwester sie.

»Ach, das ist mir ganz recht«, sagte Tyler. »Ich schaff das sowieso nicht alles allein.« Von seinem Appetit war nicht viel übrig. An einem der Nachbartische zog eine sehr blonde Frau im Alter seiner Mutter ihren Lippenstift nach, während sie dem Ober ein Zeichen machte, dass er ihren Teller abtragen sollte.

»Jetzt flunkern Sie aber«, sagte Mrs. Slatin und lächelte ihn mit diesen warmen braunen Augen an. »So kräftig, wie Sie sind. Genau wie mein Mann. Wir mögen unsere Männer gern groß und kräftig, stimmt's, Lauren?«

»Vergiss nicht, dass wir noch diese Ohrringe kaufen wollten, Mommy«, sagte Lauren.

»Jim Bearce war einfach nur groß.« Die Schwester verkündete das getragen, mit Betonung auf dem Wort »groß«, und warf Lauren einen schwerlidrigen Blick zu, während sie ihre Obststücke mit der Gabel hin und her schob.

»Vielleicht gibst du einfach Ruhe«, sagte Lauren leichthin.

»Oder vielleicht auch nicht. Vielleicht sollten du und ich uns jetzt und hier alles von der Seele reden.«

Ein Unbehagen rührte Tyler an, als legte sich feiner Staub über sein Gesicht. Mrs. Slatin lächelte unverändert. »Tyler hat genauso breite Schultern wie euer Vater, Kinder.«

Die Ähnlichkeit zwischen ihm und Mr. Slatin wurde im darauffolgenden Jahr häufig erwähnt, wobei er selbst nicht viel Ähnlichkeit sah. Nur dass sie beide, wie Mrs. Slatin bemerkt hatte, groß und kräftig waren. Aber Mr. Slatin strahlte eine dunkle Grimmigkeit aus, eine Düsternis wie die Schwester. Lauren dagegen war durch und durch Licht. Tyler hatte nie einen Menschen gekannt, von dem ein solches Leuchten ausging. Das Haus erschien ihm gleich wieder übergroß und fremd, als sie das Zimmer verließ und er allein mit seinem künftigen Schwiegervater am Kamin saß.

»Wie kommt es«, sagte Mr. Slatin, einen Martini in seiner großen Hand, »dass Sie nicht in Newton studiert haben? Die haben die besten Leute.«

»Das stimmt. Aber es wäre zu weit weg für meine Mutter gewesen.« Tyler hatte sich nicht in Newton beworben; er wäre niemals genommen worden. Seine Noten waren nicht sonderlich. Er spürte den Blick des Mannes auf sich, nachdenklich.

»Aber diese Predigt von Ihnen, als wir Sie zum ersten Mal zu Gesicht bekommen haben, in diesem kleinen Feriennest, die hatte Niveau, muss ich sagen.« Mr. Slatin beugte den Kopf und nahm einen Schluck von seinem Martini. »Billige Gnade und teure Gnade. Ganz bin ich nicht mitgekommen, fürchte ich. Billige Gnade ist, wenn man sich selbst vergibt? Habe ich das richtig verstanden?«

»Ja, Sir.« Tyler merkte, wie er rot wurde. »Mehr oder weniger.«

»Mehr oder weniger.«

Tyler studierte seine Fingernägel. Nie die eigene Predigt rechtfertigen, hatte George Atwood ihm eingeschärft. Gar nicht erst anfangen damit.

»Na«, sagte Mr. Slatin, »ich bin sicher, Sie werden Ihren Weg schon machen. Lauren schien uns ja in Simmons besser aufgehoben.« Tyler sah auf und nickte. »Ein Frauencollege war eindeutig der richtige Platz für sie«, sagte der Mann. Er lehnte sich zurück, streckte die fleischigen Beine aus, starrte ins Feuer. »Bei ihr müssen Sie auf Zack sein, Tyler. Sie lässt nichts anbrennen. Wie Sie bemerkt haben mögen oder auch nicht.« Er sah Tyler von der Seite an, dem in dieser Eröffnung ein gewisser Stolz und eine vage Unappetitlichkeit mitzuschwingen schienen.

»Lauren ist wunderbar«, sagte Tyler.

Der runde Tisch im Esszimmer funkelte nur so von Porzellan und Silberbesteck und Kristallgläsern. Tyler hatte noch nie solche Mengen an Silberzeug gesehen und musste höllisch aufpassen, um sicher zu sein, welcher der drei Löffel für die Suppe gedacht war, welche Gabel für den Salat, mit welchem Messer den Lammkoteletts zu Leibe gerückt wurde. Mr. Slatin aß sie mit den Fingern, aber das wagte Tyler nicht. Die Servietten waren aus einem durchscheinenden, nylonartigen Stoff, der, so dachte er, unmöglich etwas aufsaugen konnte.

»Ein gottverfluchter Murks ist das im Nahen Osten«, sagte Mr. Slatin. Er aß tief über seinen Teller gebeugt. »Oder wie sehen Sie das, junger Mann?« Er warf einen Blick zu Tyler hinüber.

»Lass ihn, Daddy.«

Mr. Slatin beachtete seine Tochter gar nicht. »Sich vorzustellen, dass Truman die Briten quasi gezwungen hat, diese ganzen Juden nach Palästina reinzulassen, nur um Wählerstimmen zu gewinnen. Und haben Sie dieses Bild gesehen?« Mr. Slatin griff nach der Platte mit den Lammkoteletts. »Konterrevolutionäre in China, die für die Hinrichtung vorbereitet werden, während die Menge jubelt?«

»Nein«, sagte Tyler. »Das habe ich nicht gesehen.«

»Eine korrupte Welt, die wir da haben«, sagte der Mann. »Schon immer hatten. Menschenleben sind nichts wert.« Er wischte sich den Mund energisch mit der dünnen Serviette. »Oder was meinen Sie dazu, mein Junge?«

»Ich meine, dass Menschenleben sehr viel wert sind«, sagte Tyler.

Die Schwester feixte und verdrehte die Augen, aber Lauren sagte: »Aufhören, aufhören, aufhören – warum lasst ihr Tyler nicht in Ruhe?«

»Mach dir um mich keine Sorgen, Lauren.«

»Ich finde, das Wohnzimmer könnte mal neue Vorhänge vertragen«, sagte Mrs. Slatin und lächelte das Dienstmädchen an, das die Teller abräumte. Als schließlich der Pfirsich-Cobbler abgetragen wurde, fühlte Tyler sich leicht benommen. Mrs. Slatins braune Augen blitzten, als sie sagte: »Warum trinken Sie und Lauren den Kaffee nicht im Wohnzimmer, dann können Sie ein bisschen für sich sein.«

Lauren drückte die gläserne Verbindungstür zu und flüsterte: »Ich *hasse* ihn.«

»Er ist dein Vater, Lauren. Du kannst ihn nicht hassen.«

»Und ob ich das kann. Und meine Schwester hasse ich auch. Sie war immer neidisch auf mich, weil ich hübscher bin.« Sie nahm ihm seine Tasse aus der Hand und küsste ihn. Neben ihr auf dem Sofa sitzend, den Arm um sie gelegt, sagte Tyler mit einem Blick durchs Zimmer gedämpft: »Lauren, das alles hier – das kann ich dir nicht bieten.«

»Ich will das alles hier gar nicht. Ich will dich. Und hier in dieser blöden alten anglikanischen Kirche heiraten will ich auch nicht. Ich will bei dir in Brockmorton heiraten. Ich will *weg* von hier.«

»Wenn Lauren sich etwas in den Kopf gesetzt hat, ist Widerstand zwecklos«, sagte Mrs. Slatin, als dieser Plan kundgetan wurde. »Heirate, wo immer du möchtest, Liebes.«

»Da sparst du mir einen Haufen Geld«, sagte ihr Vater. »Unsere Freunde werden keine Lust haben, die weite Strecke zu fahren.«

»Dann wird es eben eine kleine Hochzeit.« Lauren reckte das Kinn hoch. »Klein und schnuckelig.«

Aber einen Monat vor der Hochzeit richteten die Slatins in ihrem Haus einen Empfang aus. »Auf diese Weise können unsere Freunde dich kennenlernen«, erklärte Mrs. Slatin. Tyler fuhr mit seiner Mutter hin, Belle und Tom kamen etwas später. Mrs. Slatin bat Mrs. Caskey, ihr dabei zu helfen, kleine Schleifchen um die Servietten zu binden, die auf dem langen Tisch in der Diele ausliegen sollten, wenn am nächsten Tag die Gäste eintrafen.

»Tyler, alter Junge«, sagte Mr. Slatin. »Wie wär's, wenn wir zwei mal kurz nach Boston reinfahren und dir einen neuen Anzug kaufen?«

Margaret Caskey, die mit den Servietten beschäftigt war, sagte nichts, aber Tyler sah ihr Kinn herunterklappen, wodurch ihr dünnes Gesicht noch schmaler wurde. »Ach«, sagte Tyler, »ich bin eigentlich ganz glücklich mit dem hier, danke.«

»Tu's deiner neuen Schwiegermutter und mir zu Gefallen«, sagte der Mann. »Ein Hochzeitsgeschenk von uns.«

»Stimmt etwas mit Tylers Anzug nicht?«, fragte Margaret Caskey verhalten.

»Nein, nein, ich hatte nur nie einen Sohn, verstehen Sie?«, sagte Mr. Slatin. »Es wäre eine neue Erfahrung für mich.«

»Lass dir von Daddy einen neuen Anzug kaufen«, sagte Lauren. »Auch wenn deine Mutter und ich wissen, dass du keinen brauchst. Du bist der bestaussehendste Mann auf der Welt.«

»Ich habe ein kleines Geschenk für dich, Lauren«, sagte seine Mutter. Und sie gab Lauren ein Buch, *Die Pastorengattin*.

»Ach, wie süß!«, rief Lauren. »Schau, Tyler!«

Am nächsten Nachmittag stand Tyler in seinem neuen Anzug neben Lauren auf dem gestriegelten Rasen. Laurens Schwester hielt sich einen Fotoapparat vors Gesicht und richtete ihn auf sie. Sie knipste ein Bild mit nur ihnen beiden darauf, eines mit ihnen und seiner Mutter, dann mit Belle und Tom, dann ein Bild von ihnen allen zusammen. Tyler lächelte und lächelte, den Arm um Lauren gelegt. Laurens Schwester blinzelte durch die Kamera und befahl: »Und jetzt alle mal ›Schiet‹ sagen!«

Mr. Slatin lachte und grölte »Schiet!« Tyler, starr vor Schrecken, dass seine Mutter solche Reden mitbekam, behielt sein Lächeln bei, aber nachdem das Bild im Kasten war, konnte er nicht zu ihr hinsehen. Dann kamen die Gäste, Tyler schüttelte eine Hand nach der anderen und machte auch jetzt wieder die Erfahrung, die er schon so oft gemacht hatte: Wenn er freundlich zu den Leuten war, waren sie freundlich zu ihm. Hinterher, als sie in dem großen Wohnzimmer saßen, sagte er zu seiner Mutter: »Das war nett, fandest du nicht?« Er sah zu ihr hinüber, aber sie hob den Blick nicht von dem Taschentuch, das sie auf ihrem Schoß umklammert hielt.

»Sehr nett«, sagte sie.

Belle und Tom verabschiedeten sich und brachen nach Hause auf, und Margaret Caskey ging zu Bett. Tyler saß auf dem Sofa, Lauren im Arm, während sich seine zukünftigen Schwiegereltern am anderen Ende des Raums mit ihren Drinks entspannten. »Oh, das war so unmöglich von den Tibbets«, sagte Mrs. Slatin.

»Was denn, Mommy?«, fragte Lauren gähnend.

»Ich konnte die Tibbets noch nie leiden«, erklärte Mrs. Slatin an Tyler gewandt. »Gut, früher schon. Da waren wir gute Freunde. Aber dann haben sie sich anderen Kreisen angeschlossen, sind in einen anderen Country Club eingetreten. Ich habe sie nur aus Achtung vor den alten Zeiten eingeladen.«

»Was haben sie denn nun gemacht?«, wollte Lauren wissen.

»Ach, sie sind einfach unmöglich.«

»Sie standen am Büfett an«, sagte ihr Vater, »und haben deine neue Schwägerin gemustert, wie heißt sie gleich wieder? Belle. Sie haben Belle und Tom gemustert, von Kopf bis Fuß, und dann zueinander gesagt, und zwar hörbar: ›Was für Landeier.‹«

»Du darfst sie gar nicht beachten«, sagte Mrs. Slatin zu Tyler. »Meine Güte, ich bin derart erschossen. Ich muss in die Heia.« Sie stand auf, und Tyler erhob sich.

»Danke«, sagte er. »Und gute Nacht.« Lauren ging mit ihrer Mutter zur Tür, und als Tyler sich zu Mr. Slatin umwandte, ruhte dessen Blick auf Laurens Hüften.

In diesem ersten Jahr, ehe Tyler sein Examen machte, wohnten sie im Obergeschoss eines alten Holzhauses in der Nähe von Brockmorton. Lauren hatte in ihrem Leben noch nicht gekocht, sagte sie, aber nun kaufte sie sich ein Kochbuch, schrieb Einkaufslisten, ging Zutaten kaufen, werkelte abends in der Küche herum, um Tyler Platten mit Fisch und Rindfleisch aufzutischen, und freute sich wie ein Kind, wenn Tyler ihr Essen lobte. Wenn Tyler am nächsten Tag über Mittag heimkam, saßen sie zusammen auf der Couch und aßen Reste. »Erzähl mir alles«, sagte Lauren dann. »Und lass nichts weg.«

Er erzählte ihr von den Ausgrabungen, die erst kürzlich bewiesen hatten, dass König Salomo tatsächlich so reich gewesen war, wie es in der Bibel stand. Man hatte Stallungen für vierhundertfünfzig Pferde entdeckt und Remisen für hundertfünfzig Streitwagen. »Angeblich wurden Pferde damals besser behandelt als Menschen.«

Lauren zog die Füße unter sich. »Sogar besser als seine siebenhundert Ehefrauen? Tyler, was tätest du mit siebenhundert Frauen?«

»Da wäre ich ziemlich beschäftigt.«

»Wärst du nicht, weil ich dich nämlich umbringen würde.«

»Dann solltest du vielleicht besser die Königin von Saba sein.«

»Ja, ja, eine Königin, das bin ich.« Und Lauren, ihre leergegessenen Teller in den Händen, drehte eine Pirouette.

Alles an ihr erschien ihm anbetungswürdig. Der bloße Anblick ihrer üppigen Hüften, wenn sie in der Küche hin und her ging, rief Verlangen in ihm wach. Er sah ihre nassen Fußspuren auf dem Badezimmerboden und fühlte sich beschenkt. Sie kicherte über sein Staunen, als sie das erste Mal ohne Kleider vor ihm tanzte. »Du bist ein Wunder«, sagte er. »In deinem Hirn fehlt der Bereich, wo die Hemmungen sitzen.«

»Nein.« Sie unterbrach ihren Tanz und sah ihn mit ernster Unschuld an. »Nein, Tyler. Ich liebe dich nur einfach so sehr.«

»Dann«, sagte er ebenso ernst, »preise ich Gott.«

Sie lachte und klatschte in die Hände. »Ja, preisen wir ihn«, rief sie und setzte sich auf seinen Schoß.

Samstags morgens schlief Lauren aus, und Tyler ging zur Bäckerei am Fuß des Hügels und kaufte Doughnuts und die Zeitung. Wenn er zurückkam, fing Lauren gerade an, sich zu regen, den Kopf unter Decken und Kissen vergraben. Dann zog er sich aus und stieg wieder ins Bett. »Das wollen wir auch noch mit achtzig so machen«, sagte er eines Morgens, während er ihr das Haar aus dem feuchten Gesicht strich. »Ja, o ja«, sagte sie. Und was sollte sie daran hindern? Ihr Glück reichte von Ewigkeit zu Ewigkeit.

Er ging über den Campus mit dem sicheren Schritt eines

Mannes, der durchdrungen ist von der Richtigkeit seines Tuns. Wenn ihm ab und an das besorgte Gesicht seiner Mutter einfiel, konnte er es rasch wieder verbannen. Er lebte und liebte, wie Gott es ihm bestimmt hatte. Und manchmal stieg er die Stufen vor einem der Seminargebäude hinab, und die klare, kalte Winterluft stach ihm in die Nase, und unvermittelt überkam ihn das GEFÜHL. Das Leben, dachte er dann. Wie unfasslich es doch war, wie unergründlich und wundersam! Solche Fülle! Von ganzem Herzen lobte er Gott. Seine ureigene Geschichte nahm hier Gestalt an.

»Hab ich dich vermisst!«, sagte Lauren, selbst wenn er nur den Nachmittag über fort gewesen war.

»Ist dir langweilig?«, fragte er. »Du könntest bestimmt in einem von den Sekretariaten arbeiten, wenn du wolltest.«

»Mir ist nicht langweilig. Ich hab dich vermisst, weil ich dich so liebe. Nein, ich will in keinem Sekretariat arbeiten. Erzähl mir alles.«

Er erzählte ihr von der Calvinismus-Vorlesung, in der sie über den Sündenbegriff und das Böse im Menschen diskutiert hatten, die Sühne durch Christus, das Konzept der Vorsehung. »Jetzt aber mal die interessanten Sachen«, befahl Lauren und aß ein Plätzchen. Er erzählte ihr, dass einem Mann in einem Vortrag über christliche Ethik so laut der Magen geknurrt hatte, dass der Professor mitten im Satz abgebrochen und dem armen, verlegenen Burschen befohlen hatte, sich etwas zu essen zu holen.

»Aber ich dachte, ihr müsstet alle nett zueinander sein.« Lauren schob das nächste Plätzchen in den Mund.

»Ich weiß. Aber nicht alle sind es. Manche Dozenten sind vertrocknet und kleinlich. Der Mann mit dem Magenknurren ist übrigens ein Ass in systematischer Theologie.«

»Und du bist eins im Predigen. Du bist der beste Redner auf dem ganzen Campus. Sogar Daddy weiß das.«

Sie ließ die Badezimmertür offen und plauderte selbst von der Toilette aus munter weiter. Wenn er bei seinen Verrichtungen die Tür schloss, warf sie ihm Prüderie vor. »Kann schon stimmen«, gab er zu.

Abends lagen sie im Bett, und sie las ihm aus *Die Pastorengattin* vor, dem Buch, das seine Mutter ihr geschenkt hatte. »›Erstes Kapitel‹«, sagte Lauren. »Oh, das ist genial, Tyler. ›Die Pastorengattin als Tugendvorbild. Das Mädchen, das einen Geistlichen ehelicht, muss stets der Blicke aller gewärtig sein.‹ Warum das, Tyler?«

»Weil sie so schön ist.« Er beugte sich hinüber, um sie zu küssen.

»›Fünftes Kapitel. Die Pastorengattin als Hausherrin. Sie schaut, wie es in ihrem Hause zugeht, und isst ihr Brot nicht mit Faulheit.‹« Lauren schwieg eine Weile, las. »Warte, Tyler«, sagte sie in beunruhigtem Ton. »›Als Erstes lege man einen Zehent für den Herrn beiseite.‹ Müssen wir das auch machen?«

»Keine Sorge«, sagte er.

»Und wir sollen immer eine Dose Früchtecocktail in der Speisekammer haben, falls jemand vorbeikommt.«

»Das klingt ja nicht so schwierig.«

»Es macht mir Angst.«

»Wieso denn«, sagte Tyler. »Lauren, du wirst eine wunderschöne Pastorengattin sein.«

»Schau dir das Bild hinten auf dem Einband an. Sie sieht wie eine grässliche Lesbe aus. Werde ich auch irgendwann so grimmig aussehen?«

»Nie im Leben.« Tyler streckte den Arm aus und löschte das Licht.

»Daddy sagt, Mrs. Tibbets ist eine Lesbe.«

»Wieso das?«

»Weil sie sich als Erste über ihn beschwert hat.«

»Über was denn beschwert, Lauren?«

»Dass unser Haus keines ist, in das man Mädchen gern auf Besuch schickt. Weil Daddy uns immer gebadet hat.«

»Wie alt wart ihr?«

»Ach, so genau weiß ich das nicht mehr.«

»Liebling, was redest du da?«

Im Dunkeln schmiegte sie sich eng an ihn. »Eins kann ich dir jedenfalls sagen: Ich hasse alle außer dir.«

Früher als geplant wurde sie schwanger. Lauren fuhr nach Boston, um mit ihrer Mutter Umstandskleider zu kaufen, und kam mit so vielen Schachteln zurück, dass der Busfahrer Tyler einen Blick zuwarf, als er sie eine nach der anderen aus dem Gepäckraum hervorholte. Ein Unbehagen beschlich Tyler, das er ignorierte, und als sie ihm am Abend all ihre neuen Kleider vorführte, sagte er ihr ein ums andere Mal, wie wunderschön sie darin aussah.

Bei seinem Ordinierungsgottesdienst schimmerten die Augen seiner Mutter feucht. Seine Schwiegereltern kamen nicht. Als ihm die Stelle in West Annett angeboten wurde, bereiteten er und Lauren sich auf den Umzug vor und fuhren eines Vormittags hin, um das Farmhaus an der Stepping Stone Road zu besichtigen. Unterwegs hielten sie bei einem Imbisslokal, wo Lauren zwei Spiegeleier und ein Stück Kuchen aß. »Ich könnte einen Bären verschlingen«, teilte sie der Kellnerin mit, die davon nur mäßig beeindruckt schien.

Wieder im Auto, sang Lauren: »Zwei kleine Honigbären, die so glücklich sind, zwei kleine Honigbären kriegen bald ein Kind.« Aber sie verstummte, als Tyler langsam die Upper Main Street entlangfuhr, an der Internatsschule vorbei, hinter der sich die Straße verengte, und weiter, den Hügel hinterm See hinauf und wieder hinunter, um den Ringrose Pond und dann durch das Waldstück, wo die Bäume so dicht standen, dass die Straße ganz in Schatten getaucht lag. Doch dann kamen sie wieder hinaus in den Sonnenschein, und da lag die alte Locke-Farm.

»Puh«, sagte Lauren. »Bisschen sehr abgelegen.«

»Mach dir keine Sorgen«, sagte Tyler und bog in die Einfahrt ein. Die Reifen knirschten auf dem Schotter.

»Ist wahrscheinlich auch besser so«, sagte Lauren. »Ich möchte gar nicht unbedingt umzingelt sein von den ganzen anderen Gattinnen.«

Das Haus stand da. Es war weder einladend noch abweisend, einfach nur alt und stumm mit seinem kaputten Verandageländer und den schiefen Stufen. Die Caskeys stiegen zögernd aus, Lauren ein Stück hinter Tyler, der mit dem Schlüsselbund herumnestelte, bis er merkte, dass die Hintertür unversperrt war, und sie aufstieß. »Du musst mich über die Schwelle tragen«, rief Lauren und streckte ihm die Arme entgegen.

»Dann hättest du besser keinen Kuchen gefrühstückt!« Tyler hob seine Braut hoch und trat, oder vielmehr stolperte, über die Schwelle in den kleinen Hauswirtschaftsraum.

»Hier riecht's so komisch«, sagte Lauren leise, als er sie absetzte.

»Dann machen wir einfach die Fenster auf«, sagte Tyler, und er ging weiter in die Küche und öffnete das Fenster, das auf die Einfahrt hinausblickte. Das Fenster war alt und klapperte in seinem Rahmen.

»Es riecht nach Tod«, sagte Lauren. »Tyler, ich mag das Haus nicht.« Sie fing an zu weinen.

Aber Mrs. Slatin kam zu Besuch und ging mit Lauren Vorhänge kaufen, eine Badematte, ein Kinderbettchen, Teller und Schüsseln mit Apfelmuster. Und als Mrs. Slatin abfuhr und sagte: »Na, lange werdet ihr hier nicht bleiben, das ist ja nur für den Übergang«, erklärte Lauren, dass sie diesen grausligen alten Kasten pink gestrichen haben wollte, anders halte sie es nicht aus, also fragte Tyler um Erlaubnis an und strich die Wände von Wohn- und Esszimmer rosa. »Wunderbar!«, sagte Lauren. »Ich liebe dich!«

Freude, aber auch Beklommenheit erfüllten ihn, denn Pastor dieser Kirche zu sein war für Tyler eine Aufgabe von höchster Bedeutsamkeit. Ihn rührte die Freundlichkeit seiner Gemeinde, die kleinen Briefchen, die einzelne Gemeindeglieder in seinem Büro in der Kirche hinterließen, weil seine Predigt sie so bewegt hatte. Es rührte ihn, dass die Damen vom Frauenbund ihn zu einer ihrer Veranstaltungen einluden; als einziger Mann stand er mit ihnen im Gemeindesaal, sang mit ihnen »Welch ein Freund ist unser Jesus« und aß Zuckerplätzchen von einer Papierserviette, die er auf den Knien hielt. Als er Lauren vorschlug, doch vielleicht einen Gebetskreis ins Leben zu rufen, wurden ihre Augen sehr rund, und sie sagte: »Guter Gott, nein, bloß nicht.« Also ließ er das Thema fallen. Bald würde sie Mutter werden. Das Leben trug ihn empor wie auf einer Welle, in Höhen, wo alles gewichtig und alles wundersam war, und er fühlte sich der Kindheit endgültig entwachsen.

Die Gebete – sein eigenes Frühgebet – sprach er in der Kirche, wo er jeden Morgen allein saß. Er liebte den leichten Staubgeruch, die klaren Linien der hohen Fenster, die weiß gestrichenen Bankreihen, diese Luft, deren Stille ihm geschwängert schien von den Gebeten und Hoffnungen und Ängsten all derer, die über die letzten anderthalb Jahrhunderte hinweg auf diesen Bänken das Haupt vor Gott gebeugt hatten. Wenn jemand hereinkam, sah Tyler auf und nickte, und wenn der Besucher das wollte, betete er mit ihm zusammen. Er fühlte sich unendlich beschenkt durch seinen Beruf.

Anfangs hatte er in seinem Arbeitszimmer zu Hause zu beten versucht, zusammen mit Lauren. Sie betete nicht mit ihm, wie er sich das erhofft hatte. Sie bete lieber für sich, sagte sie, dabei war sie früher in Brockmorton manchmal mit ihm in die Kirche gekommen und hatte dort mit ihm gesessen. Aber wenn er in West Annett in seinem Arbeitszimmer zu beten versuchte, hörte er sie immer in der Küche rumoren und fragte sich, warum sie gar so laut mit den Töpfen und Pfannen klapperte, und wenn er in die Küche hinüberging und fragte: »Lauren, ist alles in Ordnung?«, sagte sie: »Ja, geh weg. Geh wieder rüber und bete. Oder was auch immer du da drin machst.«

Er hatte alle Hände voll zu tun. Es war eine kleine Gemeinde, aber er musste sich mit dem Kirchenrat und dessen Vorsitzenden und den verschiedenen Arbeitskreisen vertraut machen; er ging die Mitgliedslisten durch, die Spendenlisten, die Anmeldungslisten für die Kirchenschule, die alten Berichte ans Kreisdekanat. Er setzte sich mit der Sekretärin zusammen, Matilda Gowen, einer liebenswürdigen älteren Frau, die an zwei Vormittagen die Woche in die Kirche kam, um die Ablaufzettel zu hektographieren, Briefe zu verschicken und den Klempner zu bestellen, wenn irgendwo ein Hahn tropfte – wobei der Küster, Bruce Gilgore, die Gebäude allgemein gut in Schuss hielt. Tyler schrieb Predigten, schrieb sie um, lernte sie auswendig, stellte sicher, dass er ansprechbar war, wann immer jemand seinen seelsorgerlichen Beistand benötigte. Und sein Beistand wurde benötigt. In seinem ersten Monat im Amt überfuhr ein Traktor den Sohn der Taylors und zerquetschte ihm das Bein, und Tyler saß viele Stunden mit den Eltern im Wartesaal des Krankenhauses und betete und redete mit ihnen. Die Frau, die das kleine Postamt betrieb, kam eines Tages zu ihm und erzählte ihm, dass sie während ihrer High-School-Zeit Mutter eines kleinen Jungen geworden war, den sie zur Adoption freigegeben hatte – ob Tyler meine, dass sie es ihrem Mann sagen sollte?

Er fühlte sich überwältigt von so viel Verantwortung. Aber er musste nur sorgfältig genug zuhören, merkte er, dann fanden sich die Antworten schon. Ein guter Arzt weiß, dass die

Diagnose beim Patienten selbst liegt, hatte George Atwood einmal gesagt, und die Postmeisterin, so zeigte sich, wollte es ihrem Mann beichten und tat es auch. Die Geschichte ging gut aus.

Eine andere Frau kam in sein Büro und erzählte, dass ihre Nachbarin, die Witwe Dorothy, zu den seltsamsten Tageszeiten die Straßen entlangirrte. Tyler stattete der Witwe einen Besuch ab und traf die Tochter mit ihren kleinen Kindern bei ihr an, die alle im Garten herumwuselten. »Ach, oben«, erhielt er unbekümmert zur Auskunft, als er nach Dorothy fragte. Er fand die alte Frau in ihrem Schlafzimmer an einem Stuhl festgebunden. Sie sah Tyler mit der Freimütigkeit eines Schulkindes an. »Die Hand tut mir weh«, sagte sie einfach. Und so rief Tyler die andere Tochter an, die in Connecticut lebte, und nach einigem Hin und Her wurde die arme Witwe ins Bezirksaltenheim gesteckt, für Tyler ein so grauenhaft bedrückender Ort, dass er nur ganz selten hingehen konnte und auch dann immer möglichst kurz. Solche Dinge quälten ihn im Nachhinein sehr. Hatte er richtig gehandelt? Besaß die Tochter in Connecticut wirklich keinerlei Geld, mit dem ihre Mutter eine anständige Pflege hätte bekommen können?

Die Frau aus der Post kam wieder, um zu berichten, dass ihr Mann die Nachricht gut verkraftet hatte, und sie legte gleich das nächste Geständnis ab: Sie hatte noch ein zweites Kind bekommen, von einem anderen Mann, ein Jahr nach dem ersten. Sollte sie ihrem Mann das auch beichten?

Hauptsächlich hörte er zu. Und sprach von Gottes fortdauernder Liebe.

Einige Male wurden er und Lauren zum Essen eingeladen. Bei Bertha Babcock saß Lauren auf einem prall gepolsterten Sofa und sagte, als Bertha von ihrer Pensionierung nach vierzig Dienstjahren erzählte: »Also, Englisch hab ich in der Schule gehasst. Wir hatten diese alte Schreckschraube als Lehrerin, die ihren Busen immer mit dem Rechtschreibduden abgestützt hat.« Bertha, die selbst eine schwerbusige alte Frau war, wurde glutrot, und einen Moment lang überkam Tyler ein Gefühl der Unwirklichkeit.

»Da sehen Sie«, sagte er zu Bertha, »was für ein Glück Ihre Schüler mit Ihnen hatten. Niemand hätte *Ihre* Englischstunden gehasst, da bin ich sicher.«

»Ich hoffe nicht«, sagte Bertha, »aber offenbar weiß man ja nie.«

»Dieser Blaubeerkuchen ist ganz köstlich«, sagte Tyler. »Lauren hätte bestimmt gern das Rezept.«

Lauren sah ihn an, sah Bertha an. »Na gut«, sagte Lauren.

Aber Berthas Mann rettete die Situation. »Lauren, ich wette, Sie hatten's faustdick hinter den Ohren als Schülerin«, sagte er und lächelte breit mit seinen schiefen braunen Teetrinkerzähnen.

»Schon irgendwie«, sagte Lauren.

Tyler sprach sie hinterher nicht darauf an; er wollte sie nicht zensieren, hatte er beschlossen. Sie war, wie sie eben war, ein schönes Mädchen mit einem Leuchten im Gesicht, und wenn sie Dinge sagte, die nicht ganz passend schienen, nun – er würde deshalb keinen Streit anfangen.

Worüber sie stritten, war Geld. Er stellte einen Haushaltsplan auf, um Lauren zu zeigen, wie viel sie wöchentlich für Essen und alles andere ausgeben konnten, und sie war entsetzt. »Aber was mache ich, wenn ich etwas haben will?«

»Was willst du denn haben? Sag es mir, und wir entscheiden gemeinsam.«

»Ich will keinen Haushaltsplan. Ich will nicht gesagt kriegen: ›Du kannst nur diesen Betrag ausgeben.‹«

»Aber, Lauren, wir haben nur diesen Betrag.«

»Das Baby wird Sachen brauchen!«

»Natürlich wird das Baby Sachen brauchen. Und die bekommt es ja auch.« Er hatte ein paar Ersparnisse, von seinen

Pfarrvertretungen im Sommer und von seiner Bibliotheksstelle als Student. Aber er merkte sehr bald, dass er mit Lauren nicht über Geld reden konnte, ohne dass daraus Streit entstand. Und er wollte die Innigkeit, die es zwischen ihnen gab, nicht durch Geldzwistigkeiten aushöhlen.

Mehrmals kam er von einer Sitzung zurück und fand sie in Tränen aufgelöst. »Liebes«, sagte er. »Was ist denn?«

Lauren schüttelte den Kopf. »Ich weiß nicht«, sagte sie. »Aber mir ist so langweilig. Du bist den ganzen Tag weg, und wenn du hier bist, sitzt du an deinem Schreibtisch und arbeitest.«

Sie besuchten manchmal Studienfreunde von Tyler, oder sie fuhren nach Brockmorton und aßen mit den Atwoods. Aber sie brauchte jemanden hier in West Annett, jemanden, mit dem sie reden konnte. Das verstand er, und es tat ihm auch leid, dass die Leute in der Stadt kein Gesprächsstoff für sie sein konnten.

»Eine Pastorsfrau darf keinen Tratsch erzählen«, sagte er ihr.

»Aber Tratsch ist die einzige Art Unterhaltung, die Spaß macht«, jammerte sie.

»Dann tratsch mit deinen College-Freundinnen, wenn du zu Besuch nach Boston fährst. Du darfst nur über niemanden von hier tratschen.«

»Heißt das, wenn eine alte Frau gefesselt auf dem Dachboden sitzt, darf ich das keiner Menschenseele erzählen? Oder wenn ich weiß, dass Lillian Ashworth noch als Schülerin zwei Kinder bekommen hat?«

»Ja, Lauren, das heißt es, leider.«

Jetzt schluchzte sie laut. »Tyler, diese Frauen hier sind ein Alptraum. Sie lachen *nie*. Sie halten diese Kaffeekränzchen ab und reden darüber, wie man Blaubeeren einfriert, und ihre Häuser sind dunkel und kalt, und es ist – es ist einfach grässlich.«

Er kniete bei ihr nieder. »Wir gehen am Wochenende in Hollywell ins Kino. Hast du Lust?«

Sie lächelte unter Tränen. »Du lieber alter klobiger Teddybär«, sagte sie. »Warum hab ich dich bloß geheiratet?«

Er richtete sich in die Hocke auf. »Ja, warum bloß?«

»Weil ich dich liebe, du alter Idiot.«

»Und ich liebe dich auch. Und mit mir kannst du tratschen, so viel du nur willst.«

»Ja, gut.« Ihre Miene hellte sich auf. »Erzähl mir, was du heute erfahren hast. Erzähl mir alles und lass nichts aus.«

Er setzte sich neben sie auf die Couch. »Ich habe erfahren, dass Matilda Gowen als junges Mädchen in einen Hummerfischer verliebt war, aber ihre Eltern waren dagegen und haben sie nach England geschickt, damit sie ihn vergisst. Und dann kam sie zurück und hat Skogie geheiratet.«

»Hmm«, sagte Lauren. »Nicht schlecht. Von wem weißt du das?«

»Ora Kendall.«

»Oh, das ist wunderbar.« Lauren klatschte in die Hände. »Stell es dir vor, Matilda als junges Mädchen. Sie war sicher hübsch. Sie hat einen schönen Teint.«

»Offenbar hat sie an einer Zwergschule auf Puckerbrush Island unterrichtet, und dieser Fischer wurde dafür bezahlt, dass er sie jeden Tag auf die Insel übersetzte und nach der Schule wieder abholte.«

»Oh, stell es dir nur vor!« Lauren schlang die Arme um sich. »Stell dir Matilda vor, jung und hübsch, und wahrscheinlich hatte sie einen langen Rock an, und der Wind schlug ihn ihr um die Fesseln, wenn sie aus dem Boot ausstieg. Und dann unterrichtete sie diesen Raum voller Kinder und ging den Pfad zwischen den Heckenrosen zurück zum Ufer und dachte an ihren Fischer, und dann stand er vor ihr, mit seinen großen Gummistiefeln, und half ihr ins Boot. Ob sie wohl aufs Ganze gegangen sind?«

»Das weiß ich nicht, aber ich bezweifle es.«

»Ja, aber man kann nie wissen. Ich glaube schon, sonst hätten ihre Eltern sie nicht weggeschickt. Vielleicht hat sie in England ein Kind bekommen, vielleicht musste sie deshalb dorthin. Wann hat sie Skogie kennengelernt?«

Tyler schüttelte den Kopf. »Ich habe dir alles gesagt, was ich weiß.«

»Na, für einen Tag reicht es. Gut gemacht, Tyler-Bär.« Ihre Arme um seinen Hals zu spüren war ein frohes Gefühl, so natürlich wie das Blau des Himmels. Und dann fand sie eine Freundin.

Carol Meadows war eine stille Frau mit großen, sanft leuchtenden braunen Augen und schimmernd blasser Haut. Sie war Anfang dreißig, hätte aber als zehn Jahre jünger durchgehen können, und in der fließenden Weichheit ihrer Bewegungen lag etwas, das nicht ganz von dieser Welt schien. Das mochte mit der Sache zusammenhängen, die einige Jahre vor der Ankunft der Caskeys passiert war: Carol Meadows hatte ihre kleine Tochter zu einem Mittagsschlaf in ihr Bettchen gelegt, und als sie nur wenig später nach ihr schaute, war das Kind, unerklärlich, unbegreiflich, tot. Die Meadows hatten in schneller Folge drei weitere Babys bekommen, aber Carol ging nicht viel unter die Leute; ihr Leben drehte sich fast ausschließlich um ihren Mann und die Kinder.

Das kleine, mit roten Schindeln gedeckte Haus der Meadows stand auf einem Hügel ein gutes Stück außerhalb, mit einem weiten Blick über Felder und Bäume. Der freundliche Anblick wurde etwas beeinträchtigt durch die vier riesigen Blitzableiter auf dem Dach, deren Wuchtigkeit und Vehemenz zu verkünden schienen: »Wir sind für jeden Angriff gerüstet!« An der Internatsschule, wo er Chemie und Physik unterrichtete, galt Davis Meadows als Sonderling. Er hatte auf seinem Schreibtisch eine menschliche Blase in Formaldehyd stehen und erging sich, wenn er nicht gerade über die Auswirkungen von Hiroshima sprach, in düsteren Prophezeiungen über den Fluch der Entropie. Selbst wenn Carol von seinem Ruf gewusst hätte – gestört hätte es sie nicht. Ihr Herz war offen und liebevoll, und obwohl nach dem erlittenen Verlust nichts ihren Schmerz heilen konnte, milderte ihn doch die Hingabe an ihren Mann; der Schicksalsschlag schweißte sie zusammen. Sie nahm seine Katastrophenängste klaglos hin, beschwerte sich weder über die Hässlichkeit der Blitzableiter noch über die teuren Sicherheitsgurte, die er in ihrem alten Auto einbauen ließ, und als er auf einem Atombunker hinterm Haus bestand, nahm sie auch das hin und kaufte die Konservenbüchsen, die Feldbetten, die Kerzen, die Brettspiele. Und im Sommer tat sie ihm seinen Willen und ließ die Kinder nur dann in dem kleinen Plantschbecken spielen, wenn er daheim war und auf sie aufpassen half.

Was für ein Instinkt es auch war, der Lauren Caskey zu ihr hinzog, es war ein guter Instinkt, denn Carol war ein von Natur aus zutiefst diskreter Mensch, und außer mit ihrem Mann sprach sie mit niemandem über das, was sie erfuhr.

»Gott, dass ihr *derart* weit draußen wohnt!«, sagte Lauren Caskey bei ihrem ersten Besuch, während sie sich hinsetzte und ihren hochhackigen roten Schuh vom Fuß zog und schüttelte. »Laufmasche kann ich jetzt keine brauchen.« Sie war über den Schotter zur Haustür gestöckelt, und Carol, die sie durchs Fenster herankommen sah, hatte es das Herz zusammengezogen beim Anblick der jungen Frau in ihrem leinenen Umstandskleid, dessen rote Paspeln Ton in Ton mit den hohen roten Lackschuhen und dem roten Handtäschchen über ihrem Arm waren. »Ich hab mich verfahren«, sagte Lauren und nahm den Kaffee entgegen, den Carol ihr einschenkte. »Meine Güte. Du biegst einmal falsch ab hier draußen, und schon irrst du tagelang rum. Keine einzige von diesen Straßen hat einen Namen. Warum um alles in der Welt haben sie keine Namen?«

»Die Leute wohnen alle schon so lange hier, dass jeder weiß, wo die Straßen hinführen.«

Lauren klappte ihr Handtäschchen auf, brachte eine Puderdose zum Vorschein. »Irgendwie finde ich es unfreundlich, den Straßen keine Namen zu geben. Kann ich mal eben auf die Toilette? Spült sie auch richtig?«

Carol deutete mit ihrem Kaffeelöffel. »Soviel ich weiß, ja.«

»Bei ein paar von diesen alten Häusern hier sind die Klos absolut zum Fürchten. Wusstest du, dass das von Bertha Babcock extra so hergerichtet ist, dass es aussieht wie ein Plumpsklo?«

»Bei Bertha muss alles historisch sein«, sagte Carol.

»Hübsch habt ihr's hier«, sagte Lauren, als sie wieder herauskam. »Tyler kann es nicht ausstehen, wenn ich beim Pinkeln die Tür offen lasse. Stört dein Mann sich an so was? Ganz ehrlich jetzt? Tyler schafft es manchmal, dass ich mir ganz grauenhaft vorkomme.«

»Oh, aber das meint er sicher nicht so.«

»Ich weiß nicht. Jedenfalls hasse ich dieses muffige alte Farmhaus, in das sie uns gesteckt haben.«

Als Lauren das nächste Mal kam, glänzte der Himmel vor dem Fenster wie Perlmutt, und weil für Carol der Himmel wie ein Freund war, machte sie Lauren darauf aufmerksam. »Ja, sehr schön«, sagte Lauren, ohne hinzuschauen. »Ich kriege langsam einen Bauch wie eine Kuh. Ich könnte da draußen auf der Weide liegen.«

»Aber das Baby kommt jetzt ja bald. Sehr bald«, fügte Carol hinzu. Lauren trug heute ein mittelblaues Umstandskleid, und die Wölbung ihres Bauches hatte sich gesenkt.

»Sag mal, der sprengt das Ding ja fast«, bemerkte Lauren mit einer Kopfbewegung zu dem Laufstall zwischen ihnen. Matt, Carols Jüngster, lag darin und schlief.

Carol nickte. Sie sagte nicht, dass sie ihn bei seinem Mittagsschlaf nicht aus den Augen lassen konnte.

»Stört es dich, wenn ich rauche?« Lauren öffnete schon ihre Handtasche, eine blaue diesmal. »Ich seh nirgends einen Aschenbecher.«

»Ich hol dir einen.«

»Tyler hasst es, du darfst es ihm also nicht sagen. Er findet, dass sich Rauchen für die Frau eines Pastors nicht schickt.«

Carol stellte einen Aschenbecher vor sie hin. »Tylers Predigt letzten Sonntag war großartig. Die Leute sind tief beeindruckt, Lauren. Und seine Gebete...«

»Die schreibt er selber.« Lauren stieß routiniert den Rauch aus. »Das weiß kaum jemand, aber viele Pastoren machen das nicht. Sie haben Bücher und Zeitschriften voll mit veröffentlichten Predigten und Gebeten, aber Tyler schreibt alles selbst.«

»Er hat eine sehr große Begabung«, sagte Carol. »Und dass er auch noch frei spricht...«

Lauren nickte, die Hand mit der Zigarette auf ihren Kugelbauch gestützt. »Ja, er ist beliebt bei den Leuten. Sie kommen mit ihren Problemen zu ihm, weißt du.« Sie hielt eine Hand hoch. »Keine Angst. Ich plaudere nichts aus.«

»Oh, nein, das darfst du auch nicht«, sagte Carol.

»Aber eins sag ich trotzdem, ja?«

»Lauren, in deiner Position kannst du gar nicht vorsichtig genug sein.«

»Ich wollte ja bloß sagen, dass ich mir an Bertha Babcocks Tortenboden echt fast die Zähne ausgebissen hab.« Lauren klopfte Asche in den Aschenbecher. »Den essen zu müssen ist eine richtige Strafe. Warum bist du eigentlich nicht im Geschichtsverein oder bei irgendeiner von den anderen Gruppen?«

»Ich verbringe die Abende lieber hier, mit Davis. Und tagsüber hat er das Auto.«

Lauren tätschelte die pralle Wölbung ihres Bauches. »Du Glückliche. Diese Kirchendamen – keine Bange, ich hab nicht vor zu tratschen. Aber, Carol« – und in Laurens Augen trat ein verwirrter, blinzelnder Ausdruck –, »sie *mögen* mich nicht.«

»Sie müssen sich einfach erst noch an dich gewöhnen. Du bist so modisch und hübsch...«

»Das könnten sie auch sein, wenn sie sich mehr Mühe geben würden.«

»Das kannst du nicht vergleichen«, sagte Carol, aber sie wusste, dass diese Frauen sich nicht als unmodisch sahen, und auch Carol sah sie nicht so.

»Findest du sie denn nicht ein bisschen – abschreckend?«

»Ach, weißt du... sie sind einfach, wie sie sind. Eigentlich sind sie sehr nett.«

»Diese Jane Watson soll nett sein?« Lauren riss die Augen auf. »Carol, sie würde mich kaltblütig an die Russen verkaufen!«

Carol musste lachen. »Und was glaubt sie, was die Russen mit dir anfangen sollten?«

»Keine Ahnung. Einen Satelliten aus mir machen.«

»Ach, Lauren«, sagte die Frau warmherzig, »du bist wirklich drollig. Tyler hat großes Glück mit dir.«

»Das freut mich, dass du das sagst«, sagte Lauren. »Echt.« Sie legte ihr blaues Handtäschchen weg, betrachtete den schlafenden Matt. Dann sah sie um sich, aus dem Fenster, wieder auf Carol. »Aber darf ich dich was fragen?«, sagte sie ganz ernst. »Womit *beschäftigst* du dich den ganzen Tag?«

Tief drinnen hatte Tyler mit einem Sohn gerechnet, und als der Arzt in den Wartesaal trat und ihm sagte, dass er eine Tochter habe, durchlebte er einen kurzen Moment der Verwirrung. Doch dann durfte er die schlafende Kleine durch die Glasscheibe sehen, und der Anblick ihres Gesichtchens, so vollkommen, so ruhig, ergriff ihn dermaßen, dass ihm Tränen über die Wangen liefen. »*Du* bist hier das Baby«, sagte Lauren, als sie seine nassen Augen sah. »Alles, was recht ist. Mach das bitte nie wieder.« Sie langte nach dem Wasserglas auf dem Nachttisch. »Ich habe noch nie einen erwachsenen Mann weinen sehen, und ich lege keinen Wert auf ein zweites Mal.«

Ihre Mutter reiste für zwei Wochen an und versicherte Lauren, dass nun wirklich gar nichts fürs Stillen sprach – es war aus der Mode gekommen, gottlob, man bekam einen so schlaffen Busen davon –, und Tyler wurde aus dem Weg gescheucht, während die Frauen sich zu schaffen machten, Milchfläschchen im Wasserbad wärmten, von früh bis spät die Waschmaschine laufen ließen, die rumpelnd eine Ladung Windeln nach der anderen wusch. »Ihr führt ein echtes Pionierdasein hier draußen, nicht wahr?«, sagte Mrs. Slatin eines Tages zu Tyler, mit diesem Lächeln, das ihm mit der Zeit regelrecht unangenehm geworden war; er meinte hinter den braunen Augen etwas Hartes, Unnachsichtiges zu erkennen. Er flüchtete in die Kirche.

Als er einmal heimkam, machten sich Lauren und ihre Mutter gerade über ein Paar rosa Babyschühchen lustig, die eine Frau aus der Gemeinde ihnen gestrickt hatte. »Wer kommt auf die Idee, so ein kratziges Ding über einen süßen, zarten Babyfuß zu ziehen?«, fragte Mrs. Slatin.

Und Lauren sagte: »Oh, Mommy, du hättest bei der grauenhaften Babyparty dabei sein sollen, die sie für mich gegeben haben. Diese grimmige Höflichkeit – gruselig.«

Mrs. Slatin reiste wieder ab. Aber dann kam seine Mutter zu ihnen, und nach zwei Tagen zischte Lauren ihm zu: »Ich will, dass sie geht. Sie denkt, das Baby gehört ihr.«

»Ach, sie fährt doch bald wieder«, sagte er. »Ich kann sie ja nicht gut rausschmeißen.«

»Aber sicher kannst du das«, sagte Lauren. Und dann: »Na ja, du vielleicht nicht. Gott, du bist manchmal eine derartige Memme.«

Am nächsten Morgen beim Frühstück, zu dem Lauren nicht erschienen war, sagte er: »Mutter, du bist uns eine große Hilfe, wirklich. Aber Lauren liegt viel daran, die Sache jetzt selbst in die Hand zu nehmen.«

Seine Mutter sagte nichts. Sie stellte ihre Kaffeetasse hin, stand vom Tisch auf und ging ihre Sachen packen. Er folgte ihr hinaus zum Auto. »Mutter, wirklich – bitte besuch uns bald wieder. Du weißt doch, wie es ist – sie muss ihre eigene Routine entwickeln.«

Wortlos fuhr seine Mutter davon.

Von der Kirche aus rief er Belle an. Belle sagte: »Tyler, das hat sie unsere ganze Kindheit durch gemacht.«

»Was?«

»Uns mit Schweigen abgestraft.«

»Im Ernst?«

»Was denkst du denn? Willkommen im Club. Tom würde ihr am liebsten mit dem Baseballschläger eins überbraten.«

»Belle, du liebe Güte.«

»Tyler, bis bald.«

Bei der Taufe, die George Atwood vollzog, benahmen beide Familien sich mustergültig, und Tylers Herz floss über vor Dankbarkeit. JAUCHZT DEM HERRN, ALLE WELT, stand auf dem Fenster geschrieben, unter dem Lauren seine Tochter auf ihren Armen hielt, während George Atwood das Kind der Gemeinschaft aller Christen zuführte, und er dachte, dass dies wohl der glücklichste Moment seines ganzen Lebens war.

Trotzdem, die Kleine konnte ihm Angst machen mit ihrem Geschrei. Manchmal schrie sie über eine Stunde ohne Unterbrechung, ihr winziges Gesicht runzlig von einem Zorn, der ihn verblüffte. »Was will sie denn nur?«, fragte er.

»Ich weiß es nicht«, sagte Lauren. »Siehst du nicht, dass ich dahinterzukommen versuche? Sie hat ihr Fläschchen getrunken, sie hat Bäuerchen gemacht – ich *weiß* es nicht.«

Spätnachts ging er auf und ab, Katherine auf dem Arm, ihr Köpfchen über seine Schulter gelegt. Wenn sie sich dann beruhigt hatte und ihm schlafbereit vorkam, versuchte er sie in den Stubenwagen zurückzulegen. Sofort war sie wieder hellwach und schrie, und Lauren kam im Bademantel angetappt und sagte: »So wird das nichts, Tyler, geh ins Bett.« Er war heilfroh, dass er keine Frau war; ihm schienen ihre Aufgaben unendlich viel schwerer als die der Männer. Aber er wollte seine Frau glücklich wissen.

Und manchmal wirkte sie auch glücklich. Als Katherine wuchs und anfing, wenigstens fünf Stunden am Stück zu schlafen, hob sich Laurens Stimmung, und sie gurrte und kitzelte die Kleine und rieb die Nase an ihrem Nacken oder küsste all ihre Zehen der Reihe nach. »Wer ist das hübscheste Baby der ganzen Welt?«, sang sie. »Wer ist Mommys hübschestes Baby auf der ganzen weiten Welt? Wollen wir heute Carol besuchen? Tyler, ich brauch das Auto.«

Carol Meadows wurde den Eindruck nicht los, dass an Lauren eine tiefe Unzufriedenheit nagte. Lauren führte ihr das Baby vor, zog die Kleine nackt aus, sagte zu Carol: »Hast du je so ein bildschönes Kind gesehen?« Und packte sie dann wieder ein. Aber die Frau konnte kaum eine Minute stillsitzen. Das Kind auf dem Arm, lief sie auf und ab, steckte den Kopf in alle Zimmer, sagte: »Ach, darf ich da mal reinschauen?« Sie ging in Carols Schlafzimmer und rief: »Was für ein süßes kleines Rougedöschen. Ich wusste gar nicht, dass du welches benutzt.«

»Nur ganz, ganz selten.« Davis hatte es manchmal gern, wenn sie sich im Bett ein bisschen für ihn zurechtmachte.

Laurens Stimme drang durch die offene Schlafzimmertür zu Carol, die sich im Wohnzimmer über Matts Laufstall beugte. »Tyler meinte, ich soll doch einen Gebetskreis gründen. Kannst du dir das vorstellen?« Lauren kam ins Zimmer zurück. »Ich hab zu ihm gesagt: ›Tyler, lieber sterbe ich.‹ Es stört dich doch nicht, wenn ich noch mal eine rauche, oder?«

Carol holte ihr den Aschenbecher. »Tyler hat sicher Verständnis dafür, dass du jetzt erst mal nur für die Kleine da bist. Der Gebetskreis kann warten.«

»Allerdings«, sagte Lauren. »Und wie der warten kann.«

Im Grunde habe Lauren ein gutes Herz, sagte Carol am Abend zu Davis. »Und wo ist dein Herz?«, fragte Davis. »Schauen wir doch mal, ob ich's finde.« Später sagte er: »Wird sie dir zu viel, Liebling? Sie scheint mir ziemlich oft herzukommen.«

»Das darf sie ruhig. Sie ist einsam.«

Aber es war eine Belastung, alles das hören zu müssen, was Carol hörte. »Meine Eltern waren dagegen, dass ich Tyler heirate«, sagte Lauren ein paar Tage später. Das Baby war gerade in dem Kissennest eingeschlafen, das Carol ihm hergerichtet hatte. Laurens Finger streichelten sacht über das kleine Köpfchen.

»Aber Tyler ist ein reizender Mensch«, sagte Carol.

»Für meinen Vater ist er ein Bauerntrampel.« Lauren streichelte das Baby weiter, ohne aufzublicken. »Mein Vater hat gesagt, er hat mich nicht nach Simmons geschickt, damit ich einen kleinen Dorfpfarrer heirate, aber wenn ich mein Leben unbedingt wegwerfen will, ist das meine Entscheidung.« Lauren streckte die Beine durch, stand dann rasch auf. »Es ist nicht zu spät, wenn ich wieder heimkommen will, sagt er.«

»Möchtest du das denn?« Carol spürte eine leichte Flauheit im Magen.

Lauren schüttelte langsam den Kopf. »Vor meinem Vater gruselt's mir ein bisschen, und meine Schwester hasst mich. Und meine Mutter hat offen gestanden nicht grade viel im Hirn. Es wird wohl darauf hinauslaufen, dass ich hierbleibe.«

Es war entweder an diesem Abend oder kurz danach, dass Carol ihr Rougedöschen vermisste. Sie suchte im Badezimmer danach, in allen Kommodenschubladen, hinter der Kommode, falls die Dose dort hingerollt war. Davis sorgte sich, dass eins von den Kindern es genommen hatte und davon essen könnte, also befragten sie jedes für sich behutsam, ob es Mamas Rouge gesehen habe. Alle schüttelten feierlich den Kopf. Das Rouge blieb verschwunden.

Trotz der Fülle – der Überfülle – seines Glücks hatte Tyler doch das Gefühl, ausgeschlossen zu sein. Die trauliche kleine Welt, die er mit Lauren bewohnt hatte, diesen warmen Kokon, in den sie beide eingesponnen gewesen waren, gab es nicht mehr; oder wenn doch, dann wohnte dort das Baby mit seiner Frau und nicht er. »Lass uns essen gehen«, schlug er vor. »Nur wir beide. Ein Rendezvous.« Lauren schüttelte den Kopf, ohne aufzusehen.

»Und mein Kind irgend so einem Backfisch anvertrauen? Ganz bestimmt nicht.«

Aber seine Gemeindeglieder liebten ihn weiter unvermindert. An den Sonntagvormittagen versicherte er ihnen, dass nur das, was von einem Menschen *ausging*, ihn beflecken konnte, nicht das, was ihm *widerfuhr*. Er erklärte ihnen, dass es in unserem Leben darum gehe, den gefährdeten Teil unserer Seelen aufzuspüren und zu retten. Er sprach von billiger und teurer Gnade. Er erinnerte sie an die Rechtfertigungslehre, an den Bund mit Gott, daran, dass der Mensch aus der Güte des Allmächtigen nicht das Recht ableiten durfte, Gnade mit sich selbst zu haben. Das war billige Gnade – Predigt der Vergebung ohne Buße. Teure Gnade war es, wenn man mit dem Leben bezahlte, so wie Jesus mit dem seinen bezahlt hatte. Teure Gnade war die Gabe, um die *gebeten* werden musste. Oh, Tyler liebte diese Themen – und deshalb, weil er sie liebte und daran glaubte und mit einer stillen Leidenschaft davon sprach, hörten sie ihm zu, und wenn jemand nicht alles verstanden hatte, kam er manchmal nach dem Kirchenkaffee zu Tyler, oder er rief ihn in seinem Büro an. »Sie haben mir geholfen«, sagte der Anrufer dann etwa. »Sie haben mir geholfen, mehr Geduld mit meinem Vater zu haben.« Und dann erfüllte ihn eine unsagbare Freude.

Aber die Freude hielt nicht vor. Er hatte ein merkwürdiges Verhältnis zum Lob. Oft kam es ihm vor, als streifte es ihn nur, wie ein vorbeischießender gelber Lichtblitz. Und manchmal, völlig grundlos zumeist, traute er ihm nicht ganz über den Weg. Dabei merkte er doch deutlich, dass es oft nicht nur in aller Aufrichtigkeit, sondern aus so tiefem Herzen geäußert wurde, dass der Mensch, der das Lob aussprach, sich hilflos zu fühlen schien unter seiner wortkargen neuenglischen Fassade, und auch das bereitete Tyler Unbehagen. Am sichersten fühlte er sich oben auf seiner Kanzel, wo er aufrichtig zu ihnen sprechen konnte und sie sich mitnahmen, was sie wollten oder konnten.

Das erste Weihnachten der Kleinen verbrachten sie in Massachusetts, wo Tyler erschüttert war über die Unmengen von Geschenken unter einem Baum, der so beladen war mit Lametta und blinkenden Lichtern und Kugeln und sonstigem Schmuck, dass kaum irgendwo Grün hervorsah. Lauren öffnete eine Kleiderschachtel nach der anderen und klatschte entzückt in die Hände. Für das Baby gab es eine Spieldose, einen Schachtelteufel, Klappern, Puppen, verschiedenste Kleidchen. Tyler bekam eine edle Lederbrieftasche. Am Abend fuhren sie zu seiner Mutter. Ihr Baum war klein und mit ein paar wenigen goldenen Kugeln geschmückt. Darunter lag für jeden genau ein Geschenk. Das Baby bekam Bauklötze aus Mahagoni. Als sie am nächsten Morgen nach West Annett zurückfuhren, sagte Lauren: »Bei deiner Mutter komme ich mir jedes Mal vor wie Scheiße auf Toastbrot.«

»Lauren«, sagte er. Er hatte sie noch nie so sprechen hören.

»Im Ernst. Was ist so schlimm an ein bisschen Spaß? Welches Baby mag Klötzchen ohne Farben oder Buchstaben oder sonst irgendwas drauf? Und dieser freudlose schwarze Gürtel, den ich gekriegt habe. Mit dem kann man sich eigentlich bloß aufhängen.«

»Lauren, hör auf. Grundgütiger!«

»Und sie hasst mich.«

»Wie kannst du so etwas sagen? Das stimmt doch nicht.«

Sie schwieg die restliche Fahrt über. Zwischen ihnen schlief das Kind. »Gut«, sagte er, als sie in die Einfahrt einbogen, »nächstes Jahr werden wir sowieso hier sein. Die Gemeinde sollte an Weihnachten keinen Aushilfspfarrer haben.« Zur Schlafenszeit hatten sie sich versöhnt.

Und seine Tochter brachte ihn immer aufs Neue zum Staunen. Sie zog sich an den Stäben ihres Gitterbettchens hoch. Sie ließ eines Abends die Sofalehne los und machte ihren ersten Schritt. Bald erinnerte er sich kaum mehr an ihre Säuglingszeit. »Wauwau! Wauwau!«, rief sie fröhlich, wenn auf der Straße der Hund der Carlsons vorbeitrottete. »Nane!«, verkündete sie und zerquetschte eine Banane zwischen den kleinen Fingern. Mit drei saß sie schon neben Lauren im Gottesdienst, in der dritten Bank, mit ihrer Strumpfpuppe und ihrer zipfligen kleinen Decke. »Du bist meine beste Freundin«, sagte Lauren zu ihr und rieb ihre Nase an Katherines Näschen. »Du bist meine liebste Freundin auf der ganzen Welt. Und du bist so ein braves Mädchen, dass du mit den Erwachsenen in der großen Kirche sitzen kannst. *Du* musst nicht in die Sonntagsschule!«

Häufig ging Tyler zu Fuß in die Stadt, damit Lauren das Auto haben konnte. »Ich kann nicht den ganzen Tag hier draußen festsitzen«, sagte sie. Er hätte sich gewünscht, dass sie sich mehr am Gemeindeleben beteiligte, aber es war klar, dass sie daran nicht interessiert war, und natürlich hatte sie mit dem Kind genug zu tun. Er war froh, dass sie Carol Meadows besuchte, aber es machte ihm Sorgen, dass sie den Wagen gar so viel fuhr; der Tank war immer fast leer. Und er konnte es nicht einfach hinnehmen, dass sie immerfort einkaufte: Armbänder und

Haarspangen, Büstenhalter und Strümpfe, Schuhe und Blusen. »Lauren«, sagte er, »wir können uns einfach nicht so viel leisten.«

Sie weinte, und schon holperten und stolperten sie durch den nächsten Streit, bevor ihnen eine Aussöhnung gelang. Aber diese Szenen hingen ihm tagelang nach; Dinge wurden gesagt, die ihm bitter wehtaten. »Wie ein Tier hältst du mich!«, schrie sie. »Kein Fernseher, dazu dieser grauenhafte alte Klapperkasten von Waschmaschine, wo doch die Illustrierten alle voll sind von traumhaften rosa Waschmaschinen und Frauen in schicken Kleidern, und wenn Daddy mir kein Geld geben würde, könnte ich mir nicht mal Parfum kaufen!«

Er wollte nicht, dass ihr Vater ihr Geld gab.

»Warum nicht?«, wollte sie wissen. »Beraubt dich das deiner schwachsinnigen Männlichkeit, oder wie?«

Später sagte sie beim Thema Geld einfach: »Ich mag es nicht hören«, und wandte sich ab.

Ihm war klar, dass er auf lange Sicht eine größere Gemeinde würde übernehmen müssen, wo er mehr verdiente und Lauren mehr Gesellschaft hatte. Aber er liebte West Annett. Er liebte es, draußen auf dem Land zu wohnen, liebte seine Fußmärsche in die Stadt, bei denen seine Stiefel über den festgetretenen Schnee knirschten. Er liebte den Anblick all der Gesichter, die an den Sonntagen aus den Kirchenbänken zu ihm aufschauten. Er liebte den Kaffeeduft hinterher im Gemeindesaal, wenn er zwischen den Leuten herumging, sich nach ihren Kindern erkundigte, ihrer Arbeit, den Problemen mit ihren Autos, denn irgendwer hatte immer Probleme mit seinem Auto.

Und er liebte es, im Sommer im See zu schwimmen oder sonntags nachmittags nach der Predigt zur Entspannung viele Meilen durch die Felder zu radeln. Wenn er zwischen den Farmen dahinfuhr, den Äckern voll jungem Korn, den Steinmauern, die sich in die Ferne davonschlängelten, dann überkam ihn das GEFÜHL, und er dankte für Gottes wunderwunderschöne Welt. An den Sonntagabenden gab es Pfannkuchen, und er nahm Lauren in die Arme.

Aber etwas fehlte. Wenn er zu ihr sagte: »Ich liebe dich«, lächelte sie nur. Wenn er sie fragte, ob etwas nicht in Ordnung sei, zuckte sie die Achseln und drehte sich weg. Befangenheit saß mit am Tisch, stahl sich zu ihnen ins Bett (er durfte jetzt ihre Brüste nicht mehr berühren, wenn sie sich liebten), Befangenheit stand im Raum, wenn er sich morgens im Bad rasierte. Aber dann wurde Lauren zum zweiten Mal schwanger, und er spürte, wie das Glück wieder im Farmhaus einzog.

Carol Meadows hörte eine Menge über Margaret Caskey. »Sie ist bösartig«, sagte Lauren, während Katherine und Matt auf dem Fußboden mit Töpfen und Pfannen spielten – sie aufeinandertürmten, bis sie krachend umkippten, um sie dann erneut aufeinanderzustapeln. »Und kalt wie ein Eisschrank.«

»Wie traurig für Tyler«, sagte Carol.

»Der merkt das gar nicht. Er merkt überhaupt nichts, außer wie viel Benzin ich verfahre.«

Carol mochte es nicht, wenn Lauren so redete. Aus ihrer Sicht, hätte sie gern gesagt, war Eheglück gar keine so große Kunst. Man musste sich eben zurücknehmen. Ein Grund, warum Carol nicht mehr Zeit mit den anderen Frauen verbrachte, waren ihre ständigen Beschwerden über ihre Ehemänner. »Sie reden, als wären ihre Männer der letzte Dreck«, hatte sie einmal zu Davis gemeint. Streit darüber, wer das Toilettenpapier hatte ausgehen lassen – so etwas wollte Carol nicht in den Kopf. Sie fand, wenn Lauren zu viel Benzin verfuhr, dann sollte sie versuchen, weniger zu verfahren. Solch kleinlicher Hickhack konnte das Zusammenleben vergiften, es gefährdete auf jeden Fall die Harmonie im Bett, und Carol erlebte sämtliche Formen der Zweisamkeit mit Davis als ein Geschenk, das sie um keinen Preis hätte aufs Spiel setzen wollen.

Nach ihrer Rückkehr von einem Besuch in Massachusetts sagte Lauren zu Carol, und Tränen traten dabei plötzlich in ihre großen braunen Augen: »Tyler hat meinen Vater stinkwütend gemacht.« Eine schwarze Mascara-Spur kroch ganz langsam Laurens Wange hinab, ehe sie sie mit dem Taschentuch wegwischte, das Carol ihr hinstreckte.

»Ach je«, sagte Carol und lehnte sich wieder zurück.

»Tyler hat gesagt...« Lauren klappte ihre Puderdose auf und tupfte sich mit der Spitze des Ringfingers auf die Haut unterhalb des Auges; es war eine natürliche, anmutige Bewegung. »Tyler hat gesagt, er würde lieber nicht über Politik reden, aber dann hat er's doch gemacht.« Ein Anflug von Schmerz zuckte über Laurens Züge, als sie die Puderdose zuschnappen ließ.

»War es ein ernsthafter Streit, oder mehr so ein Aufbrausen, wie es bei Männern gern mal vorkommt?«

»Ich weiß nicht. Eher ein Aufbrausen wahrscheinlich. Ich hab versucht, gar nicht hinzuhören, weil es mich ganz einfach *langweilt*, aber Tyler, weißt du, das kann manchmal richtig peinlich sein, Tyler kommt dann mit Religion an.«

Carol nickte verständnisvoll. »Männer reden nun mal gern über ihren Beruf.«

»Aber *Religion*, Carol. Es ist bestimmt zigmal interessanter, wenn Davis über seine Naturwissenschaft redet.«

»Religion ist doch interessant. Ich hätte gedacht, Religion ist sogar sehr interessant.«

Lauren schob die Finger in ihr üppiges Haar; ihre rosa lackierten Nägel schimmerten hervor. »Und meine Schwester ist mit Jim Bearce ins Bett gegangen.«

Carol wartete. »Ist Jim ihr Verlobter?«, fragte sie schließlich.

»Nein. Jim hätte eigentlich mein Verlobter sein sollen.«

Carol beugte sich vor und gab jedem der Kinder einen Graham-Kräcker. »Dann ist Jim jemand, den du geliebt hast.«

»Ich glaub schon. Doch, ja.«

»Und was ist passiert?«

»Meine Schwester – oh, sie ist so ein mieses Stück, Carol – meine Schwester hat ihm erzählt, dass ich diese ganzen anderen Freunde vor ihm hatte.«

Carol wusste nicht, was sie sagen sollte.

»Es stimmt ja auch. Ich hatte ziemlich viele Freunde. Tyler weiß davon nichts. Meinst du, er sollte es wissen?«

Carols Gesicht fühlte sich sehr warm an. »Wichtig ist doch nur, was du und Tyler jetzt füreinander empfindet.«

»Jedenfalls hat meine Schwester es Jim erzählt, ein paar Jahre ist das schon her, und Jim hat gesagt, so eine Frau kann er nicht heiraten, verstehst du. Und jetzt war sie mit ihm im Bett.«

»Woher weißt du das?«

Lauren sah zu Carol hoch, in ihren großen Augen glitzerte es. »*Hingerieben* hat sie's mir, letzte Woche, als ich daheim war. Als ob diese grässliche Szene zwischen Tyler und meinem Vater nicht schon genug wäre, erzählt sie mir im Schlafzimmer, wo ich Katherines Sachen gepackt hab, ach übrigens, sie war mit Jim Bearce im Bett. Und Jim hätte gesagt, jetzt, wo er beide Slatin-Töchter gehabt hat, wüsste er, was die Leute meinen.«

»Lauren, das ist ekelerregend. Wer ist dieser Mensch?«

»Er hat in Harvard Jura studiert.« Lauren sah nun erschöpft aus, sie winkte ab. »Ach, ist ja auch egal. Erzähl niemand, was ich dir gesagt habe.«

»Natürlich nicht.«

»Und dann musste ich mir diesen ganzen Scheiß anhören – Tyler fing von Karl Marx an, alle Verbrechen würden im Namen der Religion begangen oder irgendwie so, ich meine, wen interessiert das denn, Carol, und mein Vater sagte: ›Tyler, nicht die Religion regiert die Welt, sondern das Öl.‹«

»Öl?«

»Öl.« Laurens Blick war auf Katherine gerichtet, die Matt mit einem Stofftier auf den Arm schlug. »Süße, lass das bitte.«

»Ach, sie spielen doch nur, das macht nichts.«

»Und Tyler sagte, das hieße Äpfel mit Birnen vergleichen, und mein Vater sagte, nein, Öl mit Kotze.«

»Kotze? Er hat Religion mit Kotze gleichgesetzt?«

»Nicht so richtig, glaube ich. Aber er hat gesagt, auf der Rückfahrt sollte Tyler doch mal die ganzen Autos auf der Straße anschauen, weil die nämlich alle Benzin bräuchten, und was Tyler dächte, wo das wohl herkommt? Zum allergrößten Teil aus Persien. Dem Iran. Und Daddy sagte, es wäre ein Segen, dass dort jetzt der Schah diesen furchtbaren anderen Kerl abgelöst hat, denn sonst könnten wir sie in ein paar Jahren nicht mehr besuchen kommen, weil es dann nämlich kein Öl mehr geben würde und damit auch kein Benzin, und Tyler sagte: ›Ich sage ja gar nicht, dass du unrecht hast‹, aber irgendwie tat er es natürlich doch. Es hat Daddy richtig fuchtig gemacht. Die Leute hätten ja gar keine Ahnung, meinte er, wie viel Arbeit es ist, dieses Land sicher und am Laufen zu halten.«

»Ich kann mir nicht vorstellen, dass Tyler dem widersprechen würde.«

»Nein, hat er auch nicht. Aber Tyler hat einfach nicht so viel *Ahnung* wie Daddy.«

Carol sagte: »Du meine Güte. Tyler kommt mir eigentlich ziemlich gescheit vor.«

»Sicher, Tyler weiß alles Mögliche«, sagte Lauren. »Dieses ganze religiöse Zeug eben, aber das ist nicht das wirkliche Leben, und genau darum geht's Daddy doch – wir leben in der realen Welt.«

»Gott, ja. Männer. Sie ereifern sich leicht. Ich würde mir deshalb keine Sorgen machen.«

Laurens Augen füllten sich wieder mit Tränen. »Ich muss langsam mal los«, sagte sie. »Heim in meine Mönchszelle.«

»Ach, Lauren. Du fühlst dich sicher bald besser. Deine Schwester hat dich gekränkt. Aber du hast deine Familie hier.

Und Tyler wird nicht ewig in West Annett bleiben, so sehr wir uns das alle wünschen würden. Er ist sehr begabt. Er wird eine größere Kirche übernehmen, wo es für dich mehr zu tun gibt.«
Lauren nickte und wischte sich die Augen sorgfältig mit einem Tempo, ehe sie aufbrach.

Als Carol sich an diesem Abend fürs Bett fertigmachte, vermisste sie den Reyonschal, der für gewöhnlich an einem Haken an der Schlafzimmertür hing. »Davis«, sagte sie, »hast du irgendwo diesen hübschen Schal gesehen, den ich von Mutter gekriegt habe?« Ihr Mann lag nackt auf dem Bett und blätterte in einem *Playboy*-Heft. Er schüttelte den Kopf. »Ich habe keine Ahnung, wo er sonst noch sein könnte«, sagte Carol, jetzt von echter Bestürzung erfasst.

»Du findest ihn schon wieder.« Ihr Mann klopfte auf die Matratze. »Komm.«

Sie gehorchte ohne Umstände. Carol machten die *Playboy*-Hefte nichts aus, solange niemand davon erfuhr. »So schön wie du ist eh keine«, sagte er immer – er war in dieser Hinsicht sehr lieb.

Eigentlich konnte sich Carol nicht vorstellen, dass Lauren bei ihr Dinge mitgehen ließ. Aber ihr Unglück ging Carol nahe, und sie dachte, wenn Lauren tatsächlich heimlich Sachen an sich nahm, dann sicher aus einer inneren Bedürftigkeit heraus. Und bei diesen Überlegungen fiel Carol das Wort aus der Bibel ein: »Und wenn dich jemand nötigt *eine* Meile, so gehe mit ihm zwei«, und sie beschloss, wenn Lauren Dinge brauchte, dann würde sie, Carol, ihr im wahren christlichen Geist Dinge geben. Und so schenkte sie Lauren eines Tages einen kleinen Goldring mit einem winzigen roten Stein darin, der für ihr verstorbenes kleines Mädchen bestimmt gewesen war. Carols Mutter hatte ihn der Kleinen geschenkt, und von Rechts wegen hätte natürlich eine von Carols anderen Töchtern ihn bekommen müssen. Aber sie gab ihn an diesem Tag Lauren. »Vielleicht kannst du damit Katherine eine Freude machen«, sagte sie.

Lauren, hochschwanger mit ihrem zweiten Kind, schaute begierig und zweifelnd zugleich. »Ist der süß«, sagte sie. Und dann gab sie ihn zurück. »Ich kann ihn nicht annehmen.«

»Aber warum denn nicht? Mir würdest du damit eine Freude machen.«

»Tyler würde es mir nicht erlauben.«

»Wieso das denn?«

»Tyler würde sagen, dass eine Pastorsfrau von niemandem in der Gemeinde etwas annehmen darf.«

»Ach, aber das ist anders, das ist ein privates kleines Geschenk. Aber wenn du glaubst, Tyler könnte etwas dagegen haben, behalte ich ihn – überhaupt kein Problem.«

Aber Lauren streckte die Hand aus und sagte: »Doch, ich möchte ihn sehr gern. Ich werde ihn irgendwann Katherine geben. Tyler wird es schon nicht stören.« Und indem sie ihn noch einmal von allen Seiten begutachtete: »Er ist so süß, Carol.«

Carol war immer froh, dass Lauren den Ring angenommen hatte.

An einem Sonntag kurz vor der Geburt der kleinen Jeannie fuhr Tyler mit Lauren und Katherine nach Hause, nachdem er im Gottesdienst über das Gleichnis vom Dieb in der Nacht gepredigt hatte (*Das sollt ihr aber wissen: Wenn ein Hausvater wüsste, zu welcher Stunde in der Nacht der Dieb kommt, so würde er ja wachen und nicht in sein Haus einbrechen lassen*), um wie immer mit der Zusicherung von Gottes fortdauernder Liebe zu enden, und Lauren drehte sich zu ihm und fragte leichthin: »Tyler, *glaubst* du eigentlich an dieses Zeug, das du da predigst?«

Eine Krähe strich vor der Windschutzscheibe vorbei, so dicht, dass Tyler leicht den Kopf einzog. »Lauren...«

»Okay, okay, okay.« Sie winkte ab. »Ich will hier keine große theologische Diskussion vom Zaun brechen«, fügte sie hinzu, als sie in die Einfahrt einbogen. »O Gott, und da ist auch noch deine Mutter.«

Seine Mutter brachte ein Geschenk für das neue Baby. »Die Juden glauben ja, dass es Unglück bringt, einem ungeborenen Kind etwas zu schenken«, sagte Margaret Caskey. »Aber ich sage: Hoffe auf den Herrn, und er wird's wohl richten. Dich hätte es eigentlich gar nicht geben sollen«, sagte sie mit einem Nicken zu Tyler hin. »Aber es gibt dich. Die Ärzte hatten prophezeit, dass meine Nerven einer zweiten Schwangerschaft nicht standhalten würden. Aber mit Gottes Hilfe habe ich dich geboren.«

»Ja, das hast du.« Lauren beugte sich unerwartet vor und gab ihrer Schwiegermutter einen Kuss. »Das hast du.«

Tyler trat zur Seite und ließ die beiden Frauen ins Haus vorgehen, Katherine am Rockzipfel ihrer Mutter hängend und trällernd: »Mummy ist schwangaa, Mummy ist schwangaa.« Er blickte über die Felder; es war Herbst, das Laub begann gerade zu leuchten wie das errötende Gesicht eines jungen Mädchens.

»Ein bisschen unaufgeräumt hier drinnen – du musst einfach wegschauen«, sagte Lauren zu seiner Mutter.

»Da hab ich eine gute Nachricht«, sagte Tyler. »Jane Watson hat mir beim Kirchenkaffee erzählt, dass der Frauenbund uns ein Geschenk machen will – Connie Hatch als Haushälterin, zwei, drei Vormittage die Woche. Und zwar ab sofort, damit sie Zeit hat, sich einzugewöhnen, und dann noch ein paar Wochen, wenn das Kind da ist.«

»Aber ich hasse Haushälterinnen«, sagte Lauren. »Haushälterinnen schnüffeln.«

»Es ist ein Geschenk der Kirche, das kannst du nicht ablehnen, Lauren. Das würde extrem undankbar wirken.« Margaret Caskey begann das Geschirr in die Spüle zu stapeln, ehe sie auch nur den Mantel ausgezogen hatte.

»Lass, Mutter – das musst du doch nicht.«

»Ich will aber keine Haushälterin, die in meinen Schubladen rumspioniert«, rief Lauren, und zu ihrer Schwiegermutter: »Und lass *bitte* die Teller stehen.«

Margaret Caskey verließ die Küche.

»Lauren«, sagte Tyler, »Mutter will doch nur helfen. Und Connie Hatch spioniert bestimmt nicht in deinen Schubladen herum.«

»Weißt du was, Tyler?«, sagte seine schwerleibige, schöne Frau. »Du bist *verboten* naiv.«

Zwei Wochen später kam Jeanne Eleanor Caskey zur Welt. Tyler konnte nicht glauben, dass er sich jemals einen Sohn gewünscht hatte. »Lauren«, sagte er und beugte sich herab, um sie zu küssen, »lass uns noch eins bekommen. Einfach Mädchen, Mädchen, Mädchen.«

Trubel. Hektik. Connie Hatch kam an drei Vormittagen die Woche, und dennoch herrschte im ganzen Haus Chaos. Überall Kinder, Windeln, Fläschchen, und Lauren immer wieder reizbar und schnippisch. Aber Tyler spürte ein Reifen um sich. Er und Lauren waren keine Kinder mehr. Sie waren für eine Familie verantwortlich, er war für eine Gemeinde verantwortlich. Er dankte Gott, erschöpft, aber aus tiefstem Herzen. Der Frauenbund verlängerte Connies Dienste um ein paar Monate, und Tyler ging jeden Morgen zu Fuß in die Stadt und betete erst oben in der Kirche, ehe er die Treppe hinunterstieg in sein Büro, und manchmal schaute Skogie Gowen vorbei, und sie redeten übers Fischen.

Und dann rief eines Vormittags Lauren an und wusste nicht, wo sie war.

Während ihrer Krankheit predigte er jeden Sonntag. In seinem schwarzen Talar stand er auf der Kanzel und predigte Großherzigkeit. Unser Tun soll unseren Mitmenschen zum Wohle gereichen, forderte er, damit Gläubige und Ungläubige gleichermaßen der göttlichen Barmherzigkeit teilhaftig werden und die Liebe Gottes erfahren dürfen, wie sie verkörpert ist in Jesus Christus. Lasst uns Gott loben immerdar, sagte er. Nach dem Gottesdienst gab er allen die Hand und dankte denen, die ihm zuflüsterten, dass sie für Lauren beteten. Wenn die Menschen ihn bis dahin geliebt hatten, so verehrten sie ihn nun. »Seht, wie aufrecht und stark er dort steht«, raunten sie einander zu. »Ist das nicht beispielhaft?«

Aber Tyler dachte nicht, dass Lauren sterben würde.

Es hätte ihm klar sein müssen. Seine Mutter wusste es, Laurens Eltern wussten es, die Ärzte wussten es. Lauren wusste es. Sie schrie und wimmerte so, dass er ihr nachts die Beruhigungsmittel gab, die die Ärzte ihnen dagelassen hatten. Aber er versicherte ihr ein ums andere Mal, dass sie nicht sterben würde. *Nur weil du mich nicht lässt?* Sie biss ihn in den Arm, sie wand ihm die Tabletten aus der Hand und versuchte sie alle auf einmal zu schlucken, und er musste sie aufs Bett drücken und ihr mit den Fingern in den Mund fahren, während sie immer weiter nach ihm schnappte und biss. Wenn sie ruhiger wurde, tupfte er ihr Gesicht mit dem Waschlappen ab und saß neben ihr, während sie schlief, in der Augustsonne, die zum Fenster hereinschien. Das GEFÜHL durchdrang ihn bis in die letzte Pore. Gott war bei ihnen im Zimmer.

Wenn sie aufwachte, beobachtete sie ihn.

Falls irgendjemand in der Stadt glaubte, der Pastor halte seine schöne Frau in den Armen und wispere ihr letzte Liebesschwüre ins Ohr, so lag er falsch. Lauren wandte sich ab, wenn sie ihn sah, sie sagte Dinge, die er nie vergessen würde. Ihre Eltern kamen, und sie wollte sie nicht sehen. Sie verbot seiner Mutter, das Zimmer zu betreten. Connie Hatch wurde nach Hause geschickt. Belle kam, um die Kinder zu holen. Er saß an ihrem Bett, und wenn sie ruhte, erfüllte ihn grenzenlose

Dankbarkeit, aber sobald sie wach wurde und an den Laken zu zupfen begann, war es die Hölle. Ihr Zustand schien sich zu bessern; sie konnte sich wieder aufsetzen, sie konnte sprechen. Ihre wütend gezischelten Worte: *Du bist so ein Feigling, weißt du das.* Und dann das Undenkbare, Unvorstellbare, das er beging: Er ließ die Flasche mit den Tabletten an ihrem Bett stehen, als sie schlief. Er ging nach unten und saß bei seiner Mutter, lauschte, ob von oben irgendein Laut kam. Nach ein paar Stunden stieg er langsam, langsam die teppichbelegten Stufen hinauf. Seine junge Frau war tot.

Herr, sei mir gnädig nach deiner Güte, meine Sünde ist immer vor mir. Sei mir gnädig, denn mir ist angst! Mein Auge ist trübe geworden vor Gram, matt meine Seele und mein Leib. Er hatte den Winter herbeigesehnt in diesem ersten Jahr, aber als der Winter kam, merkte er, dass das nichts half; sie beherrschte den Winter genauso. Als die Schneefälle einsetzten, war er in Ausschüssen aller Art tätig und verbrachte seine Tage damit, das Kind zu seinen diversen Babysittern zu bringen, um dann weiterzufahren zum nächsten abgelegenen Ziel. Es kam vor, dass er zu Sitzungen einen Tag zu spät erschien; einmal schickte er einen Brief ab, ohne ihn zu frankieren, und als der Brief zurückkam, ging er in die Scheune, schmiss dort einen Hammer gegen die Wand und schlug sich mit der Faust mit solcher Gewalt an die Schläfe, dass er Sterne sah. Abends, wenn das Kind im Bett war, zog er den Mantel an und trat hinaus auf die Veranda, um seine Pfeife zu rauchen. *Verbirg dein Angesicht nicht vor mir in der Not... denn ich esse Asche wie Brot.*

Es wurde Frühling, Sommer, dann Herbst. Diese Veränderungen gingen in weiter Ferne vor sich.

Freunde von der Universität, aus dem Predigerseminar, luden ihn zu sich zum Essen ein. Seine Gemeindeglieder luden ihn ein. Aber es hielt ihn nirgendwo länger, und er nahm Katherine als Vorwand, um heimfahren zu können. Erst als seine Mutter sagte: »Tyler, dieses Kind spricht nicht mehr«, wurde ihm bewusst, dass das stimmte. Also fing er an, ihr vorzulesen, ihr Fragen zu stellen, aber sie sagte nicht viel, mit Ausnahme des Vaterunsers, wenn er es mit ihr vor dem Schlafengehen betete. Belle kam vorbei und kaufte ihr neue Schuhe, und Tyler und seine Mutter und Belle versuchten, ein großes Tamtam darum zu machen: »Rote Schuhe, Katherine. Wie wunderbar. Hast du dir nicht schon immer rote Schuhe gewünscht?« Aber sie versteckte das Gesicht in seinem Schoß, auch, als ihre Großmutter sie ermahnte: »Du könntest dich wenigstens bei Tante Belle bedanken.«

Er hatte erwartet, dass sich die Trauer nach diesem ersten Jahr abschwächen würde, aber das geschah nicht. Als Doris Austins Wunsch nach einer neuen Orgel an ihn herangetragen wurde – der Kirchenpfleger, der Gemeindekirchenrat, selbst einer der Diakone sprachen ihn deshalb an –, war es genauso, als zeigten die Leute auf eine Ameise in einer entfernten Zimmerecke, während sich für ihn der ganze Raum drehte. Als Mrs. Ingersoll ihn zum Gespräch einbestellte und ihm sagte, dass Rhonda Skillings bereitstehe, um Katherines Trauma psychologisch zu behandeln, da hatte eine andere Art der Dunkelheit, grimmig und beinahe willkommen, Wurzeln in ihm geschlagen.

Einzig in Connie Hatchs Gegenwart meinte er einen Schatten seines früheren Ichs zu fassen zu bekommen. Wenn sie ihm von Jerry erzählte, von Becky, von ihren eigenen Enttäuschungen, wenn sie plötzlich lachen musste, wenn ihre grünen Augen feucht wurden vor Erheiterung, weil sie sich so einig waren über irgendeine der kleinen Widrigkeiten des Lebens, dann fiel ihm das später, nachdem sie längst heimgegangen war, wieder ein, und er dachte: *Du hast mir den Sack der Trauer ausgezogen und mich mit Freude gegürtet.*

DRITTES BUCH

Sieben

Es wurde November, Tag um Tag verging, und von Connie keine Spur. Sie war jetzt seit fast drei Wochen verschwunden. Tyler rief Adrian Hatch an, und die Antwort lautete jedes Mal gleich: nichts Neues. Das stille Farmhaus schien unendlich leer, nachdem Katherine in die Schule gegangen war, und Tyler wartete, ob Connie nicht vielleicht doch auftauchte. Aber das Einzige, was er hörte, war Schweigen, nur in der Küche hatte ein Hahn zu tropfen begonnen. Als er die Dichtung auszuwechseln versuchte, zitterten seine Hände so stark, dass er aufgeben musste. Sie zitterten auch, wenn er seine Einkaufszettel schrieb. Seine Mutter hatte recht – Männer machten sich keine Vorstellung, wie viel Arbeit es war, für ein Kind zu sorgen; manchmal wurde Katherine einfach in den Kleidern vom Vortag zur Schule geschickt. Abends stellte er ihr ihren Teller mit Buchstabensuppe hin und wärmte sich eine Dose Rindereintopf, den er direkt aus dem Topf aß, am Herd stehend, während Katherine mit den Beinen schlenkerte und ihn ansah.

»Keine Sorge«, sagte er eines Abends zu ihr. »Mrs. Hatch kommt sicher bald wieder.«

Katherines Beine schlenkerten schneller, und etwas huschte über ihr Gesicht – war es Angst? –, das ihn dazu veranlasste, zu ihr hinzugehen und neben ihrem Stuhl niederzuknien. Er legte die Arme um sie und zog sie an sich, aber in ihrem schmächtigen Körper spürte er Abwehr. Er wölbte die Hand um ihren Hinterkopf, über den verfilzten Haarklumpen, und obwohl sie sich nicht sträubte, als er ihren Kopf an seine Schulter drückte, war da ein Vorbehalt. »Ach«, sagte er und stand auf, »da fällt mir was ein.«

Er holte aus seiner Schreibtischschublade den kleinen Goldring mit dem winzigen roten Stein, den Connie ihm gezeigt hatte.

»Schau«, sagte er zu Katherine, die ihn aufmerksam beobachtete, ihre Lippen jetzt halb geöffnet, erwartungsvoll fast. »Kennst du den?«

Katherine starrte den Ring an; er schien ihr das Schönste, was sie je im Leben gesehen hatte.

»Den hat Mrs. Hatch gefunden.«

Katherine wandte das Gesicht ab, so wild mit den Beinen schlenkernd, dass ihre Schuhe an der Tischunterseite anstießen.

»Katherine?«

Sie senkte den Kopf, und ihre kleine Hand schob den Suppenteller mit einem Ruck weg; Brühe schwappte über den Rand.

»Gefällt dir der Ring nicht?«

Sie kniff die Augen zu und schüttelte den Kopf.

Am nächsten Morgen rief Carol Meadows an, um zu fragen, ob sie irgendwie helfen könne. »Ich kann Katherine jederzeit nehmen, wenn Ihnen das etwas nützt.«

Ihre Freundlichkeit brachte ihm zu Bewusstsein, dass niemand sonst aus der Gemeinde anrief; der Frauenbund hüllte sich in Schweigen – kein Angebot, ihm eine andere Haushälterin zu stellen, kein Wort vom Gemeindekirchenrat darüber, dass er eine Gehaltserhöhung gebrauchen könnte. Nicht einmal Ora Kendall rief an, und ihm fiel kein Vorwand ein, um bei ihr anzurufen. *Dein Grimm geht über mich, deine Schrecken vernichten mich.*

Es regnete, und der Regen gefror. Es schneite, und der Schnee wurde körnig und schmutzig, und dann regnete es wieder. Wasserfluten stürzten aus einem tiefdunklen Himmel, Eichenlaub wurde vom Wind von den Bäumen gefetzt und peitschte die matschigen Straßen entlang, klatschte gegen die Windschutzscheiben parkender Autos, sammelte sich in durchweichten Haufen in Verandaecken flussauf und flussab. Der Wind drehte sich, drehte sich wieder, trieb den Regen in alle Richtungen. Schirme stülpten sich um, ihre verbogenen Gestänge spießten hier und da aus öffentlichen Abfallkörben hervor wie tote Fledermäuse mit gebrochenen Flügeln. Frauen, die geduckt über den Parkplatz hasteten, waren schon durchnässt, ehe sie im Lebensmittelladen ankamen.

(Alison Chase saß in ihrer unordentlichen Küche, den Hörer am Ohr, und verkündete Irma Rand, dass sie die Sonntagsschule abgeben wolle. Ihr fehle die Energie dafür. Ihr fehle die Energie für überhaupt alles. »Besprich es mit Tyler«, riet Irma ihr, aber dazu hatte Alison keine Lust. Sie legte auf und ging wieder ins Bett, wo sie mit der Steppdecke überm Kopf so fest einschlief, dass sie beim Aufwachen viele Augenblicke lang bewegungslos liegen blieb und sich darauf besinnen musste, wo sie war. »In nicht mal zwei Monaten werden die Tage schon wieder länger«, tröstete Jane Watson sie am Telefon, während sie die Hemden ihres Mannes mit einem neuen Stärkespray aus der Fernsehwerbung bügelte. »Kopf hoch.« Bertha Babcock in ihrem Haus am Fluss schrieb eine Liste der Erfrischungen, die sie für das Treffen des Geschichtsvereins besorgen musste, und holte dann die Pilgerkostüme aus dem Schrank; zu Thanksgiving besuchten ihr Mann und sie als Pilger verkleidet Schulen im ganzen Bundesstaat und hielten Vorträge über die Geschichte ihrer Vorfahren. Doris Austin stellte Fakten und Zahlen zum Thema Kirchenorgeln zusammen und tippte sie sauber ab, um sie dem Gemeindekirchenrat vorzulegen. Rhonda Skillings saß in dem mächtigen Ohrensessel in ihrem Wohnzimmer und las Wilhelm Reich: Kleine Kinder spielten nicht, um zu überleben, sondern um eine Beziehung zur Welt aufzubauen. Katherine Caskey baute keine Beziehung zur Welt auf. Rhonda machte sich eine Notiz und las weiter, notierte mehr.)

Nach ein paar Tagen ließ der Regen nach, aber der Himmel blieb grau, und die Temperaturen stiegen an, so dass Eis und Schnee schmolzen und in den Rinnsteinen braune Wasserbäche flossen; von den vorbeifahrenden Autos sprühten Schmutzschleier über Windschutzscheiben und die Mäntel von Fußgängern. Von den Dächern tropfte es, und in manchen Häusern sickerte die Nässe durch undichte Stellen, so dass die schon früher verfärbten Tapeten neue Flecken austrieben. Dann kam ein Kälteeinbruch, und die Kälte setzte sich fest, die Seen überzogen sich mit einer blanken Eisschicht, der Fluss fror an den Rändern zu.

Die Menschen in West Annett waren es nicht anders gewohnt; die Erde folgte ihrem Jahreslauf, und wenn die Elemente das Leben beschwerlich machten, dann war das nun einmal so. Man machte einfach weiter wie zuvor. Und ganz gewiss wurde man nicht müßig. Die Frauen strickten für den Weihnachtsbasar nächsten Monat, backten für den Kuchenbasar in der Grange Hall, besorgten Erfrischungen für den Square-Dance-Club, wuschen und bügelten – die Bügelwäsche ging nie aus. Und die Männer kamen nach ihrem langen Arbeitstag heim und werkelten im Haus, denn irgendetwas gibt es in einem Haus immer zu richten, und diese Männer waren geschickte Handwerker wie schon ihre Väter vor ihnen. Das Verschwinden von Connie Hatch sorgte für Verwunderung und für Spekulationen, die manchen zugegebenermaßen eine gewisse Genugtuung bereiteten, aber untätig wurde deshalb niemand.

Niemand außer Tyler Caskey.

Tylers Unruhe nahm zu; seine Tage waren lang und strukturlos. Wenn Katherine für die Schule abgeholt wurde, trieb es auch ihn aus dem Haus. Die Stille und Leere machten ihm Angst.

Und dann, als er eines Morgens im Kirchenraum betete, in der hintersten Bank sitzend – *Herr, ich rufe zu dir täglich; ich breite meine Hände aus zu dir –*, nahm Tyler einen merkwürdig dumpfen Geruch wahr und begriff, dass er von der zusammengefalteten Decke kam, die er dort vor Wochen bereitgelegt hatte. Er streifte seine Handschuhe über, bevor er sie unter der Bank herauszog, fischte dann den Autoschlüssel aus der Tasche und fuhr zu Walter Wilcox.

Der alte Mann schlurfte in einer Hose durchs Haus, die statt von einem Gürtel von einem Stück Wäscheleine gehalten wurde. »Einundfünfzig Jahre war ich verheiratet«, sagte Walter und setzte einen triefenden Teebeutel auf der Küchentheke ab. »Und die letzten zwanzig haben wir kaum ein Wort gewechselt. Uns war der Gesprächsstoff ausgegangen, schätze ich mal.«

Tyler nahm den Tee und nippte vorsichtig. Das Haus roch nach Katzenurin, was auch den Geruch der Decke erklären musste, die Tyler im Kofferraum hatte.

Walter hob den Deckel des Holzofens, stocherte mit einem Stecken darin herum und setzte sich dann in den Schaukelstuhl neben dem Ofen. »Aber auf die Palme gebracht haben wir uns trotzdem noch.« Er schaukelte langsam. »Was ich gehasst habe – was ich gehasst habe wie die Pest –, war, wenn sie den nassen Löffel in die Zuckerdose gesteckt hat.« Walter schaukelte eine Zeitlang schweigend. »Und dieses Niesen von ihr. So ein Katzenniesen.« Der alte Mann schüttelte den Kopf. »Und als sie tot war, hab ich gemerkt« – er sah zu Tyler auf, nahm die Brille ab und wischte sich mit der Handkante an den Augen herum –, »dass es völlig egal ist, was einen stört. Da lebt man die ganze Zeit mit jemand zusammen und wünscht sich zwischendurch, man hätte wen anders geheiratet, und dann plötzlich werden diese ganzen Sachen, die man so gehasst hat, furzegal. Wenn ich das gewusst hätte, verstehen Sie…« Er wischte sich noch einmal die Augen, setzte die Brille wieder auf.

»Keiner von uns kann mehr geben als sein Bestes«, sagte Tyler.

»Hab ich aber nicht. Rumgetrieben hab ich mich, bis ich zu alt dafür war. Und jetzt liege ich jede Nacht in diesem Bett da oben und denke dran, was ich mir alles geleistet hab. Aber das Gedächtnis ist eine komische Sache. Ich denke: War das wirklich ich? Sie hat mich gehasst.« Walter nickte. »Doch, auf jeden Fall. Was ist eigentlich jetzt mit Connie Hatch?«

»Walter, Ihre Frau hat Sie ganz bestimmt nicht gehasst.«

»Wenn Sie erst mal so alt sind wie ich, Tyler, dann begreifen Sie eines: Die Menschen hassen es, die Wahrheit zu hören. Sie *hassen* es.« Wieder schüttelte der alte Mann den Kopf. »Dann wissen Sie also nicht, was mit Connie ist?«

»Nein. Aber gestohlen hat sie nichts, da bin ich mir sicher.«

»Man kann nicht reinschauen in die Leute. Ich hab's im Radio gehört. Sie hat drüben im Heim irgendwelchen Schmuck gestohlen und Geld aus der Geschäftsstelle unterschlagen.«

»Ich kann mir nicht vorstellen, dass sie das getan hat. Sie wollten sie zu einer Befragung holen, und da hat sie es anscheinend mit der Angst bekommen.«

»Man läuft nur weg, wenn man ein schlechtes Gewissen hat«, sagte Walter. »Aber gut, wer hat kein schlechtes Gewissen.«

Katherine saß in ihrer Bank und malte. Sie malte Frauen mit abgehackten Köpfen, aus denen große rote Blutstropfen spritzten. Sie malte ein Bild von einer Frau im roten Kleid, der sich ein spitzer hoher Pfennigabsatz in den Bauch bohrte. »Du liebe Güte. Wer ist das denn?«, fragte Mary Ingersoll und beugte sich über das kleine Pult.

Mit klarer Stimme sagte das Kind: »Du.«

Und dann, und das war fast noch unglaublicher, sah das Kind Mary geradewegs in die Augen. Mit was für einem Blick! Als wäre es nicht fünf, sondern fünfunddreißig Jahre alt und wüsste Bescheid über jeden lieblosen Gedanken, den Mary in ihrem Leben je gedacht hatte.

»Sie ist böse«, sagte Mary hinterher zu Mr. Waterbury, dem Schulleiter. »Das kommt Ihnen jetzt sicher wie eine Überreaktion vor, aber Sie wissen, wie sehr ich meine Schüler liebe.« Marys Blick, als sie das sagte, rührte etwas in dem Mann an.

»Ach, Mary«, sagte er, »Sie sind eine von unseren Allerbesten. Es tut mir in der Seele weh, dass Sie so etwas erleben müssen.«

Mary machte keinen Versuch, die Tränen zurückzuhalten, die ihr in die Augen stiegen. »Aber, Himmel noch mal!«, sagte sie. »Wir haben erst November! Wie soll ich bis Juni durchhalten mit diesem Geschöpf in meiner Klasse?«

»Als ich vor vielen Jahren in diesem Beruf angefangen habe«, sagte Mr. Waterbury und bedeutete der jungen Frau, vor seinem Schreibtisch Platz zu nehmen, »hatte ich einen Schüler – ja, ich weiß, das klingt idiotisch, aber dieser kleine Knirps hat mir Todesangst gemacht.« Mr. Waterbury öffnete seine Schreibtischschublade, holte ein Federmesser heraus und begann sich die Nägel zu reinigen. »Oh, dieser Junge.« Der Mann schüttelte den Kopf. »Er kam aus einer Problemfamilie. Das steckt eigentlich fast immer dahinter, Mary. Wenn ein Kind Schwierigkeiten macht, stecken dahinter familiäre Probleme.« Er sah Mary an und grimassierte vielsagend. »Wenn ein Kind Schwierigkeiten macht, dann stecken dahinter familiäre Probleme.«

»Aber was soll ich nur tun?« Mary beugte sich vor. Sie ließ die Tränen zwischen ihren Lidern hervorrollen. Ihre Gefühle dabei waren keineswegs nur unangenehm.

»Wir schalten jetzt Rhonda Skillings ein«, versicherte ihr Mr. Waterbury. »Wir lassen Sie mit der Situation nicht allein.« Er warf das Federmesser zurück in die Schublade, drückte die Schublade zu. »Wir lassen Sie nicht allein. O nein. Das verspreche ich Ihnen.«

Hinter dem großen Fenster seines Büros hatte die sinkende Sonne etwas Zauberhaftes mit dem Himmel veranstaltet. Der Horizont sah aus, als hätte ein Kind ihn mit einem dicken Pinsel rosa und lila angetuscht. »Schauen Sie sich das an«, sagte Mr. Waterbury, der sich viele Jahre nicht mehr bemüßigt gefühlt hatte, einen Sonnenuntergang zu kommentieren.

»O ja, *schauen* Sie nur«, sagte Mary.

Der Himmel war stockdunkel geworden, als sie sein Büro verließ. Mr. Waterbury hatte geredet und geredet, und sie hatte an ihrem Platz ausharren müssen, während das angenehme Gefühl in ihrem Innern zusammen mit dem Farbenspiel draußen verging. Seit 1945, so Mr. Waterbury, hätten die Klassenstärken stetig zugenommen. Selbst hier oben in West Annett reichten die Mittel nicht aus, um eine weitere Kraft wie Mary einzustellen, eine begabte, gut qualifizierte Lehrerin. Ob sie von dieser Schule in New York City gehört habe, die auf dem Pausenhof ein Bild gemalt hatte, eine Landkarte der Vereinigten Staaten? Ganz im Ernst. Eine großartige Idee. Höchste Zeit, dass die heutige Jugend mehr über ihr Land erfuhr, so ein wunderbares Land, trotz all dem verrückten Zeug, das passierte. Die Russen könnten uns mit links in die Luft jagen, und wir schlagen sie nicht mal in Mathe. Ob Mary diese Studie gelesen habe – *Das Streben nach Exzellenz*? Herausgegeben von den renommiertesten Bildungsfachleuten des Landes. Die regten an, die Begabten von den Zurückgebliebenen zu trennen, dafür brauchte man natürlich Subventionen, wenn nicht von der Regierung in Maine, dann vielleicht aus Washington. Mary nickte und nickte. »Dann will ich mal Rhonda Skillings anrufen«, sagte der Mann endlich.

Tyler stellte sich vor, Connie Hatch würde zurückkehren – wäre eines Tages einfach wieder da, käme zur Hintertür herein, und er in seinem Arbeitszimmer hörte sie und trat in die Küche, wo sie schon dabei war, ihre Strickjacke aufzuhängen; mit entschuldigendem Lächeln drehte sie sich um. »Tut mir echt leid«, sagte sie. Und er schlug ganz kurz die Hände zusammen. »Oh, Connie, Sie haben mir gefehlt«, sagte er. »Dieses Haus war unerträglich leer ohne Sie.«

Aber sie kam nicht.

An einem Vormittag unter der Woche ging er mit Susan Bradford Schlittschuhlaufen, und sie lachte mädchenhaft, als sie die ersten zögernden Schritte wagte. »Das hab ich eine *Ewigkeit* nicht mehr gemacht«, rief sie. Ihre braune Skihose betonte ihr breites Gesäß. Als sie an eine Wurzel stieß, die einen Buckel unterm Eis bildete, stolperte sie leicht gegen ihn, und er hielt sie sekundenlang an den Oberarmen. Vom Händeschütteln abgesehen war das ihre erste Berührung, und zwischen ihnen blitzte die Möglichkeit der Intimität auf. Bald glitten sie Seite an Seite übers Eis, und er hielt sie am Ellenbogen und zeigte einmal mit der freien Hand auf einen Bussard, der hoch über ihnen schwebte.

Bei einer heißen Schokolade in einem Imbiss in Hollywell betrachtete er ihre grauen Augen und überlegte, wie sie wohl aussähe, wenn sie wütend auf ihn war.

»Ich dachte, es zerreißt mir das Herz«, sagte Susan gerade und drückte die gespreizten Finger an ihren Rollkragen. Es ging um die Fäustlinge, die sie ihren Nichten gestrickt hatte und von denen die Mutter der Kinder die Bommeln abgeschnitten hatte. »Aber natürlich – besser so, als sie stecken sie sich in den Mund und ersticken dran.«

»Oh, unbedingt«, sagte er. »Man kann gar nicht vorsichtig genug sein.«

»Ich stricke unheimlich gern.« Sie beugte den Kopf zu ihrer heißen Schokolade hinunter.

»Ja, Stricken ist etwas Schönes«, sagte Tyler. »Meine Mutter hat früher auch viel gestrickt.« Er wollte von Connie sprechen. Er wollte ihr erzählen, wie unverstanden Connie war – ein guter Mensch, der sich Kinder gewünscht und nie welche bekommen hatte. Er wollte ihr von Walter Wilcox erzählen, der allein in seinem nach Katzen stinkenden Haus saß. Er wollte ihr von dem Kind erzählen, das Carol Meadows vor Jahren verloren hatte. Davon, wie unerträglich traurig alles war. Dass er keine Ahnung hatte, was er wegen Katherine unternehmen sollte.

»Meine Mutter auch«, sagte sie. »Meine Mutter war überhaupt ein wunderbarer Mensch.«

»Das glaube ich Ihnen aufs Wort.«

»Sie hat ihre Krankheit so tapfer getragen.«

»Vielleicht können Sie ja an einem der nächsten Sonntage mal wieder zu uns zum Essen kommen«, sagte er. Aber ein Unbehagen keimte in ihm auf, und er sah sich nach der Kellnerin um, damit sie die Rechnung brachte.

Charlie Austin, der neben seiner Frau im Bett lag, sagte gedämpft: »Er hat ein Flittchen geheiratet.«

Doris wandte den Kopf. »Von wem redest du?«

»Von deinem Pastor. Die Frau war ein Flittchen.«

Doris setzte sich ein Stück auf und zupfte ihr Flanellnachthemd zurecht. »Charlie, wie kannst du schlecht von einer Toten reden! Grundgütiger!«

»Tot sind wir alle«, gab er zurück.

Auf den Ellenbogen gestützt, spähte sie in dem Halbdunkel zu ihm herüber. Im Licht des Vollmonds, das durch die dünnen Vorhänge gebrochen wurde, wirkte ihr Körper unter der Steppdecke wie der Leib eines großen Meeressäugers, der sich auf eine Flosse emporhievte. »Ich mach mir Sorgen um dich«, sagte sie nach einer Weile.

»Himmelherrgott!« Er drehte sich weg, sah die Mondscheibe unscharf hinter dem Tüllstoff. »Angeblich soll es morgen ja Schnee geben, dabei ist noch keine Wolke zu sehen.«

»Warum sagst du so etwas über die arme tote Frau?« Doris legte sich wieder hin, drehte sich in die andere Richtung.

»Weil sie's war. Und sie wusste, dass ich sie durchschaue.«

»Ich fass es nicht, was du da für ein Zeug redest, Charlie. Die Frau war nicht von hier, sie war schüchtern, hatte ich immer das Gefühl, und jetzt ist sie *tot*. Willst du, dass die Leute so über dich herziehen, wenn du tot bist?«

»Mir scheißegal, was sie machen.«

Ihr Schweigen tat seine Wirkung. Eigentlich hatte er ihr erzählen wollen, dass Chris Congdon bei der Gemeindekirchenratssitzung gesagt hatte, Tyler sei gegen die neue Orgel – niemand war dafür außer Doris, dachte Charlie. Niemand scherte sich einen Dreck darum.

Aber stattdessen sagte er: »Apropos nicht von hier. Irgend so ein Bauunternehmer aus New York plant offenbar eine Siedlung mit Sommerhäusern am China Lake. Am drüberen Ufer, neben dem Ferienlager von diesen Juden.«

»Oh, Charlie.« Doris drehte sich ihm wieder zu. »Was für ein unheimlicher Gedanke.«

Ihm war auch nicht ganz wohl, wenn er sie sich vorstellte: diese reichen Fatzkes, die man im Sommer manchmal sah, wie sie ins Postamt stiefelten und ihre paar Briefmarken mit einem Hundertdollarschein bezahlten. Im Zweifel noch den Lebensmittelladen fotografierten! Zueinander sagten: »Ist dieses Städtchen nicht allerliebst?«

»Blödsinn«, sagte er zu Doris. »Es gibt doch schon Ferienhäuser da – warum nicht noch ein paar mehr?«

»Aber Charlie, das sind Häuschen, die Leuten aus Maine gehören, und das weißt du. Die kommen aus Bangor hierher, oder aus Shirley Falls. Diese neuen Häuser werden riesig, wenn ein New Yorker sie baut. Und es könnten gut auch wieder Juden sein, die sich da einkaufen.«

»Schlaf jetzt, Doris.«

»Wie kommst du darauf, so etwas über Lauren Caskey zu sagen? So etwas Scheußliches!«

»Schlaf jetzt.«

Er hatte es gesagt, weil er an die Frau in Boston gedacht hatte, daran, wie mit einem einzigen Blick alles gesagt sein konnte; dass man einer Frau begegnen konnte, und in nur einem Sekundenbruchteil hatte ihr Blick – nicht viele waren so, aber manche – einem signalisiert, dass sie Spaß am Sex hatte. Caskey, dieser blinde, arrogante Narr, hatte geglaubt, aus Wollust heiraten zu können, ohne dass jemand ihm draufkam. Aber der Gedanke an ihr langwieriges Sterben… Charlie schloss die Augen, in denen unverhofft und lächerlicherweise Tränen brannten; er dachte an all den Schnee, der die Stadt im nahen Winter bedecken würde, an den Leichnam der Frau in ihrem Grab. *Bitte*, dachte er. Das war das einzige Wort, mit dem er dieser Tage noch betete.

Am Stewardship-Sonntag war der Morgenhimmel von einem klaren, blassen Blau, und die Welt darunter erschien öde und nackt. Durch das kahle Geäst sah man von der Straße direkt bis hinunter zum Fluss, dessen vereiste Ränder mit blauverschattetem Schnee überkrustet waren, aber ein dunkelgrauer Streifen zur Mitte hin ließ das bitterkalt dahinströmende Wasser ahnen. Die Internatsschule mit ihren drei weißen Gebäuden wirkte kleiner als sonst mit ihrem nackten Parkplatz, den nackten Ahornbäumen davor, dem schmalen Band nackter Straße vor dem blauen Himmel, und für Tyler, der zur Kirche fuhr, um seine Gemeinde dazu aufzufordern, ihre Herzen zu öffnen (was am heutigen Tag hieß: ihre Brieftaschen), strahlte die vor ihm ausgebreitete Landschaft eine Kargheit aus, eine Härte, die ihm bis in die Seele drang.

Vielleicht empfand nicht nur er so, denn die Gottesdienstbesucher sangen lustlos »Herz und Herz vereint zusammen«, legten dann ihre dunkelbraunen Gesangbücher weg und setzten sich. Hier und da gähnte jemand unterdrückt hinter seinem

Ablaufzettel, die Frauen zogen ihre Mäntel zurecht, ein Handschuh fiel zu Boden und wurde aufgehoben, alle, so schien es, machten sich ans Ausharren. Reverend Caskey sagte: »Lasset... uns... Einkehr halten«, und ein Mann im Predigerseminar fiel ihm ein, der bei seinem ersten Gottesdienst ohnmächtig geworden war. »Wir dürfen es nicht zulassen, dass die Religion zum Hohn auf Gott wird.« Er konnte sich nicht erinnern, ob der Mann seine Predigt zu Ende gehalten hatte oder nicht, nur dass eine Krankenschwester in der vordersten Bank ihm erste Hilfe geleistet hatte. »Der wahrhaft Fromme«, fuhr Tyler fort, »ist der Mann, der den Mut hat, sich in seiner Nächstenliebe zu verlieren, den Mut, sich auf das Leiden seiner Nächsten einzulassen, so wie Gott sich auf unser Leiden einlässt.« Ihm war der Mann, der umgekippt war, unsympathisch gewesen, aber er wusste nicht mehr, warum.

»Heutzutage fragen wir uns: Wie kann sich die Welt nach dem Zerstörungswerk der letzten fünfzig Jahre immer weiter zum Krieg rüsten? Aber die Bibel selbst nennt uns die Ursache für den Krieg.« Tyler hielt inne und strich sich mit der Fingerspitze über die Oberlippe. Er selbst war nur einmal ohnmächtig geworden, als Viertklässler, in seiner ersten und einzigen Klavierstunde. Damals hatte er sich übergeben, quer über die Tasten. Vor seinen Augen hatten flammende Pünktchen getanzt. Jetzt tanzten keine Pünktchen vor seinen Augen, es schienen ihm nur alle so weit weg. »Woher kommt Streit und Krieg unter euch? Kommt's nicht daher...«

Auf der Empore fiel mit lautem Krachen ein Gesangbuch zu Boden.

»Gottes Liebe kennt keine Grenzen«, sagte Tyler und spürte, wie sein Gesicht zu glühen begann, als würden dahinter Kerzen brennen. »Er selbst hat uns gezeigt, dass Geben seliger denn Nehmen ist. Indem wir geben, loben wir Gott und bekennen uns zu ihm.« Möglicherweise war der Mann, der an jenem Tag das Bewusstsein verloren hatte, später Bibliothekar im Predigerseminar geworden. Tyler wollte nicht Bibliothekar werden. Ein Schweißtropfen lief ihm übers Gesicht und landete auf der Bibel. Er wischte sich mit dem Taschentuch über die Stirn. »Die heilige Theresia von Lisieux traf die Sache im Kern, als sie als junges Mädchen schrieb: ›Er sucht einen anderen Himmel, der ihm unendlich viel lieber ist – den Himmel unserer Seelen, erschaffen nach seinem Bilde.‹«

Zwei breite Sonnenstreifen fielen zu den Fenstern herein, spannten sich über den kastanienbraunen Teppich, wanderten an den weißen Rückseiten der Bänke hoch; ein Ohrring blinkte, als Rhonda Skillings sich zu ihrem Mann wandte, um ihm eine Fluse vom Ärmel zu zupfen. Tyler, der aufblickte, meinte sie etwas flüstern zu sehen, und neuerliche Hitze siedete in ihm empor. »Lasst uns beten«, sagte er. Bonhoeffer hatte in einem Brief aus dem Gefängnis gestanden, dass er es müde wurde zu beten. Vielleicht sollte er seiner Gemeinde das sagen, aber er mochte nicht noch einmal aufschauen. »Lasst uns beten«, wiederholte er.

Am Ende des Gottesdienstes fühlte er sich wie nach einem Monat Ausbildungslager – nicht die körperliche Erschöpfung des Exerzierens mit Gewehr und Tornister, mehr die dunkle Bedrängnis, von Menschen umringt zu sein, mit denen er nicht das Geringste gemeinsam hatte. Im Auto fragte seine Mutter halblaut: »Was fehlt dir?«

Es war einige Tage später, zur Pausenzeit. Die Kinder saßen an kleinen Tischen im Klassenzimmer und holten mit Erdnussbutter bestrichene Kräcker heraus, Minitüten mit Kartoffelchips, Kekse, Äpfel. Mrs. Ingersoll öffnete eine große Büchse Ananassaft und goss damit winzige Plastikbecher voll. Katherine merkte, dass Martha Watson sie beobachtete, deshalb klappte sie ihre rote Brotbüchse auf und schaute zum Schein hinein, obwohl sie genau wusste, dass nichts darin war außer einem Erdnussbuttersandwich für mittags.

»Warum hast du nie was für zwischendurch?«, fragte Martha sie.

Katherine klappte die Büchse zu und sah weg. In der Tür stand Mrs. Skillings. Mrs. Ingersoll setzte die Saftbüchse ab und wechselte ein paar leise Worte mit ihr. Und dann hörte Katherine – alle hörten sie es – Mrs. Ingersoll sagen: »Katie, kommst du bitte mal?«

Die Kinder verstummten und sahen zu, wie Katherine, die ihre eigenen Arme nicht mehr spürte vor Angst, zur Tür des Klassenzimmers ging. »Du gehst jetzt mit Mrs. Skillings mit«, sagte Mrs. Ingersoll. »Wir sind alle hier, wenn du zurückkommst.«

Außer ihnen war niemand in dem langen Korridor. Mrs. Skillings schien auf Stelzen zu gehen, so groß war sie. »Wir finden alle, dass du etwas ganz Besonderes bist«, sagte Mrs. Skillings. »Und deshalb dachten wir, es wäre doch vielleicht lustig, wenn du und ich in meinem Büro ein paar Spiele spielen.«

Mrs. Skillings' Kleid raschelte, als sie Platz nahm. Sie setzte eine Brille auf, die hochgeschwungene Ränder mit Glitzerzeug dran hatte. Sie sah so verändert aus damit, dass da ein anderer Mensch zu sitzen schien.

»Kannst du mir sagen, was der Unterschied zwischen Bier und Coca-Cola ist?«

Katherine starrte auf die großen weißen Ohrringe der Frau, die so rund und glatt waren wie die Oberseiten von Doughnuts. Mit hängenden Schultern saß sie da, die Hände im Schoß. Mrs. Skillings hatte einen großen Holzquader unter Katherines Füße geschoben. »Damit sie dir nicht einschlafen«, hatte sie gesagt.

Katherine sah weg und schwieg.

»Versuchen wir es mit einer anderen Frage«, sagte Mrs. Skillings. Sie griff nach einem Blatt Papier, und ihre Armreifen antworteten mit einem zarten Klirren, bei dem durch Katherines Körper ein Schauder lief.

Katherine flüsterte in ihren Schoß: »Ich weiß ein Geheimnis.«

Mrs. Skillings sagte einen Moment lang nichts. »Ach ja, mein Liebes?«, sagte sie dann.

Am frühen Abend saß Tyler in seinem Arbeitszimmer auf der Couch. Mondlicht fiel durchs Fenster. Katherine saß neben ihm und blätterte in einer Zeitschrift, die sie verkehrt herum auf dem Schoß hielt. »Möchtest du was malen?«, fragte Tyler sie.

Sie schüttelte den Kopf.

»Hast du Bauchweh?«

Achselzucken.

»Freust du dich, wenn wir Jeannie in ein paar Tagen wiedersehen?«

Sie nickte.

»Ich auch.« Er sah Jeannies Augen vor sich, lachend, so wie einmal auch die von Lauren gelacht hatten. Er rief sich Susan Bradfords Augen in Erinnerung und dachte, dass sie nichts preisgaben – wie mochte das sein, an der Seite eines Menschen zu leben, dessen Augen nichts preisgaben? Connies Augen hatten beim Lachen immer aufgeleuchtet; wo immer die Arme jetzt steckte, dachte er, ihr Blick musste voller Unruhe und Angst sein.

Tyler rieb die Stelle unter seinem Schlüsselbein und sah im Geist Bonhoeffer in seiner eisigen Gefängniszelle sitzen und schreiben: »Ich weiß nur dies: du gingst – und alles ist vergangen.« Bonhoeffer hatte Trost gefunden in den Gedichten, die er schrieb. Viele Menschen tröstete es, Dinge niederzuschreiben. Laurens Briefe, die jetzt oben auf dem Dachboden lagen, Briefe, die sie an sich selbst geschrieben hatte. *Warum fehlt mir so viel, wo ich doch Tyler und das Baby habe?* Der Pastor klopfte Katherine aufs Knie. »Schnappen wir ein bisschen Luft, Süße, einverstanden?« Er holte seine Schlittschuhe aus dem Hauswirtschaftsraum, setzte das Kind neben sich auf den Beifahrersitz und fuhr über die Hügelkuppe zum China Lake.

Sie waren die Einzigen auf dem See. Seine Schlittschuhe scharrten wunderbar laut über das Eis. Katherine saß auf einem Baumstamm, in eine Decke gehüllt, fröstelnd. Hin und her jagte er, Bonhoeffers Gedichtzeilen im Kopf: »So will ich denken und wieder denken, bis ich finde, was ich verlor.« Tylers Kufen schnitten ins Eis, trugen ihn schneller und immer schneller, bis er abbremste und zurückfuhr und das Kind hochhob, das sich an ihn klammerte, die dünnen Beine gegrätscht, und zusammen sausten sie über den mondbeglänzten See; *knirsch-knirsch-knirsch* machten die Kufen. Zerknirschung.

Er sah, wie das Mondlicht auf die Erde fiel, und obgleich er wusste, dass durch die Liebe Jesu Christi sein Leben zu ihm zurückkehren konnte, tat sich eine Verzweiflung in ihm auf, so bodenlos, dass ihm die Beine versagt hätten, hätte er nicht Katherine auf dem Arm gehabt. Eine Frage, unscharf, kaum ausgeformt, wartete wie ein dunkler Steinhaufen am Rand eines Abgrunds, und seine Gedanken tasteten sich darauf zu, schreckten dann wieder zurück: Konnte es sein, dass er kein Ich besaß?

Nie zuvor hatte eine solche Überlegung für Tyler auch nur im Bereich des Möglichen gelegen. Doch nun fragte er sich, ob hinter diesem Steinhaufen der Wahnsinn lauerte, und während der Glaube in der Lage hätte sein müssen, ihn zu retten, erschien ihm der Glaube als eine Straße, die unbeirrt an dem Steinhaufen vorbeiführte, hinaus über den Rand dieses Abgrunds, zu dem es Tyler so unaufhaltsam hinzog. Nein, Tyler verlor nicht seinen Glauben – der Glaube schien vielmehr ihn verloren zu haben. Da half es auch nichts, dass Bonhoeffer selbst in einem anderen seiner Gedichte fragte: »Wer bin ich? Der oder jener? Bin ich denn heute dieser und morgen ein anderer?«

Es half deshalb nichts, weil Bonhoeffer ein bedeutender Mann gewesen war, er aber war nur Tyler Caskey. Er glitt über den See, die kleinen Buckel im Eis sanft wummernd unter seinen Füßen, die Silhouetten der Fichten schwarz und spitzig im Mondlicht. Er mochte nicht heimfahren in das leere Haus. Walter Wilcox in seinem leeren Haus lag Nacht für Nacht in seinem Bett, hatte er gesagt, und zählte sich die Dinge auf, die er getan oder nicht getan hatte.

Tyler verlangsamte sein Tempo abrupt, drehte einen schnellen, engen Kreis.

Wenn Walter Wilcox jede Nacht in seinem Bett lag, dann schlief er nicht in der Kirche. Die Decke unter der Bank war von jemand anderem benutzt worden. Tyler lief ans Ufer zurück. Er stellte Katherine auf den Boden, schnallte seine Schlittschuhe ab.

»Aber natürlich«, sagte Carol Meadows am Telefon. »Ich mach ihr gleich ein Bettchen zurecht.«

Als wäre er selber auf der Flucht, öffnete er die Kirchentür nur einen Spalt und schob sich hindurch. Er ging durch den Vorraum, wo alte Ablaufzettel in einem Regal neben der Tür aufgefächert lagen, weiß glänzend im Halbdunkeln, und betrat dann die dunkle Kirche. Durch eines der Fenster fiel ein blasser Mondstreifen. In vernehmlichem Flüsterton sagte er: »Connie?« Und wartete; alles blieb still. Langsam ging er zwischen den Bankreihen nach vorn, durchquerte die Mondbahn. Auch vorn sah er nichts. »Connie? Ihnen muss kalt sein. Ich bin allein«, fügte er hinzu.

Er stieg die zwei Stufen zum Altar hinauf und setzte sich auf seinen Stuhl. Ein Auto fuhr auf der Main Street vorbei, die Scheinwerfer schienen kurz zu den Fenstern herein, verschwanden wieder. Er schloss die Augen, dachte: *Vater unser im Himmel, geheiligt werde dein Name,* jedes der Worte eine warme dunkle Höhle, zu eng, als dass er mit seinem großen Körper darin Platz hätte finden können.

Über ihm auf der Empore bewegte sich ganz leise etwas. Er stand auf, sein Herz hämmernd im Dunkeln. Und dann ihre Stimme, jugendlich: »Tyler?«

»Ja. Hier bin ich.«

Sie kam die Treppe herab. Als sie unten war, sah er ihre hochgewachsene Gestalt als Umriss gegen den milchigen Lichtkegel. Ihr Haar war nicht hochgesteckt; in dünnen, grau wirkenden Wellen fiel es ihr bis auf die Schultern.

»Sind sie da?«, fragte sie.

»Nein. Niemand ist da. Ist alles in Ordnung mit Ihnen?« Er ging zu ihr und legte den Arm um sie. »Ich hab mir Sorgen gemacht, Connie.« Ein ranziger Geruch stieg in einer kleinen, kompakten Wolke von ihr auf. »Kommen Sie, setzen wir uns hin«, sagte er und führte sie zur vordersten Bank, wo er sich neben sie setzte. In dem fahlen Licht war ihr Gesicht kaum wiederzuerkennen. Sie sah aus wie eine alte Frau. Die Haut hing lose von ihren hohen Backenknochen, lappte über die Kinnlade herab.

»Ich. Habe. Angst.« Sie sprach jedes Wort sorgfältig.

»Ja, das ist ja auch ganz natürlich.« Er ließ den Arm um ihre Schulter liegen.

»Kann ich in einer Kirche verhaftet werden?«

»Ich glaube schon. Aber es ist keiner da. Sind Sie hungrig?«

Sie schüttelte den Kopf, und er sah Tränenspuren auf ihren Wangen. Er zog sein Taschentuch hervor und gab es ihr, wölbte dann die Hand um ihren Hinterkopf wie bei einem Kind oder einer Geliebten.

»Was soll ich jetzt tun?«, fragte sie.

»Das überlegen wir ganz in Ruhe. Wo haben Sie die ganze Zeit gesteckt?«

»Nirgends. Bei den Littlehales in der Scheune, ein paar Nächte auch in der Küche von einem Restaurant in Daleville. Sich wo reinschleichen geht leichter, als man immer denkt. Sie würden staunen.«

»Aber Sie sind eiskalt. Sie müssen Hunger haben.«

»Hauptsächlich habe ich Angst. Und müde bin ich.«

»Ja.« Er rieb ihre Schulter.

»Können wir einfach ein bisschen hier sitzen?«

»Natürlich.« Er dachte an den Tag vor all diesen Wochen, als er zu ihr in die Küche gekommen war und ihr seine Manschetten gezeigt hatte, an seine kindische Furcht beim Anblick der ausgefransten Ränder, an ihre ruhige Ermutigung, sich ein neues Hemd zu kaufen.

Connie lehnte den Kopf an seine Brust, und er streichelte ihren Rücken, ihr Haar. Durch ihre Jacke hindurch spürte er ihre Schulterknochen. »Tyler.« Ihre Stimme klang erstickt, und sie richtete sich halb auf, sah geradeaus. »Es ist ganz verrückt, Tyler. Aber ich weiß nicht, ob ich es getan habe. In meinem Kopf geht alles durcheinander, und ich denke: Hab ich das jetzt wirklich gemacht, oder kommt es mir nur so vor?«

Ihr Atem roch so faulig, als hätte sie ein verwesendes Tier im Mund. Es kostete ihn Kraft, nicht das Gesicht abzuwenden.

»Müssen Sie antworten, wenn die Polizei von Ihnen wissen will, was ich Ihnen erzählt hab?«

»Nein. Mit Ihrem Pastor können Sie im Vertrauen reden.«

»Auch wenn ich nicht in die Kirche gehe?«

»Ja.«

Sie lehnte sich wieder an ihn, schüttelte langsam den Kopf. »Beim ersten Mal – ach, Tyler. Ich hatte nicht gedacht, dass es funktioniert. Haben Sie die Leute in diesen Heimen gesehen? Sie hat nie von irgendwem Besuch gekriegt. Sie konnte sich nicht rühren. Ich hab sie gewickelt...« Connie begann heftig zu zittern.

»Connie, lassen Sie mich Ihnen etwas zu essen und ein paar warme Sachen zum Anziehen holen.«

»Nein, ich bin nur so müde. Können wir nicht einfach ein bisschen sitzen? Ich will Ihnen diese Geschichte erzählen. Ich hab sie nie irgendwem erzählt. Aber es ist eine idiotische Geschichte. Ich bin nicht sehr helle, Tyler.«

»Erst mal würde ich Sie gern irgendwie warm kriegen und Ihnen was Heißes zu trinken geben.«

»Nicht weggehen«, sagte sie und berührte seinen Handrücken.

»Ich geh nicht weg.«

Sie holte tief Luft und sah ihn an. Er musste den Atem anhalten, um nicht ihren Gestank einzuatmen. Seine Augen hatten sich an die Dunkelheit gewöhnt, und er sah ihre Augen, die Lebendigkeit darin. »Ich meine jetzt nicht *verliebt* – aber lieben Sie mich?«, fragte sie.

»Ja. Doch. Und ich mache mir Sorgen um Sie.«

Sie nickte, ein kleines, wissendes Nicken. »Ich liebe Sie auch. Darf ich Ihnen die Geschichte erzählen?«

»Erzählen Sie mir die Geschichte. Es ist bestimmt keine idiotische Geschichte«, fügte er hinzu. »Nichts an Ihnen ist idiotisch.«

Connie drückte die Ellenbogen an ihren Bauch, die Unterarme zusammengelegt wie ein Kind, das weiter gehalten werden will, und so nahm er den Arm nicht weg. »Als Adrian aus dem Krieg heimkam, war er verändert. O ja, ich weiß – das waren alle. Er war mit dem Fallschirm über der Normandie abgesprungen, und eigentlich haben sie damit gerechnet zu sterben, obwohl ja wohl niemand ernsthaft damit rechnet, zu sterben, oder? Und er hatte ein Verwundetenabzeichen verliehen bekommen, weil er einem Mann das Leben gerettet hatte.«

Sie beugte sich vor, und Tyler lockerte seinen Griff. »Er wollte nicht drüber reden, also habe ich auch nicht gefragt. Adrian war nie ein großer Redner. Aber *Jahre* später sagte er eines Abends plötzlich: ›Connie, ich muss es dir erzählen.‹ Und dann hat er's mir erzählt. Er hat gesagt: ›Ich kann gar nicht beschreiben, wie es war‹, aber er hat es ziemlich gut beschrieben. Ich dachte, er will mir beichten, dass er jemand getötet hat, aber er hat mir gebeichtet, dass er jemand geliebt hat. Und ich meine nicht irgendeine kleine Französin, die sich in einer Scheune versteckt hatte, und auch keine Engländerin in einem Pub in Berkshire.

Er hat mir erzählt, wie er diesem Mann das Leben gerettet hat – ihn bei Tagesanbruch vier Meilen weit zur nächsten Stadt geschleppt hat, ihn durch Kuhweiden geschleppt hat und dann zwischendurch neben ihm lag und ausruhte, und er sagte, er hätte diesen Mann geliebt. Erst wusste ich nicht, was er meint. Aber dann hab ich gefragt: ›Meinst du, du hast mit ihm geschlafen oder so?‹ Ich wollte nicht, dass er sich schlecht fühlt deswegen. Manche Leute bringen sich um, weil sie vom anderen Ufer sind, und ich wollte so tun, als hätte ich damit kein Problem. Und er sagte, nein, mit ihm geschlafen nicht – der Mann war ja so gut wie tot. Und dann, nach einer langen Zeit, in der Adrian bloß dasaß und unglücklich schaute – furchtbar unglücklich schaute –, hab ich gesagt: ›Aber du hättest mit ihm schlafen wollen, stimmt's?‹ Und er drehte das Gesicht weg und sagte: ›Ja, Connie. Ich hätt's gewollt. Und es hat mich schier aufgefressen die ganze Zeit.‹ Ein bisschen ein Schock war das schon, aber er saß immer noch so unglücklich da, also hab ich weiterüberlegt. Wissen Sie, dieser Mann, den er gerettet hat, der schickt bis heute jedes Jahr eine Weihnachtskarte aus dem Mittleren Westen, er hat eine Frau und Kinder und alles, aber dann musste ich daran denken, wie Adrian diese Karten manchmal anschaut, und ich hab gesagt: ›Ade, willst du's denn immer noch?‹ Mein Mund wurde ganz trocken, wie ich ihn das gefragt hab, das weiß ich noch. Und Adrian sagte: ›Ja, ich will's immer noch, Connie. Ich komm nicht über ihn hinweg, und es frisst mich auf.‹«

Connies Schultern sackten vornüber, und sie ließ den Kopf sinken, als hätte das Erzählen sie erschöpft. »Idiotisch«, murmelte sie.

»Was ist idiotisch?«

»Dass es mir was ausmacht.«

»Natürlich macht es Ihnen etwas aus. Aber der Krieg stellt seltsame Dinge mit den Menschen an, Connie. Es ist – ja, es ist etwas sehr Intimes, jemandem das Leben zu retten, kein Wunder also, dass Adrian sich diesem Mann nahe gefühlt hat. Aber Ihnen fühlt er sich noch viel näher, sonst hätte er es Ihnen nicht erzählt.«

»Aber wieso musste er es mir erzählen? Wieso konnte er's nicht einfach für sich behalten?«

»Wie er gesagt hat, Connie – weil es ihn aufgefressen hat. Und dadurch, dass er mit keinem darüber sprechen konnte, kam es ihm vielleicht nicht mehr wirklich vor – und das ist ein Gefühl, glaube ich, das einen in den Wahnsinn treiben kann.«

»Ja.« Connie sah ihn an. »O ja, das kann einen in den Wahnsinn treiben.« Sie starrte hinab in ihren Schoß. »Aber es hat alles verändert. Hätte es vielleicht nicht müssen, aber so war's. Es hat mich einsam gemacht. Wo das mit Jerry ja auch noch ganz frisch war.« Sie nickte. »Alles hat es verändert.«

»Es ist nicht zu spät. Wenn Sie erst mal diese Sache in Ordnung gebracht haben...« Tyler schwenkte die Hand, um ihre derzeitige Situation anzudeuten.

»Ich muss mich hinlegen«, sagte sie, und sie rückte ein Stück weg und legte sich auf den Rücken, die Füße über der Bankkante.

»Connie, Sie sollten sich von einem Arzt untersuchen lassen.«

»Wenn ich nur ein bisschen ausruhen kann.«

»Hier. Stellen Sie die Füße auf die Bank – sehr gut – stellen Sie sie einfach hierhin.« Sie trug Männerstiefel.

»Ich bin so müde. Tyler?« Sie bog den Kopf zurück, um in sein Gesicht emporsehen zu können. »Es ist ein scheußliches Gefühl, so erbärmlich zu sein.«

»Wer ist hier erbärmlich, Connie? Sie machen alles so gut, wie Sie eben können, wie die meisten von uns. Daran ist nichts Erbärmliches.«

Sie setzte sich auf, und die Bewegung ließ eine neue Welle von Gestank zu ihm herüberschwappen. So leise, dass er den Kopf zu ihr hinunterbeugen musste, um sie zu verstehen, sagte sie: »Ich hab nicht gedacht, dass es funktionieren würde, das erste Mal. Ich weiß immer noch nicht sicher, ob es wirklich ich war. Komisch. Ein bisschen wie so ein Experiment, wie früher, wenn Jerry und ich im Wald gespielt haben. Er hatte dieses Klappmesser, ach, er war ein winziges Kerlchen damals, grade mal drei oder vier, und es war ein ganz kleines Messer, und er sagte: ›Was ist eigentlich in dieser Kröte drin?‹, und zack, steckte es in ihrem weichen Bauch. Ich weiß noch, wie ihre Augen uns angestarrt haben, sie sind so richtig rausgequollen aus ihr, und aus ihrem Bauch floss dieser komische braune Glibber.« Connie schniefte laut, wischte sich die Augen mit Tylers Taschentuch. »Arme Kröte. Wir wussten nicht, was wir da tun. Warum wussten wir es nicht? Tyler? Können Sie dem lieben Gott sagen, dass das mit der Kröte mir leidtut?«

»Das weiß Gott, Connie.«

»Weiß er alles?«

Tyler nickte.

»O Mann.« Ein Zittern durchlief Connie, und er rückte näher und legte wieder den Arm um sie. »*Sie* war erbärmlich, Tyler. Dorothy Aldercott. Ich hab sie füttern müssen. Weil sie eine von den Gelähmten war, die gar nichts mehr konnten. Für die war ich zuständig. Sechs Stück waren es. Wir haben sie auf Bahren in die Küche gerollt, so ging's am leichtesten – sie in eine Reihe gestellt und Graham-Kräcker in Plastikbechern zerkrümelt, und da dran dann Milch. Wenn's richtig schön breiig war, hab ich ihnen das Zeug in den Mund gelöffelt, und sie lagen da und guckten mich an, aber nicht mit netten Augen wie die Kröte. Mit schrecklichen Augen, und Dorothy Aldercott hatte diesen Bart. Ich weiß nicht, warum manche alten Frauen Bärte kriegen, ich hoffe, ich krieg mal keinen – gut, das ist jetzt auch egal. Jedenfalls wurde ihr der immer mal abrasiert, und nach dem Füttern musste ich ihr das Gesicht mit der Serviette abwischen, und ich hab das Gekratze von den Stoppeln durch die Serviette durchgespürt. Und sie lag da und starrte, und es hat mich ganz fertiggemacht. Richtig fertig. Sie hat mir leidgetan – so furchtbar leid. Ich hab die Vorstellung nicht ausgehalten, dass das ewig so weitergeht mit ihr. Nie kam sie jemand besuchen, sie konnte nicht reden, sich über nichts beschweren – keine von den Gelähmten konnte das. Und Dorothy Aldercott hatte zwei Töchter. Ich hab in ihrer Akte nachgeschaut. Die haben sich nie blicken lassen. Doch, sie war echt erbärmlich.«

»Ihre Lage war erbärmlich«, sagte Tyler. »Dass sie deshalb erbärmlich war, würde ich nicht sagen.«

Connie starrte auf ihren Fuß; sie hatte die Beine übereinandergeschlagen und wippte mit ihrem Männerstiefel. »Einer von den Köchen sagte irgendwann – er arbeitete schon seit Jahren da –, er sagte, man könnte sie innerhalb von Sekunden von ihrem Elend erlösen, einfach, indem man ihnen zu viel füttert. Sie können nicht gut schlucken, also kommt es in die falsche Röhre, und sie ertrinken sozusagen in, na ja, Kräckerbrei. Also hab ich sie eines Tages immer weitergefüttert, und sie sah mich mit diesen Augen an, und ich hab ihr das Gesicht gestreichelt und gesagt: ›Alles gut, Dorothy‹, weil, in dem Moment hab ich sie geliebt, Tyler. Sie sagen, Adrian und dieser Mann, dem er das

Leben gerettet hat, das ist was Intimes. Andersrum ist es auch intim. Und dann – war es vorbei. Die Zweite, Madge Lubeneaux, die hat sich so ein bisschen gewehrt, da wurde mir ganz komisch, also hab ich's lieber nicht noch mal gemacht.«

Ein Prickeln hatte Tylers linke Körperhälfte erfasst, seinen Rücken, den Schenkel, den Arm, als würde ein Schwarm winziger Seeigel an ihn herangespült. »Connie. Wollen Sie sagen, Sie haben diese alten Frauen getötet?«

Sie nickte, sah ihn in dem Halbdunkel an, und ihr Blick war von einer unschuldigen, leicht verwunderten Sachlichkeit.

Wieder dieses Gefühl, als spülten kleine Seeigel über ihn hinweg.

»Meinen Sie, dass das falsch von mir war?«, fragte sie, als fände sie die Idee befremdlich.

»Ja. Ja, das meine ich.«

»Aber wenn Sie sie gesehen hätten...«

»Ich habe alles Mögliche gesehen.«

»Ja, natürlich«, sagte sie müde.

Die Kälteschauer wollten nicht nachlassen. Er nahm den Arm von ihrer Schulter.

»Wahrscheinlich weisen sie mir nach, dass es Vorsatz war, und dann kriege ich lebenslänglich.«

»Connie, die Polizei sucht Sie wegen Diebstahl.«

»*Diebstahl?*« Sie sah ihn an, als hätte er den Verstand verloren. »Ich hab in meinem Leben noch nichts gestohlen. Das mit dem Stehlen, das war Ginny Houseman. Mein Gott, ich glaub's nicht, dass sie nie erwischt worden ist. Sie hat den Patienten ihre Sachen geklaut, sowie sie eingeliefert wurden; sie hat in der Aufnahme gearbeitet, und sie hat auch in der Geschäftsstelle Schecks geklaut. Erst haben wir uns ganz gut verstanden, aber auf Dauer hat's dann doch nicht gepasst. Tyler, ich habe nichts gestohlen.«

»Das glaube ich Ihnen.«

»Wird die Polizei es mir auch glauben?«

»Ich weiß es nicht.«

»Wenn die das mit den Frauen gar nicht wissen, muss ich es ihnen dann sagen? Es ist ein Verbrechen, oder?«

»Es ist ein Verbrechen, Connie.«

Sie rutschte ein Stück von ihm weg, so dass sie ihm ins Gesicht schauen konnte. »Jetzt empfinden Sie nicht mehr das Gleiche für mich.«

»Connie, Sie brauchen Hilfe.«

»Aber ich hab's Ihnen gesagt, damals beim Mittagessen.«

»Was haben Sie mir gesagt?«

»Ich hab Ihnen das von Becky erzählt, und wie sie ihr Kind abgetrieben hat.«

»Ja.« Sein Herz schlug sehr schnell.

»Und Sie haben gesagt, ach, wir sind alle Sünder, oder so was Ähnliches.«

»Ja, aber, Connie...«

»Und jetzt sehen Sie mich als Mörderin, und Sie empfinden nicht mehr das Gleiche für mich, obwohl ich Ihnen doch gesagt habe, dass meine Schwester genau dasselbe getan hat.«

»Das ist nicht dasselbe, Connie.«

»Wieso nicht?«

»Connie, schauen Sie. Das Wichtigste ist erst mal, dass Sie Hilfe bekommen.«

»Holen Sie jetzt die Polizei? Beckys Kind hätte sein ganzes Leben vor sich gehabt. Diese Frauen hatten kein Leben mehr.«

»Aber sie haben gelebt.«

»Irgendwie weiß ich gar nicht mehr, was ich denken soll, Tyler. Werden Sie mich der Polizei übergeben?«

»Sie können hier in der Kirche bleiben, bis wir überlegt haben, wie es weitergeht.« Er fügte hinzu: »Sie stehen unter Schock.« Aber er war derjenige, der unter Schock stand. Er erhob sich. »Sie brauchen Hilfe. Ich sage Adrian Bescheid.«

Sie weinte, den Kopf gesenkt, und er setzte sich wieder. Aber insgeheim hatte er Angst vor ihr. »Bitte kommen Sie mit«, sagte er. »Niemand wird etwas von mir erfahren, aber lassen Sie sich von mir nach Hause bringen.«

Sie schüttelte den Kopf.

Er ließ sie nicht aus den Augen. »Ich sag Ihnen, was ich tue«, sagte er schließlich. »Ich rufe jetzt Adrian an, dass er kommt und Sie holt. Sie können nicht noch länger in Kirchen und Scheunen schlafen. Und was immer Sie mit ihm besprechen, ist Ihre Sache. Was Sie mir erzählt haben, fällt unter Seelsorgegeheimnis. Ich überlasse das Ihnen und Adrian – wie Sie sich entscheiden.«

Mit hängendem Kopf ging sie später zwischen den beiden Männern über den dunklen Parkplatz. Tyler half ihr ins Führerhäuschen des Pick-ups. »Connie...«

Sie sah ihn an und lächelte traurig und müde.

Er trat zurück, und der Pick-up fuhr mit ihr weg.

Charlie Austin stand am Münzfernsprecher und wählte mit eiskalten, zitternden Fingern die Nummer. Nach dem dritten Klingeln ertönte ihre Stimme – ach, ihre Stimme. Nur deswegen, schien ihm, hatte er bis zum heutigen Tag überlebt: um diese Stimme zu hören, die aus ihrem Körper kam, den er kannte und anbetete. »Ich bin's«, sagte er.

»Hallo, ich.«

Er räusperte sich. »Wie geht's dir?«

»Ganz gut. Und dir?«

»Auch gut«, sagte Charlie. Er kniff sich in die Nase, sah in den dunklen Himmel. »Bald sehen wir uns, Gott sei Dank.«

»Hör zu, ich muss dir etwas sagen. Ich habe über das mit uns nachgedacht. Und ich tu dir nicht gut.«

Ein enger, dunkler Raum schloss sich um ihn. Die Worte stachen wie kleine Drähte.

»Und du mir auch nicht. Ich hab letzte Nacht besser geschlafen als seit Monaten, und das sagt ja eigentlich schon alles. Eine Menge jedenfalls. Ich bin froh, dass ich die Entscheidung getroffen habe.«

Er sagte nichts, stand da im Dunkeln, den Hörer am Ohr.

»Wir müssen das hier erst mal auf Eis legen.«

»Wie lange?«

Sie schwieg einen Moment. »Lange, Charlie«, sagte sie schließlich. »Es ist nicht gut, was wir da machen. So bin ich eigentlich nicht, und so mag ich mich auch nicht. Ich sage nicht, dass du schuld bist, wirklich. Aber du hast mich unter Druck gesetzt, und damit kann ich nicht umgehen.«

Er öffnete den Mund, sagte aber nichts.

»Oder vielleicht ist Druck nicht das richtige Wort, und das Ganze ist mein Fehler, ich weiß. Ich hätte es nie so weit kommen lassen dürfen.«

Der enge dunkle Raum um ihn wurde noch dunkler; er war in ein dunkles Fass eingesperrt. Er musste sterben. »Kannst du mir sagen, warum?« Das hörte er sich sagen.

»Ja«, sagte sie. Und er spürte in seinem dunklen Käfig, dass sie gewappnet und stark war. »Ich fühle mich wie gespalten dadurch. In einen Menschen, der dich will, und einen, der – ja, ich kann mit dem Druck nicht umgehen. Und deshalb müssen wir Schluss machen.«

»Hast du einen anderen kennengelernt?«, fragte er.

»Das hat damit nichts zu tun. Diese Art von Diskussion führ ich nicht mit dir, Charlie. Ich hab dir gesagt, es tut mir nicht gut, und dir tut es auch nicht gut. Es kriegt so was Krankhaftes. Und damit kann ich nicht umgehen. Ich fühle mich die ganze Zeit von dir unter Druck gesetzt, und das tut weder mir gut noch dir. Wir können Freunde sein, falls du irgendwann später wen zum Reden brauchst. Aber erst mal müssen wir die Sache beenden.«

Freunde.

»Wir können keine Freunde sein«, sagte er. Seine Stimme war leise, kraftlos.

»Okay – ich mag so nicht weiterreden. Es tut mir leid, Charlie. Es war alles meine Schuld. Mach's gut.«

Das letzte Wort hörte er kaum noch, denn sie legte auf.

Er zog die Zigaretten aus der Tasche und lief rauchend durch die Kälte. Durch sein benommenes Hirn hallte immer der gleiche Satz: »Ich weiß nicht mehr weiter. Ich weiß nicht mehr weiter.« Er lief. Er rauchte. Er kam an Häusern mit erleuchteten Fenstern vorbei. Er kam an Häusern vorbei, deren sämtliche Fenster dunkel waren. Er dachte an sein eigenes Haus, und er wusste nicht, wie er es schaffen sollte. Nach Hause zurückzugehen. Dort zu bleiben. Morgen zu unterrichten. Ich weiß nicht mehr weiter.

Acht

Im Wohnzimmer des Pastors brannte Licht. Charlie fuhr langsam an dem Haus vorbei. Über eine Stunde war er nach seiner Abfuhr am Telefon rauchend durch die Gegend gelaufen, und nun wendete er am Ende der Stepping Stone Road und fuhr noch einmal am Haus des Pastors vorbei, stieß dann zurück und ließ den Wagen am Beginn der Einfahrt stehen, drückte leise die Tür ins Schloss, tappte leise durch die Kälte. Er hatte nicht gedacht, dass ein Haus derart verlassen wirken könnte. Durch das Wohnzimmerfenster konnte er Tyler in einem Schaukelstuhl ausmachen, und als er sich über das Verandageländer reckte, sah er, dass der Mann vornübergebeugt saß, die Ellenbogen auf den Knien, den Kopf tief gesenkt. Eine lange Zeit spähte Charlie zu ihm hinein, die Hände in die Manteltaschen gestoßen, seine Zehen so eisig, dass sie sich wie heiße Kiesel anfühlten in den Schuhen. Tyler regte sich nicht. Charlie fragte sich emotionslos, ob er tot war. Er stieg die Verandastufen hinauf, steckte sich eine Zigarette an und hustete, warf das Streichholz auf den Boden und rieb mit dem Fuß darüber, hustete wieder. Kurz darauf öffnete sich die Tür, der Pastor sah hinaus in die monderhellte Dunkelheit. »Charlie?«

Als er an ihm vorbeiging, schien es Charlie, als ob der Mann ein wenig röche; sein Haar war ungekämmt und sein weißes Hemd so verknittert, dass man meinen konnte, er hätte darin geschlafen. »Immer herein, Charlie«, sagte der Pastor höflich. »Immer hereinspaziert«, und Charlie verspürte den jähen Drang, ihm einen Stoß zu versetzen, dass er hinfiel. Flüchtig stellte er es sich vor – den blöden leeren Ausdruck in Caskeys Gesicht, wenn er rückwärts stolperte, mit seinen schweren Gliedmaßen gegen die Möbel krachte.

»Wo ist die Kleine?«, fragte Charlie. Buntstifte und ein Malbuch lagen auf dem Boden.

»Es ist nach Mitternacht, Charlie. Geht's Ihnen nicht gut? Setzen Sie sich.« Der Pastor zeigte auf die Couch.

Charlie drehte sich um, besah sich das Zimmer. Das einzige Licht kam von der Lampe neben dem Schaukelstuhl, und eine lauernde Dunkelheit ballte sich in den Ecken. Die Decke war so niedrig, dass er sich vorkam wie ein übergroßer Pilz, frisch aufgesprossen aus dem klammen Innern des Hauses. Ein Pullover und rote Kinderschuhe lagen auf dem Boden. Der schmelzende Schnee von seinen Stiefeln kroch auf den Pullover zu, und er ging zum anderen Ende der Couch und setzte sich auf die vorderste Kante, die Hände immer noch in den Taschen. Er müsste ein Schwachsinniger sein, um diesem Mann von der Frau in Boston zu erzählen, irr, wenn er zugab, dass er sich nicht nach Hause traute. Er sagte: »Die Spenden könnten zurückgehen.«

Tyler hatte die Hände locker an die Hüften gelegt. »Ein bisschen früh für Prognosen, meinen Sie nicht? Wir haben noch bis Jahresende.«

Charlie zuckte leicht mit einer Schulter. »Möglich. Aber es kursieren Gerüchte.« Als Tyler nicht reagierte, sagte Charlie: »Mir ist so was ja scheißegal. Aber es heißt, Sie hätten was mit dieser Hatch.«

»Das ist lächerlich.« Tyler sagte es ohne besondere Betonung.

»Sie hätten ihr einen Ring gegeben, heißt es.«

Tyler sagte nichts, nahm nur im Schaukelstuhl Platz.

»Wo ist sie?«

»Ich weiß nicht, wo Connie im Moment ist«, sagte Tyler.

»Und was sagt Ihr guter Freund Bonhoeffer über die Fleischeslust?« Charlie reckte das Kinn vor und meinte einen defensiven Ausdruck über die Züge des anderen huschen zu sehen. Aber Tyler machte die Augen schmal, und Charlie schaute weg.

»Stecken Sie in irgendwelchen Schwierigkeiten, Charlie?«

Charlie lehnte sich zurück, streckte die Beine aus. Er blickte zur Decke. »Ich nicht. Aber Sie vielleicht.«

»Warum?«, fragte Tyler. »Wegen einem Gerücht?«

Charlie schloss die Augen. »Warum nicht? Die Leute juckt's doch nach so was. Sie wollen auf jemanden Jagd machen können, erst recht, wenn sie Schwäche bei jemandem wittern, der eigentlich stark zu sein hat.«

Es dauerte etwas, bis Tyler antwortete. Schließlich sagte er: »Wenn man auf jemanden Jagd macht, gibt es dafür normalerweise einen Grund.«

Charlie öffnete die Augen wieder, schnaubte verächtlich. »Tja, und Sie haben den Leuten einen geliefert. Nachdem Sie so lange den Halbgott gespielt haben. Sie waren arrogant und unnahbar, und dann hört einer was von einem Ring läuten, den Sie Ihrer Haushälterin gegeben haben – und schon geht's los mit der Hatz. Völlig gleich, ob sie das mit Connie Hatch glauben oder nicht, Hauptsache, sie können wegen irgendwas gegen Sie schießen.« Er hievte sich von der Couch hoch. Sein Elend nach dem Anruf in Boston war so groß, es war, als hätte eine Krankheit ihn befallen. Er ging in Richtung Tür.

»Was quält Sie, Charlie?«

Charlie kehrte um und stellte sich vor Tyler auf, brachte das Gesicht dicht an seines. »Kapieren Sie's immer noch nicht, Caskey?«, sagte er laut. »Wir reden über *Sie*.«

Tyler ließ den Schaukelstuhl nach hinten wippen.

»Mann!« Charlie wandte sich ab. »Sie armer Trottel. Sie armer bescheuerter Gutmensch-Trottel.« Abrupt drehte er sich wieder um und trat ganz nah an Tyler heran, der mit einem Ausdruck gezwungener Gleichmütigkeit zu ihm aufblickte.

»Ich könnte Ihnen jetzt wahrscheinlich eine schmieren, und Sie würden bloß sagen: ›Gerne, Austin, hier ist meine andere Wange.‹ *Oder?*« Charlie machte ein paar Schritte weg, schaute hinunter auf seine Stiefel. »Mann, Caskey, Sie können einen echt rasend machen.« Er sah wieder auf. »Haben Sie Ihre Frau rasend gemacht?«

Tylers Augen wirkten erschöpft, winzige, halb verschüttete Lichtpünktchen.

Charlie schüttelte den Kopf. »Und stinken tun Sie auch. Gibt's hier kein warmes Wasser, oder wie?« Er sah sich um. »Ein einziges Drecksloch ist das.«

Nach einigen Sekunden sagte Tyler leise: »Um auf Ihre Frage zu antworten, Bonhoeffer glaubte, dass die Wollust uns von Gott wegtreibt.«

Charlie fühlte sich zu elend, um noch länger stehen zu bleiben. Er setzte sich auf die Armlehne der Couch. »Uns von Gott wegtreibt. Verstehe.«

»Was etwas Furchtbares ist.«

»Was?«

»Fern von Gott zu sein.«

»Tja, ich verrat Ihnen ein kleines Geheimnis, Caskey. Sie können predigen, bis Sie schwarz werden, aber die ganze Scheißwelt ist fern von Gott.«

Tyler nickte langsam.

Charlies Luftröhre fühlte sich an wie ein Schwamm; jeden Moment konnte ihm der Atem wegbleiben. Er mochte die dunklen Ecken hier im Zimmer nicht, aber er fürchtete sich davor, wieder hinauszugehen in die Kälte. Er wollte nicht nach Hause. Dunkle Bilder explodierten in seinem Kopf, aus dem Hals eines Mannes sprudelte das Blut. »Wer hat sich diese ganze Religionsscheiße überhaupt ausgedacht?«, hörte er sich fragen.

»Oh, ich kann Ihnen sagen, wozu die Religion gut ist – klar. Sie gibt einem ein Überlegenheitsgefühl, und das mögen die Leute.

Und wie sie das mögen!« Charlie lachte. »Ich bin so viel besser als alle anderen, ich *sag* nicht mal, dass ich besser bin. Gott, es kotzt mich an. Kretins, alle miteinander.« In Charlies Kopf summte es. Er sah hinüber ins Esszimmer. An der Wand hing ein Bild von einem Rehkitz, das ihm das gefleckte Hinterteil zukehrte. »Also, Caskey. Was haben Sie zu sagen? Sie Weiser aus dem Abendlande?«

Er richtete den Blick wieder auf Tyler, der die Arme auf die hölzernen Lehnen seines Schaukelstuhls gelegt hatte. Tyler starrte auf seine Knie, und nach einer Weile sagte er mit müder Stimme: »Nur das, was ich immer wieder sage, Charlie. Es ist nicht die Schuld Jesu Christi, dass das Christentum, oder sonst irgendeine Religion, auch in eine Verhöhnung Gottes verkehrt werden kann.«

»Große Worte. Ständig diese großen Worte. Das ist auch so was, was ich nie verstanden hab, Caskey – dieser Mist von wegen billiger Gnade und teurer Gnade, den Sie immer wieder aufwärmen.« Charlies Knie zitterte. Er drückte den Fuß fest auf den Boden. »Es ist reines Geschwurbel, aber Sie machen einen Wind drum, als ob es Wunder was zu bedeuten hätte.«

Tyler sagte kalt: »Es hat etwas zu bedeuten, wenn uns die Art, wie wir unser Leben leben, etwas bedeutet.«

»Das ist mir zu hoch!«, wollte Charlie ihn anschreien. Er sagte durch die Zähne: »Blödes Gewäsch«, und Speicheltröpfchen sprühten.

Leiser, in milderem Ton, sagte Tyler: »Wie will ich mein Leben leben – das ist die Frage. Will ich es so leben, als ginge es um etwas? Die meisten von uns glauben, dass es um etwas geht. Dass unsere Beziehung zu Gott, zueinander, zu uns selbst wichtig ist.«

Charlie verschränkte die Arme, starrte auf seine Stiefel, schüttelte den Kopf.

»Und wenn sie wichtig ist, dann ist die Einstellung ›Ach, ich habe gesündigt, aber Gott liebt mich, also ist mir vergeben‹ – dann ist so eine Einstellung billig.«

»Wieso? Was ist daran auszusetzen? Wissen Sie, was ich glaube? Ich glaube, euereins hat einfach Spaß dran, uns andere an der kurzen Leine zu halten.«

»Es kostet nichts, deshalb. Teure Gnade ist, wenn sie einen das Leben kostet.«

»Wie Ihren Bonhoeffer. Den Herrn Märtyrer.«

»Nicht nur. Buße und die Nachfolge Jesu können viele Formen annehmen.« Tyler kehrte die Handflächen nach oben. »Sie zum Beispiel vermitteln jungen Menschen die Schönheit der Sprache…«

»Stopp, stopp, stopp! Mich lassen Sie schön raus aus diesem Schwachsinnskram. Ich hab nur gefragt. Sonst nichts.«

Tyler nickte, drückte die Hände ans Gesicht und rieb fest.

»Die Männer bei der Gemeindekirchenratssitzung gestern Abend«, sagte Charlie in nachdenklichem Tonfall, »die sitzen da und unterhalten sich über Autos und Winterreifen und die Revolution auf Kuba und wie viele Waschmaschinen Russland herstellt. Und die Frauen, soweit ich das mitkriege, die reden darüber, ob jetzt der Pastor seine Haushälterin bumst oder nicht. Und beide Unterhaltungen bedeuten mir rein gar nichts.«

»Was bedeutet Ihnen denn etwas?«

Die Frage erschien Charlie als Provokation. Er wusste nicht mehr genau, was er eben gesagt hatte, nur dass er zu viel geredet hatte. Er maß Caskey mit einem langen, harten Blick. »Dahinterzukommen, wie jemand so ein selbstgefälliges Arschloch sein kann. Das würde mir was bedeuten.« Charlie stand auf. »Ich muss hier raus, bevor ich Sie bewusstlos schlage.«

Zum ersten Mal, seit er im Farmhaus wohnte, schloss Tyler beide Türen ab. Er hob den Pullover vom Wohnzimmerboden auf, sah kurz auf die Pfützen, die Charlies Stiefel hinterlassen hatten. Er knipste noch eine Lampe an; zwei rosarote Kreise schimmerten nun an der Wand. Das Wissen, dass er allein im Haus war, dass Katherine bei den Meadows übernachtete, strich durch den Raum wie der lautlose Flügel einer riesigen Fledermaus. Er hatte sich nicht klargemacht, wie sehr er auf das Kind angewiesen war, auf ihre stumme Gegenwart, ihre scheuen Blicke. Er würde sie morgen früh anrufen, ehe sie mit den Meadows-Kindern zur Schule gefahren wurde.

Er ließ ein Licht in der Küche brennen und legte sich auf die Couch im Arbeitszimmer. Er blieb in seinen Kleidern, nicht einmal die Schuhe zog er aus. Er wusste kaum, was ihm am meisten zusetzte: Connie, Charlie oder der Gedanke an seine Zukunft. Er wünschte, Charlie würde sein Amt als Vorsitzender des Gemeindekirchenrats niederlegen, das würde die Dinge vereinfachen. Er hatte ihnen bereits mitgeteilt, dass er die Entscheidung für eine neue Orgel unterstützen würde; jetzt war sicherlich nicht der Zeitpunkt, dagegen Front zu machen. Aber mehr noch ging ihm doch Connie nach, ihr trauriges Kirchenasyl. Wie hätte er reagieren sollen? Wie sollte er morgen handeln? Wenn er an den Trost dachte, den er aus ihrer Anwesenheit im Haus geschöpft hatte, stieg eine seltsame Übelkeit in ihm hoch. Er erinnerte sich an diesen ersten Herbstnachmittag, als er von dem Gespräch über Katherine heimgekommen war: Was war es, fragte er sich nun, was er in Connies grünen Augen gesehen hatte? Was für ein Blick des Erkennens war das gewesen?

Tyler setzte sich ein Stück auf, die Ellenbogen in die Polster gestemmt. Konnte es eine Art finstere Kameradschaft gewesen sein? Als verbände sie eine private, wissentliche Bekanntschaft mit dem Tod? War das die Botschaft, die sie an diesem Tag ausgetauscht hatten?

Nein. Er war nicht bereit, das zu glauben.

Ein Eiszapfen krachte vor dem Fenster zu Boden, und Tyler erhob sich mit wild klopfendem Herzen. Er ging durchs Haus, spähte aus den Fenstern und sah nichts. Von seinem Platz auf der Couch aus schaute er zu, wie sich das Dunkel draußen ganz allmählich grau färbte, und ihm war, als gäbe es keinen Beginn und kein Ende, nur die ewig sich weiterdrehende Welt. Ihm fiel sein breitbrüstiger Schwiegervater ein, der ihm vor Jahren erzählt hatte, er hasse es, wenn die Leute sagten, »die Sonne geht auf« oder »die Sonne geht unter«, weil es schlicht falsch sei, und er hatte Tyler bohrend angeschaut, als wäre dieser ganz allein verantwortlich für einen so empörenden sprachlichen Abusus. »Es ist eine *Illusion*«, hatte der Mann gesagt. Und Tyler hatte gesagt: »So gesehen, ja.« Aber nun packte ihn Abscheu bei der Erinnerung, und er wünschte, er hätte erwidert: »Ach, sei doch still, du selbstgerechter alter Idiot.«

Er starrte hinaus auf die Vogeltränke, das immer lichter werdende Grau der dahinterliegenden Felder, sah die alte Steinmauer Konturen annehmen, und plötzlich empfand er überdeutlich, dass sie nichts weiter war als ein Haufen Steine, die seit hundert Jahren aufeinanderlagen; die Mühe, die darin steckte, die stille Schönheit, mit der sie ihn jahrelang berührt hatte, schien ausgelöscht durch die müde Ungeschminktheit des Morgens. Er sah zum Schreibtisch hinüber und dachte, dass es nicht guttat, die Nacht zu durchwachen.

»Sie wollen auf jemanden Jagd machen können, erst recht, wenn sie Schwäche wittern.« Charlies Worte ließen einen stetigen Strom kleiner Unruhebläschen in ihm hochsprudeln, und er ging zu seiner Couch zurück und legte sich wieder hin.

Was hatte Charlie gemeint?

Er erwachte wie aus einem Narkoseschlaf und hörte ein Klopfen an der Tür. Es war der Carlson-Junge, der den Fäustling an das kleine Guckfenster drückte, um hereinspähen zu können. »Ach je, wie dumm von mir«, sagte Tyler, und sein

Atem dampfte in der Kälte. »Katherine hat bei den Meadows übernachtet. Sag deiner Mutter, es tut mir furchtbar leid, dass ich vergessen habe, anzurufen.« Der Junge rannte die Stufen hinunter, und Tyler winkte Mrs. Carlson zu und formte mit den Lippen: »Entschuldigung.« Sie nickte, ihre Züge halb verdeckt von dem nach vorne treibenden Auspuffqualm, aber Tyler meinte ihr anzusehen, dass die unnütze Verzögerung sie ärgerte.

»Es tut mir leid«, rief er, als sie schon zurückstieß. Die Winterluft schien durch die weißen Hemdsärmel hindurch kleine Stücke aus ihm herauszubeißen. Und plötzlich dachte er verbittert: Ich habe die Entschuldigungen so satt.

Das Telefon klingelte. Fast hätte er gesagt: »Connie?« Aber es war Mr. Waterbury, der wissen wollte, ob er morgen Nachmittag zu einem Gespräch mit Mary Ingersoll und Rhonda Skillings kommen könne. »Aber natürlich«, sagte Tyler. »Sehr gern.«

Mrs. Meadows hatte eins von den abgelegten Kleidchen ihrer Töchter herausgesucht, das Katherine in die Schule anziehen sollte. Sie kniete vor ihr, um den kleinen weißen Kragen zurechtzuzupfen, und sagte: »Was für ein hübsches Mädchen du bist.« Katherine sah in die großen braunen Augen der Frau. »Genau wie deine Mutter.« Mrs. Meadows' Wangen waren rund, mit einer Spur Rosa unter den Augen. Sie roch nach Babypuder. Katherine rückte ein winziges Stückchen näher; vielleicht gab es ja noch mehr zu richten an ihrem Kragen. »Ich bürste dir schnell noch die Haare. Du sagst es, wenn es ziept, ja? Zieh ich zu fest?«

Katherine schüttelte den Kopf.

»Du meine Güte, was siehst du hübsch aus.«

Das ältere der beiden Meadows-Mädchen ging vorbei; sie war so groß, dass sie schon richtige Schulbücher hatte. Sie blieb bei ihnen stehen und lächelte Katherine an. »Eigentlich könnte Katherine das Kleid doch behalten, Ma, oder?«

»Ja, natürlich.« Mrs. Meadows strich Katherine das Haar hinter die Ohren. »Wenn's dir nichts ausmacht, dass es gebraucht ist.«

Davis Meadows kam. Seine graue Hose hatte Aufschläge. Katherine beobachtete ihn, wie er eine Schublade am Garderobentisch aufzog, seine Handschuhe herausnahm, den Hut aufsetzte. Er sagte: »Katie sieht ganz von alleine hübsch aus, egal ob die Kleider gebraucht oder neu sind.«

Mrs. Meadows hatte ihr etwas zu essen zurechtgemacht und in eine alte Brotbüchse gepackt. Katherine hielt sie ein Stück von sich weg und in die Höhe, weil sie fast noch nie etwas so Schönes gesehen hatte. Auf der Längsseite war eine Szene aus *Alice im Wunderland* abgebildet. Während Mrs. Meadows den Reißverschluss an ihrem Mantel hochschob, fragte sie: »Hat dir deine Mommy jemals einen kleinen goldenen Ring gegeben?«

Katherine ließ die Büchse sinken und starrte sie an.

»Nein? Dann hebt ihn dein Daddy wahrscheinlich für dich auf, bis du ein bisschen größer bist. Deine Mutter hatte einen kleinen Goldring mit einem klitzekleinen roten Stein, den sie dir geben wollte.«

Katherine flüsterte: »Meine Mommy ist im Himmel.«

»Ja, Herzchen. Und von da schaut sie zu dir herab und hat dich genauso lieb wie vorher, als sie noch hier war. Und sie will, dass ich dich ganz fest von ihr drücke.« Mrs. Meadows legte die Arme um Katherine und zog sie an sich. Katherines Lippen zitterten. Um keinen Preis durfte sie vor diesen wunderbaren Leuten losweinen! Sie wandte das Gesicht ab.

»Lauft vor und wartet bei Daddy im Auto«, sagte Mrs. Meadows zu einem der Kinder. »Schnallt euch schon mal alle an – wir kommen gleich.« Getrappel ertönte, Küsse schmatzten, so nahe, dass es an Mrs. Meadows' anderer Backe sein musste, und dann leerte das Haus sich. Mrs. Meadows stand auf. »Was meinst du, Katie? Würdest du gern öfter hierherkommen? Du würdest uns damit eine große Freude machen.«

Katherine nickte.

»Dann rede ich mal mit deinem Vater.«

»Kann Jeannie auch kommen?«

»Ja, natürlich! Wär das nicht schön? Lauf und setz dich ins Auto. Die anderen zeigen dir, wie das mit dem Sicherheitsgurt geht.« Ganz kurz spürte Katherine eine Hand, die ihren Hinterkopf umschloss.

Rhonda Skillings hatte sowohl Mr. Waterbury als auch Mary Ingersoll davon in Kenntnis gesetzt, dass ihre kurze Unterhaltung mit Katherine Caskey ganz so geklungen habe, als ob zwischen Tyler und seiner Haushälterin etwas im Gange sein könnte; sogar ein Ring sei anscheinend im Spiel. Ob die Lage so ernst war, wie Katherine offenbar glaubte, wusste Rhonda nicht recht; jedenfalls sagte sie Mary und Mr. Waterbury, dass es sicherlich von höchster Wichtigkeit sei – zumindest vorerst –, die Information strikt vertraulich zu behandeln. Aber Mary Ingersoll fuhr heim und erzählte es ihrem Mann, was jedoch nicht zählte – er war ihr Mann; seinem Mann durfte man alles sagen –, und kurz darauf rief sie eine Freundin an. »*Sag es ja keinem weiter*«, begann sie und glaubte den Beteuerungen der Freundin, die schließlich eine alte und sehr gute Freundin war. Und danach – mit einem Gefühl, als säße sie vor einer Schachtel Pralinen und sagte sich: Ach, nur eine einzige noch – rief sie noch eine Freundin an. »*Sag es ja keinem weiter*«, begann sie.

Auch für Rhonda Skillings, die Alison Chase wegen der kontaminierten Preiselbeeren angerufen hatte, war die Versuchung letztlich zu groß.

»Ich bin die ganze Zeit nur noch müde«, hatte Alison eben gesagt. »Moment – ich mach nur schnell die Tür zu.« Alisons Telefon hatte eine so lange Schnur, dass sie sich damit in den großen Wandschrank in ihrer Küche zurückziehen konnte, und die bloße Vorstellung brachte Rhonda in eine Verschwörerstimmung. »Die Preiselbeeren können von mir aus so kontaminiert sein, wie sie wollen«, sagte Alison. »Ich nehm das Gelee aus der Dose – merkt doch eh keiner. Ich bin es so *leid*, immer nur Köchin und Flaschenauswäscherin zu sein und hinter allen herzuputzen.«

»Ich bin's auch manchmal leid«, sagte Rhonda, für die sich das vage Gerücht über Connie und Tyler wie ein Stück Kuchen anfühlte, das sie im Mund hatte und um das sie herumsprechen musste. »Manchmal träume ich davon, in einem englischen Herrenhaus zu leben, wo es für alles Dienstmädchen gibt.«

»Hier bin ich das Dienstmädchen«, sagte Alison. »Und das Haus ist ein einziges Chaos.«

»Ach, du übertreibst doch«, sagte Rhonda, obwohl sie wusste, dass es keine Übertreibung war. »Beschwert Fred sich denn?«

»Das nicht. Aber er sagt ganz freundlich: ›Schauen wir doch, ob wir nicht alle unsere Sachen ein bisschen besser aufräumen können.‹ Das ist eine Kritik. Und Aufräumen hilft sowieso nicht groß. Die Möbel sind alle so verschrammt...«

»Da gibt's einen Trick. Du vermischst Pulverkaffee mit gerade nur einer Spur Wasser, dass es eine dicke Paste ergibt, und reibst die auf die Schrammen. Das wirkt – ich schwör's dir. Machst du denn immer gleich als Erstes die Betten? Das sagt Jane doch immer – einfach die Betten machen.«

Alison in der Dunkelheit ihres Wandschranks stieß ein angewidertes kleines Schnauben aus. »Warum machen die ihre Betten nicht einfach selber?«

»Weil Jungs das nicht machen«, sagte Rhonda, die einen Jungen und ein Mädchen hatte. »Jungs sind Schweine, Alison. Vielleicht besteht für die nächste Generation Hoffnung, aber im Moment sind sie noch Schweine.«

Alison lehnte sich gegen die Schranktür. »Jane hat's ja mit den Böden«, sagte sie.

»Stimmt«, bestätigte Rhonda. »Jane wischt jeden Tag ihre Böden, und dann fühlt sie sich besser.«

»Was machst du denn jetzt wegen der Preiselbeeren?«, wollte Alison wissen.

»Keine Ahnung. Erinnerst du dich an diesen Wissenschaftler, der meinte, man müsste schon jahrelang fünfzehntausend Pfund Beeren täglich essen, damit man Kehlkopfkrebs kriegt?«

»Nein«, sagte Alison. »Fünfzehntausend Pfund pro Tag? Warum zerbrechen wir uns dann den Kopf?«

»Weil der Kerl für die Pharmagesellschaft gearbeitet hat, die dieses Mittel herstellt – dieses Pestizid. Aminotriazol oder wie das heißt.«

»Mein Gott«, sagte Alison. »Du kannst echt keinem mehr trauen. Die Welt ist so korrupt geworden. Da versuchst du ein einfaches, anständiges Leben zu führen, und was passiert? Du wirst von Pharmafirmen vergiftet, und die Tochter des Pastors tyrannisiert dich. Ich glaube, nach Weihnachten gebe ich die Sonntagsschule ab, Rhonda.«

»Hör mal«, sagte Rhonda. »Ich muss dir was erzählen. Strikt vertraulich.«

Nachdem sie aufgelegt hatten, öffnete Alison die Schranktür und flüsterte: »Fred, Fred! Komm her!«

Fred sah mit den Jungen fern, aber als er seine Frau hörte, kam er herüber und schob sich zu ihr in den Wandschrank. »Was gibt's, Ali?«

Schließlich trommelte der ältere Junge an die Tür. »Was *macht* ihr da drin eigentlich?«

»Ab mit dir«, rief Fred durch die Tür.

»Kotz, würg!«, sagte der Junge. »Kotz, würg – ihr zwei seid so was von eklig.«

Und so sprach sich herum, dass Tyler eventuell etwas mit seiner Haushälterin hatte. Es war die aufregendste Neuigkeit seit Laurens Tod – gewissermaßen sogar noch aufregender, weil sie Raum für Spekulationen ließ. Viele winkten gleich ab; das Kind sei »nicht normal«, sagten sie, und die Idee sei einfach albern und unglaubwürdig. Andere waren sich nicht so sicher. Und so oder so gab es der Gemeinde Gelegenheit, sich frei von Schuldgefühlen über ihren Pastor zu beklagen, der sie in letzter Zeit zunehmend enttäuscht hatte. Tylers Verhalten wurde mit solcher Inbrunst examiniert, dass die Tatsache, dass er Alison Chases Apfelkuchen köstlich genannt hatte, obwohl er Äpfel in Wahrheit nicht mochte, den Ruch moralischer Verwerflichkeit annahm. Doris Austin erzählte den Leuten, er habe ihr eine neue Orgel versprochen – oder jedenfalls so gut wie – und dann einen Rückzieher gemacht. Fred Chase sagte, er habe noch nie einen kongregationalistischen Pastor erlebt, der so oft die katholischen Heiligen im Mund führte wie Tyler. Auggie und Sylvia Dean brachten die junge Frau ins Spiel, die neuerdings öfter in der hintersten Kirchenbank saß – stimmte es, dass sie in Hollywell Kosmetikprodukte verkaufte? Und war er nicht mit ihr Eislaufen gewesen? Also bitte. So verhielt sich doch wohl kein Mann, der seiner verheirateten Haushälterin einen Antrag gemacht hatte, einer Frau noch dazu, die nicht nur beträchtlich älter als er war, sondern nach der die Polizei wegen Diebstahls fahndete! Aber solche Dinge kamen vor. Man hörte doch allenthalben von verzweifelten Männern – manche hielten es offenbar keine zwei Minuten ohne eine Frau im Haus aus. Er war geheimniskrämerisch, wenn man recht darüber nachdachte. Und wo Rauch ist, da ist auch Feuer.

Bertha Babcock, der pensionierten Englischlehrerin, setzten die Gerüchte derartig zu, dass sie ihren Mann bat, die Pilgerkostüme wieder aufzuräumen – ihr war nicht danach, Schulkindern Vorträge über die Besiedelung Maines zu halten, und ihr war auch nicht danach, das nächste Treffen des Geschichtsvereins auszurichten, denn sie wusste, dass es ein Nachmittag voller Klatsch und Tratsch werden würde. Sie saß auf ihrem prallen Zweiersofa, während Miles, ihr Mops, mit herausquellenden Augen auf sie einkläffte; auf seinen kleinen Beinen stand er da, zitternd vor Vernachlässigung. Bertha hatte die Hände im Schoß gefaltet und dachte daran, wie Tyler ihr vor Jahren beigepflichtet hatte, dass Wordsworths »Narzissen« – »Der Wolke gleich, zog ich einher, die einsam zieht hoch übers Land...« – das schönste Gedicht der englischen Sprache sei, um ihr dann eines Tages kichernd eine Parodie zu zeigen, die mit den Zeilen anschloss: »...als unverhofft vor mir ein Meer von klappernden Gebissen stand.«

Den halben Vormittag saß sie so und starrte durch das schadhafte alte Glas des Wohnzimmerfensters hinaus auf den streifigen Fluss. Schließlich gab ihr Hund sein Kläffen auf und ließ sich vor ihre Füße fallen.

Tyler derweil saß nach Mr. Waterburys Anruf in der Küche und hörte Radio. Die Nachrichten brachten nichts über Connie, und er scheute sich, bei ihr zu Hause anzurufen. »Washington«, sagte der Nachrichtensprecher. »Präsident Eisenhower hat bislang nicht auf eine kürzliche Erklärung des sowjetischen Ministerpräsidenten Chruschtschow reagiert. Demnach stellt Russland jährlich zweihundertfünfzig mit Atomsprengköpfen versehene Raketen her. Sämtliche dieser Waffen, so Chruschtschow, sollen vernichtet werden, wenn die anderen Mächte gleichziehen.« Tyler sah um sich: dreckiges Geschirr auf dem Tisch, Töpfe in der Spüle. An der Tür zum Hauswirtschaftsraum stand ein Korb mit Schmutzwäsche. Das Geschirrtuch neben dem Kühlschrank hatte dunkle Soßenstreifen von den Baked Beans, die er vor Tagen gegessen hatte. Er stellte sich vor, wie seine Mutter zur Tür hereinkam, und er stand auf, um Wasser in die Spüle einlaufen zu lassen. »Gönnen Sie Ihrer Familie dieses Weihnachten doch mal was Besonderes«, sagte das Radio, und er schaltete es ab.

Als er das Spülmittel auf den Schwamm gab, schien ihm die Spüle in großer Tiefe unter ihm zu liegen, weit weg und klein. Der Topf, den er abspülte, wollte nicht sauber werden; die eingetrockneten Bohnenreste plumpsten ins Spülbecken, auf dem Topfboden blieben dunkle, siruppartig verkrustete Ränder zurück. Er gab auf und ging ins Wohnzimmer. Er war sich nicht völlig sicher, ob Charlies Besuch letzte Nacht, die Begegnung mit Connie in der Kirche – ob das alles tatsächlich passiert war. Der Kaplan in der Navy hatte ihm damals gesagt, einem Menschen unter Schock müsse man immer wieder von neuem erzählen, was geschehen war. Wiederholung, hatte der Mann ihm eingeschärft. Tyler glaubte nicht, dass er einen Schock hatte, aber es war ihm unheimlich, wie fern und unwirklich die Möbel wirkten. Die lächerlichen rosa Wände, die schmutzigen Socken vor der Couch, der Teppich, den seine Mutter bestickt hatte – all das kam ihm fremd vor. Charlie Austin, das fiel ihm nun wieder ein, hatte im Krieg auf den Philippinen den Todesmarsch von Bataan überlebt. Zumindest hatte ihm das bei seiner Ankunft hier jemand erzählt, aber wer war das gewesen, und stimmte es überhaupt? Und warum tauchte Charlie ausgerechnet jetzt bei ihm auf, um ihm zu drohen?

Er glaubte nicht, dass die Leute ihn »arrogant und unnahbar« fanden, wie Charlie sagte. Das Gerücht, dass er in irgendeiner unerlaubten Beziehung zu Connie stünde, gedachte er jedenfalls keiner Reaktion zu würdigen. Reaktion wem gegenüber, wäre da die nächste Frage gewesen. Er fühlte sich versucht, Ora Kendall anzurufen, aber es war ja wohl nicht seine Aufgabe herumzufragen, was für Unsinn über ihn verbreitet wurde. Er begann seine alten Ordner nach einer Predigt zu durchforsten, die er am Sonntag verwenden könnte, aber nicht einmal das wollte ihm gelingen. Mr. Waterburys Anruf pumpte ihm warme Wellen der Angst durch die Glieder. Die Stimme des Mannes war beflissen und höflich gewesen; »nur ein kleiner Zwischenstand«, hatte er ihm versichert, aber während Tyler fruchtlos durchs Haus strich, kam es ihm immer mehr so vor, als müsste sich dahinter Unerfreuliches verbergen.

Er setzte sich mit einem Block hin und schrieb: *Shirley Falls. Navy. Dad. Orono. Predigerseminar. Lauren. West Annett. Katherine. Jeannie. Lauren †. Connie.* Dann radierte er das Wort »Connie« wieder aus. Er sprach sich jedes der Worte laut vor, versuchte eine Beziehung dazu herzustellen. Das war allem Anschein nach sein Leben.

Das Telefon klingelte, und er hob eilig ab. Matilda Gowen, seine Sekretärin, geriet mehrmals ins Stocken, als sie ihm erklärte, dass sie und Skogie beschlossen hatten, den Winter in Florida zu verbringen. Sie würden erst kurz nach Weihnachten losfahren, aber sie wolle es Tyler jetzt schon wissen lassen, damit er sich nach einer Vertretung umsehen konnte. Nein, spontan falle ihr niemand ein, der an der Stelle interessiert war. »Machen Sie sich da mal keine Sorgen«, sagte Tyler. »Ich finde schon wen. Sie und Skogie haben sich ein paar schöne Ferienwochen verdient.«

Sie wollten ein Haus in Key West mieten, sagte Matilda. Die Idee dazu habe sie gehabt.

»Wunderbar«, sagte Tyler.

Als er auflegte, war er sich nicht sicher, ob sie geklungen hatte wie immer. Eher nicht, dachte er. Matilda war zwar kein sehr gesprächiger Mensch, aber ihm schien, als hätte sie anders geklungen. Vielleicht hatte sie ein schlechtes Gewissen, weil sie ihn im Stich ließ. Vielleicht hatte sie auch die albernen Gerüchte über Connie gehört – die sie aber doch sicherlich nicht geglaubt hatte, oder?

Er schaute auf die Liste in seiner Hand. *Shirley Falls. Navy.*

Er schüttelte den Kopf. Bloße Worte, und doch ballte sich um sie ein Universum von Farben, Gerüchen, Szenen. Mit seinem Bleistift umringelte er immer wieder *Katherine* und *Jeannie*.

Der Vormittag wollte nicht enden. Der Himmel vor dem Fenster war niedrig und grau. Er wartete. Er wartete darauf, dass Connie anrief, Adrian, Ora Kendall, Doris – so genau wusste er es selbst nicht. Aber er hatte das Gefühl, ein Stück über seinem Leben zu schweben, als machte er mit seinem schweren Körper in einem See toter Mann, während unter ihm Fische durch das Städtchen West Annett schwammen, alle unterwegs in irgendwelchen Geschäften. Nur er hatte nichts zu tun. In letzter Zeit, wurde ihm bewusst, wollte kaum mehr jemand etwas von ihm, keinen Besuch, keine Gebete, keinen Trost oder Ratschlag. Und das, nachdem er früher so oft das Gefühl gehabt hatte, gar nicht fertigwerden zu können mit allem. In seiner obersten Schreibtischschublade lag noch immer das Zitat von Henri Nouwen: »Mein Leben lang habe ich mich darüber beklagt, dass ich ständig bei der Arbeit unterbrochen wurde, bis mir irgendwann aufging: diese Unterbrechungen *sind* meine Arbeit.«

Er wählte die Nummer der Meadows, um Carol für ihre Hilfe zu danken, und entschuldigte sich, dass er Katherine morgens vor der Schule nicht noch angerufen hatte.

»Sie ist so ein liebes kleines Mädchen«, sagte Carol. »Ich hab ihr gesagt, sie soll unbedingt bald mal wieder zu uns kommen und auch Jeannie mitbringen, wenn sie möchte.«

»Sagen Sie, Carol«, sagte Tyler, »ich trau mich das ja kaum zu fragen, aber ich habe morgen Nachmittag eine Sitzung. Könnte sie da vielleicht noch mal für eine Stunde oder so zu Ihnen kommen? Ich würde sie vorbeibringen, wenn sie nach dem Mittagessen aus der Schule kommt.«

»Sehr gern«, sagte Carol. »Ach ja, und ich habe ihr heute

Morgen eins von Tracys alten Kleidern angezogen, und wenn es ihr gefällt, behalten Sie's einfach.«

Was für ein Glück Davis Meadows hatte, dachte Tyler nach dem Auflegen. Trotz dieser tragischen Sache mit ihrem ersten Kind damals wirkten Davis und Carol auf eine stille, unverbrüchliche Weise vereint. Er begann wieder im Haus herumzustreichen, und was er dabei fühlte, war Neid – Neid, der wie ein graues Meer in seinem Innern wogte und schwappte. Dass andere in ihr Leben eingeschlagen waren wie in eine weiche Decke, sicher und beschützt in ihren Familien… störte ihn. Und er wollte nicht so sein – *voll von Neid, Mordlust, Hader, Arglist, Niedertracht; Ohrenbläser sind sie…*

Ohrenbläser.

Er griff sich Mantel und Hut und ging in die Stadt. Der Himmel war jetzt von einem lichten Weiß, winzige Schneeflocken tauchten in der Luft vor ihm auf, nicht von oben, so schien es, sie schwebten einfach waagrecht auf ihn zu. Als er die Kirche betrat, hörte er Orgelmusik und sah oben auf der Empore den Rücken von Doris, die dasaß und spielte. Tyler setzte sich in die letzte Bank und blickte sich nach der Wolldecke oder irgendeiner Spur von Connie um. Aber offenbar war sie nicht mehr hier gewesen. Der Teppich war gesaugt und glatt – kein Geruch zu entdecken, keine Krümel, nichts. Durch die hohen Fenster starrte er hinaus in den Schnee, der jetzt mit sachter Stetigkeit fiel. Auf den Ahornästen blieb er schon liegen, ein zartes weißes Gerieseil, als stäubte jemand aus einem Sieb Puderzucker über die Welt draußen. Durch den Nebel seiner Müdigkeit lauschte Tyler der Orgel, und es war, als fielen die kleinen Flocken auch in seinem Innern. Als die Musik endete, war das Schweigen plötzlich absolut. Ihn schauderte.

»Doris«, rief er, »das war wunderschön. Spielen Sie doch noch was, ja? Vielleicht dieses wunderbare Lied ›Bleib bei mir,

Herr‹. Das würde ich jetzt richtig gern hören. Es war schon immer mein Lieblingslied.«

Ein Buch wurde mit einem Knall zugeschlagen, und gleich darauf kam Doris die Treppe herunter. »Ich bin keine Spieldose, die man aufzieht«, sagte sie.

Er folgte ihr in den Vorraum. »Doris, ist etwas nicht in Ordnung?«

»Ach, *jetzt* interessiert Sie das plötzlich.« Sie zog den Mantel über, und als er näher trat, um ihr hineinzuhelfen, wich sie zurück. »Ich bin heulend bei Ihnen im Büro gesessen, und haben Sie sich wenigstens die Mühe gemacht, mal anzurufen? Nein. Wie viele Wochen ist das jetzt her? Sie müssen *sehr* viel zu tun gehabt haben.«

»Ich hatte viel zu tun, ja. Aber Sie haben völlig recht mit Ihrer Kritik, und es tut mir leid.«

Doris' Wangen hatten sich rosa verfärbt. Ihr Zopf wand sich so straff um ihren Kopf, dass Streifen der Kopfhaut hervorschimmerten. »Tja«, sagte sie. »Aber sparen Sie sich Ihr Mitleid. Mir geht's bestens.«

»Sie spielen wunderschön, Doris. Es tut gut, hier hereinzukommen und Ihnen zuzuhören.«

»Wenn es so guttut, warum haben Sie dann nicht irgendwann Chris Congdon angerufen und ihm gesagt, der Gemeindekirchenrat soll das Geld für eine neue Orgel mit einplanen? Die Vorbesprechungen für das Budget nächstes Jahr stehen vor der Tür, wie Sie ganz genau wissen. Aber vielleicht haben Sie ja andere Dinge im Kopf.«

Eine kleine Sprengladung schien plötzlich in ihm zu detonieren, und mit eisiger Stimme sagte er: »Auf was für andere Dinge spielen Sie an, Doris? Haben Sie irgendwas Konkretes im Sinn? Warum sagen Sie es mir nicht direkt?«

Sie starrte ihn an, mit Pupillen, die ihm so groß schienen wie Fünfcentstücke. »Gut, ich sag es Ihnen direkt«, sagte sie, die

Noten an ihren Mantel gerafft. »Ich sage Ihnen ganz direkt, dass ich mir Ihren Ton verbitte. Haben Sie verstanden?« Mit schnellen Schritten ging sie davon, und Schneeflocken taumelten auf ihren geflochtenen Haarkranz nieder.

Über Nacht schien sie gewachsen zu sein. Katherine stand in der Küche, die geborgte Brotbüchse in der Hand, und wartete, während ihr Vater ihr den Reißverschluss aufnestelte. »Du hast mir gefehlt«, sagte Tyler. »Ohne dich ist das Haus nicht dasselbe.« Selbst ihr Gesicht kam ihm älter vor. Sie beobachtete ihn wie aus einem Abstand heraus, und seine Phantasie zeigte ihm ein flüchtiges Bild von ihr als Halbwüchsige, als junge Frau, die ihn mit diesem Blick ansah: als brauchte sie ihn nicht. »Hattest du's schön bei den Meadows?«

Sie nickte.

»Du kannst sie morgen nach der Schule noch mal besuchen. Ich muss zu einer Sitzung.«

Ihre einzige Reaktion war ein kaum wahrnehmbares Einatmen. »Ist das in Ordnung? Bist du gern dort?« Wieder nickte sie. »Gut.« Er nahm ihr die Büchse aus der Hand, legte sie auf den Tisch.

Katherine sah sehnsüchtig hinterher. Wenn er nur nicht von ihr verlangte, dass sie sie zurückgab! Die wunderschöne Alice gleich dort auf dem glänzenden Blech! Als sie in der Pause den Deckel geöffnet hatte, waren Kräcker und Rosinen zum Vorschein gekommen, dazu ein Sandwich mit Erdnussbutter und Marshmallows, schon in vier Teile geschnitten, und zwei Plätzchen.

Bis zum Abend saß sie am Esstisch und malte. Sie malte ein Bild von Mrs. Meadows mit ihren hübschen rosa Wangen, sie malte ein Bild von Alice im Wunderland mit ihren langen blonden Haaren. Sie malte ein Bild von Mr. Meadows mit seiner grauen

Hose mit den Aufschlägen, auf dem Kopf einen Hut, wie ihr Vater ihn trug.

Zum Abendessen öffnete ihr Vater eine Dose Spaghetti und wärmte sie in einem Topf. Er bat Katherine, zwei Gabeln und Papierservietten auf den Tisch zu legen, und sie gehorchte. »Mäuslein«, sagte er, als es im Topf zu brutzeln begann, »hat Connie Hatch dir je irgendwie wehgetan?« Sie sah ihn groß an. »Hat sie dich jemals verhauen oder so was?« Er drehte die Flamme herunter und setzte sich an den Tisch. Sie schüttelte den Kopf, eine winzige Bewegung, und schaute zu, wie das Spaghetti-Knäuel, das er sich in den Mund stopfte, seine Lippen orange machte. Er wischte sie mit der Serviette ab. »Weißt du, was Gerüchte sind?«

Ihr wurde heiß im Gesicht. Das Wort kannte sie, aber nicht die genaue Bedeutung, und ihren Vater das merken zu lassen, erschien ihr als ein beschämendes Versagen.

»Gerüchte entstehen dann, wenn Leute übereinander reden und Sachen behaupten, die vielleicht gar nicht wahr sind.«

Er sprach weiter, aber ein solcher Schrecken hatte Katherine gepackt, dass sie unter dem Tisch mit aller Kraft die Finger kreuzte. Sie dachte an die Geschichte aus der Sonntagsschule, von den Kindern, die in Höhlen eingesperrt und dann gefragt wurden, ob sie an Jesus glaubten. Wenn sie sagten, ja, sie glaubten an Jesus, holte man sie heraus, und die Löwen fraßen sie auf. Katherine an ihrer Stelle hätte die Finger gekreuzt und nein gesagt, sie wusste es, und dieses Wissen war ein Geheimnis ganz tief in ihr drin. Es machte sie zu einem genauso schlechten Menschen wie den Mann, der Jesus dreimal verleugnet hatte, bevor der Hahn krähte, und das war furchtbar. Ihn hatte man kopfüber aufgehängt.

»Wenn also irgendwer zu dir etwas über Connie oder über mich sagt, achte einfach nicht darauf, ja? Gerüchte kommen dadurch in Umlauf, dass die Menschen hässlich denken. Das ist traurig, Katherine. Aber manche Leute können nicht anders, als hässlich zu denken. Du hörst einfach gar nicht hin, verstehst du?«

Katherine nickte, die Finger unterm Tisch gekreuzt, so fest sie nur konnte.

Neun

Mr. Waterburys Büro hatte drei große Fenster, von denen zwei zum vorderen Parkplatz hinausgingen und das dritte zum Pausenhof und den dahinterliegenden Sportplätzen. An diesem Nachmittag schien eine schwache Wintersonne ins Zimmer und warf einen blassen Glanz über Mr. Waterburys großen hölzernen Schreibtisch und den braunen Tweedrock, den Mary Ingersoll trug. Mr. Waterbury lehnte sich auf seinem hölzernen Drehstuhl zurück und schlug ein Bein übers andere, was der Stuhl mit Knarzen quittierte. Dick war er nicht, aber sein Körper hatte etwas Pralles, als hätte ihn jemand ein klein wenig mit einer Fahrradpumpe aufgepumpt. Er hielt einen Füller lose in der Hand und zeigte nun damit auf Rhonda Skillings. »Ich bin da ganz Ihrer Meinung«, sagte er. »Es besteht keinerlei Notwendigkeit, die Sache mit der Haushälterin anzusprechen. Wenn er etwas mit ihr hat, gehört das nicht hierher. Er soll ja nicht denken, wir würden ihn herbestellen, nur um ihn mit Gerüchten zu konfrontieren.«

»So ist es«, sagte Rhonda. Sie saß in einem großen Sessel, dessen dunkelbrauner Lederbezug von Polsternägeln aus Messing eingefasst wurde, und hielt ebenfalls einen Füller in der Hand. Auf ihrem Schoß lag ein Ordner. »Wir sind hier, um seiner Tochter zu helfen. Mehr nicht. Punkt. *Besorgnis*, das ist unser heutiges Motto. Wir werden ihm die Ängste darlegen, die der infantilen Grandiosität entspringen und zu denen sich in diesem Fall, wenn man so will, die bereits der nächsten Entwicklungsstufe zuzuordnende Kastrations…«

Mr. Waterbury und Mary Ingersoll tauschten einen raschen

Blick, Mr. Waterbury mit einem Ausdruck hastig kaschierter Verwirrung auf dem Gesicht. »Besorgnis, ganz genau«, sagte er mit vehementem Nicken und wischte sich dann über die Schultern, als hätte er jetzt erst die Schuppen dort entdeckt. »Unser Motto an jedem einzelnen Tag.«

Rhonda schob sich den Füller ins Haar und sagte: »Meine Theorie ist die: Wenn Tyler etwas Negatives über Katherines Verhalten hört, erlebt er das als eine narzisstische Kränkung. Die wiederum zu narzisstischer Wut führt. Und das wollen wir vermeiden.«

»Ja, das finde ich auch«, sagte Mary Ingersoll von ihrem Platz am Fenster her. Rhonda und Mr. Waterbury lächelten sie liebevoll an.

»Seien Sie unbesorgt«, versicherte Rhonda ihr.

»Bleibt er denn Pastor?«, fragte Mary. »Wenn er ein Verhältnis mit einer verheirateten Frau hat? So eine Schande, wirklich.«

Mr. Waterbury, der selbst in die Episkopalkirche in Hollywell ging, wies mit der flachen Hand in Rhondas Richtung. »Gut, noch ist es nur eine Annahme«, sagte Rhonda. »Und über so etwas muss die Kirche entscheiden. Deshalb halte ich es ja auch für so wichtig, dass wir uns heute auf das Thema Katherine konzentrieren. Ich kann es mir ehrlich gesagt nur schwer vorstellen«, fügte sie hinzu.

»Bei einem trauernden Mann ist alles möglich«, sagte Mr. Waterbury. »Ich kannte mal einen Mann, der sechs Wochen nach dem Tod seiner Frau ihre beste Freundin geheiratet hat.«

»Aber war die beste Freundin seiner Frau denn verheiratet?«, fragte Mary.

»Nein. Nein, verheiratet war sie nicht.« Mr. Waterbury schaute gramvoll auf seinen Schreibtisch.

»Ich geh mir bloß kurz die Hände waschen«, sagte Mary und stand auf.

»Natürlich, Kindchen.« Rhonda stellte die Beine schräg, um die junge Frau vorbeizulassen.

Tyler wollte nicht vorne auf dem großen Parkplatz parken, wo man ihn von Mr. Waterburys Büro aus sehen konnte – ihn vielleicht beobachten würde, wie er auf die Tür zuging –, und so fuhr er den langen Weg außen herum und parkte hinter dem Schulhaus. Er betrat das Gebäude durch den Seiteneingang, und augenblicklich sprang ihn wieder dieses Gefühl der Angst an – vermischt womit? Dem Geruch nach Farbe? Kreide? Kleister? Es kroch ihm die Kehle hoch, und mit ihm kam, während er noch am Fuß der Treppe verharrte, die Kindheitserinnerung an die alte Mrs. Lurvy, die den Schülern den Mund mit gelbem Klebeband zuzukleben pflegte, wenn sie schwätzten; die Rolle hatte griffbereit auf ihrem Pult gelegen, mit der ganzen Autorität eines chirurgischen Instruments. Für ihn hatte sie immer etwas übriggehabt, aber Belle war von monatelangen Ausschlägen geplagt worden, als sie in ihre Klasse gekommen war. Ein scharfes Klacken von Absätzen ließ ihn aufblicken. Über ihm kam ein Paar brauner Pumps in Sicht, Nylonstrümpfe, ein Tweedrock – eine Art Lähmung bannte Tyler an seinen Platz, und so stand er und sah hoch, als der Tweedrock oben an der Treppe vorbeiging, und ganz kurz blitzte ein nylonumschlossener Schenkel auf, ein Strumpfband. Es war Mary Ingersoll, und sie hatte ihn offenbar nicht gesehen – Tyler in seiner seltsamen Erstarrung hatte schon den Mund geöffnet, doch was immer es war, das in ihm die Entscheidungen traf, hatte sich dagegen entschieden zu grüßen –, aber dann drehte sie sich plötzlich doch um und sah ihn stehen. Sie starrte; er starrte.

»Hallo«, sagte Tyler.

Sie nickte und setzte sich wieder in Bewegung. »Ich komm gleich«, rief er ihr nach. Sie antwortete nicht, und er sah zu, wie sie den Korridor entlang verschwand. Es schien ihm eine unsägliche Ungerechtigkeit, dieser Blick von ihr, als hätte sie ihn bei irgendeiner Abartigkeit ertappt. Er hatte schließlich nichts *gemacht*!

Der Korridor war leer. Der Geruch nach Farbe und Kleister bedrückte ihn. Durch die offene Tür eines Klassenzimmers sah er die Stühlchen, die kleinen Pulte. Als er sich umdrehte, kam ein Hausmeister mit einem langen Mopp auf ihn zu. Tyler hob eine Hand zum Gruß und ging weiter zum Büro des Rektors.

»Kommen Sie rein, kommen Sie rein«, sagte Mr. Waterbury und schüttelte Tyler markig die Hand. »Rhonda kennen Sie ja, richtig? Und Mary natürlich auch.«

Von Mary Ingersoll, die wieder an ihrem Platz beim Fenster saß, kam nichts, aber Rhonda stand auf und sagte: »Tyler, hallo!« und nahm seine Hand in ihre beiden Hände. »Danke, dass Sie gekommen sind, Tyler.« Sie sprach langsam, als wäre er taub und müsste ihr die Worte von den Lippen ablesen.

»Setzen Sie sich, setzen Sie sich.« Mr. Waterbury zeigte auf einen großen Holzstuhl. »Lassen Sie mich Ihnen den Mantel abnehmen.«

Tyler, der sich nackt fühlte ohne seinen Mantel und den Hut, warf einen Blick in Mary Ingersolls Richtung, als er Platz nahm, und staunte, mit welch unverhüllter Abneigung die junge Frau ihn ansah.

»Also dann.« Rhonda Skillings lächelte. Ihre Haare waren onduliert, der nach innen gedrehte Pony saß so hoch oben, als wäre es ein Griff, mit dem sich die ganze Frisur bei Bedarf einfach abziehen ließ. Sie nickte Mr. Waterbury zu, der hinter seinem großen Schreibtisch saß und sich vorbeugte. Seine Schreibtischlampe warf einen kleinen Lichtkreis auf einen aufgeschlagenen Ordner, der allem Anschein nach – Tylers Herz schlingerte ein wenig bei der Erkenntnis – diverse Berichte über Katherine enthielt. Mr. Waterbury setzte die Brille auf, spähte auf die Seiten hinunter, setzte die Brille wieder ab.

»Eine Reihe von Vorfällen, verstehen Sie«, sagte er zu Tyler. »Leider Gottes. Schreien, Spucken, unanständige Bilder, die sie gemalt hat.«

»Unanständige Bilder?«

»Nun ja ...«

»Sie hat unanständige Bilder gemalt?« Tyler fragte es mit ruhiger Stimme.

»Sie hat ein Bild von einer Frau gemalt, die defäkiert, fürchte ich.«

»Kann ich es sehen?«

Mr. Waterbury reichte ihm das Bild, und Tyler sah kurz hin. »Das ist nicht unanständig«, sagte er und gab es zurück. »Du lieber Himmel. Wenn das unanständig sein soll.«

»Es ist gestört«, sagte Rhonda. »Sagen wir einfach so.«

Mary Ingersoll war glühend rot geworden, und Tyler begriff, dass das Bild sie zeigte.

»Jedoch! Dies sind pädagogisch sehr spannende Zeiten.« Mr. Waterburys dunkle Augenbrauen schossen in die Höhe, als er Tyler ein gebundenes Büchlein hinhielt. »Hier – das könnte von einigem Interesse für Sie sein.« Tyler las den Titel. *Das Streben nach Exzellenz.* »Eine Studie«, erklärte Mr. Waterbury. »Letztes Jahr von der Rockefeller-Stiftung in Auftrag gegeben und verfasst von den führenden Pädagogen des Landes, die anregen, dass hochbegabte Kinder getrennt von den übrigen unterrichtet werden sollten.«

Tyler nickte verhalten – eine versöhnliche Geste.

»Und die minderbegabten ebenfalls.«

Auf dem Parkplatz fuhr keuchend ein Schulbus an.

Rhonda ergriff das Wort. »Katherine hat bei einem Intelligenztest unter Durchschnitt abgeschnitten, Tyler. Nicht, dass wir das Kind für geistig zurückgeblieben halten – keine Sekunde lang. Aber wir sehen es als dringend erforderlich an, dass sie Hilfe bekommt.«

Mary Ingersoll fing seinen Blick ein und hielt ihn fest, ehe sie wegschaute.

»Heutzutage weiß man so viel über Kinder«, sagte Mr. Waterbury. »Gott, als wir Kinder waren, hat sich kein Mensch auch nur Gedanken über diese Dinge gemacht.«

Tyler räusperte sich gedämpft. »Was für Dinge?«

»Meine Theorie hinsichtlich Katherine ist folgende.« Rhonda setzte sich sehr aufrecht hin und tippte sich an ihren runden weißen Ohrring. »Aber vielleicht gebe ich Ihnen besser erst ein paar Hintergrundinformationen, Tyler. Sehen Sie, genauso wie wir« – sie schwenkte die Hand, um die anderen im Zimmer einzubeziehen – »wahrscheinlich ein bisschen Nachhilfe beim Thema Religion bräuchten, dachte ich, dass es nichts schaden kann, wenn Sie einige der grundlegenden psychologischen Theorien kennenlernen.«

Er sagte: »Solange Sie keine zu schwierigen Worte gebrauchen, Rhonda.« Sie lachte, taktvoll, aber alle wussten – es war mit Händen greifbar –, dass er sich wie ein großes, in die Enge getriebenes Tier fühlte. Er legte *Das Streben nach Exzellenz* auf Mr. Waterburys Schreibtisch zurück, verschränkte die Finger und wartete darauf, dass Rhonda anfing.

»Kinder sind sexuelle Wesen«, sagte sie.

Mary Ingersoll begann mit ihrer Halskette zu spielen, an der das kleine Silberkreuz baumelte; hin und her fuhren ihre Finger.

»Kinder kommen auf die Welt, und diese Welt besteht für sie ausschließlich aus Mamas Brust.« Rhonda legte sich für einen Moment die Hand auf den Busen. »Sie haben Hunger, sie schreien, und Mama legt sie an. Sie sind *mächtig*, verstehen Sie? So, wie sie es sehen, beherrschen sie die Welt. ›Infantile Grandiosität‹ nennt sich das.«

Das Nachmittagslicht, das durch die hohen Fenster schien, war zu dem Silbergrau der frühen Dämmerung verblasst. Die Bäume jenseits des Parkplatzes wirkten weit entfernt, knorrig und nackt vor dem Himmel. Mr. Waterbury lehnte sich hintenüber und knipste die große Stehlampe hinter seinem Schreibtisch an, so dass sich ein gelber Lichtsee über die halbe Tischplatte und den Schoß von Mary Ingersoll ergoss. Tyler sagte langsam: »Infantile Grandiosität. Das ist ein großes Wort.«

»Zwei Wörter.« Mary drehte sich in ihrem Stuhl zur Seite, strich sich mit der flachen Hand über den Schoß.

»Zwei. Ja. Richtig.« Ein Schweigen folgte, in dem laut Tylers Magen knurrte. Mr. Waterbury offerierte ihm eilfertig ein Pfefferminzbonbon. »Nein, danke«, sagte Tyler.

Rhonda lächelte ihn an. »Schön. Aber Sie können mir so weit folgen, Tyler, ja?«

»Ich denke doch.«

Mary Ingersoll hörte auf, mit ihrer Kette zu spielen. Mit unbewegter Miene sah er sie an.

»Also gut.« Rhonda sprach, und ihr roter Lippenstift begann ihr die Mundwinkel zu verschmieren. Tyler schaute zu, wie sich zwischen ihren Lippen immer mehr gummiartige Fäden spannten, bis schließlich auf ihrer Unterlippe ein undefinierbares weißliches Klümpchen erschien. Sie sprach von kindlicher Sexualität, Ödipuskomplex, Elektrakomplex, von dem zunehmenden sexuellen Begehren, das kleine Mädchen auf ihre Väter richteten. »Man hört ja oft kleine Mädchen zu ihrem Daddy sagen: ›Du sollst dich von Mommy scheiden lassen, damit ich dich heiraten kann.‹«

Tyler hatte es noch nie gehört, dass ein kleines Mädchen so etwas sagte. Er linste zu Mr. Waterbury hinüber, der Rhonda mit dem übertrieben wohlgefälligen und verlegenen Blick beobachtete, mit dem Eltern ihr Kind bei einer Schulaufführung betrachten.

Rhonda sprach weiter: über den Penisneid, über Kastrationsängste, wobei sie sich die Hand – kaum glaublich – über den Schritt spreizte, als sie die Furcht beschrieb, die das kleine Mädchen erfasst, wenn es merkt, dass seine Mutter und es selbst verstümmelt worden sein müssen. Und dann schlug Rhonda den Bogen zurück zur infantilen Grandiosität, zu dem Glauben, allmächtig zu sein, die ganze Welt zu beherrschen, gottgleich zu sein. Sie hielt inne und lächelte Tyler an, der nicht zurücklächelte.

»Kleine Kinder nehmen alles ungeheuer wörtlich«, fuhr Rhonda fort. Mary Ingersoll an ihrem Platz am Fenster nickte. Toby Dunlop, erzählte Rhonda, hatte Marilyn als kleiner Junge einmal sagen hören: »Ich stecke bis über beide Ohren in der Arbeit«, und Toby hatte ein verdutztes Gesicht gemacht und gesagt: »Aber Mommy, deine Ohren gucken doch raus.«

Mr. Waterbury lachte. »Das trifft es haargenau, nicht wahr?«, sagte er. »Das trifft es haargenau.«

Tyler verschränkte die Arme vor der Brust. Rhonda sprach weiter. »Freud war ein Genie. Vor Freud wussten wir so wenig über unsere Psyche, wie die Menschen vor der Erfindung des Teleskops über die Sterne wussten. Galilei hat es uns möglich gemacht, die äußeren Horizonte zu erkunden, und dank Freud erkunden wir nun unsere inneren Horizonte.«

Tyler fühlte sich mit einem Mal so schläfrig, dass ihm fast die Augen zufielen.

»Freud war unheimlich klug.« Das war Mary Ingersoll drüben am Fenster. »Er hatte ein enorm großes Wissen.« Tyler straffte den Rücken, holte tief Atem, schlug die Beine übereinander. »Alles, was uns im Leben zustößt, liegt in unserer Kindheit begründet«, sagte Mary.

Tyler sah sie an. »Ach, ja?« Er sagte es von oben herab.

Mary lief rot an, und sie sagte: »Wir glauben, dass Katherine denkt, sie hätte ihre Mutter getötet.«

Es wurde still im Zimmer. Tyler sah von einem Gesicht zum anderen.

»Wir glauben«, sagte Rhonda nach einer Weile leise, »dass

sich Katherine, in dem Entwicklungsstadium, in dem sie sich gerade befindet, vor dem Hintergrund des Konzepts der infantilen Grandiosität, unter Umständen unbewusst die Schuld am Tod ihrer Mutter gibt. Wissen Sie, Tyler, etymologisch betrachtet ist *infans* derjenige, der nicht sprechen kann.«
Draußen auf dem Sportplatz trillerte eine Pfeife.

Auf der Anhöhe vor der Stadt, wo die Meadows wohnten, war der Himmel jetzt fast von der gleichen Farbe wie die weiten, sanft gewellten Felder hinterm Haus; der Horizont bildete eine dünne, undeutliche Linie, durch nichts markiert außer durch ein paar versprengte, von kahlem Geißblatt durchrankte Lärchen hier und dort. Eine dünne, mehrere Tage alte Schneeschicht bedeckte den Boden, und bei den hohen, in Büscheln stehenden Gräsern näher am Haus bog der Schnee die Rispen herab. Alles – die leicht beschneiten Felder, die nackten Bäume, die Gräser – schimmerte in einem ganz zarten Lavendelblau.
Katherine, dick eingemummelt in einen Wintermantel, mit Wollmütze auf dem Kopf und warmen Handschuhen an den Händen, stand da und schaute. Vielleicht, dachte sie, war die Welt ja auf dem Stiefel eines Riesen erbaut, wie Paul Bunyan, nur dass dieser Riese viel, viel größer war; auf seinem Zeh saß die Stadt West Annett, und im Sommer wuchs Moos auf dem Stiefel, kleine Erdhäufchen sammelten sich an, und darauf bauten die Menschen dann ihre Häuser, wie das rote Haus der Meadows und wie ihr eigenes Haus, und im Winter, wenn der Riese durch den Schnee stapfte, spritzte der Schnee bis auf die Häuser, und keiner wusste, dass er auf dem Stiefel eines Riesen lebte, aber es stimmte trotzdem. Es war ein lieber Riese, er tat keinem was, und vielleicht hatte er überhaupt keine Ahnung, dass auf seinem Zeh die Welt wuchs, weil er so groß war, dass er gar nicht so tief runtergucken konnte.

Aber ihre Mutter wusste es, denn oben im Himmel konnte man weit sehen.

Katherine bog den Kopf zurück und starrte in den Himmel hinauf, aber der Himmel war grau und so ein bisschen wirbelig und wellig, wie der Abdruck von einem schmutzigen Stiefel sah es aus. Vielleicht schlief der Riese nachts auf dem Rücken, so dass seine dreckigen Stiefel in die Luft hochstanden und Schmutzspuren darauf machten. Wenn der Riese daran dachte, den Boden zu wischen, dann glänzte er schön blau. Katherine musste lächeln bei der Vorstellung, dass der Himmel der Boden sein könnte; der Riese stand vielleicht auf dem Kopf, und niemand bekam es mit. Die Leute fielen nicht runter, weil er so stark war, dass alles auf der Erde beschützt war, all die kleinen Aststückchen und Erdklumpen, alles Eis, aller Schnee.

»Beeilt euch!«, rief die ältere Meadows-Tochter. Sie war eben zur Hintertür herausgekommen und klatschte in die Hände. Sie rief es ihrer Schwester und ihrem Bruder zu und auch Katherine. »Kommt schon«, rief sie. »Ma sagt, bevor es dunkel wird, dürfen wir noch kurz in den Bunker!«

Das war ein regelmäßiges, wenn auch seltenes Vergnügen. Davis Meadows vergewisserte sich gern, dass sein so liebevoll konstruierter Bunker auch unter winterlichen Bedingungen problemlos zugänglich war, und so ließ er ihn manchmal von Carol öffnen, wenn er nicht da war, und dann durften die Kinder darin spielen. Er wollte, dass die Kinder damit vertraut waren, damit sie sich im Fall eines Atomangriffs, wenn er und die Familie viele Tage dort unten verbringen müssten, nicht unnütz fürchteten.

Katherine traute ihren Augen nicht: Mrs. Meadows in ihrem roten Mantel und den dicken Stiefeln stand mitten im Garten und zog eine Falltür hoch. »Vorsichtig, Kinder«, sagte sie. »Vorsichtig. Schön einer nach dem anderen.« Das ältere Mädchen machte den Anfang und verschwand im Erdboden. Dann der kleine Junge, dem die Mutter half, dann das kleinere Mädchen, und dann war Katherine an der Reihe. Eine Leiter führte in die Tiefe, und ein Licht brannte. »Dreh dich um und steig rückwärts runter«, sagte Mrs. Meadows zu ihr, also stellte Katherine die Füße auf die Sprossen, langsam, und spürte, wie jemand nach ihren Beinen griff und sie stützte.

»Nur zehn Minuten«, rief Mrs. Meadows von oben auf der Erde. »Und denkt an die Regeln.«

Schmale Stockwerkbetten waren in die Wände gebaut, und an den Querseiten des kleinen Raums, in dem Katherine sich wiederfand, stand je eine Liege. »Setz dich hin«, sagte das große Mädchen, und so setzte sich Katherine auf eine der Liegen. »Schau, wir haben Karten. Magst du Quartett spielen?«

Katherine rührte sich nicht. Auf dem einen Stockwerkbett lag eine Raggedy-Ann-Puppe, und als das kleinere Mädchen Katherines Blick sah, kletterte es hinauf und warf die Puppe herunter. »Du kannst mit ihr spielen«, sagte das Mädchen. »Aber sie muss hierbleiben.«

»Habt ihr auch einen Atombunker?«, fragte das große Mädchen und teilte die Karten aus.

Katherine schüttelte den Kopf.

»Was macht ihr dann, wenn's bombt?«, wollte das kleinere Mädchen wissen.

Katherine zuckte mit den Schultern.

Der Junge sagte mit dumpfer Stimme: »Dann sterbt ihr, wegen dem, was dann in der Luft ist.«

»Hör auf, Matt«, sagte seine Schwester. »Mach ihr keine Angst.«

An einer Wand hingen eine große Schaufel, eine Spitzhacke, eine Taschenlampe und ein Dosenöffner. Katherine drehte sich um und sah hinter sich. Da standen Reihen von Konservenbüchsen, so wie früher daheim bei ihnen im Hauswirtschaftsraum. Mrs. Meadows kam die Leiter heruntergeklettert, und sie lächelte Katherine mit ihren rosa Wangen an. »Matthew, nicht die Füße auf die Liege, Herzchen. Dann schauen wir mal, ob bei der Taschenlampe und dem Radio alle Batterien funktionieren.« Sie nahm die Taschenlampe herunter und knipste sie an.

»Ich will sie halten«, sagte das kleinere Mädchen, und Mrs. Meadows gab sie ihr.

»Möchtest du ein bisschen mit der Puppe spielen?«, fragte Mrs. Meadows Katherine und hob die Raggedy Ann auf. Katherine nickte, setzte die Puppe neben sich auf die Liege und streckte ihr die Beine schön gerade. »Sehr gut, und jetzt das Radio ... Mach die Taschenlampe wieder aus, wir wollen nicht die Batterien aufbrauchen.« Knistern und Rauschen füllte den kleinen Raum, und Mrs. Meadows fummelte an den Knöpfen des Radios herum, das neben einem Tisch mit zwei Töpfen darauf stand.

»Wir können bis zu zwei Wochen hier unten durchhalten«, erklärte das große Mädchen Katherine. »Hinter dem Schrank da ist Wasser.«

»Schscht«, machte ihre Mutter und drückte das Ohr an das Radiogerät. »Ach du meine Güte.« Mrs. Meadows richtete sich auf. Die Stimme des Nachrichtensprechers sagte: »... die von der Polizei wegen Diebstahls im Bezirksaltenheim gesucht wurde, hat sich freiwillig gestellt. Laut Auskunft eines Polizeisprechers war Constance Hatch fast einen Monat untergetaucht, bevor sie sich dazu entschloss ...« Mrs. Meadows schaltete das Radio ab.

»Ma, *was* hat er gesagt?«, fragte das große Mädchen und wandte sich um.

»Ich hab's nicht ganz verstanden«, sagte Mrs. Meadows. »Gehen wir wieder ins Haus.«

Tyler saß in Mr. Waterburys Büro gefangen, und der Schmerz unter seinem Schlüsselbein pulsierte so heftig, als würde ihm ein Nagel in die Brust getrieben. Aber er blieb regungslos sitzen. Wenn ihn nicht alles täuschte, hatte ihm Rhonda gerade in munterem Ton erklärt, jedes Kind wolle seine Eltern töten. Dass diese Information ihm mit der Aura einer unumstößlichen Wahrheit präsentiert wurde, dass in Rhondas munterem Ton eine gezügelte, unanfechtbare Autorität mitschwang, während Mary Ingersoll das unsichtbare Gift ihrer Verachtung in die Luft verströmte und Mr. Waterbury das eifrige Lächeln eines Mannes zur Schau trug, der alles Gesagte in bedröppelter Vasallentreue gutheißt – all dies erschien Tyler in höchstem Maße anstößig und appellierte an seinen tiefsten Instinkt, zivil zu bleiben, höflich, mannhaft. Aber eine Wut wogte in seinem Kopf, schäumend wie das Rote Meer.

»Die Erbsünde, Tyler« – Rhonda beugte sich vor und lächelte –, »liefert die Antwort darauf. Faszinierend, wenn man es bedenkt. Die Idee der Erbsünde entspringt dem Drang des Menschen, mit seinen Schuldgefühlen zurande zu kommen. Wir fühlen uns schuldig, jeder Einzelne von uns. Und diese Schuld verwirrt uns. Die Geschichte vom Sündenfall, von unserer Vertreibung aus dem Paradies, und die Aussicht auf Erlösung hat deshalb einen solchen Reiz für uns, weil wir uns tatsächlich schuldig fühlen, aufgrund der Wut, die wir als Kleinkinder empfinden, dieses unbewussten Verlangens, unsere Eltern zu töten. Unsere Unschuld zerbricht, verstehen Sie, ehe wir auch nur die Worte haben, diesen Verlust zu begreifen.«

Schweigen.

Sie sahen ihn alle an. Er nickte langsam mit dem Kopf, weil er letztlich keine Ahnung hatte, was Rhonda wollte, es schien ihm grotesk, fast als hätte sie eine Gehirnwäsche hinter sich. Er wollte ihr sagen, dass sie genauso idiotisches Zeug redete wie sein Schwiegervater, dass diese Welt immer mehr zu einer gottlosen wurde. Er sah aus dem Fenster, vor dem es inzwischen so dunkel war, dass das Glas die Szene im Zimmer widerspiegelte: die Lampe hinter Mr. Waterburys Schreibtisch, die reglose Gestalt Mary Ingersolls, die vorgebeugt dasaß, die Beine übereinandergeschlagen. Er spähte an der Spiegelung vorbei und machte eine Handvoll Vögel aus, die in einem einzigen kurzen Aufflattern von einem Baumwipfel zum anderen flogen. *Warum verbirgst du dein Antlitz vor mir? Ich bin elend und dem Tode nahe von Jugend auf.*

»Was denken Sie, Tyler?«, fragte Rhonda.

Er wandte ihr das Gesicht zu. »Hm«, sagte er mit leichtem Nicken, »interessant, was Sie da sagen. Und leider kompletter Stuss.« Er hatte das Gefühl, vollständig abgespalten von sich selbst zu sein; woher seine Worte kamen, wer sie absegnete, hätte er nicht zu sagen vermocht; um ihn gähnte ein Vakuum, aber es kamen immer mehr Sätze aus seinem Mund, Knäuel von Wörtern, ein Riesendurcheinander. »Inwiefern es Katherine helfen soll, wenn Sie die Schöpfungsgeschichte interpretieren, ist mir schleierhaft. Interpretieren Sie, was immer Sie wollen, aber Katherine in diesen Schwachsinn hineinzuziehen, bei der Last, die sie sowieso schon auf ihren Schultern trägt, ihr vorzuwerfen, sie würde« – und hier drehte Tyler sich zu Mr. Waterbury um – »unanständige Bilder malen... wo sind wir hier, frage ich Sie! Als ich jung war, gab es den Ausdruck Gossenphantasie, und...«

»Jetzt aber sachte«, sagte Mr. Waterbury, und sein Stuhl knarzte, als er sich zurücklehnte. »Jetzt aber sachte. Versuchen wir alle, unsere Zunge im Zaum zu halten. Versuchen wir alle, höflich zu bleiben.«

Mary Ingersolls Lächeln war hämisch, es gab keinen Zweifel. Sie nahmen ihn als Tanzbär, als Clown. Und er hatte sein ganzes Leben immer nur versucht, höflich zu sein. Zuerst an den anderen zu denken. Wahrscheinlich hatte er ohnehin schon einen Herzinfarkt oder Schlaganfall, denn der Schmerz unter seinem Schlüsselbein war nahezu unerträglich.

Rhonda sagte mit ruhiger Stimme: »Oh, Tyler. Hier liegt ein gravierendes Missverständnis vor. In meinem Eifer bin ich offenbar übers Ziel hinausgeschossen. Ich wollte Ihnen nur klarmachen, womit Katherine unter Umständen zu kämpfen hat, so dass wir zusehen können, wie wir sie wieder zum Sprechen bringen.«

Ein Schwindelgefühl hatte sich seiner bemächtigt. »Ich entschuldige mich«, sagte er zu Mr. Waterbury. »Ich entschuldige mich mit allem Nachdruck für das Wort Gossenphantasie.«

»Oh, sicher, sicher. Machen Sie sich keine Gedanken.« Mr. Waterbury nickte.

An der Tür klopfte es, und nach kurzem Stutzen ging Mr. Waterbury hin und öffnete. »Danke«, sagte er halblaut. »Ja, das stimmt. Danke.«

Er kam zurück und setzte sich hin. »Uff!«, sagte er mit einem Blick in die Runde. »Meine Sekretärin hat gerade erfahren – und sie dachte, es könnte zur Sache gehören, weil Mr. Caskey hier ist« – ein Nicken zu Tyler hin –, »dass Connie Hatch…«

Hitze siedete durch Tyler.

»Dass Connie Hatch…?«, wiederholte Mary Ingersoll und beugte sich noch weiter vor.

»Anscheinend hat sie sich der Polizei gestellt und den Mord an zwei Frauen gestanden.« Alle sahen Tyler an. Er schloss die Augen, langsam, öffnete sie wieder.

»Du mein Gott«, sagte er leise. »Das arme Ding.«

An diesem Abend wurde eifrig telefoniert. Nicht im Farmhaus, wo Tyler saß und auf einen Anruf von Adrian Hatch wartete. Aber in vielen anderen Häusern am Fluss liefen die Leitungen heiß. Mary Ingersoll beschrieb Tyler Caskey einer Freundin als »Perversen«. »Steht einfach da und guckt mir unter den Rock! Diese Pfarrer, so was von verklemmt! Ich sag's dir…«

Alison Chase hatte zum Glück einen Gemeinschaftsanschluss,

dadurch konnte sie mit Rhonda und Jane Watson gleichzeitig telefonieren. »Er wirkte nicht überrascht«, sagte Rhonda. »Die meisten Leute würden doch sagen: ›Ja, ist denn das die Möglichkeit? Meine Haushälterin eine Mörderin?‹ So etwas kam von ihm überhaupt nicht.«

»Aber jetzt noch mal«, drängte Jane und scheuchte ihre kleine Tochter Martha mit einer Handbewegung zurück nach oben, in ihr Zimmer. »Hat er sich verhalten wie jemand, der, na, du weißt schon, intim mit ihr war?«

»Nein«, sagte Rhonda. »Nein, ich glaube, da ist wirklich nichts dran. Es war mehr, als hätte er es einfach gewusst.«

»Wenn er es wusste«, sagte Alison Chase, »dann hat er einer Kriminellen Unterschlupf gewährt.«

»Nicht unbedingt«, wandte Jane ein. »Wenn er ihren Aufenthaltsort nicht kannte, kann man ihm auch nicht vorwerfen, ihr Unterschlupf gewährt zu haben.«

(»Was noch ironischer ist«, erzählte unterdessen Mary Ingersoll einer anderen Freundin, »er hat Mr. Waterbury unterstellt, er hätte eine Gossenphantasie!«)

»Wie lief das Gespräch ansonsten?«, erkundigte sich Jane. »Martha sagt, die Kleine hätte gestern allen Ernstes was zu essen in ihrer Brotbüchse gehabt.«

»Leider wenig zufriedenstellend«, sagte Rhonda, und ihr Tonfall war eine Enttäuschung, denn sie sprach mit dieser zugeknöpften »professionellen« Stimme, die die beiden anderen Frauen immer ärgerte.

»Sag mal, Jane«, sagte Alison, die mit ihrer langen Telefonschnur im Wandschrank stand, »wie machst du's dieses Jahr mit den Preiselbeeren?«

»Dosen«, sagte Jane. »Ich rühr dieses kontaminierte Zeug nicht an. Ich lege keinen Wert drauf, dass Martha in zwanzig Jahren irgendeine komische Krankheit kriegt.«

»Martha isst Preiselbeeren?«, fragte Alison. »Meine essen

keine Preiselbeeren. Oder Fisch. Oder irgendwas Grünes. Oder irgendwas mit sonst einer Farbe, so gesehen.«

»Das Gespräch ist wenig zufriedenstellend verlaufen«, sagte Rhonda, »weil Tyler, ganz wie von mir befürchtet, es nicht erträgt, etwas Negatives über seine Tochter zu hören. Er erträgt es schlicht nicht. Und die arme Mary Ingersoll. Sie meint es gut, aber sie ist einfach so schrecklich jung und nimmt sich so wichtig, wisst ihr, sie will helfen, aber sie fasst ihn grundfalsch an, so viel ist klar.«

»Also, Martha mag sie«, sagte Jane. »Sie erzählt von ihren Frisuren. Aber ich weiß nicht, ob sie sie so anhimmelt wie ein paar von den anderen Kindern.«

»Es gibt Kinder, die Katherine anhimmeln?«, fragte Alison.

»Nein, nein. Großer Gott. Ich rede von Mary Ingersoll.«

»Sie ist eine gute Lehrerin«, sagte Rhonda. »Ein bisschen unerfahren eben.«

»Wo ist Connie jetzt?«, fragte Jane.

»Im Bezirksgefängnis, glaube ich«, sagte Alison.

»Ist das nicht ironisch«, sagte Rhonda, »dass das Bezirksgefängnis Teil desselben Gebäudes ist wie das Altenheim, wo sie diese Taten begangen hat?«

»Das hab ich auch schon gedacht«, sagte Alison. »Wie seltsam, genau an dem Ort eingesperrt zu sein, an dem man sein Verbrechen verübt hat.«

»Gut, das ist das Bezirksgefängnis, und wenn sie diese Frauen umgebracht hat, kommt sie ins staatliche Gefängnis. In diese Besserungsanstalt für Frauen drüben in Skowhegan. Lebenslänglich, würde ich tippen. Wie hat sie sie eigentlich umgebracht – haben sie das gesagt?«

»Sie ertränkt, glaube ich«, antwortete Jane.

»Ertränkt?« Alison und Rhonda fragten es im Chor. Alison sagte: »Wie kann man so eine arme kranke alte Frau ertränken, ohne dass es jemand merkt?«

»Weiß ich auch nicht«, sagte Jane. »Aber anscheinend wollen sie sie exhumieren, um ihre Lungen auf Wasser zu untersuchen. Charlie Austin hat doch diesen Vetter, der im Polizeipräsidium arbeitet, deshalb hat Doris das mitbekommen.«

»Grauenhaft«, sagte Rhonda. »Ganz und gar grauenhaft. Und so aggressiv! So ein aggressiver Akt.«

Als sie aufgelegt hatten, rief Jane noch einmal bei Alison an. »Brauchst du einen Doktor in Psychologie, um herauszufinden, dass jemanden umbringen ein aggressiver Akt ist?« Die beiden Frauen lachten, dass ihnen die Tränen kamen.

Tyler konnte seine wachsende Angst nicht abschütteln, und nachdem sie gegessen hatten, ließ er das Geschirr in der Spüle stehen und sagte: »Fahren wir ein bisschen rum, Kitty-Kat.«

Stumm holte sie ihren Mantel, und er hob sie neben sich auf den Beifahrersitz. Der düstere Himmel hatte aufgeklart, über den schwarzen Äckern standen die Sterne, und der Mond sah aus wie ein weißer Knopf, nur halbiert. Er fuhr den ganzen Weg bis zu den Hatchs, unschlüssig, was er überhaupt dort wollte. Der Trailer lag im Dunkeln, aber das Untergeschoss von Evelyns großem Haus war erleuchtet. Er stellte sich vor, wie Evelyn und Adrian mit ernsten Mienen über Connie sprachen, und es nagte an ihm – er sollte dabei sein. »Ich bin gleich wieder da«, sagte er und parkte neben der Scheune. Aber als er die Stufen vorm Haus hinaufstieg, sah er Adrian und Evelyn vor dem Fernseher sitzen, beide mit gleich unverwandtem Blick. Evelyn schien über irgendetwas auf dem Bildschirm zu lachen. Tyler wartete einen langen Moment, dann wandte er sich um und ging zum Auto zurück.

Er fuhr nach Hollywell, zu dem Busbahnhof, von dem aus Lauren ihn angerufen hatte, als sie nicht mehr wusste, wo sie war. Er fuhr die Main Street entlang, vorbei an der Apotheke, und dann durch die Seitenstraße, in der Susan Bradford wohnte; im Wohnzimmer brannte Licht, und sie allein dort drinnen zu wissen, rührte etwas in ihm an, aber nur ganz weit entfernt.

Nach Hause fuhr er über die Nebenstraßen, langsam. Er wollte nicht im Farmhaus ankommen; in Bewegung zu sein senkte den Schmerz und die Unrast in ihm auf ein gerade noch erträgliches Maß. Er versuchte sich wieder mit seiner Predigt zu befassen. Ihr ahnt ja nicht, dachte er und rief sich seine Gemeinde vor Augen, ihr ahnt nicht, wie sehr ihr Gott beleidigt, wenn ihr mit euren kleinlichen, lieblosen Gedanken in sein Haus kommt.

Katherine schien eingeschlafen zu sein. Ihr Kopf war zurückgelehnt, ihr Gesicht zum Fenster hingewendet. Ihre leise Stimme kam ganz unerwartet. Sie sagte: »Daddy, warum kommt der Mond hinter uns her?«

Es hatte in der Tat etwas Ironisches, dass die Bezirksgefangenen im selben Gebäude untergebracht waren wie das Altenheim, in dem Connie gearbeitet hatte und in dem Tyler die verwirrte Dorothy Aldercott besucht hatte. Das Gefängnis war nicht auf weibliche Häftlinge eingerichtet, weil es im Prinzip keine gab, und Connie war in einen gesonderten Trakt gebracht worden und bekam ihre Mahlzeiten in der Zelle serviert, damit sie nicht mit den Männern essen musste.

»Schon komisch – da gestehst du eine Tat, und der Staat glaubt dir nicht mal gleich, dass du's warst.« Adrian sagte es zur Windschutzscheibe und sah Tyler auch dann nicht an, als Tyler ihm den Kopf zuwandte.

»Weil sie nach Beweismitteln suchen, meinen Sie?«, sagte Tyler.

Adrian antwortete nicht.

Die Straße zum Bezirksaltenheim war lang, ihre Serpentinen führten von der Hauptstraße weg durch kahles, baumloses Gelände, langsam ansteigend zwischen weiten Flächen unberührten Schnees, die sich graublau gegen den wolkigen Himmel abhoben. Das Gebäude selbst war ein schmutziggelber Ziegelbau mit Anbauten hier und dort, trist, klobig und so bar jeder Menschlichkeit, dass der gerollte Stacheldraht auf zweien der Mauern, der in Sicht kam, als Adrian herunterschaltete, das Bild einen bizarren Sekundenbruchteil lang zu beleben schien, ehe die wahre Bedeutung einsickern konnte. *Ich bin gefangen gewesen, und ihr seid zu mir gekommen.*

Weil Connie angegeben hatte, dass Tyler Pastor war – ihr Pastor –, durfte er allein zu ihr. Adrian blieb in dem kleinen Vorraum im Eingangsbereich, und Tyler wurde erst höflich vom Sheriff begrüßt und dann einem Uniformierten übergeben, der keine Miene verzog, als er Tyler durch drei abgesperrte Türen in Folge führte, von denen er jede sorgfältig hinter Tyler zuschloss, bevor er die nächste öffnete, so dass Tyler zweimal mehr oder weniger in einem Käfig stand, während der Mann ohne Eile den richtigen Schlüssel an einem Schlüsselring von der Größe einer Untertasse heraussuchte. Tyler hielt seinen Hut in beiden Händen, und Schweiß überzog seinen Körper so vollständig, dass er ihn sogar an den Handgelenken spürte, während er darauf wartete, zwischen den gelb gestrichenen Gittern hindurchgehen zu dürfen. Und dann stand er in einem engen fensterlosen Raum mit einem Tisch und drei Stühlen. Er wartete. Eine große Wanduhr zeigte zwanzig nach zehn an, und es dauerte eine Weile, bis ihm klar wurde, dass die Uhr kaputt war; die Zeiger bewegten sich nicht.

Ruhe erfüllte ihn, aber er wusste, ihr war nicht zu trauen, sie besagte lediglich, dass etwas in ihm zum Stillstand gekommen war, wie die Uhr. Reglos stand er da, ließ nur die Blicke wandern. Der Raum wirkte nicht so, als wäre er jemals neu gestrichen worden. Zwei nackte Glühbirnen brannten in Halterungen hoch über ihm, und mit einer Art Trägheit dachte er, wäre er Dietrich Bonhoeffer gewesen, hätte er sich wahrscheinlich umgebracht.

Kurz kam Bewegung auf, die Eisentür ihm gegenüber öffnete sich, ein Wachmann trat einen Schritt zurück, und da war Connie, in einem graubraunen Hemdkleid, die Haare offen, ihre Augen gerötet und tief in den Höhlen liegend. Er hätte sie nicht erkannt. Aber ihr Gesicht leuchtete auf, und ihre Arme streckten sich ihm entgegen. »Tyler!«, sagte sie.

Zehn

Die kleine Jeannie hatte ein neues Wort gelernt: »Daddy ist Pasta. Pasta«, krähte sie und patschte die Hände zusammen, während Margaret Caskey hinter ihr stand und die alte Minnie sich nach einigem Schwanzwedeln vor dem Schaukelstuhl niederlegte, den Kopf auf die Fußstrebe gebettet.

»Schau, wie sie redet, Tyler«, sagte Mrs. Caskey. »Die ganze Woche habe ich auf ein Bild von dir gezeigt und gesagt: ›Daddy ist Pastor‹, und jetzt kann sie's.«

Jeannie bohrte den Kopf in ein Sofakissen, stieß einen Quietscher aus und warf das Kissen in die Luft, jubelte: »Daddy, Daddy.« Katherine sah ihr zu, die Hand im Mund.

»Nimm die Hand aus dem Mund«, mahnte ihre Großmutter. »Himmel noch mal, hast du eine Vorstellung, wie viele Bazillen auf so einer Hand sitzen? Auf allen Sachen. Weißt du, was Bazillen sind, Katherine?«

»Daddy ist Pasta«, sagte Jeannie, die jetzt Anzeichen von Erschöpfung zeigte; sie hatte eine sehr helle Haut, und ihre Augen bekamen schnell bläuliche Schatten, wenn sie müde wurde. Sie habe heute erstmals auf der Herfahrt nicht geschlafen, berichtete Mrs. Caskey. Sie sei in dieser Phase, wo sie anstatt zweimal nur noch einmal am Tag zu schlafen begann. Tyler konnte sich bei Katherine an keine solche Phase erinnern.

»Entschuldige mich«, sagte er, denn in seinem Arbeitszimmer klingelte das Telefon.

Es war Ora Kendall. »Tyler – was soll das alles?«

»Wie nett, von Ihnen zu hören«, sagte Tyler. »Wir haben uns ja ewig nicht gesprochen. Wie geht es Ihnen, Ora?«

»Ach, hören Sie auf. Die Leute reden, Tyler. Das müssen Sie mitgekriegt haben.«

Der Horizont sah aus, als wäre ein Stück weiter oben ein Eidotter angestochen worden, das nun am Erdrand entlang ausfloss. »Über Klatsch halte ich mich nicht auf dem Laufenden.« Er fühlte sich plötzlich kurzatmig und steif, wie im Körper eines uralten Mannes. Er drückte die Schultern durch. *Denn sie haben ihr gottloses Lügenmaul wider mich aufgetan, sie reden wider mich mit falscher Zunge.*

»Hauptsächlich wegen Connie. Ich persönlich glaub das ja nicht, aber es heißt, Sie hätten sie gestern im Gefängnis besucht.«

»Und wenn es so wäre, Ora? Ich bin mit ihrem Mann hingefahren. Ein Pastor besucht Menschen, die in Not sind.«

»Was hat sie gesagt? War sie's wirklich, sagen Sie schon!«

»Über seelsorgerliche Dinge rede ich nicht, das wissen Sie, Ora.«

»Aye, aye, Sir. Tja, die Leute sagen, Sie müssen geholfen haben, sie zu verstecken. Oh, sie sagen alles Mögliche. Und meiner Meinung nach – interessiert meine Meinung Sie?«

»Sehr sogar.«

»Meiner Meinung nach sollten Sie sich schleunigst in der Gemeinde blicken lassen und mit den Leuten reden. Hören Sie auf, sich zu verkriechen, Himmelherrgott. Erklären Sie ihnen Ihren Standpunkt, nehmen Sie sie ernst mit ihren Anliegen.«

Oberhalb des zerrinnenden Dotterrandes spannte sich der Himmel in dunkel glänzendem Blau. Die Bäume auf den Hügeln waren braun und kahl und still. »Verstehe«, sagte Tyler und setzte sich langsam hin.

»Jane Watson wollte sogar – ach, egal. Aber kommen Sie runter von Ihrem hohen Ross und mischen Sie sich wieder unter uns normale Sterbliche, Tyler.«

»Verstehe«, sagte Tyler noch einmal. In seinen Unterarmen

prickelte es. »Alle, die ihren Pastor sehen möchten, Ora, die wissen wollen, wer er ist, und hören wollen, was er zu sagen hat, können morgen in den Gottesdienst kommen.«

Er blieb in seinem Stuhl sitzen und sah dem Gelb am Horizont beim Verblassen zu. Gerade als er die Sonne vollständig verschwunden glaubte, flammte am Himmel ein Widerschein auf, übergoss die Wolkenstriche mit einem tiefen, glühenden Rosa-Violett. Er versuchte sich darauf zu besinnen, wie gern er Ora immer gemocht hatte, aber die Erinnerung schien weit weg. Der Gedanke an Connie füllte ihm den Kopf wie dichtes, dunkles Moos – ihr Anblick, als sie abgeführt wurde, wie sie sich an der Tür noch einmal nach ihm umgedreht hatte, mit roten Augen wie ein verängstigtes Kind. Er hatte die Hand gehoben, ich komme wieder, sollte die Geste bedeuten, denn das hatte er bei ihrem Gespräch vorher nicht direkt so gesagt. Auf seinem Weg zum Ausgang war ein Trupp männlicher Gefangener an ihm vorbei zum Speisesaal eskortiert worden, demselben Speisesaal, in dem auch die Bewohner des Altenheims auf der anderen Seite des Gebäudes ihre Mahlzeiten einnahmen, und die Männer hatten ihm Angst gemacht; mit scharfen Blicken hatten sie ihn gemustert, während die Wärter sie antrieben, weiter jetzt, weiter. Ob Connie etwas passieren könne, hatte er den Sheriff gefragt, und der Mann hatte gesagt, nein, solange er zuständig war, ganz sicher nicht. Sie hatten eigens eine Wärterin aus dem Staatsgefängnis in Skowhegan kommen lassen. Tyler glaubte nicht, dass er zuvor schon einmal einem Gefängniswärter begegnet war. Bonhoeffer hatte sich mit seinen Wärtern angefreundet, einigen jedenfalls.

Tyler tippte sich mit den Fingern an den Mund. So saß er eine lange Zeit, bis die Hügel in der Entfernung verschwammen und die Vogeltränke nur noch ein grauer Umriss vor dem Fenster war.

Als die Kinder im Bett lagen, holte Margaret Caskey ihr Strickzeug heraus. Ihre Ellenbogen machten schnelle, ruckende Bewegungen. »Setz dich«, befahl sie Tyler, und er setzte sich in den Schaukelstuhl. »Wie du dir sicher denken kannst«, sagte sie, eine Augenbraue hochgezogen, den Blick auf ihre Nadeln gesenkt, »hat es mir einen Schock versetzt zu hören, dass Connie Hatch den Mord an zwei Frauen gestanden hat. Eine Wahnsinnige ist bei dir im Haus aus- und eingegangen, Tyler. Mich hat fast der Schlag getroffen.«

Tyler wartete einen Moment. »Ich habe sie besucht«, sagte er schließlich.

Margaret Caskey hörte auf zu stricken. »Du hast sie besucht? Wo?«

»Im Gefängnis. Gestern, mit Adrian. Wir sind zusammen hingefahren.«

»Was in Gottes Namen treibt dich, diese Frau besuchen zu wollen?«

»Mutter, ich bitte dich. Das ist mein Beruf. Sie ist in Schwierigkeiten.«

Seine Mutter fing wieder zu stricken an. »Das kannst du laut sagen, dass sie in Schwierigkeiten ist. Ich hoffe bei Gott, sie sperren sie ein und werfen den Schlüssel weg.«

Er sah sie an, versuchte sich die Mutter seiner Jugendjahre ins Gedächtnis zu rufen, aber es gelang ihm nicht. Die Frau auf der Couch schien ihm aus Molekülen zu bestehen, die so kompakt waren, so fest gepresst, dass man unter der Haut ihres Gesichts, ihrer langen Finger, der schmalen Fesseln irgendein Metall vermuten konnte, und doch war sie zerstörbar, dachte er. Jeder war zerstörbar.

»Dir ist hoffentlich klar«, sagte sie mit einem kurzen Blick in seine Richtung und riss an der Wolle, »dass allein schon die Tatsache, dass sie in deinem Haus verkehrt hat, deinen Ruf beschädigt haben kann.«

»Was redest du da?«, fragte er. »Die Kirche hat sie für mich ausgesucht.«

»Ja, und ich weiß noch gut, dass ein paar der Damen vom Frauenbund von Anfang an ihre Bedenken hatten. Sie war seit Jahren nicht in der Kirche, und jetzt fragt man sich natürlich, wieso. Sogar Lauren mochte sie nicht, aber du wolltest sie ja nicht gehen lassen. Und glaub mir, es schickt sich nicht für dich, selbst als Pastor nicht, der Gottes Werk tut, den Kontakt zu ihr aufrechtzuerhalten.«

Er hatte es ihr nicht erzählen wollen, aber eine innere Anspannung – und noch etwas anderes – trieb ihn vorwärts. »Es ist anscheinend ein dummes Gerücht in Umlauf, Mutter. Wie es eben entstehen kann in einer Kleinstadt, wo der Alltag eintönig ist und die Leute sich nach Aufregung sehnen.«

Margaret Caskey ließ ihr Strickzeug sinken und sah ihn an.

»Angeblich soll ich etwas mit Connie angefangen haben. Ihr sogar einen Ring gegeben haben.«

»Tyler. Wie um Himmels willen...«

Tyler hob nur müde die Brauen. »Die Leute denken sich alles Mögliche aus. Aber es ist nicht fair gegenüber Connie. Oder ihrem Mann.«

»Connie! Wen interessiert Connie? Was ist mit dir? Wer verbreitet dieses Gerücht, und was hast du unternommen, um es aus der Welt zu schaffen?«

»Mutter, ganz ruhig. Und nicht so laut, bitte. Wenn ein Pastor auf jedes Gerücht eingehen würde, das in seiner Gemeinde kursiert, käme er zu nichts anderem mehr.«

Mrs. Caskey legte das Strickzeug weg, nestelte ein Taschentuch aus ihrem Pulloverärmel und tupfte sich die Lippen. »Und wenn diese Ungeheuerlichkeit Susan Bradford zu Ohren kommt?«

»Und wenn? Ich kann es nicht verhindern. Wenn sie das von mir glaubt, dann kennt sie mich nicht besonders gut.«

»Sie *kennt* dich nicht besonders gut – genau darum geht es! Sie ist gerade erst dabei, dich kennenzulernen. Oh, Grundgütiger, es macht mich irr. Irr!«

»Dann hätte ich es dir nicht erzählen dürfen.«

»Mach das nicht, Tyler Caskey. Rede dir nicht ein, du müsstest Geheimnisse vor mir haben, weil dir meine Reaktion darauf nicht passt.«

Er stand auf und ging zur Tür.

»Wo willst du hin?«, fragte seine Mutter.

»Ich hab noch zu tun. Die Predigt morgen ist wichtig.«

»Ich habe Susan zum Mittagessen eingeladen.«

Tyler drehte sich um. »Ach ja? Ohne es mir zu sagen?«

Seine Mutter griff wieder nach ihrem Strickzeug. »Ich sag's dir jetzt, oder etwa nicht? Meinst du, es ist mir leichtgefallen, mir dieses Trauerspiel das ganze letzte Jahr anzuschauen? Jetzt hättest du die Chance, das Ruder herumzureißen, aber mir scheint, du merkst es nicht einmal.«

Er hatte die jähe Vision, wie er den Schaukelstuhl hochriss, ihn gegen die Wand schwang und so viele Sprossen der Rückenlehne zertrümmerte, wie er nur konnte – ein Bild, das ihn so verblüffte, dass er umkehrte, sich wieder in den Stuhl hineinsetzte und die Hände sorgsam um die Armlehnen wölbte.

»Irgendjemand will dir *schaden*, Tyler, und du musst herausbringen, wer. Vielleicht war es ja sogar Connie selbst, ehe sie sich aus dem Staub gemacht hat.«

»Das ist Unsinn, Mutter.« Sein Mund war trocken.

»Es ist alles andere als das. Das könnte dich dein Amt kosten. Manchmal denke ich, unsere Vorfahren hatten schon recht, wenn sie Lügner mitten auf dem Marktplatz in den Stock legten oder an den Pranger stellten, wo alle sie verspotten konnten.«

Über Katherine, die oben am Treppengeländer kauerte und lauschte, schlugen riesige Wellen aus Schwärze zusammen. Da war es, das Bild aus dem Kindergottesdienst – das kleine Kind in der dunklen Höhle, das darauf wartete, herausgezerrt und den Löwen zum Fraß vorgeworfen zu werden. Sie hätte die Finger gekreuzt, hätte gesagt, sie glaubte nicht an Jesus, damit sie sie nicht mitnähmen, aber auch das schützte sie nicht, sie kamen sie holen, und es war niemand in der Höhle, der mit ihr beten konnte, es war wie diese Geschichte, die Connie irgendwann erzählt hatte, von dem Plumpsklo, in dem sie mit ihrem Bruder eingesperrt gewesen war, als sie beide klein waren, in der Finsternis voller Spinnweben und Gestank, nur hatte sie keinen Bruder, sie war allein, und es war so weit, die Dunkelheit ihres Verrats rollte heran, um sie zu holen, und ihre Angst war so groß, dass ihr schwindlig wurde, nicht mal aufstehen konnte sie, obwohl sie es versuchte, sich am Geländer festklammerte, und im nächsten Moment stürzte sie... rollte und fiel, langsam und schnell zugleich, kopfüber, kopfunter, eine Stufe nach der anderen, und von irgendwoher der Aufschrei ihrer Großmutter, die große Hand ihres Vaters. Dann hielt er sie im Arm. »Ich bin schuld«, schluchzte sie. »Ich war's, Daddy. Ich hab das mit... Ich wusste doch nicht...«

Sie legten sie auf die Couch, tasteten ihre Arme und Beine ab. »Und jetzt gradebiegen«, sagten sie. »Kannst du's durchstrecken?« Und dann ihre Großmutter, über ihr stehend: »*Was* wusstest du nicht, Katherine?« Katherine drehte das Gesicht weg, hörte ihren Vater mit Donnerstimme sagen: »Mutter, geh ins Bett.«

»Ich tue nichts dergleichen.«

Eine noch donnerndere Stimme: »Mutter. Geh ins Bett.« Schweigen, während Mrs. Caskey die Treppe hinaufstieg. Katherine wandte den Kopf. Ihr Vater, so groß, so hoch oben, sah sie an.

»Ich war's«, flüsterte sie weinend.

Er untersuchte sie noch einmal auf Prellungen und Brüche,

trug sie dann hinüber ins Arbeitszimmer und schloss die Tür, was ihr Angst machte – sie hatte die Tür noch nie verschlossen erlebt. Sie weinte und weinte. Ihr Vater setzte sich auf den Schreibtischstuhl und nahm sie auf den Schoß.

»Was warst du, Kitty-Kat?«, sagte er.

Am Sonntagmorgen war der Himmel klar, die Luft kalt. Der Schnee am Straßenrand sah eingesunken und verharscht aus, und die schräg fallende Morgensonne bemalte die Straße mit einem Muster aus langen Baumstammschatten. Sie brannte nicht stark genug, um die vereisten Stellen auf dem Asphalt anzutauen oder die Schneekrusten aufzuweichen, die sich in den Astbeugen der kahlen Bäume festgesetzt hatten. In dem Waldstück neben der Upper Main Street bildete der Bach, der in den Sabbanock River mündete, graue, knotige Eisbeulen, die aussahen wie Muskelstränge. An seinem Ufer standen gefrorene Farne, verschrumpelt und geknickt, als hätte jemand Packungen von Tiefkühlspinat aufgerissen und in der Gegend verstreut.

Tylers Auge registrierte all dies; er registrierte auch die dünne, behandschuhte Hand seiner Mutter, die sie gegen das Armaturenbrett stemmte, als er die Kurve nahm; er registrierte den Staub auf dem Armaturenbrett, die Auswölbung an ihrem Handschuh, unter der der Ehering saß. Auf dem Rücksitz kicherte Jeannie, als Katherine ihr etwas zutuschelte. »Flüstern ist unfein«, sagte ihre Großmutter.

Seine Stimme war ruhig. »Lass sie in Frieden.« Im Rückspiegel fing er Katherines Blick ein und zwinkerte. Sie lächelte so breit zurück, dass ihr Mund sich öffnete, und hob die Schultern unter ihrem Mantel.

Sie war bis tief in die Nacht auf seinem Schoß sitzen geblieben, beide Beine nach der Seite gehängt und beim Sprechen mit ihren kleinen Händen gestikulierend. Er hatte ihr versichert, dass das, was sie in Mrs. Skillings' Sprechzimmer gesagt hatte, mit Gerüchte-Verbreiten nichts zu tun hatte – dass es nicht unrecht von ihr gewesen war, zu erzählen, dass er Mrs. Hatch einen Ring gegeben habe; so etwas sei ein Missverständnis; die Menschen verstünden oft etwas falsch und sagten deshalb Dinge, die nicht stimmten. »Was ist ein Pranger?«, fragte sie. »Was Grandma vorhin gesagt hat?«

Er malte einen auf. »Eine furchtbare Erfindung«, sagte er. »Heute macht man das nicht mehr.«

»War das in alter Zeit?«

»Genau.«

»Musst du hier jetzt weg, so wie Grandma gemeint hat?«

»Nein, bestimmt nicht.«

»Bei den Meadows im Garten gibt es eine Raggedy-Ann-Puppe. In einem Haus unter der Erde. Wenn die Bombe kommt, tut das sehr weh?«

»Es kommt keine Bombe, Mäuslein.«

»Woher weißt du das?«

»Weil niemand unsere Erde zerstören will. Die Russen wollen genauso wie wir, dass die Welt weiterbesteht.«

»Wissen die Meadows das nicht?«

»Manchmal haben die Leute eben Angst.«

»Ich hab auch manchmal Angst.« Sie sah zu ihm empor.

»Wovor hast du Angst?«

»Vorm Sterben.«

Er nickte.

»Mummy ist gestorben, weil der liebe Gott sie zu sich gerufen hat, oder?«

Wieder nickte er.

»Warum hat er das gemacht?«

»Das wissen wir nicht.«

»Weiß Gott es?«

»Gott weiß alles.«

»Weiß Gott auch, wie ich mal in deinem Büro gespielt hab

und Mrs. Gowen kam rein und hat mir gezeigt, wie sie ihre Zähne rausnimmt?«

»Das hat sie gemacht?«

Katherine nickte. Ein paar Sekunden darauf fragte sie: »Warum mag Grandma mich nicht?«

»Mäuslein, Grandma hat dich sehr lieb.«

Katherine schwang die Füße, saß dann still. »Das merkt man aber nicht.«

»Hmm.« Tyler legte beide Arme um Katherines dünnen Oberkörper und drückte sie fest an sich. »Grandma macht sich über sehr vieles Sorgen«, sagte er, »und manchmal, wenn die Leute sehr viele Sachen gleichzeitig im Kopf haben, kann es sein, dass sich bei ihnen etwas verhakt.«

Darüber musste Katherine offenbar länger nachdenken. »Im Kopf von Connie Hatch hat sich auch was verhakt, oder?«

»Ja, da hast du recht.«

Wieder grübelte Katherine. »Auweia«, sagte sie dann mit einem Seufzer, »da hat der liebe Gott ganz schön viel Arbeit.«

Mitternacht war vorbei, als er sie ins Bett brachte. Unter der Tür seiner Mutter fiel ein Lichtstreif hindurch, aber er ging wieder nach unten, um an seiner Predigt zu arbeiten. Ein ums andere Mal stand er auf, stützte das Gesicht in die Hände, setzte sich wieder hin. Schließlich schrieb er, schrieb und schrieb. Er fühlte sich wie ein Athlet nach jahrelangem Training, für den der Tag des Wettkampfs endlich gekommen ist. Kraft durchströmte ihn, ebbte ab, schwoll neuerlich an. Nie zuvor hatte er auf der Kanzel den Ton des Mahners angeschlagen.

Der Text für die Lesung stand bei Jesaja, eine Passage aus dem 59. Kapitel, die mit den Worten endete: *und die Gerechtigkeit hat sich entfernt; denn die Wahrheit ist auf der Gasse zu Fall gekommen, und die Aufrichtigkeit findet keinen Eingang.* Dann wollte er beten: »Nur die unendliche Barmherzigkeit Gottes vermag die unendliche Erbärmlichkeit des Menschen aufzufangen.«

Vor der Kollekte würde er den 26. Psalm lesen: *Herr, ich habe lieb die Stätte deines Hauses und den Ort, da deine Ehre wohnt... Mein Fuß steht fest auf rechtem Grund. Ich will den Herrn loben in den Versammlungen.*

Und dann würde er eine Predigt halten, wie er sie noch nie gehalten hatte.

»Glaubt ihr denn«, schrieb Tyler, »nur weil wir heute wissen, dass die Sonne nicht untergeht, dass vielmehr wir uns mit schwindelerregender Schnelligkeit durchs All bewegen und dass die Sonne nicht der einzige Stern am Himmel ist – glaubt ihr, deshalb wären wir auch nur um einen Deut weniger wichtig, als wir dachten? Oh, wir sind um ein Vielfaches weniger wichtig, als wir immer dachten, und wir sind viel, viel wichtiger, als wir meinen. Glaubt ihr, der Naturwissenschaftler und der Dichter wären nicht vereint in ihrem Ringen? Meint ihr im Ernst, die Frage, wer wir sind und warum wir hier sind, sei durch das rationale Denken allein zu beantworten? Es ist eure Aufgabe, eure Ehrenpflicht, euer Geburtsrecht, die Last dieses Mysteriums zu schultern. Und es ist eure Aufgabe, euch bei jedem Gedanken, jedem Wort, jeder Tat zu fragen: Wodurch ist der Liebe am meisten gedient?

Ihr dient Gott nicht dadurch, dass ihr Gerüchte verbreitet über diejenigen, die arm im Geiste sind und sich nicht wehren können; ihr dient Gott nicht dadurch, dass ihr vor eurer eigenen Armut im Geiste die Augen verschließt.«

Der Himmel wurde schon hell, als er den Stift weglegte. Erst beim Durchlesen der Seiten merkte er, dass er gegen eine Grundregel der Homiletik verstoßen hatte: Er hatte von »ihr« gesprochen statt von »wir«. Eine lange Zeit saß er da und dachte darüber nach. Dann wusch er sich das Gesicht und schlief auf der Couch ein.

Er wurde davon wach, dass Katherine vor ihm stand. Sie hatte sich allein angezogen; ihr roter Rollkragenpullover war auf links gedreht, so dass das BUSTER-BROWN-Etikett am Hals herausbleckte wie eine kleine weiße Zunge. »Daddy«, flüsterte sie, »hast du immer noch keine Wut auf mich wegen dem, was ich gemacht hab?«

Er streckte den Arm nach ihr aus. »Das Gegenteil von Wut.«

»Was ist das Gegenteil von Wut?«

Er setzte sich auf, rieb sich das Gesicht. »Keine Wut wahrscheinlich.«

Ihr Lachen, spontan und echt, ließ sie älter wirken. Aber dann machte sie einen Hüpfer wie das kleine Mädchen, das sie war. »Dann hast du mich immer noch lieb«, sagte sie in einer Art Singsang.

Jetzt warf er noch einen Blick in den Rückspiegel und sah, dass sie Jeannies beide Hände hielt.

Er bog auf den Parkplatz der Kirche ein. Da stand das Auto der Austins, da das der Chases, hier der Wagen der Gowens. Er fuhr an ihnen allen vorbei, den kleinen Hügel hinunter, um vor seinem Büro zu parken. Wie viele Male hatte er diesen Weg zurückgelegt? Ein Stich der Wehmut schoss ihm durchs Herz; gerade die Vertrautheit, so schien ihm, machte alles fremd. Er schaltete den Motor aus, und das Ausmaß seiner Müdigkeit kam ihm zu Bewusstsein, dieses ganz eigene Ziehen in den Beinen, dieses Gefühl, als wäre hinter seinen Augen Fliegendraht gespannt. Er küsste die Mädchen, und seine Mutter brachte sie zur Sonntagsschule. Unten im Büro setzte er sich ganz vorn auf die Kante seines Stuhls. *Schaue doch und erhöre mich, Herr mein Gott! Erleuchte meine Augen ... dass nicht mein Feind sich rühme, er sei meiner mächtig geworden, und meine Widersacher sich freuen, dass ich wanke. Ich aber traue darauf, dass du so gnädig bist.*

Hilf mir nun.

Auto um Auto kam angerollt und parkte bei der Kirche, die langen, glatten Motorhauben Schnauze an Schnauze in der

Parkplatzmitte. Frauen stiegen aus, die Handtaschen am Handgelenk, banden sich Schals um den Hals, warteten, bis ihre Männer mit Schlüsseln und Brieftaschen zu Ende hantiert hatten, ehe sie sich gemeinsam in Bewegung setzten und anderen Paaren stumm zunickten. Immer mehr Wagen fuhren vor, Kombis, tiefgelegte Coupés. Der Parkplatz war überfüllt, einige mussten auf der Straße parken.

»Wie bei einer Beerdigung«, raunte Jane Watson ihrem Mann zu, der zur Antwort eine Braue hochzog.

Tyler in seinem Souterrain bekam die zunehmende Geschäftigkeit im Erdgeschoss nur undeutlich mit – Kinder, die in der Sonntagsschule abgeliefert wurden, Frauen, die in die Küche neben dem Gemeindesaal eilten, um letzte Vorbereitungen für den anschließenden Kirchenkaffee zu treffen. Er las Bonhoeffer. In einem Brief aus dem Gefängnis hatte Bonhoeffer an seinen Freund Eberhard Bethge geschrieben, wir dürften es nicht zulassen, dass Psychotherapie und Existenzphilosophie zu Wegbereitern Gottes würden. »Das Wort Gottes... verbündet sich nicht mit dem Aufruhr des Misstrauens, dem Aufruhr von unten.« Tyler notierte sich das am Rand seiner Predigt. Und dann, als er das Buch schon zugeklappt hatte, fiel ihm ein anderer Brief Bonhoeffers ein, in dem er von den trüben Herbsttagen sprach, davon, wie man zusehen müsse, dass man sein Licht im Innern finde.

Oben hörte Tyler das Orgelvorspiel beginnen, und er legte den Talar um, hakte ihn vorne zu und stieg die Stufen hinauf. Als er durch die Seitentür den Altarraum betrat, kam ihm die Orgel sehr laut vor, und ohne direkt aufzublicken, spürte er, dass die Kirche voll war. Wartend saß er auf seinem »Thron«, die Augen niedergeschlagen, aber nicht geschlossen. Man muss sein Licht im Innern finden. Er musste an Katherine denken, so voll Licht nach ihrer nächtlichen Aussprache, dass sie ihn plötzlich an Lauren erinnert hatte. Er stellte die Beine anders hin; sie fühlten sich an wie mit Zement gefüllt. Dass diese Menschen, die jetzt hier in den Bänken saßen, ihm hinter seinem Rücken solchen Unsinn angelastet hatten, während seine Tochter in ihren Kummer verstrickt war und seine Haushälterin in ihre einsame Sünde, erschien ihm verachtungswürdig.

Das Orgelvorspiel endete.

Tyler stand auf und trat an die Kanzel. Nie in seiner Zeit hier war die Kirche so voll gewesen. Jede Bank war dicht besetzt, einschließlich der dritten Reihe. Dort hinten saß Susan Bradford, mit sauber gekämmtem Haar und einem verhalten fragenden Ausdruck in ihrem freundlichen Gesicht. Seine Mutter saß nicht weit von ihr, bleich, kerzengerade. Sein Blick streifte die Gestalt Mary Ingersolls an der Seite ihres jungen Ehemannes. Sekundenlang sah er sie alle im Kolonialstil gekleidet vor sich, eine Menschenmenge aus dem achtzehnten Jahrhundert, die einer öffentlichen Hinrichtung beiwohnt. Er sah hinunter auf seine Predigt, die Jesaja-Verse. Er hob den Blick wieder. Sie warteten. Er ging von der Kanzel in die Mitte des Altarraums. Er würde sagen: »Warum habt ihr euch heute im Hause des Herrn versammelt?« Aber aus seinem Mund kamen keine Worte.

Er ging zurück zur Kanzel. Er war zornig, aber der Zorn schien nicht in ihm zu sein, sondern eher um ihn. In ihm war nichts. Kein Licht. Gar nichts. Tyler hob einen Arm, ließ ihn sinken. Die Gesichter, die zu ihm aufsahen, wirkten seltsam unvertraut, dabei saß gleich dort drüben seine Mutter, das Gesicht so angespannt, dass er nicht hinschauen konnte. Er ging wieder in die Mitte des Altarraums. Er merkte, dass es totenstill in der Kirche wurde. Er sah hinab auf den Teppich, drehte sich um und sah zu dem schlichten Holzkreuz oben an der Wand auf. Er sah wieder seine Gemeinde an. Rhonda Skillings' Mund war leicht geöffnet.

Infantile Grandiosität. Tyler schluckte. Sie warteten alle. Er ging zur Kanzel zurück. Er brauchte nur die Jesaja-Verse zu lesen, ein Gebet zu lesen, abzulesen, was er geschrieben hatte. *Herr, ich habe lieb die Stätte deines Hauses.* Aber er konnte nicht sprechen. Er musste an Katherine denken: »Warum kommt der Mond hinter uns her?« Infantile Grandiosität. Tyler legte einen Arm auf die Kanzel, um Halt zu finden. Ja, Herr Freud, wir sind alle nur Kleinkinder mit großen Köpfen, und sonderbarerweise stand ihm plötzlich das rote Gesicht eines fäusteschüttelnden Chruschtschow vor Augen. Auch er hatte mit der Faust drohen wollen, diesen Leuten hier, und nun konnte er nicht einmal sprechen. *Ich liege gefangen und kann nicht heraus.*

In der Stille der Kirche kam es heran. Sein Scheitern, dieses winzige Pünktchen am Horizont, näherte sich mit stummer Unentrinnbarkeit. Er beugte sich vor. Etwas wie ein Herzkrampf schien ihm die Mundwinkel nach unten zu ziehen. Mit leiser Stimme sagte er: »Tut mir leid, aber ich kann nicht mehr.«

In einer der hinteren Bänke konnte er jemanden nach Luft schnappen hören, dann noch jemanden, sogar jemand Dritten. Bertha Babcock presste die Hand an die Kehle und stieß hervor: »Nein!« Von der Orgelempore drang ein unterdrücktes Aufschluchzen. Tyler ging bis zur Mitte des Altarraums und streckte die erhobenen Hände ganz leicht vor, eine flehende Gebärde, aber was er auf den Gesichtern der Leute sah, war Angst. Sie sahen nicht wütend aus, Jane Watson, Fred Chase, Rhonda – nein, sie sahen aus wie Kinder, die es zu weit getrieben hatten, und jetzt fürchteten sie sich. Er wollte nicht, dass die Leute sich fürchten mussten.

Eine Träne füllte sein rechtes Auge. Er spürte, wie sie entkam, ihm übers Gesicht rollte. Aus beiden Augen flossen ihm nun die Tränen über die Wangen, während er dort stand. Mit leicht bebenden Schultern weinte und weinte er. Er verbarg sein Gesicht nicht; er kam gar nicht auf den Gedanken. Er fühlte nur die Nässe aus seinen Augen rinnen, merkte, wie sie die Gesichter vor ihm verschleierte. Alle paar Sekunden streckte er die Hände aus, wie um etwas zu sagen.

Und dann brauste die Orgel auf, Doris Austin spielte »Bleib bei mir, Herr«, und Tyler wandte sich zur Empore um, drehte sich wieder zu seiner Gemeinde; sie hatten sich erhoben, Einzelne sangen, und jetzt kam Charlie Austin den Gang entlang auf ihn zu, Charlie, der ihn ansah und mit seinem rosafarbenen Kopf nickte, wie um zu sagen: Schon gut. Und nun nahm Charlie seinen Arm, half ihm zur Seitentür hinaus, half ihm die wenigen Stufen hinunter.

Das Büro des Pastors war erstaunlich unordentlich. Die Bücher lagen schief und krumm in den Regalen, teils übereinandergetürmt, aus vielen standen Zettel heraus. Charlie fand es grauenhaft, wenn Bücherregale so aussahen. Die Schreibtischplatte war völlig unter Papieren begraben. Das kleine Fenster ging direkt auf den schneebedeckten Erdboden hinaus; nicht einmal einen Baum sah man von hier.

Charlie drehte sich wieder dem Pastor zu. Er hatte gedacht, er würde bei so etwas nie und nimmer Zeuge sein wollen oder den Blick aus Taktgefühl abgewendet halten. Aber diese Art Takt schien hier nicht nötig zu sein. Tyler weinte offen und ohne viel Geräusch. Seine Augen, die Charlie anschauten, waren sehr blau. Es lag eine unschuldige Verblüffung in seinem Ausdruck, und Charlie sollte nie vergessen, wie die Tränen aus den Augen des Pastors quollen, kleine, wasserklare Tröpfchen, und wie blau die Augen die ganze Zeit über blieben. Der Mann weinte, aber dabei lächelte er Charlie an. Es war ein seltsames Lächeln, von einer kindlichen Freimütigkeit, in der inmitten all des Durcheinanders etwas Freundschaftliches mitschwang. Von Zeit zu Zeit hob Tyler die Hand in einer Geste, als ob er etwas sagen wollte – und ließ sie dann in den Schoß zurückfallen.

Charlie nickte nur. Er fragte sich, was Tyler von diesem

Moment wohl in Erinnerung behalten würde. Er legte ihm die Hand auf die Schulter, auf den schwarzen Talar, den der Mann noch trug. »Hören Sie«, sagte Charlie.

Tyler nickte, lächelnd, seine Augen groß und blau und tränensprudelnd.

»Hören Sie«, sagte Charlie wieder. Aber er wusste nicht recht, was er sagen sollte. Er dachte, wenn er sich vor den Blicken aller so entblößt hätte wie Tyler eben, würde er sich umbringen wollen vor Scham. Er wollte nicht, dass Tyler das merkte. Er sagte: »Sie müssen sich gar keine Sorgen machen, Tyler.«

»Ja?«, fragte Tyler arglos. Er saß mit den Händen im Schoß da, ohne jeden Versuch, sich das Gesicht abzuwischen. Als Charlie nicht antwortete, sagte Tyler: »Ich glaube nicht, dass ich weiter Pastor sein kann, Charlie. Irgendetwas stimmt nicht mit mir.«

»Sie sind erschöpft. Es ist keine Schande, erschöpft zu sein.«

»Nein?«

»Nein.«

Tyler starrte mit seinen blauen Augen zum Fenster hinüber. Dann sah er wieder Charlie an und sagte: »Sie hatten auch irgendwelche Probleme, oder, Charlie? Sie haben eine schlimme Zeit hinter sich.«

»Mir fehlt nichts. Meinen Sie, Sie können mir den Gefallen tun und sich schnäuzen?«

»Ach so, sicher.«

Eine Sekunde lang fürchtete Charlie schon, er müsse sein Taschentuch herausholen und es dem Mann unter die Nase halten wie einem Kind, aber Tyler nestelte eines unter seinem Talar hervor und fuhr sich damit übers Gesicht. »Sagen Sie«, sagte der Pastor, seine blauen Augen immer noch glänzend und blank, »Doris hat mein Lieblingslied gespielt, als ich da oben stand und nicht weiterwusste. Das war lieb von ihr, finden Sie nicht? Wirklich lieb von ihr.«

Charlie nickte.

Es klopfte scharf an die Tür, und Charlie ging hin und öffnete. Vor ihm stand Margaret Caskey. »Ich bringe ihn jetzt nach Hause«, sagte sie. »Die Kinder warten im Auto. Ich kann Jeannie nicht so lange allein lassen.«

»Natürlich«, sagte Charlie und trat zur Seite.

Seine Mutter fuhr, die Kinder saßen hinten. Niemand sprach. Tyler hatte die Hände in die Manteltaschen geschoben, und hin und wieder lief noch eine vereinzelte Träne über sein Gesicht, so dass der weite blaue Himmel flimmerte und sich wellte, und auch die nackten Bäume am Fluss, dessen Ränder verpackt schienen in Decken aus blauschattigem Schnee, wellten sich. Die schwache Mittagssonne tauchte die Felder rechts und links in ein sanftes Licht, von der Harschkruste stieg ein dunstiger Schimmer auf, der sich, wo keine Scheune oder Baumreihe im Weg war, bis zum Horizont erstreckte.

Katherine, die eben noch im Geist lange grüne Hänge hinuntergekullert war vor lauter Glück, saß jetzt mit Jeannies Hand fest in der ihren und beobachtete ihren Vater, dessen Gesicht sie von ihrem Platz hinter ihrer Großmutter nur zum Teil sehen konnte. Nicht im Traum wäre es Katherine eingefallen, dass ein erwachsener Mann weinen könnte. Es war so erstaunlich, als hätte ein Baum zu sprechen begonnen. Kleine spitze Nadeln der Angst pieksten in ihrem Bauch.

Daheim angekommen, blieb ihr Vater im Wohnzimmer stehen, im Mantel, den Kopf leicht eingezogen, als wäre die Decke zu niedrig. »Rauf mit euch, Kinder. Auf der Stelle.« Ihre Großmutter schnippte mit den Fingern, und sie gehorchten, aber als Katherine zu ihrem Vater hochspähte, lächelte er ihr zu, auf so eine komisch-ratlose Art, und auch wenn sie wusste, dass irgendetwas grundverkehrt war, hörte das dunkle Zwicken in ihrem Bauch doch auf. Sie setzte sich zu Jeannie aufs Bett und sang ihr vor, leise, ein Lied nach dem anderen.

Tyler stand immer noch. Er sah die Couch an, sah den Schaukelstuhl an, drehte sich um und sah ins Esszimmer. Er sah seiner Mutter entgegen, die ins Zimmer zurückkam, lächelte sie an, achselzuckend, aber ihr Gesicht war grau, ihre Lippen ohne jede Farbe. »Mutter«, sagte er, »setz dich hin. Fehlt dir etwas?«

Sehr langsam ließ sie sich auf die Sofakante sinken, und er setzte sich neben sie. »Zieh den Mantel aus«, sagte sie beinahe flüsternd. »Um des dreieinigen Gottes willen.«

Er streifte den Mantel ab, ohne dazu aufzustehen. »Mutter, was ist los?«

Sie wandte ihm das Gesicht zu. Ihre Augen wirkten wimpernlos, nackt, rosa gerändert. »Was los ist?«, sagte sie. Immer noch war ihre Stimme kaum hörbar. »Ich bin noch nie so gedemütigt worden. Nie. In meinem ganzen Leben nicht.«

Tyler lehnte sich zurück und schaute auf seine Fußspitzen, die er von sich weggestreckt hatte; sie schienen sehr fern in den schwarzen Lederschuhen. Die Schuhe waren um die Ränder nass. Er hatte seine Überschuhe im Büro vergessen. »Demut zu lernen ist eine gute Sache«, sagte er.

»Hör auf.«

Ihre Hand, die auf ihrem Knie lag, zitterte.

»Ich kann dir sagen, was keine gute Sache ist, Tyler Richard Caskey. Dir Susan Bradford abschminken zu müssen, das ist keine gute Sache. Denn das hast du geschafft. Sie war so brüskiert, dass sie mich kaum anschauen konnte und nur noch machte, dass sie wegkam.«

Tyler stellte es sich vor: Susan, die in ihr Auto stieg, an der Ausfahrt des Parkplatzes den Blinker setzte, zurück nach Hollywell fuhr, brüskiert bis ins Mark. »In Ordnung«, sagte Tyler. »Schon gut.«

»Und, was gedenkst du jetzt zu tun, verrätst du mir das? Du hast einen Nervenzusammenbruch, Tyler, und es ist eine Zumutung, das mit ansehen zu müssen. Ich begreife nicht, warum du nicht eher zu mir gekommen bist, damit diese unsägliche Szene heute hätte vermieden werden können.«

»Habe ich einen Nervenzusammenbruch?«, fragte er.

»Ein erwachsener Mann stellt sich nicht hin und leistet sich eine solche Szene, wenn er nicht sehr, sehr krank ist.«

»Warum«, fragte er, »bist du so wütend auf mich?«

»Du wirst zu mir nach Shirley Falls ziehen müssen«, fuhr seine Mutter fort, jetzt wieder in ihrer normalen Lautstärke. »Aber eins sage ich dir, Tyler, ich kann dieses Kind nicht lange in meinem Haus haben. Und du wirst außerstande sein, dich um sie zu kümmern. Ich muss Belle anrufen, vielleicht fällt ihr etwas ein.«

»Welches Kind?«

»Katherine natürlich.«

»Ich ziehe nicht zu dir nach Shirley Falls, Mutter. Du musst weder mich noch sie bei dir aufnehmen. Und ich möchte, dass du Jeannie auch gleich hierlässt.«

Seine Mutter erhob sich. »Du bist verrückt geworden«, sagte sie. »Du hast allen Ernstes den Verstand verloren. Das ist das erste Mal seit dem Tod deines Vaters, dass ich mir absolut keinen Rat mehr weiß.«

Tyler sah durchs Zimmer. »Ich glaube nicht, dass ich verrückt bin.«

»Das glauben Verrückte nie.«

Minnie, die alte Hündin, stand auf und tappte hinüber in die Ecke, wo sie sich zu Boden fallen ließ, die Schnauze auf den Pfoten, und aus kummervollen Augen zu ihnen herschaute.

»Himmel noch mal, Mutter, du tust gerade so, als hätte ich einen Mord begangen.« Wieder sah Tyler durchs Zimmer. »Gut, vielleicht hab ich's ja«, murmelte er und dachte an die Tabletten auf Laurens Nachttisch. »Vielleicht hab ich's.«

»So, das reicht. Zieh deinen Mantel wieder an. Ich rufe Belle an, und dann fahren wir.«

Tyler stemmte sich von der Couch hoch, ging ins Esszimmer und setzte sich auf einen der Stühle dort. Seine Mutter folgte ihm und stellte sich vor ihm auf, und er sah sie lange an, bevor er sprach. Seine Stimme war leise. »Ich bleibe bis auf weiteres hier, Mutter. Ich muss mein Leben in den Griff bekommen, und ich muss mich um meine Kinder kümmern. Du nimmst Jeannie nicht wieder mit zurück, und das ist keine Bitte, das ist eine Tatsache.«

»Glaub nicht, dass ich dir das Kind hierlasse.«

Tyler nickte langsam. »Doch. Kein Grund, Salomos Urteil anzuwenden und das Kind in der Mitte durchzuhacken.«

Mrs. Caskey griff nach ihrer Handtasche, knöpfte sich mit wütenden Bewegungen den Mantel zu. »Und was genau hast du vor, wenn ich fragen darf?«

»Ich weiß es nicht«, sagte Tyler. »Ich weiß es wirklich nicht.«

An diesem Tag klingelten nicht viele Telefone, und an den folgenden Tagen auch nicht. Die Leute aßen ihr Sonntagsessen schweigend, ermahnten höchstens einmal ihre Kinder, die Serviette zu benutzen oder beim Abräumen zu helfen. Es war wie bei einem Todesfall, der erst verarbeitet sein wollte, und so wurde über das Vorgefallene ein Mantel neuenglischer Zurückhaltung gebreitet, ein respektvolles Schweigen, vermischt mit einer Portion schlechten Gewissens.

Unbehagen erfasste viele, und als es dunkel wurde, hatte eine Anzahl von Frauen schon ihre Männer beiseitegenommen und ihnen aufgetragen, im Farmhaus anzurufen, um sich nach Tyler zu erkundigen. »Wo wird er hingehen?«, fragten sie ihre Männer. »Sag ihm, wir wollen nicht, dass er weggeht.« Und als Fred Chase und Skogie Gowen und Charlie einer nach dem anderen anriefen, hob zu ihrem Erstaunen der Pastor selbst ab. Er sei im Aufbruch nach Brockmorton, sagte er, um einen Aushilfsprediger zu organisieren, bis endgültigere Maßnahmen getroffen werden konnten. Er wirkte überrascht zu hören, dass sie nicht wollten, dass er ging.

Und so rüsteten sich die Menschen in West Annett lustlos für Thanksgiving. In manchen Häusern blieb das Silber, das sonst immer poliert wurde, ungeputzt. Walter Wilcox, so hieß es, wurde wieder schlafend in der Kirche gefunden. Alle warteten mit Kummer im Herzen, und wenn die Frauen sich im Lauf der Woche im Lebensmittelladen begegneten, sprachen sie nicht über Tyler. Sie redeten über den Skandal um die Quizsendungen im Fernsehen, darüber, dass man offenbar nichts und niemandem auf der Welt mehr trauen konnte. Sie sprachen auch nicht über Connie Hatch, die laut den Zeitungsberichten nach wie vor im Bezirksgefängnis saß, bis die Ermittler und der Bezirksstaatsanwalt über die Exhumierung der Leichname entschieden hatten.

Am Sonntag kam der Aushilfsprediger, ein Mann mit dicklichem Gesicht, schwarzen Augenbrauen und einem Stottern. »Der Herr sei m-m-mit euch.« Es war ein Abendmahlsgottesdienst, aber Doris sang kein Solo. »N-n-nimm hin und trink, das ist mein B-b-blut.«

Mary Ingersoll ging schwerfällig im Klassenzimmer umher, als wäre sie über Nacht um zehn Jahre gealtert. Ein Gefühl der Scham hielt sie davon ab, mit Rhonda oder Mr. Waterbury über das Geschehene zu sprechen, und sie schnitten das Thema nicht an. Mr. Waterbury sagte nur freundlich: »Machen Sie einfach ganz normal weiter, Mary. Wir wissen noch nicht, ob das Kind zurückkommt.«

Mary wollte, dass er sagte: »Sie haben Ihr Bestes gegeben«, aber das sagte er nicht, und sie wusste nicht, ob sie es verdiente. In dem Moment, in dem Tyler Caskey zu weinen begonnen hatte, war ihr klargeworden, dass ihre zornigen Mutmaßungen und Unterstellungen über seinen Charakter schlicht verkehrt gewesen waren. Er war ein Trauernder, und beschämt dachte sie an die Genugtuung, mit der sie bei ihren Freundinnen und ihrem Mann über ihn hergezogen war.

Und dann, am Montag nach Thanksgiving, fingen die Telefone wieder an zu klingeln.

Elf

Er war zu George Atwood geflohen. Gegen Abend dieses durch und durch unbegreiflichen Tages, als seine Mutter längst fort war, hatte Tyler die Kinder samt Bettzeug ins Auto gepackt, und sie schliefen, während er in der Dunkelheit die Schnellstraße entlangfuhr, vorbei an Feldern, auf denen der Schnee ein mattes Licht abgab, und Fichten, die noch schwärzer waren als der schwarze Himmel, bis der Wald schließlich den Häusern der Stadt wich und die schmale Straße sich den Hügel hinaufwand bis zum Haus der Atwoods. Tyler hatte vorher angerufen, deshalb erwarteten sie ihn. Ein Licht brannte im Wohnzimmer. George öffnete die Tür fast sofort. »Kommen Sie rein, Tyler«, sagte er. »Kommen Sie rein.«

Hilda Atwood brachte die schlafenden Mädchen oben ins Bett, und die Männer saßen in Georges Arbeitszimmer und redeten. Tyler ließ den Blick wandern und erinnerte sich, wie er als Student hier gesessen und gedacht hatte, welch ein steriles Leben das Paar führen musste. Jetzt wirkte das Haus so warm und sicher auf ihn wie ein Bild von Norman Rockwell. »Mann, Mann, Mann«, sagte er, und George nickte. Er erzählte George alles, was passiert war, und nichts an Georges Ausdruck verriet auch nur die geringste Überraschung. Ab und zu stellte George eine Frage, und als Tyler zu der Stelle kam, wo er vor seiner Gemeinde zusammengebrochen war und Charlie Austin nach vorn gekommen war, um ihm zu helfen, nickte George mehrmals langsam. Tyler lehnte sich erschöpft zurück.

»Bleiben Sie sitzen«, sagte George. »Ich mach uns einen schönen starken Tee.«

Hilda kam herein und meldete, dass die Kinder schliefen.

»Ach herrje«, sagte Tyler. »Ich hab ganz vergessen, Ihnen zu sagen, dass Katherine manchmal ins Bett macht.«

»Bettwäsche waschen kann ich«, sagte Hilda.

Als George mit dem Tee zurückkam, ging sie wieder.

»Meiner Mutter habe ich gesagt, dass es eine gute Sache ist, Demut zu lernen«, sagte Tyler.

»Was ja auch stimmt.«

»Aber jetzt habe ich einfach Angst.«

»Wovor?«

Tyler trank einen Schluck aus der Tasse, die George ihm reichte, und lehnte sich zurück. »Dass es in meinem Leben keinen echten Schwerpunkt gibt, wahrscheinlich. Nicht dieses Schwergewicht, das Bonhoeffer bei einem erwachsenen Menschen postuliert.«

George rieb sich die weißen Augenbrauen, betrachtete dann seine Hand, die Finger über das Hosenbein gespreizt, sah wieder auf Tyler. »Ich bin mir nicht sicher, ob es bei mir dieses Schwergewicht gibt.« Es schien ihn nicht sonderlich zu bekümmern.

»Wirklich?«, fragte Tyler. »Aber das kann nicht sein.«

»Wieso nicht?« George nahm die Brille ab, hielt sie gegens Licht. »Ich könnte sogar argumentieren, dass es diese Art Schwergewicht bei keinem gibt. Dass ununterbrochen widerstreitende Kräfte an uns ziehen und zerren und wir die Stellung halten, so gut wir eben können.« Er putzte die Brille mit einem Tuch. »So könnte ich argumentieren«, sagte er und steckte das Tuch in die Tasche zurück, »wenn mir danach wäre.« Er setzte die Brille wieder auf.

Tyler sah auf die wohlproportionierten Hände des alten Mannes, die jetzt auf den hölzernen Armlehnen lagen. Die Fingernägel waren sauber und flach, die Fingerspitzen gerade nur eine Spur rosig. Tyler hätte sich am liebsten vorgebeugt und diese Hände ergriffen. »Das ist eine Erleichterung, dass Sie das sagen«, gab er zu. »Wissen Sie, Bonhoeffer hat manchmal diesen Ton. Diesen ...« Tyler schwenkte resigniert die Hand. »Diesen *Ton*, als wüsste er alles.«

»Er wusste sehr viel«, sagte George. »Aber ich könnte mir vorstellen, dass ihm deshalb so um sein Schwergewicht zu tun war, weil er innerlich oft ziemlich ins Schleudern geriet.«

»Das kann natürlich stimmen. Aber wissen Sie, was mir kürzlich aufgefallen ist? Und ich muss gestehen, es hat mich ein bisschen gefuchst.« Tyler griff wieder nach seiner Teetasse. »Er hat sich ein siebzehnjähriges Mädchen als Verlobte ausgesucht – weil sie ihn anbeten würde. Ihr Vater und Bruder waren gefallen, wissen Sie, und Bonhoeffer ersetzte ihr beides.«

»Und ist das, was sie empfunden hat, deshalb keine Liebe?«

»Aber zu wem? Zu Bonhoeffer? Sie kannte den Mann ja kaum. Was sie gefühlt hat, war die Liebe zu ihrem Vater und ihrem Bruder.«

»Tyler«, sagte George und streckte bedächtig die Beine aus, »zürnen Sie dem Mann, weil er menschlich war? Weil er von Mut schrieb, während er Angst ausstand? Was wäre Ihnen denn lieber gewesen, Tyler? Wenn er am Leben geblieben wäre, um in dem Gefängnis tagtäglicher Plackerei zu versacken, wo niemand ihn zum Helden ausgerufen hätte? Wenn er lange genug gelebt hätte, dass aus der Siebzehnjährigen eine ganz normale Ehefrau geworden wäre, die das ewige Waschen und Kochen satthatte und nicht mehr strahlte wie ein Christbaum, sobald er auch nur zur Tür hereinkam? Wenn es nach Ihnen ginge, hätte er dann, anstatt nackt im Wald gehenkt zu werden, lieber die Schrecken des Alterns kennenlernen sollen – erleben, wie seine Frau stirbt, seine Kinder wegziehen?«

»Guter Gott«, sagte Tyler. Er stellte die Tasse hin und lockerte seine Krawatte. »Doch, beide Szenarien erfordern wahrscheinlich eine Menge Mut.«

George lächelte mit geschlossenen Lippen, aber in seinen alten Augen lag eine große Milde. »Wie fast alle Szenarien.«

Tyler schloss die Augen, hörte das leise Zischen des Heizkörpers. Er seufzte tief. Schließlich öffnete er die Augen wieder und starrte auf die weiß getünchte Wandvertäfelung. »Meinen Sie, ich könnte vielleicht hier in der Bibliothek arbeiten, George? Es gibt doch sicher irgendeine Studentenbude, in der ich eine Zeitlang mit den Mädchen unterkäme.«

»Am Telefon hatte ich Sie eher so verstanden, als würde der Gemeindekirchenrat nicht wollen, dass Sie gehen.«

Tyler schüttelte den Kopf. »Ich kann mir nicht vorstellen, jemals wieder auf dieser Kanzel zu stehen.«

»Niemand hat je behauptet, Pastor zu sein wäre eine einfache Aufgabe.«

Tyler sah George mit ernsthaftem Blick an. »Es ist eine sehr schwere Aufgabe, George. O Gott, ist es eine schwere Aufgabe.«

Georges kleine Augen spähten aufmerksam durch die goldgeränderten Gläser. »Was glauben Sie, warum ich unterrichte?«

Tyler nahm wieder seine Tasse. »Unterrichten könnte ich nicht.«

»Vermutlich könnten Sie's.« George nahm das eine Bein vom anderen, schlug sie andersherum übereinander. »Aber für mich sind Sie der geborene Pastor, Tyler. So wie ich das sehe, wartet auf Sie eine Stelle in West Annett. In ein paar Jahren werden Sie eine andere Stelle in einer anderen Gemeinde finden, und Ihr Leben wird weitergehen, weil das Leben das so an sich hat. Aber erst einmal...«

»Muss ich zurück nach West Annett?«

»Wenn Ihre Gemeinde das will, müssen Sie das, ja.«

»Ich wollte eigentlich mein Amt niederlegen.«

»Das hatten Sie gesagt. Liegt das daran, dass Sie sich bloßgestellt fühlen – in Ihrer Männlichkeit beschädigt?«

»Ich glaube, ich habe einfach allen gezeigt, dass ich den Erfordernissen nicht gewachsen bin.«

»Meinen Sie nicht, das muss Ihre Gemeinde entscheiden?« Tyler antwortete nicht. Er hatte es für undenkbar gehalten, je wieder in West Annett zu predigen.

»Wir organisieren für die nächsten zwei Wochen eine Vertretung für Sie. Das ist kein Problem. Und Sie und die Kinder können hierbleiben, so lange Sie möchten. Hilda freut sich, die Mädchen um sich zu haben. Aber Sie müssen mit Ihrer Gemeinde sprechen, sobald Sie sich dazu in der Lage fühlen. Und ich glaube, Sie können es.«

»Im Ernst?«

George zuckte die Achseln. »Sie haben sich gegen Ihre Mutter durchgesetzt. Ich würde meinen, Sie können es mit der ganzen Welt aufnehmen.«

Wer selbst schon getrauert hat, weiß, welche ungeheure Strapaze das Trauern darstellt, nicht nur seelisch, sondern auch körperlich. Verlust ist ein Angriff; eine Erschöpfung, so unentrinnbar wie der Sog der Gezeitenkräfte, fordert früher oder später ihr Recht. Und so brachte Tyler während seiner zehn Tage bei den Atwoods einen erstaunlich großen Teil der Zeit mit Schlafen zu. Kaum wachte er morgens auf, fühlte er schon die nächste Müdigkeitswelle anrollen, fast sofort und jedes Mal mit narkotischer Wucht. Wenn er dann endlich aus seinem Zimmer gewankt kam, beschämt über seine Faulheit – denn so empfand er es –, befahl Hilda Atwood energisch: »Zurück ins Bett mit Ihnen, Tyler. Das ist genau das, was Sie jetzt brauchen.«

Also kroch er wieder ins Bett, sein Körper so schwer von Schwäche, dass es sich anfühlte, als müsste sein Gewicht durch die Matratze hindurch bis auf die Dielenbretter sacken. Sein Schlaf war tief und traumlos, und wenn er neuerlich wach wurde, wusste er nicht gleich, wo er war, aber dann hörte er unten die Stimmen der Kinder und war beruhigt; reglos blieb er liegen, wie in einem Streckverband im Krankenhaus. Aber er war nicht im Krankenhaus, seine Gliedmaßen ließen sich bewegen, und beim Rasieren im Badezimmer dankte er aus tiefstem Herzen dafür.

Jeden Nachmittag ging er über die Straße und betete in der Kirche, in der er ordiniert und getraut worden war und in der er den Trauergottesdienst für seine Frau durchgestanden hatte. Jetzt betete er in der vordersten Bank, und die Sonne schien durch das Buntglasfenster mit der Schrift JAUCHZET DEM HERRN, ALLE WELT. Er dachte an die Übersetzer, die vor nur wenigen Jahren bei ihrer Überarbeitung der Standardausgabe der Bibel die erste Zeile geändert hatten: »Am Anfang, als Gott Himmel und Erde schuf...«, und er dachte, wie schön das war, die Einfügung dieses Nebensatzes, die deutlich machte, was sie in dem hebräischen Wort enthalten gesehen hatten – dass Gott schon vor dem Anfang da war. Wie schön, die Zeitlosigkeit Gottes zu erahnen; wenn Katherine ein bisschen größer war, so dachte er, würde er ihr das erklären.

Vorerst ging er mit den Mädchen rodeln und baute im Garten der Atwoods einen Schneemann mit ihnen.

Katherine, ganz nach dem Vorbild von Mrs. Meadows, strich Jeannie sorgfältig die blonden Löckchen unter die Mütze, tätschelte ihr den Kopf und sagte: »Was bist du für ein hübsches Mädchen.« Als Jeannie einen Handschuh fallen ließ, lief Katherine ihr nach. »Nicht, dass dir kalt wird, Süße«, rief sie.

Hilda Atwood sagte: »Sie haben nette Kinder, Tyler.«

Das gab er noch am selben Abend an Katherine weiter: »Mrs. Atwood findet, ich habe nette Kinder.«

In Georges Arbeitszimmer unterhielten die beiden Männer sich. Tyler sprach über seinen Besuch bei Connie im Bezirksgefängnis. Er gestand George, dass er am liebsten nie mehr hinfahren würde, aber wohl keine Wahl habe.

George nickte. »Angenehm ist es nicht, aber ich meine auch, Sie müssen hin.«

Was Tyler nicht sagte: dass er nicht an Connie in ihrer Zelle denken konnte, ohne zu empfinden, dass er selbst dort hingehörte, denn hatte er nicht die Tabletten in Laurens Reichweite gerückt? Das beschäftigte Tyler sehr oft, wenn er in seinem Bett im Gästezimmer der Atwoods lag. Ein ums andere Mal rief er sich alles vor Augen – Laurens Qualen während dieser letzten Tage –, und ihm schien, wenn er die Mittel dazu gehabt hätte, dann hätte er ihr vielleicht eine Spritze gegeben, damit sie nicht aufwachen und von neuem begreifen musste, dass sie krank war und ihre Kinder verlassen musste. Er hätte ihr Leben beendet, wenn er den Mut dazu gehabt hätte. Sie hatte diesen Mut gehabt. Immer wieder dachte er das. Ihm kam sogar der Gedanke, dies als den letzten Akt der Intimität zwischen ihnen zu sehen: dass er ihr die Tabletten hingestellt hatte.

Es war unrecht, aber er würde es wieder tun. Deshalb sprach er nicht darüber; es war ihre abschließende Handlung als Mann und Frau. Was sie getan hatten – was Connie getan zu haben behauptete –, all das war zu vertrackt, als dass er es mit dem Verstand hätte durchdringen können, und er fürchtete, dass er es niemals durchdringen würde und dass er sich damit abfinden musste.

Immerhin sagte er eines Abends zu George: »Lauren war nicht glücklich als Pastorsfrau.«

»Na ja«, sagte George und streckte die Beine aus, »die Pastorsfrau hat's ja auch nicht so gut wie der Pastor.«

»Nein, ich meine es ernst.«

»Ich auch.« George sah ihn an, zog die weißen Brauen hoch.

»Ich glaube, sie war auch mit mir nicht mehr glücklich.«

George holte tief Atem, und eine Weile saßen sie schweigend da. Dann sagte George: »Kein Mensch, soweit ich weiß, ist jemals hinter das Geheimnis der Liebe gekommen. Wir lieben auf unvollkommene Weise, Tyler. Jeder von uns. Sogar Jesus hatte damit zu kämpfen. Aber ich glaube – ich glaube, dass die Fähigkeit, Liebe zu empfangen, ebenso wichtig wie die Fähigkeit ist, Liebe zu schenken. Dass es letztlich ein und dasselbe ist. Denken Sie beispielsweise an den körperlichen Liebesakt zwischen einem Mann und seiner Frau. Wenn einer der beiden unfähig ist, sich hinzugeben und diese Lust zu empfangen, ist das nicht wie ein Verweigern der Liebe selbst?«

Zu seiner großen Verlegenheit merkte Tyler, wie er rot wurde.

»Nur als Beispiel gedacht, Tyler.«

»Ja.«

»Ich fürchte, als Bestes können wir hoffen – und das ist keine geringe Hoffnung –, dass wir nie aufgeben, sondern in uns immer wieder die Bereitschaft erneuern, Liebe zu schenken und zu empfangen.«

Tyler nickte, den Blick auf den Teppich gesenkt.

»Ihre Gemeinde, so sehe ich das, hat Ihnen Liebe geschenkt. Und es ist Ihre Aufgabe, sie anzunehmen. Bisher hat man Sie möglicherweise mit einer schwärmerischen, kindlichen Liebe geliebt, aber durch das, was am Sonntag mit Ihnen passiert ist – und durch die Reaktion Ihrer Gemeinde darauf –, ist daraus eine reife, mitfühlende Liebe geworden.«

»Ja«, sagte Tyler. »Mann, Mann, Mann.«

Am nächsten Morgen rief er Charlie Austin an und vereinbarte für den kommenden Abend ein Treffen mit dem Gemeindekirchenrat. Er rief seine Mutter an, wie er es täglich getan hatte, und erkundigte sich, wie es ihr ging. »Was glaubst du wohl?«, sagte sie. Er fragte sich, inwieweit seine Mutter wohl in der Lage war, Liebe zu empfangen. Er rief Belle an. »Sie wird darüber hinwegkommen«, sagte Belle. »Keine Angst, sie bricht schon nicht mit dir. Willkommen erst mal in der Erwachsenenwelt.«

Tyler machte einen langen Spaziergang über das Seminargelände. Die Erwachsenenwelt. Bonhoeffer war der Meinung gewesen, dass die Menschheit auf der Schwelle zum Erwachsensein stand. Dass die Welt mündig wurde und ein neues Gottesverständnis brauchte – keinen Gott, der Probleme löste, keinen Gott, dem man all das überließ, was der Mensch selbst konnte. Tyler blieb unter einer großen Ulme stehen und sah hinab auf den fernen Fluss. Wenn sich die Beziehung der Welt zu Gott wandelte, nun, Tylers Beziehung zu Gott wandelte sich auch. Er dachte an die Zeilen aus dem Lied, das er immer so geliebt hatte: *Hilf dem, der hilflos ist: Herr, bleib bei mir!* Sicher, man konnte sagen – Rhonda Skillings würde es bestimmt sagen –, das sei nichts weiter als das Flehen eines verängstigten Kindes, das im Dunkeln nach der Hand von Gottvater greift.

Aber Tyler unter seiner Ulme, der die Melodie leise vor sich hin summte – *der Abend bricht herein. Es kommt die Nacht, die Finsternis fällt ein* –, Tyler dachte, dass Gott in dem Lied selbst war, in diesem sehnsüchtigen, klagenden Bekennen der Einsamkeit und der Ängste, die dem Leben innewohnten. Der Ausdruck, die Echtheit, das war es, was die Schönheit ausmachte. William James hatte geschrieben, dass eine feierliche Gestimmtheit nie krude oder simpel sei, dass sie immer ein gewisses Quantum ihres Gegenteils enthalte. Und Tyler schien es, als sei genau diese rätselhafte Verbindung von Hoffnung und Kummer Gottes Geschenk an die Menschen. Dennoch tat sich Tyler schwer zu begreifen, was er fühlte. Es war, als würden sich während der langen Stunden bleiernen Schlafs viele seiner früheren Vorstellungen langsam verschieben, verdrängt von neuen, ungeformten Ideen.

»Ich habe so viele Gedanken«, sagte Tyler an diesem Abend zu George, als sie im Arbeitszimmer saßen. »Und ich kann sie nicht formulieren oder irgendwie zusammenbringen.«

»Verwirrung ist gut«, sagte George. »Die hindert Sie daran,

dogmatisch zu werden. Einen dogmatischen Pastor braucht keiner.«

Nach einer Weile sagte Tyler: »Bonhoeffer meinte ja, dass die Welt mündig geworden sei. Aber ich frage mich, was er zu unserer heutigen mündigen Welt mit all ihren Atomwaffen sagen würde.«

George zog eine Braue hoch. Er sagte ruhig: »Er würde vermutlich sagen, dass es Sache der Menschen und nicht Gottes ist, diesen Schlamassel zu beseitigen.« Der alte Mann lehnte sich zurück, seufzte tief. »Machen Sie, dass Sie wieder auf die Kanzel kommen, wo Sie hingehören. Und, Tyler – um die Atomwaffen jetzt mal beiseitezulassen –, irgendwann demnächst sollten Sie sich bei den Slatins melden. Es sind die Großeltern Ihrer Töchter, egal, wie sehr sie Ihnen vielleicht gegen den Strich gehen.«

»Ja«, sagte Tyler, den Finger an der Lippe. »Viel zu tun.«

Am Abend darauf saß er mit den Männern des Gemeindekirchenrats im Wohnzimmer der Deans, wo er Jahre zuvor mit Lauren willkommen geheißen worden war, und ließ sich von ihnen bitten, doch zurückzukehren. »Was brauchen Sie, Tyler?«, fragte Fred Chase. »Sagen Sie uns, was Sie brauchen.«

Tylers Herz klopfte. »Nun ja, um ganz ehrlich zu sein«, sagte er, »muss ich vor allem aus dem Farmhaus raus. Weg von diesen rosa Wänden.«

»Da haben wir uns was überlegt.« Fred Chase nickte Skogie zu.

Skogie räusperte sich. »Wir fahren den Winter über nach Florida, das wissen Sie ja, Tyler, und wir würden uns freuen, wenn Sie unser Haus übernehmen würden. Es ist groß und warm und näher an der Stadt. Und wir haben uns gedacht, wenn wir zurückkommen, möchten wir im Sommer vielleicht lieber in einem von den neuen Häuschen wohnen, die

am China Lake gebaut werden. Das alte Haus wird uns einfach zu groß.«
»Das Geld ist da«, sagte Chris Congdon. »Wir kriegen das hin, so oder so. Draußen in diesem Farmhaus müssen Sie jedenfalls nicht bleiben.«
»Ich werde Hilfe bei den Kindern brauchen«, sagte Tyler.
Auch daran hatten sie gedacht. Carol Meadows und Marilyn Dunlop hatten sich schon darauf verständigt, dass sie einen Zeitplan ausarbeiten und die Kinder abwechselnd hüten wollten.
»Und – ich habe Schulden.« Tyler lächelte, als er das sagte, denn er erwartete nicht, dass sie ihm noch mehr entgegenkommen würden, und als sie nickten und sagten, seine Gehaltserhöhung sei sowieso »längst überfällig«, war er baff und nahe daran abzuwiegeln: »Nein, nein, das ist doch nicht nötig.« Aber er dachte an das, was George über die Fähigkeit zu empfangen gesagt hatte, und so sagte er einfach danke.

Später am selben Abend sah Charlie Austin zu, wie Doris sich fürs Bett fertigmachte. Sie stellte sich mit dem Rücken zu ihm, bevor sie sich das Flanellnachthemd über den Kopf zog; schon viele Jahre hatte sie sich ihm nicht mehr unbefangen nackt gezeigt, und vielleicht würde sie es nie wieder tun. Er verstand jetzt, dass das weniger mit sexueller Gehemmtheit zusammenhing – denn er empfand die gleiche Scheu – als vielmehr mit all der Scham, die sich im Lauf der Zeit zwischen ihnen aufgetürmt hatte, nicht nur durch die laut ausgesprochenen Vorwürfe, sondern ebenso durch das Schweigen über ihre heimlichen Enttäuschungen, ihren heimlichen Groll. Eine Mauer aus Unaufrichtigkeiten stand zwischen ihnen, und es quälte ihn zu denken, dass die Schuld daran – so zumindest erschien es ihm heute Abend – fast ausschließlich bei ihm lag. Ihm war, als hätte er sich selbst und dadurch auch seine Familie beschmutzt, und

nun würde ihnen das in künftige Jahre hinein anhaften wie eine schmutzige Windel, die sie hinter sich herzogen.
Charlie sagte: »Tyler sah erholt aus. Er sah aus, als wäre er bereit zurückzukommen.«
»Da bin ich froh«, sagte Doris nur. Sie legte sich neben ihn ins Bett und verrieb Creme auf ihren Händen.
»Das war nett von dir«, sagte er, »dass du dieses Lied für ihn gespielt hast. Es ist ihm aufgefallen, Doris, das hat er danach in seinem Büro extra gesagt. Er hat es zu würdigen gewusst.«
»Da bin ich froh«, sagte Doris wieder. Und fügte hinzu: »Das kam mir einfach so.«
Eine natürliche Güte wohnte in ihr, dachte er. Die aber verschüttet war vom Staub häuslicher Sorgen. Sie knipste die Lampe neben dem Bett aus, und vorsichtig langte er zu ihr hinüber. Sie ließ ihn ihre Hand halten, die feucht von der Creme war. Ihm fiel wieder ein, wie Caskey vor ewigen Zeiten einmal in einer Predigt erwähnt hatte, das hebräische Wort Satan bedeute »Ankläger«, und er kam sich wie Satan vor, wie er da lag, denn er hatte seine Frau über die Jahre hinweg vieler Dinge angeklagt – dass sie zu viel Geld ausgab, dass ihr ständiges Gequengel jede Fröhlichkeit im Keim erstickte, sogar, dass sie das Essen zu kalt auf den Tisch brachte. Und nun wusste er nicht, wie Abbitte leisten für die Anschuldigungen, mit denen er das Familienleben vergiftet hatte: Satan als Ankläger gegen sich selbst. Nach wie vor verging kein Tag, an dem er nicht an die Frau in Boston dachte, sie nicht mit einer solchen Heftigkeit vermisste, dass ihm übel wurde davon, obwohl es jetzt vorkommen konnte, dass die Erinnerung an sie ihn plötzlich anwiderte. Dass die Erinnerung an ihn selbst ihn anwiderte.
»Ich will übrigens keine neue Orgel mehr«, sagte Doris mit ruhiger Stimme.
»Ganz sicher nicht?« Im Dunkeln wandte er ihr das Gesicht zu. »Es ist noch Geld da, auch mit den Ausgaben für Caskey.«

»Nein«, sagte Doris. »Hoffentlich fängt niemand davon an. Ich hab einfach die Lust dran verloren.«

Er wusste nicht, was er sagen sollte.

»Sei nicht traurig deswegen«, fügte sie hinzu. »Vielleicht irgendwann später einmal. Aber zur Zeit liegt mir nichts mehr daran.«

»Wie du meinst.«

»Charlie?« Sie sprach zur Decke hinauf. »Vielleicht kannst du mir ja irgendwann mal erzählen, was du im Krieg erlebt hast? Wie du überlebt hast?«

»Ich habe deshalb überlebt, weil die Japse mich als Fahrer für einen Jeep gebraucht haben. Die haben den Dreh nicht rausgekriegt.« Er konnte es selbst kaum glauben, dass er ihr das nie erzählt hatte.

»Gott sei Dank«, sagte Doris, den Blick immer noch an die Decke gerichtet, nur ihre Hand verkrampfte sich ein klein wenig in seiner. »Aber wenn du mir irgendwann, ein einziges Mal nur, erzählen könntest, was du erlebt hast, und dann sprechen wir nie wieder davon?«

Sie hatte ihn das schon öfter gefragt, und jedes Mal hatte er ihr schroff den Mund verboten.

»Ich würde es auch keinem weitersagen«, setzte sie hinzu und drehte ihm das Gesicht zu.

Er schwieg, und nach einigen Augenblicken drückte sie seine Hand und legte sich mit dem Rücken zu ihm. »Vielleicht kann ich's versuchen«, sagte er schließlich heiser. »Irgendwann vielleicht.« Nach einer langen Zeit merkte er an ihren langsamer werdenden Atemzügen, dass sie eingeschlafen war.

Und so kam es, dass Reverend Caskey zwischen Thanksgiving und Weihnachten seine sämtlichen Gemeindeglieder besuchte, ein Haus nach dem anderen, fast so wie zur Zeit seines Amtsantritts. Er kam am Abend und sprach mit leiser Stimme, und kaum jemand dachte nicht zurück an den Mann von damals: einen jüngeren Mann, breitschultrig und leutselig, mit seiner hübschen, zerstreuten Frau, die nicht so war wie erwartet. Jetzt saß er da, vorgebeugt, die Ellenbogen auf die Knie gestützt, so aufmerksam wie eh und je, aber seine Züge verrieten deutlich die Erschöpfung der letzten Jahre. Wenn er lachte, lachten seine blauen Augen auch jetzt mit, und beim Zuhören legte er den Kopf auf die gewohnte Art schräg, aber er war gealtert, und wenn er aufstand, um zu gehen, hatte sein Schritt nichts mehr von der raschen Spannkraft von früher.

Er besuchte Mary Ingersoll und ihren Mann und erkundigte sich nach ihren Familien, ihrer Studienzeit. Er schien Mary ein völlig anderer Mensch als bei ihren Begegnungen in der Schule, und sie fühlte sich auf ganz andere Weise eingeschüchtert. Aber er traf den richtigen Ton, da waren sie und ihr Mann sich hinterher einig; er machte sich nicht klein, biederte sich nicht an, er war nur höflich und müde und allem Anschein nach interessiert an ihren Bedürfnissen. »Vielleicht könnten wir die Kirche um elf beginnen lassen statt um zehn, damit Leute wie Sie, die unter der Woche hart arbeiten, ausschlafen können. Aber kommen Sie einfach, wann immer Sie wollen – das ist der Sinn der Kirche: da zu sein, wenn Sie sie brauchen.«

Und so kamen die Stadt und Tyler überein, dass er doch bleiben würde – zumindest bis auf weiteres. (Die Frau aus der Apotheke erschien nicht mehr zum Gottesdienst, und es gab immer noch einige, die sich fragten, wie Tyler eine neue Frau finden sollte.) Auch Tyler fragte sich das, aber hauptsächlich empfand er eine ungeheure Erleichterung, beide Kinder bei sich zu haben, und ein Erstaunen darüber, dass seine Gemeinde ihm tatsächlich so viel Liebe entgegenbrachte.

Jede Woche besuchte er Connie. Er brachte ihr Bücher mit, einen Pullover, Socken, alles vorab vom Sheriff genehmigt.

Manchmal kam Adrian mit, und manchmal fuhr er allein. Einmal sagte sie ihm – flüsternd, obwohl sie allein im Besucherraum waren –, sie überlege, ob sie nicht »Schluss machen« solle, und er nahm ihre Hände und beschwor sie, so etwas nicht zu denken. »Wenn Sie mich weiter besuchen«, sagte sie, »dann kann ich durchhalten. Und Adrian. Wenn er mich weiter besucht. Aber bald werde ich nach Skowhegan verlegt, da ist der Weg länger.«

»Hat Adrian gesagt, dass er dann nicht mehr kommt?«

»Nein.«

»Sehen Sie. Und ich sage das auch nicht.«

Bei seinem nächsten Besuch erzählte Connie, die Wärterin, die für sie angeheuert worden war, werde allmählich freundlicher, und zum ersten Mal hatten ihre Augen wieder etwas von ihrem alten Blick. »Sehen Sie«, sagte Tyler. »Wo Menschen sind, da besteht immer Hoffnung auf Liebe.«

Connie setzte sich gerader. »Wie – meinen Sie, sie ist eine Lesbe?«

»Großer Gott, nein. Ich meinte Liebe im Sinne von Freundschaft, Connie.«

»Wie bei uns?«

»Wie bei uns.«

Aber beim Wegfahren hatte er jedes einzelne Mal das Gefühl, dem Tod zu entfliehen. Begierig sog er jedes kleinste Sonnenblitzen auf seinem Armaturenbrett in sich auf; jeder Ast an den Bäumen draußen erschien ihm so wunderbar, dass er die raue Rinde unter seiner Hand zu spüren meinte wie den Körper einer langvertrauten Geliebten. Aus ganzem Herzen verabscheute er die Fahrt den Hügel hinauf zum Bezirksgefängnis und -altenheim; der Gedanke an das Elend in diesen Mauern überwältigte ihn, und er fühlte sich schuldig, weil er selbst frei war – jeder Besuch erinnerte ihn an die Tabletten, die er an Laurens Bett hatte stehen lassen. Aber nichts vermochte die gewaltige Welle der Erleichterung einzudämmen, die ihn emporhob, sobald er in die gewöhnliche Welt zurückkehrte, und oft hielt er unterwegs an und ging in irgendein Geschäft, einfach um Menschen zu begegnen. Im Lebensmittelladen traf er manchmal Doris Austin, und dann eilte er jedes Mal auf sie zu; ihre alltägliche Gegenwart erschien ihm beglückend, ein Geschenk. »Doris«, sagte er, »wie geht es Ihnen? Welche Freude, Sie zu sehen.«

»Guten Tag, Tyler.« Sie war jetzt scheuer. Als er die Austins besucht hatte, um ihnen für ihre Hilfe an seinem schweren Tag zu danken, hatte er sich beim Abschied spontan herabgebeugt und sowohl Doris als auch Charlie umarmt. Er konnte sich nicht erinnern, je vorher einen Mann umarmt zu haben – bei seinem Aufbruch zur Marine hatten er und sein Vater sich die Hand gegeben. Als er Charlies Schulter drückte, hatte er unter seiner Hand eine überraschende Magerkeit gespürt, ein plötzliches Versteifen, als würde die Geste dem Mann Angst machen. Aber das Paar war zusammen draußen in der Kälte stehen geblieben, während er zu seinem Wagen ging, einstieg, ihnen beim Zurückstoßen noch einmal winkte – Doris' geflochtener Haarkranz glänzend im Licht der Außenlaterne, Charlies Hemdsärmel weiß aufschimmernd, als er den Arm hob und erhoben ließ.

Er arbeitete nicht mehr in dem Arbeitszimmer im Farmhaus – denn bald würden sie ins Haus der Gowens umziehen –, sondern ging wieder jeden Morgen, nachdem Katherine von Mrs. Carlson abgeholt worden war und er Jeannie zu den Meadows gebracht hatte, in sein Büro in der Kirche. Er betete oben im Kirchenraum, und manchmal betete er auch nicht, sondern saß nur viele Minuten lang da und dachte an Lauren und an seine Kinder und Connie. Er dachte an Kierkegaard, der geschrieben hatte: »Mit Geistlosigkeit wird kein Mensch geboren; und wie viele sie auch im Tode als die einzige Ausbeute des Lebens mit sich bringen, es ist nicht die Schuld des Lebens.«

Eines Morgens begriff er, dass das, was ihn erfüllt hatte an dem Tag, als er weinend vor seiner Gemeinde gestanden hatte und Charlie Austin auf ihn zukam und aus der alten Orgel oben »Bleib bei mir, Herr« hervorbarst, das GEFÜHL gewesen war. Die Erkenntnis verblüffte ihn. Es hatte nichts gemein gehabt mit früheren Malen, aber es war das GEFÜHL gewesen, nichts anderes. *Ach, Herr, ich bin dein Knecht, ich bin dein Knecht, der Sohn deiner Magd; du hast meine Bande zerrissen.* Er sah durch die hohen Fenster. Der Himmel war von dem zarten Blassblau einer Babydecke. Aufs Neue machte er sich klar, dass seine Beziehung zu Gott sich wandelte, wie es auch gar nicht anders sein konnte. *Dir will ich Dank opfern ...*

An einem Dezembertag kam ein Umzugswagen, um die Habseligkeiten des Pastors aus dem Farmhaus zu den Gowens zu transportieren. Tyler hatte Katherine nicht zur Schule geschickt, weil er nicht wollte, dass sie aus einem Zuhause fortging und in ein anderes zurückkam. Er hielt es für besser, wenn sie die Veränderung miterlebte, aber Jeannie blieb bei Carol Meadows. Nachdem die Möbelpacker mit dem Wagen abgefahren waren und Tyler einen letzten Gang durch das Haus gemacht hatte, nahm er die Hand seiner Tochter und zog den klappernden Türknauf hinter ihnen ins Schloss, stieg die schiefgetretenen Verandastufen hinunter.

Eiszapfen, so dick wie der Oberarm eines Mannes, hingen vom Verandadach. Der leichte Schneefall, der im Morgengrauen eingesetzt hatte, machte die Welt schon weißer, erneuerte schon die Oberfläche der Dinge, so dass die Eiszapfen und die Schneedecke in einem schwachen Bläulichgrau schimmerten. »Mäuslein«, sagte der Pastor und hob das Kind hoch. Sie schlang beide Arme um seinen Hals, drehte aber den Oberkörper so, dass sie beide zum Haus schauten.

»Alles weg«, sagte sie. Er küsste sie auf die Wange, und sie drückte den Kopf in seine Halsbeuge. Und alles erschien ihm einzigartig, der vertraute Geruch seiner Tochter, das verfilzte Haar in ihrem Nacken, das stille Haus, die nackten Birkenstämme, der Schnee auf seinem Gesicht. Einzigartig.

Elizabeth Strout

Das Leben, natürlich

Roman, 400 Seiten, gebunden

*Aus dem Amerikanischen
von Sabine Roth und Walter Ahlers*

In einer Kleinstadt in Maine zu leben mag romantisch klingen, aber die Wirklichkeit sieht meist anders aus. Die Brüder Jim und Bob Burgess sind deswegen so bald wie möglich nach New York gezogen. Als ihre Schwester Susan sie um Hilfe bittet, weil ihr 19-jähriger Sohn sich in ernste Schwierigkeiten gebracht hat, kehren die Brüder widerstrebend in ihre Heimatstadt zurück. Mit ungeahnter Macht holt sie dort jedoch die Vergangenheit wieder ein ...
Eine aufwühlende Familiengeschichte, vollkommen unsentimental und dabei tief berührend – eine echte Strout.

»Für mich ist die Geschichte der Burgess-Brüder eines der besten Bücher des Jahres ... Und hätte einen zweiten Pulitzerpreis allemal verdient.«
Christine Westermann, WDR 2

»Ein schonungsloser Blick auf das aktuelle Amerika und ein großer Familienroman.«
Brigitte

www.luchterhand-verlag.de